La ciudad y los perros

Mario Vargas Llosa nació en Arequipa, Perú, en 1936. Aunque había estrenado un drama en Piura y publicado un libro de relatos, *Los jefes*, que obtuvo el Premio Leopoldo Alas, su carrera literaria cobró notoriedad con la publicación de *La ciudad y los perros*, Premio Biblioteca Breve (1962) y Premio de la Crítica (1963). En 1965 apareció su segunda novela, *La casa verde*, que obtuvo el Premio de la Crítica y el Premio Internacional Rómulo Gallegos. Posteriormente ha publicado piezas teatrales (*La señorita de Tacna, Kathie y el hipopótamo, La Chunga, El loco de los balcones, Ojos bonitos, cuadros feos y Las mil noches y una noche*), estudios y ensayos (como *La orgía perpetua, La verdad de las mentiras, La tentación de lo imposible y El viaje a la ficción*), memorias (*El pez en el agua*), relatos (*Los cachorros*) y, sobre todo, novelas: *Conversación en La Catedral, Pantaleón y las visitadoras, La tía Julia y el escribidor, La guerra del fin del mundo, Historia de Mayta, ¿Quién mató a Palomino Molero?, El hablador, Elogio de la madrastra, Lituma en los Andes, Los cuadernos de don Rigoberto, La Fiesta del Chivo, El Paraíso en la otra esquina, Travesuras de la niña mala y El sueño del celta*. Ha obtenido los más importantes galardones literarios, desde los ya mencionados hasta el Premio Cervantes, el Príncipe de Asturias, el PEN/Nabokov, el Grinzane Cavour, el Premio Nobel de Literatura 2010 y el Premio Internacional Carlos Fuentes a la Creación Literaria. Su último libro es *El héroe discreto* (2013).

www.mvargasllosa.com
www.premio-nobel-literatura.com

La ciudad y los perros

Mario
Vargas Llosa

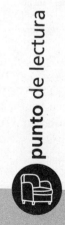

punto de lectura

© 1962, Mario Vargas Llosa
© Del prólogo: 1977, Mario Vargas Llosa
© De esta edición:
2006, Santillana Ediciones Generales, S.L.
Avenida de los Artesanos, 6. 28760 Tres Cantos (Madrid)
Teléfono 91 744 90 60
www.puntodelectura.com

ISBN: 978-84-663-0915-8
Depósito legal: M-11.170-2012
Impreso en España – Printed in Spain

Diseño de portada: Pep Carrió / Sonia Sánchez
Fotografías de portada: David Jiménez y Oriol Maspons
Fotografía del autor: © Morgana Vargas Llosa

Primera edición: abril 2006
Decimocuarta edición: junio 2014

Impreso en BLACK PRINT CPI (Barcelona)

La ciudad y los perros

Prólogo

Comencé a escribir *La ciudad y los perros* en el otoño de 1958, en Madrid, en una tasca de Menéndez y Pelayo llamada El Jute, que miraba al parque del Retiro, y la terminé en el invierno de 1961, en una buhardilla de París. Para inventar su historia, debí primero ser, de niño, algo de Alberto y del Jaguar, del serrano Cava y del Esclavo, cadete del Colegio Militar Leoncio Prado, miraflorino del Barrio Alegre y vecino de La Perla, en el Callao; y, de adolescente, haber leído muchos libros de aventuras, creído en la tesis de Sartre sobre la literatura comprometida, devorado las novelas de Malraux y admirado sin límites a los novelistas norteamericanos de la generación perdida, a todos, pero, más que a todos, a Faulkner. Con esas cosas está amasado el barro de mi primera novela, más algo de fantasía, ilusiones juveniles y disciplina flaubertiana.

El manuscrito estuvo rodando como un alma en pena de editorial en editorial hasta llegar, gracias a mi amigo el hispanista francés Claude Couffon, a las manos barcelonesas de Carlos Barral, que dirigía Seix Barral. Él lo hizo premiar con el Biblioteca Breve, conspiró para que la novela sorteara la censura franquista, la promovió y consiguió que se tradujera a muchas lenguas. Éste es el libro que más sorpresas me ha deparado y gracias al cual comencé a sentir que se hacía realidad el sueño que alentaba desde el pantalón corto: llegar a ser algún día escritor.

MARIO VARGAS LLOSA
Fuschl, agosto de 1997

PRIMERA PARTE

KEAN: *«On joue les héros parce qu'on est lâche et les saints parce qu'on est méchant; on joue les assassins parce qu´on meurt d'envie de tuer son prochain, on joue parce qu'on est menteur de naissance».*

JEAN PAUL SARTRE

I

—Cuatro —dijo el Jaguar.

Los rostros se suavizaron en el resplandor vacilante que el globo de luz difundía por el recinto, a través de escasas partículas limpias de vidrio: el peligro había desaparecido para todos, salvo para Porfirio Cava. Los dados estaban quietos, marcaban tres y uno, su blancura contrastaba con el suelo sucio.

—Cuatro —repitió el Jaguar—. ¿Quién?

—Yo —murmuró Cava—. Dije cuatro.

—Apúrate —replicó el Jaguar—. Ya sabes, el segundo de la izquierda.

Cava sintió frío. Los baños estaban al fondo de las cuadras, separados de ellas por una delgada puerta de madera, y no tenían ventanas. En años anteriores, el invierno sólo llegaba al dormitorio de los cadetes, colándose por los vidrios rotos y las rendijas; pero este año era agresivo y casi ningún rincón del colegio se libraba del viento, que, en las noches, conseguía penetrar hasta en los baños, disipar la hediondez acumulada durante el día y destruir su atmósfera tibia. Pero Cava había nacido y vivido en la sierra, estaba acostumbrado al invierno: era el miedo lo que erizaba su piel.

—¿Se acabó? ¿Puedo irme a dormir? —dijo Boa: un cuerpo y una voz desmesurados, un plumero de pelos grasientos que corona una cabeza prominente, un rostro diminuto de ojos hundidos por el sueño. Tenía la boca abierta, del labio inferior adelantado colgaba una hebra de tabaco. El Jaguar se había vuelto a mirarlo.

—Entro de imaginaria a la una —dijo Boa—. Quisiera dormir algo.

—Váyanse —dijo el Jaguar—. Los despertaré a las cinco.

Boa y Rulos salieron. Uno de ellos tropezó al cruzar el umbral y maldijo.

—Apenas regreses, me despiertas —ordenó el Jaguar—. No te demores mucho. Van a ser las doce.

—Sí —dijo Cava. Su rostro, por lo común impenetrable, parecía fatigado—. Voy a vestirme.

Salieron del baño. La cuadra estaba a oscuras, pero Cava no necesitaba ver para orientarse entre las dos columnas de literas; conocía de memoria ese recinto estirado y alto. Lo colmaba ahora una serenidad silenciosa, alterada instantáneamente por ronquidos o murmullos. Llegó a su cama, la segunda de la derecha, la de abajo, a un metro de la entrada. Mientras sacaba a tientas del ropero el pantalón, la camisa caqui y los botines, sentía junto a su rostro el aliento teñido de tabaco de Vallano, que dormía en la litera superior. Distinguió en la oscuridad la doble hilera de dientes grandes y blanquísimos del negro y pensó en un roedor. Sin bulla, lentamente, se despojó del piyama de franela azul y se vistió. Echó sobre sus hombros el sacón de paño. Luego, pisando despacio porque los botines crujían, caminó hasta la litera del Jaguar, que estaba al otro extremo de la cuadra, junto al baño.

—Jaguar.

—Sí. Toma.

Cava alargó la mano, tocó dos objetos fríos, uno de ellos áspero. Conservó en la mano la linterna, guardó la lima en el bolsillo del sacón.

—¿Quiénes son los imaginarias? —preguntó Cava.

—El poeta y yo.

—¿Tú?

—Me reemplaza el Esclavo.

—¿Y en las otras secciones?

—¿Tienes miedo?

Cava no respondió. Se deslizó en puntas de pie hacia la puerta. Abrió uno de los batientes, con cuidado, pero no pudo evitar que crujiera.

—¡Un ladrón! —gritó alguien, en la oscuridad—. ¡Mátalo, imaginaria!

Cava no reconoció la voz. Miró afuera: el patio estaba vacío, débilmente iluminado por los globos eléctricos de la pista de desfile, que separaba las cuadras de un campo de hierba. La neblina disolvía el contorno de los tres bloques de cemento que albergaban a los cadetes del quinto año y les comunicaba una apariencia irreal. Salió. Aplastado de espaldas contra el muro de la cuadra, se mantuvo unos instantes quieto y sin pensar. Ya no contaba con nadie; el Jaguar también estaba a salvo. Envidió a los cadetes que dormían, a los suboficiales, a los soldados entumecidos en el galpón levantado a la otra orilla del estadio. Advirtió que el miedo lo paralizaría si no actuaba. Calculó la distancia: debía cruzar el patio y la pista de desfile; luego, protegido por las sombras del descampado, contornear el comedor, las oficinas, los dormitorios de los oficiales y atravesar un nuevo patio, éste pequeño y de cemento, que moría en el edificio de las aulas, donde habría terminado el peligro: la ronda no llegaba hasta allí. Luego, el regreso. Confusamente, deseó perder la voluntad y la imaginación y ejecutar el plan como una máquina ciega. Pasaba días enteros abandonado a una rutina que decidía por él, empujado dulcemente a acciones que apenas notaba; ahora era distinto, se había impuesto lo de esta noche, sentía una lucidez insólita.

Comenzó a avanzar pegado a la pared. En vez de cruzar el patio, dio un rodeo, siguiendo el muro curvo de las cuadras de quinto. Al llegar al extremo, miró con ansiedad: la pista parecía interminable y misteriosa, enmarcada por los simétricos globos de luz en torno a los cuales se aglomeraba la neblina. Fuera del alcance de la luz, adivinó, en el macizo de sombras, el descampado cubierto de hierba. Los imaginarias solían tenderse allí, a dormir o a conversar en voz baja, cuando no hacía frío. Confiaba en que una timba los tuviera reunidos esa noche en algún baño. Caminó a pasos rápidos, sumergido en la sombra de los edificios de la izquierda, eludiendo los manchones de luz. El estallido de las olas y la resaca del mar extendido al pie del colegio, al fondo de los acantilados, apagaba el ruido de los botines. Al llegar al edificio de los oficiales se estremeció y apuró el paso. Después, cortó transversalmente la pista y se hundió en la oscuridad del descampado. Un movimiento próximo e inesperado devolvió a su cuerpo, como un puñetazo, el miedo que empezaba a vencer. Dudó un segundo: a un metro de distancia, brillantes como luciérnagas, dulces, tímidos, lo contemplaban los ojos de la vicuña. «¡Fuera!», exclamó, encolerizado. El animal permaneció indiferente. «No duerme nunca la maldita», pensó Cava. «Tampoco come. ¿Por qué no se ha muerto?» Se alejó. Dos años y medio atrás, al venir a Lima para terminar sus estudios, lo asombró encontrar caminando impávidamente entre los muros grises y devorados por la humedad del Colegio Militar Leoncio Prado, a ese animal exclusivo de la sierra. ¿Quién había traído la vicuña al colegio, de qué lugar de los Andes? Los cadetes hacían apuestas de tiro al blanco: la vicuña apenas se inquietaba con el impacto de las piedras. Se apartaba lentamente de los tiradores, con una expresión neutra. «Se parece a los indios», pensó Cava. Subía la escalera de las aulas. Ahora no se preocupaba del ruido de los botines; allí no había nadie, fuera de los bancos, los pupitres, el viento y las sombras. Recorrió a grandes trancos la galería superior. Se detuvo. El chorro mortecino de la linterna le descubrió la ventana. «El segundo de la izquierda», había dicho el Jaguar. Efectivamente, estaba flojo. Fue retirando con la lima la masilla del contorno, que recogía en la otra mano. La sintió mojada. Extrajo el vidrio con precaución y lo depositó en el suelo. Palpó la madera hasta encontrar el cerrojo. La ventana se abrió, de par en par. Ya adentro, movió la linterna en todas direcciones; sobre una de las mesas de la habitación, junto al mimeógrafo, había tres pilas de papel. Leyó: «Examen bimestral de química. Quinto año. Duración de la prueba: cuarenta minutos». Las hojas habían sido impresas esa tarde y la tinta brillaba aún. Copió rápidamente las preguntas en una libreta, sin comprender lo que decían. Apagó la linterna y volvió hacia la ventana. Trepó y saltó: el vidrio se hizo trizas bajo los botines, con mil ruidos simultáneos. «¡Mierda!», gimió. Había quedado en cuclillas, aterrado. Sus oídos no percibían, sin embargo, el bullicio salvaje que esperaban, las voces como balazos de los oficiales: sólo su respiración entrecortada por el miedo. Esperó todavía unos segundos. Luego, olvidando utilizar la linterna, reunió como pudo los trozos de vidrio repartidos por el enlosado y los guardó en el sacón. Regresó a la cuadra sin tomar precauciones. Quería llegar pronto, meterse en la litera, cerrar los ojos. En el descampado, al arrojar los pedazos de vidrio, se arañó las manos. En la puerta de la cuadra se detuvo; se sentía extenuado. Una silueta le salió al paso.

—¿Listo? —dijo el Jaguar.

—Sí.

—Vamos al baño.

El Jaguar caminó delante, entró al baño empujando la puerta con las dos manos. En la claridad amarillenta del recinto, Cava comprobó que el Jaguar estaba descalzo; sus pies eran grandes y lechosos, de uñas largas y sucias; olían mal.

—Rompí un vidrio —dijo, sin levantar la voz.

Las manos del Jaguar vinieron hacia él como dos bólidos blancos y se incrustaron en las solapas de su sacón, que se cubrió de arrugas. Cava se tambaleó en el sitio, pero no bajó la mirada ante los ojos del Jaguar, odiosos y fijos detrás de unas pestañas corvas.

—Serrano —murmuró el Jaguar, despacio—. Tenías que ser serrano. Si nos chapan, te juro…

Lo tenía siempre sujeto de las solapas. Cava puso sus manos sobre las del Jaguar. Trató de separarlas, sin violencia.

—¡Suelta! —dijo el Jaguar. Cava sintió en su cara una lluvia invisible—. ¡Serrano!

Cava dejó caer las manos.

—No había nadie en el patio —susurró—. No me han visto.

El Jaguar lo había soltado; se mordía el dorso de la mano derecha.

—No soy un desgraciado, Jaguar —murmuró Cava—. Si nos chapan, pago solo y ya está.

El Jaguar lo miró de arriba abajo. Se rió.

—Serrano cobarde —dijo—. Te has orinado de miedo. Mírate los pantalones.

Ha olvidado la casa de la avenida Salaverry, en Magdalena Nueva, donde vivió desde la noche en que llegó a Lima por primera vez, y el viaje de dieciocho horas en automóvil, el desfile de pueblos en ruinas, arenales, valles minúsculos, a ratos el mar, campos de algodón, pueblos y arenales. Iba con el rostro pegado a la ventanilla y sentía su cuerpo roído por la excitación: «Voy a ver Lima». A veces, su madre lo atraía hacia ella murmurando: «Richi, Ricardito». Él pensaba: «¿Por qué llora?». Los otros pasajeros dormitaban o leían y el chofer canturreaba alegremente el mismo estribillo, hora tras hora. Ricardo resistió la mañana, la tarde y el comienzo de la noche sin apartar la mirada del horizonte, esperando que las luces de la ciudad surgieran de improviso, como una procesión de antorchas. El cansancio adormecía poco a poco sus miembros, embotaba sus sentidos; entre brumas, se repetía con los dientes apretados: «No me dormiré». Y, de pronto, alguien lo movía con dulzura. «Ya llegamos, Richi, despierta.» Estaba en las faldas de su madre, tenía la cabeza apoyada en su hombro, sentía frío. Unos labios familiares rozaron su boca y él tuvo la impresión de que, en el sueño, se había convertido en un gatito. El automóvil avanzaba ahora despacio: veía vagas casas, luces, árboles y una avenida más larga que la calle principal de Chiclayo. Tardó unos segundos en darse cuenta que los otros viajeros habían descendido. El chofer canturreaba ya sin entusiasmo. «¿Cómo será?», pensó. Y sintió, de nuevo, una ansiedad feroz, como tres días antes, cuando su madre, llamándolo aparte para que no los oyera la tía Adelina, le dijo: «Tu papá no estaba muerto, era mentira. Acaba de volver de un viaje muy largo y nos espera en Lima». «Ya llegamos», dijo su madre. «¿Avenida Salaverry, si no me equivoco?», cantó el chofer. «Sí, número treinta y ocho», repuso la madre. Él cerró los ojos y se hizo el dormido. Su madre lo besó. «¿Por qué me besa en la boca?», pensaba Ricardo; su mano derecha se aferraba al asiento. Al fin, el coche se inmovilizó después de muchas vueltas. Mantuvo cerrados los ojos, se encogió junto al cuerpo que lo sostenía. De pronto, el cuerpo de su madre se endureció. «Beatriz», dijo una voz. Alguien abrió la puerta. Se sintió alzado en peso, depositado en el suelo, sin apoyo, abrió los ojos: el hombre y su madre se besaban en la boca, abrazados. El chofer había dejado de cantar. La calle estaba vacía y muda. Los miró fijamente; sus labios medían el tiempo contando números. Luego, su madre se separó del hombre, se volvió hacia él y le dijo: «Es tu papá, Richi. Bésalo». Nuevamente lo alzaron dos brazos masculinos y desconocidos; un rostro adulto se juntaba al suyo, una voz murmuraba su nombre, unos labios secos aplastaban su mejilla. Él estaba rígido.

Ha olvidado también el resto de aquella noche, la frialdad de las sábanas de ese lecho hostil, la soledad que trataba de disipar esforzando los ojos para arrancar a la oscuridad algún objeto, algún fulgor, y la angustia que hurgaba su espíritu como un laborioso clavo. «Los zorros del desierto de Sechura aúllan como demonios cuando llega la noche; ¿sabes por qué?: para quebrar el silencio que los aterroriza», había dicho una vez la tía Adelina. Él tenía ganas de gritar para que la vida brotara en ese cuarto, donde todo parecía muerto. Se levantó: descalzo, semidesnudo, temblando por la vergüenza y la confusión que sentiría si de pronto entraban y lo hallaban de pie, avanzó hasta la puerta y pegó el rostro a la madera. No oyó nada. Volvió a su cama y lloró, tapándose la boca con las dos manos. Cuando la luz ingresó a la habitación y la calle se pobló de ruidos, sus ojos seguían abiertos y sus oídos en guardia. Mucho rato después, los escuchó. Hablaban en voz baja y sólo llegaba a él un incomprensible rumor. Luego oyó risas, movimientos. Más tarde sintió abrirse la puerta, pasos, una presencia, unas manos conocidas que le subían las sábanas hasta el cuello, un aliento cálido en las mejillas. Abrió los ojos: su madre sonreía. «Buenos días», dijo ella, tiernamente; «¿no besas a tu madre?». «No», dijo él.

«Podría ir y decirle dame veinte soles y ya veo, se le llenarían los ojos de lágrimas y me daría cuarenta o cincuenta, pero sería lo mismo que decirle te perdono lo que le hiciste a mi mamá y puedes dedicarte al puterío con tal que me des buenas propinas.» Bajo la bufanda de lana que le regaló su madre hace meses, los labios de Alberto se mueven sin ruido. El sacón y la cristina que lleva hundida hasta las orejas, lo defienden contra el frío. Su cuerpo se ha acostumbrado a la presión del fusil, que ahora casi no siente. «Ir y decirle qué ganamos con no aceptar un medio, deja que nos mande un cheque cada mes hasta que se arrepienta de sus pecados y vuelva a casa, pero ya veo, se pondrá a llorar y dirá hay que llevar la cruz con resignación como Nuestro Señor y aunque acepte cuánto tiempo pasará hasta que se pongan de acuerdo y no tendré mañana los veinte soles.» Según el reglamento, los imaginarias deben recorrer el patio del año respectivo y la pista de desfile, pero él ocupa su turno en caminar a la espalda de las cuadras, junto a la alta baranda descolorida que protege la fachada principal del colegio. Desde allí ve, entre los barrotes, como el lomo de una cebra, la carretera asfaltada que serpentea al pie de la baranda y el borde de los acantilados, escucha el rumor del mar y, si la neblina no es espesa, distingue a lo lejos, igual a una lanza iluminada, el malecón del balneario de La Punta penetrando en el mar como un rompeolas y, al otro extremo, cerrando la bahía invisible, el resplandor en abanico de Miraflores, su barrio. El oficial de guardia pasa revista a los imaginarias cada dos horas: a la una, lo hallará en su puesto. Mientras, Alberto planea la salida del sábado. «Podría que unos diez tipos se soñaran con la película esa, y viendo tantas mujeres en calzones, tantas piernas, tantas barrigas, tantas, me encarguen novelitas, pero acaso pagan adelantado y cuándo las haría si mañana es el examen de química y tendré que pagarle al Jaguar por las preguntas salvo que Vallano me sople a cambio de cartas pero quién se fía de un negro. Podría que me pidan cartas, pero quién paga al contado a estas alturas de la semana si ya el miércoles todo el mundo ha quemado sus últimos cartuchos en La Perlita y en las timbas. Podría gastarme veinte soles si los consignados me encargan cigarrillos y se los pagaría en cartas o novelitas, y la que se armaría, encontrarme veinte soles en una cartera perdida en el comedor o en las aulas o en los excusados, meterme ahora mismo en una cuadra de los perros y abrir roperos hasta encontrar veinte soles o mejor sacar cincuenta centavos a cada uno para que se note menos y sólo tendría que abrir cuarenta roperos sin despertar a nadie contando que en todos encuentre cincuenta centavos, podría ir donde un suboficial o un teniente, présteme veinte soles que yo también quiero ir donde la Pies Dorados, ya soy un hombre y quién mierda grita ahí…»

Alberto demora en identificar la voz, en recordar que es un imaginaria lejos de su puesto. Vuelve a oír, más fuerte, «¿qué le pasa a ese cadete?», y esta vez reaccionan su cuerpo y su espíritu, alza la cabeza, su mirada distingue como en un remolino los muros de la Prevención, varios soldados sentados en una banca, la estatua del héroe que amenaza con la espada desenvainada a la neblina y a las sombras, imagina su nombre escrito en la lista de castigo, su corazón late alocado, siente pánico, su lengua y sus labios se mueven imperceptiblemente, ve entre el héroe de bronce y él, a menos de cinco metros, al teniente Remigio Huarina, que lo observa con las manos en la cintura.

—¿Qué hace usted aquí?

El teniente avanza hacia Alberto, éste ve, tras los hombros del oficial, la mancha de musgo que oscurece el bloque de piedra que sostiene al héroe, mejor dicho la adivina, pues las luces de la Prevención son opacas y lejanas, o la inventa: es posible que ese mismo día los soldados de guardia hayan raspado y fregado el pedestal.

—¿Y? —dice el teniente, frente a él—. ¿Qué hay?

Inmóvil, la mano derecha clavada en la cristina, tenso, todos sus sentidos alertas, Alberto permanece mudo ante el hombrecillo borroso que aguarda también inmóvil, sin bajar las manos de la cintura.

—Quiero hacerle una consulta, mi teniente —dice Alberto. «Podría jurarle me estoy muriendo de dolor de estómago, quisiera una aspirina o algo, mi madre está gravísima, han matado a la vicuña, podría suplicarle…»—. Quiero decir, una consulta moral.

—¿Qué ha dicho?

—Tengo un problema —dice Alberto, rígido. «… decir mi padre es general, contralmirante, mariscal y juro que por cada punto perderá un año de ascenso, podría…»—. Es algo personal —se interrumpe, vacila un instante, luego miente—: El coronel dijo una vez que podíamos consultar a nuestros oficiales. Sobre los problemas íntimos, quiero decir.

—Nombre y sección —dice el teniente. Ha bajado las manos de la cintura; parece más frágil y pequeño. Da un paso adelante y Alberto ve, muy cerca y abajo, el hocico, los ojos fruncidos y sin vida de batracio, el rostro redondo contraído en un gesto que quiere ser implacable y sólo es patético, el mismo que adopta cuando ordena el sorteo de consignas, invención suya: «Brigadieres, métanles seis puntos a todos los números tres y múltiplos de tres».

—Alberto Fernández, quinto año, primera sección.

—Al grano —dice el teniente—. Al grano.

—Creo que estoy enfermo, mi teniente. Quiero decir de la cabeza, no del cuerpo. Todas las noches tengo pesadillas —Alberto ha bajado los párpados, simulando humildad, y habla muy despacio, la mente en blanco, dejando que los labios y la lengua se desenvuelvan solos y vayan armando una telaraña, un laberinto para extraviar al sapo—. Cosas horribles, mi teniente. A veces sueño que mato, que me persiguen unos animales con caras de hombres. Me despierto sudando y temblando. Algo horrible, mi teniente, le juro.

El oficial escruta el rostro del cadete. Alberto descubre que los ojos del sapo han cobrado vida; la desconfianza y la sorpresa asoman en sus pupilas como dos estrellas moribundas. «Podría reír, podría llorar, gritar, podría correr.» El teniente Huarina ha terminado su examen. Bruscamente, da un paso atrás y exclama:

—¡Yo no soy un cura, qué carajo! ¡Váyase a hacer consultas morales a su padre o a su madre!

—No quería molestarlo, mi teniente —balbucea Alberto.

—Oiga, ¿y este brazalete? —dice el oficial, aproximando el hocico y los ojos dilatados—. ¿Está usted de imaginaria?

—Sí, mi teniente.

—¿No sabe que el servicio no se abandona nunca, salvo muerto?

—Sí, mi teniente.

—¡Consultas morales! Es usted un tarado —Alberto deja de respirar: la mueca ha desaparecido del rostro del teniente Remigio Huarina, su boca se ha abierto, sus ojos se han estirado, en la frente han brotado unos pliegues. Está riéndose—. Es usted un tarado, qué carajo. Vaya a hacer su servicio a la cuadra. Y agradezca que no lo consigno.

—Sí, mi teniente.

Alberto saluda, da media vuelta, en una fracción de segundo ve a los soldados de la Prevención inclinados sobre sí mismos en la banca. Escucha a su espalda: «Ni que fuéramos curas, qué carajo». Frente a él, hacia la izquierda, se yerguen tres bloques de cemento: quinto año, luego cuarto; al final, tercero, las cuadras de los perros. Más allá languidece el estadio, la cancha de fútbol sumergida bajo la hierba brava, la pista de atletismo cubierta de baches y huecos, las tribunas de madera averiadas por la humedad. Al otro lado del estadio, después de una construcción ruinosa —el galpón de los soldados— hay un muro grisáceo donde acaba el mundo del

Colegio Militar Leoncio Prado y comienzan los grandes descampados de La Perla. «Y si Huarina hubiera bajado la cabeza, y si me hubiera visto los botines, y si el Jaguar no tiene el examen de química, y si lo tiene y no quiere fiarme, y si me planto ante la Pies Dorados y le digo soy del Leoncio Prado y es la primera vez que vengo, te traeré buena suerte, y si vuelvo al barrio y pido veinte soles a uno de mis amigos, y si le dejo mi reloj en prenda, y si no consigo el examen de química, y si no tengo cordones en la revista de prendas de mañana estoy jodido, sí señor.» Alberto avanza despacio, arrastrando un poco los pies; a cada paso sus botines, sin cordones desde hace una semana, amenazan salirse. Ha recorrido la mitad de la distancia que separa el quinto año de la estatua del héroe. Hace dos años, la distribución de las cuadras era distinta; los cadetes de quinto ocupaban las cuadras vecinas al estadio y los perros las más próximas a la Prevención; cuarto estuvo siempre en el centro, entre sus enemigos. Al cambiar el colegio de director, el nuevo coronel decidió la distribución actual. Y explicó en un discurso: «Eso de dormir cerca del prócer epónimo habrá que ganárselo. En adelante, los cadetes de tercero ocuparán las cuadras del fondo. Y luego, con los años, se irán acercando a la estatua de Leoncio Prado. Y espero que cuando salgan del colegio se parezcan un poco a él, que peleó por la libertad de un país que ni siquiera era el Perú. En el Ejército, cadetes, hay que respetar los símbolos, qué caray».

«Y si le robo los cordones a Arróspide, habría que ser desgraciado para fregar a un miraflorino habiendo en la sección tantos serranos que se pasan el año encerrados como si tuvieran miedo a la calle, y a lo mejor tienen, busquemos otro. Y si le robo a alguno del Círculo, a Rulos o al bruto del Boa, pero y el examen, no sea que me jalen en química otra vez. Y si al Esclavo, qué gracia, eso le dije a Vallano y es verdad, te creerías muy valiente si le pegaras a un muerto, salvo que estés desesperado. En los ojos se le vio que es un cobarde como todos los negros, qué ojos, qué pánico, qué saltos, lo mato al que me ha robado mi piyama, lo mato al que, ahí viene el teniente, ahí vienen los suboficiales, devuélvanme mi piyama que esta semana tengo que salir y no digo desafiarlo, no digo mentarle la madre, no digo insultarlo, al menos decirle qué te pasa o algo, pero dejarse arrancar el piyama de las manos en plena revista, sin chistar, eso no. El Esclavo necesita que le saquen el miedo a golpes, le robaré los cordones a Vallano.»

Ha llegado al pasadizo que desemboca en el patio de quinto. En la noche húmeda, conmovida por el murmullo del mar, Alberto adivina detrás del cemento, las atestadas tinieblas de las cuadras, los cuerpos encogidos en las literas. «Debe estar en la cuadra, debe estar en un baño, debe estar en la hierba, debe estar muerto, dónde te has metido, Jaguarcito.» El patio desierto, vagamente iluminado por los faroles de la pista, parece una placita de aldea. No hay ningún imaginaria a la vista. «Debe haber una timba, si tuviera un cobre, un solo puto cobre, podría ganar los veinte soles, quizá más. Debe estar jugando y espero que me fíe, te ofrezco cartas y novelitas, de veras que en los tres años nunca me ha encargado nada, fuera, caray, ya veo que me jalan en química.» Recorre toda la galería sin encontrar a nadie. Entra a las cuadras de la primera y la segunda sección, los baños están vacíos, uno de ellos apesta. Inspecciona los baños de otras cuadras, atravesando ruidosamente los dormitorios, a propósito, pero en ninguno se altera la respiración sosegada o febril de los cadetes. En la quinta sección, poco antes de llegar a la puerta del baño, se detiene. Alguien desvaría: distingue apenas, entre un río de palabras confusas, un nombre de mujer. «Lidia. ¿Lidia? Parece que se llamaba Lidia la muchacha esa del arequipeño ese que me enseñaba las cartas y las fotos que recibía, y me contaba sus penas, escríbele bonito que la quiero mucho, yo no soy un cura, qué carajo, usted es un tarado. ¿Lidia?» En la séptima sección, junto a los urinarios, hay un círculo de bultos: encogidos bajo los sacones verdes, todos parecen jorobados. Ocho fusiles están tirados en el suelo y otro apoyado en la pared. La puerta del baño está abierta y Alberto los distingue a lo lejos, desde el umbral de la cuadra. Avanza, lo intercepta una sombra.

—¿Qué hay? ¿Quién es?

—El coronel. ¿Tienen permiso para timbear? El servicio no se abandona nunca, salvo muerto.

Alberto entra al baño. Lo miran una docena de rostros fatigados; el humo cubre el recinto como un toldo sobre las cabezas de los imaginarias. Ningún conocido: caras idénticas, oscuras, toscas.

—¿Han visto al Jaguar?

—No ha venido.

—¿Qué juegan?

—Póquer. ¿Entras? Primero tienes que hacer de campana un cuarto de hora.

—No juego con serranos —dice Alberto, a la vez que se lleva las manos al sexo y apunta hacia los jugadores—. Sólo me los tiro.

—Lárgate, poeta —dice uno—. Y no friegues.

—Pasaré un parte al capitán —dice Alberto, dando media vuelta—. Los serranos se juegan los piojos al póquer durante el servicio.

Escucha que lo insultan. Está de nuevo en el patio. Vacila unos instantes, luego se encamina hacia el descampado. «Y si estuviera durmiendo en la hierbita, y si se estuviera robando el examen, durante mi turno, mal parido, y si hubiera tirado contra, y si.» Cruza el descampado hasta llegar al muro posterior del colegio. Las contras se tiraban por allí, pues al otro lado el terreno es plano y no hay peligro de quebrarse una pierna al saltar. En una época, todas las noches se veían sombras que franqueaban el muro por ese punto y volvían al amanecer. Pero el nuevo director hizo expulsar a cuatro cadetes de cuarto, sorprendidos al salir, y desde entonces una pareja de soldados ronda por el exterior toda la noche. Las contras han disminuido y ya no se practican por allí. Alberto gira sobre sí mismo; al fondo está el patio de quinto, vacío y borroso. En el descampado intermedio distingue una llamita azul. Va hacia ella.

—¿Jaguar?

No hay respuesta. Alberto saca su linterna —los imaginarias, además del fusil, llevan una linterna y un brazalete morado— y la enciende. Atravesado en la columna de luz, surge un rostro lánguido, una piel suave y lampiña, unos ojos entrecerrados que miran con timidez.

—¿Qué haces aquí, tú?

El Esclavo levanta una mano para protegerse de la luz. Alberto apaga la linterna.

—Estoy de imaginaria.

Alberto ¿ríe? El ruido vibra en la oscuridad como un acceso de eructos, cesa unos instantes, luego brota de nuevo el chorro de desprecio puro, porfiado y sin alegría.

—Estás reemplazando al Jaguar —dice Alberto—. Me das pena.

—Y tú imitas la risa del Jaguar —dice el Esclavo, suavemente—; eso debería darte más pena.

—Yo sólo imito a tu madre —dice Alberto. Se libera del fusil, lo coloca sobre la hierba, sube las solapas de su sacón, se frota las manos y se sienta junto al Esclavo—. ¿Tienes un cigarrillo?

Una mano sudada roza la suya y se aparta en el acto, dejando en su poder un cigarrillo blando, sin tabaco en las puntas.

Alberto prende un fósforo. «Cuidado», susurra el Esclavo. «Puede verte la ronda.» «Mierda», dice Alberto. «Me quemé.» Ante ellos se alarga la pista de desfile, luminosa como una gran avenida en el corazón de una ciudad disimulada por la niebla.

—¿Cómo haces para que te duren los cigarrillos? —dice Alberto—. A mí se me acaban los miércoles, a lo más.

—Fumo poco.

—¿Por qué eres tan rosquete? —dice Alberto—. ¿No te da vergüenza hacerle su turno al Jaguar?

—Yo hago lo que quiero —responde el Esclavo—. ¿A ti te importa?

—Te trata como a un esclavo —dice Alberto—. Todos te tratan como a un esclavo, qué caray. ¿Por qué tienes tanto miedo?

—A ti no te tengo miedo.

Alberto ríe. Su risa se corta bruscamente.

—Es verdad —dice—. Me estoy riendo como el Jaguar. ¿Por qué lo imitan todos?

—Yo no lo imito —dice el Esclavo.

—Tú eres como su perro —dice Alberto—. A ti te ha fregado.

Alberto arroja la colilla. La brasa agoniza unos instantes entre sus pies, sobre la hierba, luego desaparece. El patio de quinto sigue desierto.

—Sí —dice Alberto—. Te ha fregado —abre la boca, la cierra. Se lleva una mano a la punta de la lengua, coge con dos dedos una hebra de tabaco, la parte con las uñas, se pone en los labios los dos cuerpos minúsculos y escupe—. ¿Tú no has peleado nunca, no?

—Sólo una vez —dice el Esclavo.

—¿Aquí?

—No. Antes.

—Es por eso que estás fregado —dice Alberto—. Todo el mundo sabe que tienes miedo. Hay que trompearse de vez en cuando para hacerse respetar. Si no, estarás reventado en la vida.

—Yo no voy a ser militar.

—Yo tampoco. Pero aquí eres militar aunque no quieras. Y lo que importa en el Ejército es ser bien macho, tener unos huevos de acero, ¿comprendes? O comes o te comen, no hay más remedio. A mí no me gusta que me coman.

—No me gusta pelear —dice el Esclavo—. Mejor dicho, no sé.

—Eso no se aprende —dice Alberto—. Es una cuestión de estómago.

—El teniente Gamboa dijo eso una vez.

—Es la pura verdad, ¿no? Yo no quiero ser militar pero aquí uno se hace más hombre. Aprende a defenderse y a conocer la vida.

—Pero tú no peleas mucho —dice el Esclavo—. Y, sin embargo, no te friegan.

—Yo me hago el loco, quiero decir el pendejo. Eso también sirve, para que no te dominen. Si no te defiendes con uñas y dientes, ahí mismo se te montan encima.

—¿Tú vas a ser un poeta? —dice el Esclavo.

—¿Estás cojudo? Voy a ser ingeniero. Mi padre me mandará a estudiar a Estados Unidos. Escribo cartas y novelitas para comprarme cigarrillos. Pero eso no quiere decir nada. ¿Y tú, qué vas a ser?

—Yo quería ser marino —dice el Esclavo—. Pero ahora ya no. No me gusta la vida militar. Quizá sea ingeniero, también.

La niebla se ha condensado; los faroles de la pista parecen más pequeños y su luz es más débil. Alberto busca en sus bolsillos. Hace dos días que está sin cigarrillos, pero sus manos repiten el gesto, mecánicamente, cada vez que desea fumar.

—¿Te quedan cigarrillos?

El Esclavo no responde, pero segundos después Alberto siente un brazo junto a su estómago. Toca la mano del otro, que sostiene un paquete casi lleno. Saca un cigarrillo, lo pone entre sus labios, con la punta de la lengua toca la superficie compacta y picante. Enciende un fósforo y aproxima al rostro del Esclavo la llama que se agita suavemente en la pequeña gruta que forman sus manos.

—¿De qué mierda estás llorando? —dice Alberto, a la vez que abre las manos y deja caer el fósforo—. Me volví a quemar, maldita sea.

Prende otro fósforo y enciende su cigarrillo. Aspira el humo y lo arroja por la boca y la nariz.

—¿Qué te pasa? —pregunta.

—Nada.

Alberto vuelve a aspirar; la brasa resplandece y el humo se confunde con la neblina, que está muy baja, casi a ras de tierra. El patio de quinto ha desaparecido. El edificio de las cuadras es una gran mancha inmóvil.

—¿Qué te han hecho? —dice Alberto—. No hay que llorar nunca, hombre.

—Mi sacón —dice el Esclavo—. Me han fregado la salida.

Alberto vuelve la cabeza. El Esclavo lleva sobre la camisa caqui una chompa castaña, sin mangas.

—Mañana tenía que salir —dice el Esclavo—. Me han reventado.

—¿Sabes quién ha sido?

—No. Lo sacaron del ropero.

—Te van a descontar cien soles. Quizá más.

—No es por eso. Mañana hay revista. Gamboa me dejará consignado. Ya llevo dos semanas sin salir.

—¿Tienes hora?

—La una menos cuarto —dice el Esclavo—. Ya podemos ir a la cuadra.

—Espera —dice Alberto, incorporándose—. Tenemos tiempo. Vamos a tirarnos un sacón.

El Esclavo se levanta como un resorte, pero permanece en el sitio sin dar un paso, como pendiente de algo próximo e irremediable.

—Apúrate —dice Alberto.

—Los imaginarias… —susurra el Esclavo.

—Maldita sea —dice Alberto—. ¿No ves que voy a jugarme la salida para conseguirte un sacón? La gente cobarde me enferma. Los imaginarias están en el baño de la séptima. Hay una timba.

El Esclavo lo sigue. Avanzan entre la neblina cada vez más espesa, hacia las cuadras invisibles. Los clavos de los botines rasgan la hierba húmeda y al ruido acompasado del mar se mezcla ahora el silbido del viento que invade las habitaciones sin puertas ni ventanas del edificio que está entre las aulas y los dormitorios de los oficiales.

—Vamos a la décima o a la novena —dice el Esclavo—. Los enanos tienen el sueño de plomo.

—¿Te hace falta un sacón o un chaleco? —dice Alberto—. Vamos a la tercera.

Están en la galería del año. La mano de Alberto empuja suavemente la puerta, que cede sin ruido. Mete la cabeza como un animal olfateando una cueva: en la cuadra en tinieblas reina un rumor apacible. La puerta se cierra tras ellos. «¿Y si se echa a correr, cómo tiembla, y si se echa a llorar, cómo corre, y si es verdad que el Jaguar se lo tira, cómo suda, y si ahorita se prende la luz, cómo vuelo?» «Al fondo», murmura Alberto, tocando con sus labios la cara del Esclavo. «Hay un ropero que está lejos de las camas.» «¿Qué?», dice el Esclavo, sin moverse. «Mierda», dice Alberto. «Ven.» Arrastrando los pies, atraviesan la cuadra en cámara lenta con las manos extendidas para evitar los obstáculos. «Y si fuera un ciego, me saco los ojos de vidrio, le digo Pies Dorados te doy mis ojos pero fíame, papá basta ya de putas, basta ya que el servicio no se abandona nunca salvo muerto.» Se detienen junto al ropero, los dedos de Alberto repasan la madera. Mete la mano en su bolsillo, saca la ganzúa, con la otra mano trata de localizar el candado, cierra los ojos, aprieta los dientes. «Y si digo juro teniente, vine a sacar un libro para estudiar química que mañana me jalan, juro que no te perdonaré nunca el llanto de mi madre Esclavo, ni que me hayas matado por un sacón.» La ganzúa araña el metal, penetra en la ranura, se engancha, se mueve atrás y adelante, a derecha e izquierda, ingresa un poco más, se inmoviliza, golpea secamente, el candado se abre. Alberto forcejea hasta recuperar la ganzúa. La puerta del ropero comienza a girar. Desde algún punto de la cuadra una voz airada irrumpe en incoherencias. La mano del Esclavo se incrusta en el brazo de Alberto. «Quieto», susurra éste. «O te mato.» «¿Qué?», dice el otro. La mano de Alberto explora el interior, con cuidado, a unos milímetros de la superficie vellosa del sacón, como si fuera a acariciar el rostro o los cabellos del ser amado y estuviera saboreando el placer de la inminencia del contacto, tocando sólo su atmósfera, su vaho. «Sácale los cordones a dos botines», dice Alberto. «Necesito.» El Esclavo lo suelta, se inclina, se aleja a rastras. Alberto libera el sacón del colgador, mete el candado en las armellas y aprieta con toda la mano para apagar el ruido. Después, se desliza hacia la puerta. Cuando llega el Esclavo, lo vuelve a tocar, esta vez en el hombro. Salen.

—¿Tiene marca?

El Esclavo examina el sacón minuciosamente, con su linterna.

—No.

—Anda al baño y mira si tiene manchas. Y los botones, cuidado vayan a ser de otro color.

—Ya es casi la una —dice el Esclavo.

Alberto asiente. Al llegar a la puerta de la primera sección, se vuelve hacia su compañero:

—¿Y los cordones?

—Sólo conseguí uno —dice el Esclavo. Duda un momento—: Perdón.

Alberto lo mira fijamente, pero no lo insulta ni se ríe. Se limita a encogerse de hombros.

—Gracias —dice el Esclavo. Ha puesto otra vez su mano en el brazo de Alberto y lo mira a los ojos con su cara tímida y rastrera iluminada por una sonrisa.

—Lo hago para divertirme —dice Alberto. Y añade, rápido—: ¿Tienes las preguntas del examen? No sé ni jota de química.

—No —dice el Esclavo—. Pero el Círculo lo debe tener. Hace un rato salió Cava y fue hacia las aulas. Deben estar resolviendo las preguntas.

—No tengo plata. El Jaguar es un ladrón.

—¿Quieres que te preste? —dice el Esclavo.

—¿Tienes plata?

—Un poco.

—¿Puedes prestarme veinte soles?

—Veinte soles, sí.

Alberto le da una palmada en el hombro. Dice:

—Formidable, formidable. Estaba sin un centavo. Si quieres, te puedo pagar con novelitas.

—No —dice el Esclavo. Ha bajado los ojos—. Más bien en cartas.

—¿Cartas? ¿Tienes enamorada? ¿Tú?

—Todavía no tengo —dice el Esclavo—. Pero quizás tenga.

—Bueno, hombre. Te escribiré veinte. Eso sí, tienes que enseñarme las de ella. Para ver el estilo.

Las cuadras parecen haber cobrado vida. De diversos sectores del año llega hasta ellos ruido de pasos, de roperos, incluso algunas lisuras.

—Ya están cambiando el turno —dice Alberto—. Vamos.

Entran a la cuadra. Alberto va a la litera de Vallano, se inclina y saca el cordón de uno de los botines. Luego sacude al negro con las dos manos.

—Tu madre, tu madre —exclama Vallano, frenéticamente.

—Es la una —dice Alberto—. Tu turno.

—Si me has despertado antes, te machuco.

Al otro lado de la cuadra, Boa vocifera contra el Esclavo, que acaba de despertarlo.

—Ahí tienes el fusil y la linterna —dice Alberto—. Sigue durmiendo si quieres. Pero te aviso que la ronda está en la segunda sección.

—¿De veras? —dice Vallano, sentándose.

Alberto va hasta su litera y se desnuda.

—Aquí todos son muy graciosos —dice Vallano—. Muy graciosos.

—¿Qué te pasa? —pregunta Alberto.

—Me han robado un cordón.

—Silencio —grita alguien—. Imaginaria, que se callen esos maricones.

Alberto siente que Vallano camina de puntillas. Después, oye un ruido revelador.

—Se están robando un cordón —grita.

—Un día de éstos te voy a romper la cara, poeta —dice Vallano, bostezando.

Minutos después, hiere la noche el silbato del oficial de guardia. Alberto no lo oye: duerme.

La calle Diego Ferré tiene menos de trescientos metros de largo y cualquier caminante desprevenido la tomaría por un callejón sin salida. En efecto, desde la esquina de la avenida Larco, donde comienza, se ve, dos cuadras más allá, cerrando el otro extremo, la fachada de una casa de dos pisos, con un pequeño jardín protegido por una baranda verde. Pero esa casa que, de lejos, parece tapiar Diego Ferré, pertenece a la estrecha calle Porta, que cruza a aquélla, la detiene y la mata. Entre Porta y la avenida Larco, fragmentan a Diego Ferré otras dos calles paralelas: Colón y Ocharán. Luego de atravesar Diego Ferré terminan súbitamente, doscientos metros al oeste, en el malecón de la Reserva, una serpentina que abraza Miraflores con un cinturón de ladrillos rojos y que es el límite extremo de la ciudad, pues ha sido erigido al borde de los acantilados, sobre el ruidoso, gris y limpio mar de la bahía de Lima.

Encerradas entre la avenida Larco, el Malecón y la calle Porta, hay media docena de manzanas: un centenar de casas, dos o tres tiendas de comestibles, una farmacia, un puesto de refrescos, un taller de zapatería (semioculto entre un garaje y un muro saliente) y un solar cercado donde funciona una lavandería clandestina. Las calles transversales tienen árboles a los costados de la pista; Diego Ferré no. Todo ese sector es el dominio del barrio. El barrio no tiene nombre. Cuando se formó un equipo de fulbito para intervenir en el campeonato anual del Club Terrazas, los muchachos se presentaron con el nombre de Barrio Alegre. Pero, una vez terminado el campeonato, el nombre cayó en desuso. Además, los cronistas policiales designaban con el nombre de Barrio Alegre al jirón Huatica de La Victoria, la calle de las putas, lo que constituía una semejanza embarazosa. Por eso, los muchachos se limitan a hablar del barrio. Y cuando alguien pregunta cuál barrio, para diferenciarse de los otros barrios de Miraflores, el de 28 de Julio, el de Reducto, el de la calle Francia, el de Alcanfores, dicen: «El barrio de Diego Ferré».

La casa de Alberto es la tercera de la segunda cuadra de Diego Ferré, en la acera de la izquierda. La conoció de noche, cuando casi todos los muebles de su casa anterior, en San Isidro, ya habían sido trasladados a ésta. Le pareció más grande que la otra y con dos ventajas evidentes: su dormitorio estaría más alejado del de sus padres y, como esta casa tenía un jardín interior, probablemente lo dejarían criar un perro. Pero el nuevo domicilio traería también inconvenientes. De San Isidro, el padre de un compañero los llevaba a ambos hasta el Colegio La Salle, todas las mañanas. En el futuro tendría que tomar el Expreso, descender en el paradero de la avenida Wilson y, desde allí, andar lo menos diez cuadras hasta la avenida Arica, pues La Salle, aunque es un colegio para niños decentes, está en el corazón de Breña, donde pululan los zambos y los obreros. Tendría que levantarse más temprano, salir acabando el almuerzo. Frente a su casa de San Isidro había una librería y el dueño le permitía leer los *Penecas* y *Billiken* detrás del mostrador y, a veces, se los prestaba por un día, advirtiéndole que no los ajara ni ensuciara. El cambio de domicilio lo privaría, además, de una distracción excitante: subir a la azotea y contemplar la casa de los Nájar, adonde en las mañanas se jugaba al tenis, y, cuando había sol, se almorzaba en los jardines bajo sombrillas de colores, y en las noches se bailaba y él podía espiar a las parejas que, disimuladamente, iban a la cancha de tenis a besarse.

El día de la mudanza se levantó temprano y fue al colegio de buen humor. A mediodía regresó directamente a la nueva casa. Bajó del Expreso en el paradero del parque Salazar —todavía no conocía el nombre de esa explanada de césped, colgada sobre el mar—, subió por Diego Ferré, una calle vacía, y entró a la casa: su madre amenazaba a la sirvienta con echarla si aquí también se dedicaba a hacer vida social con las cocineras y choferes del vecindario. Acabado el almuerzo, el padre dijo: «Tengo que salir. Un asunto importante». La madre clamó: «Vas a engañarme, cómo puedes mirarme a los ojos» y luego, escoltada por el mayordomo y la sirvienta, comenzó un minucioso registro para comprobar si algo se había extraviado o dañado en la mudanza. Alberto subió a su cuarto, se echó en la cama, distraídamente fue haciendo garabatos en los forros de sus libros. Poco después oyó voces de muchachos que llegaban hasta él por la ventana. Las voces se interrumpían, sobrevenía el impacto, el zumbido y el estruendo de la pelota al rebotar contra una puerta, y al instante renacían las voces. Saltó de la cama y se asomó al balcón. Uno de los muchachos llevaba una camisa incendiaria, a rayas rojas y amarillas, y el otro, una camisa de seda blanca, desabotonada. Aquél era más alto, rubio y tenía la voz, la mirada y los gestos insolentes; el otro, bajo y grueso, de cabello moreno ensortijado, era muy ágil. El rubio hacía de arquero en un garaje; el moreno le disparaba con una pelota de fútbol flamante. «Tapa ésta, Pluto», decía el moreno. Pluto, agazapado con una mueca dramática, gesticulaba, se limpiaba la frente y la nariz con las dos manos, simulaba arrojarse y si atajaba un penal reía con estrépito. «Eres una madre, Tico», decía. «Para tapar tus penales me basta la nariz.» El moreno bajaba la pelota con el pie, diestramente, la emplazaba, medía la distancia, pateaba y los tiros eran goles casi siempre. «Manos de trapo», se burlaba Tico, «mariposa. Ésta va con aviso; al ángulo derecho y bombeada». Al principio, Alberto los miraba con frialdad y ellos aparentaban no verlo. Poco a poco, aquél fue demostrando un interés estrictamente deportivo; cuando Tico metía un gol o Pluto atajaba la pelota, asentía sin sonreír, como un entendido. Luego, comenzó a prestar atención a las bromas de los dos muchachos; adecuaba su expresión a la de ellos y los jugadores daban señales de reconocer su presencia por momentos: volvían la cabeza hacia él, como poniéndolo de árbitro. Pronto se estableció una estrecha complicidad de miradas, sonrisas y movimientos de cabeza. De pronto, Pluto rechazó un disparo de Tico con el pie y la pelota salió despedida a lo lejos. Tico corrió tras ella. Pluto alzó la vista hacia Alberto.

—Hola —dijo.

—Hola —dijo Alberto.

Pluto tenía las manos en los bolsillos. Daba saltitos en el sitio, igual a los jugadores profesionales antes del partido, para entrar en calor.

—¿Vas a vivir aquí? —dijo Pluto.

—Sí. Nos mudamos hoy.

Pluto asintió. Tico se había acercado. Llevaba la pelota sobre el hombro y la sostenía con una mano. Miró a Alberto. Se sonrieron. Pluto miró a Tico:

—Se ha mudado —dijo—. Va a vivir aquí.

—Ah —dijo Tico.

—¿Ustedes viven acá? —preguntó Alberto.

—Él en Diego Ferré —dijo Pluto—. En la primera cuadra. Yo a la vuelta, en Ocharán.

—Uno más para el barrio —dijo Tico.

—A mí me dicen Pluto. Y a éste Tico. Es una madre pateando.

—¿Tu padre es buena gente? —preguntó Tico.

—Más o menos —dijo Alberto—. ¿Por qué?

—Nos han corrido de toda la calle —dijo Pluto—. Nos quitan la pelota. No nos dejan jugar.

Tico comenzó a hacer botar la pelota, como en el básquet.

—Baja —dijo Pluto—. Tiraremos penales. Cuando vengan los otros jugaremos un partido de fulbito.

—Okey —dijo Alberto—. Pero conste que no soy muy bueno en fulbito.

Cava nos dijo: detrás del galpón de los soldados hay gallinas. Mientes, serrano, no es verdad. Juro que las he visto. Así que fuimos después de la comida, dando un rodeo para no pasar por las cuadras y rampando como en campaña. ¿Ves? ¿Ven?, decía el muy maldito, un corral blanco con gallinas de colores, qué más quieren, ¿quieren más? ¿Nos tiramos la negra o la amarilla? La amarilla está más gorda. ¿Qué esperas, huevas? Yo la cojo y me como las alas. Tápale el pico, Boa, como si fuera tan fácil. No podía; no te escapes, patita, venga, venga. Le tiene miedo, lo está mirando feo, le muestra el rabo, miren, decía el muy maldito. Pero era verdad que me picoteaba los dedos. Vamos al estadio y tápenle el pico de una vez a ésa. ¿Y qué pasa si el Rulos se tira al muchacho? Lo mejor, dijo el Jaguar, es amarrarle las patas y el pico. ¿Y las alas, qué me dicen si capa a alguien a punta de aletazos, qué me dicen? No quiere nada contigo, Boa. ¿Estás seguro, serrano, tú también? No, pero lo vi con mis propios ojos. ¿Con qué la amarro? Qué brutos, qué brutos, una gallina al menos es chiquita, parece un juego, pero ¡una llama! ¿Y qué pasa si el Rulos se tira al muchacho? Estábamos fumando en los excusados de las aulas, bajen las candelas, murciélagos. El Jaguar puja de alma, parece que lo estuvieran manducando. ¿Ya, Jaguar, salió, salió? Silencio, que me cortan, tengo que concentrarme. ¿Ya, ya, la puntita? ¿Y qué tal si nos tiramos al gordito?, dijo el Rulos. ¿Quién? El de la novena, el gordito. ¿Tú no lo has pellizcado nunca? Uf. No está mala la idea, pero ¿se deja o no se deja? A mí me han dicho que Lañas se lo tira cuando está de guardia. Uf, al fin. ¿Salió, salió?, el muy maldito. ¿Y quién primero?, porque a mí se me fueron las ganas con tanto ruido que hace. Aquí hay un hilo para el pico. Serrano, no la sueltes que a lo mejor se vuela. ¿Hay un voluntario? Cava la tenía por los sobacos, el Rulos le rogaba no muevas el pico que de todas maneras te lo embocan y yo le amarraba las patas. Entonces, mejor sorteamos, quién tiene fósforos. Córtale la cabeza a uno y enséñame los otros, estoy muy viejo para que me hagan trampas. Le va a tocar al Rulos. Oye, ¿a ti te consta que se deja? A mí no me consta. Esa risita como una picadura. Yo acepto, Rulos, pero sólo por juego. ¿Y si no se deja? Quietos, que huele a suboficial, menos mal que pasó lejos, yo soy muy macho. ¿Y si nos comemos al suboficial? El Boa se come a una perra, dijo el muy maldito, por qué no al gordito que es humano. Está consignado, ahora lo vi en el comedor, matoneaba a los ocho perros de su mesa. A lo mejor no se deja. ¿Quién dijo miedo, alguien dijo miedo? Me como una sección de gordos, uno por uno, y fresco como una lechuga. Vamos a hacer un plan, dijo el Jaguar, cosa que resulte más fácil. ¿A quién le tocó el palito? La gallina estaba en el suelo, quietecita y boqueando. Al serrano Cava, ¿no perciben que ya está mandándose la mano? Es por gusto, está muerta, mejor sería el Boa que hace carpas marchando. Ya sorteamos, no hay nada que hacer, te la tiras o te tiramos como a las llamas en tu pueblo. ¿No tienen una novelita? ¿Y si traemos al poeta a que le cuente una de esas historias que engordan la pichula? Puro cuento, compañeros, yo hago carpas concentrándome, es cuestión de voluntad. Oye, ¿y si me infecto? Qué te pasa, vida mía, qué tienes, serranito, de cuándo acá te echas atrás, ¿sabías que el Boa está más sano que tu madre desde que se tira a la Malpapeada? Cuéntame esos delirios, piojosito, ¿no te han dicho que las gallinas son más limpias que las perras, más higiénicas? De acuerdo, nos lo comemos aunque muramos con las manos en la masa. ¿Y la ronda? Está Huarina de servicio que es un pelma y los sábados la ronda es cosa boba. ¿Y si acusa? Reunión del Círculo: cadete manducado y soplón, pero ¿tú dirías que te han manducado? Salgamos que van a tocar silencio. Y bajen las candelas, maldita sea. Ya, dijo el muy maldito, se ha parado sola; pásenmela. Tenla tú. ¿Yo mismo? Tú mismo. ¿Estás seguro que las gallinas tienen huecos? Salvo que esta pánfila sea virgen. Se está moviendo, miren, a lo mejor es un gallo rosquete. No se rían ni hablen, por favor. Por favor. Esa risita tan fregada. ¿No ven, han visto esa mano de serrano? La estás manoseando, bandolero. Estoy buscando el no me muevan que ya encontré. ¿Cómo dijo, compañero? Tiene hueco, quietos por favor, y por todos los santos no se rían que se adormece el elefante. Qué bruto. Los serranos, decía mi hermano, mala gente, lo peor que hay. Traidores y cobardes, torcidos hasta el alma. ¡Tápale el pico, jijunagrandísima! Teniente Gamboa, aquí hay alguien que se está comiendo una gallina. Son las diez o casi, dijo el Rulos, más de las diez y cuarto. ¿Han visto si hay imaginarias? También me como un imaginaria. Tú te comes todo, así estoy viendo, tienes mucho apetito, jura que no te comes a tu santa madre. No había más consignados en la cuadra, pero sí en la segunda y salimos sin zapatos. Me estoy helando de frío y a lo mejor me constipo. Yo confieso que, si oigo un silbato, corro. Trepemos la escalera agachados, que se ve desde la Prevención. ¿De veras? Entramos a la cuadra despacito y el Jaguar ¿qué cabrón dijo que sólo había dos consignados? Ahí están roncando como diez enanos. ¿Entonces se corren? ¿Quién? Tú que sabes cuál es su cama, pasa adelante, cosa que no nos comamos a otro. Es la tercera, no ven cómo huele a gordito apetitoso. Se le están saliendo las plumas y me parece que se está muriendo. ¿Ya o no? Cuenta. ¿Siempre te vas tan rápido o sólo con las gallinas? Miren esa polilla, creo que el serrano la mató. ¿Yo? La falta de respiración, todos los huecos tapados. Si está que se mueve, juro que se está haciendo la muerta. ¿Ustedes creen que los animales sienten? ¿Sienten qué, huevas, acaso tienen alma? Quiero decir gusto, como las mujeres. La Malpapeada, sí, igualito que las mujeres. Tú, Boa, me das asco. Las cosas que se ven. Oye, la polilla se está parando. Le ha gustado y quiere más, qué tal. Camina borrachita, camina borrachita. ¿Y ahora nos la comemos de a deveras? Alguien va a quedar encinta, no se olviden que el serrano le dejó adentro tamaña piedra. Yo ni sé cómo se mata a las gallinas. Calla, con el fuego se mueren los microbios. La agarras del pescuezo y la tuerces en el aire. Tenla quieta, Boa, voy a hacer un saque, aguántate ésa. Sí señor, la elevaste, bien puesta esa pata. Ahora sí se ha muerto, está toda deshecha, caramba. Caramba, está toda deshecha y quién se la va a comer así oliendo a polvo y a pezuña. Júrame que el fuego mata los microbios. Vamos a hacer una fogata, pero allá arribita, detrás de la tapia que está más escondido. Silencio, que te parto en cuatro. Trepa de una vez que ya está bien cogido, huevas. Cómo patea el enano, cómo pateaba, cómo, qué esperas para treparte, no ves que duerme más calato que una foca. Oye Boa, no le tapes así la jeta que a lo mejor se ahoga. Ahorita me echa abajo y sólo me estoy frotando, decía el Rulos, no te muevas que te mato y te hago polvo y qué más quieres que te esté bombardeando, respingado. Zafemos que se están levantando los enanos, no te digo, caracho, se están levantando todos los enanos y aquí va a correr sangre a torrentes. El que prendió la luz fue un vivo. El que gritó se están comiendo a un compañero, a la pelea muchachos, también fue un vivo. A mí me manducaron con eso de la luz y ¿sería por eso que le solté la boca?, sálvenme, hermanos. Yo sólo he oído un grito parecido cuando mi madre le largó la silla a mi hermano.

¿Y ustedes, enanos, alguien los ha invitado, qué hacen levantados, por favor, alguien dijo que enciendan la luz? ¿Y ése era el brigadier? No vamos a dejar que hagan eso con el muchacho, maricones. Me he vuelto loco, estoy soñando, desde cuándo se habla así con sus cadetes, cuádrense. Y tú de qué gritas, no ves que es una broma. Esperen que voy a aplastar unos cuantos enanos. Y el Jaguar todavía se reía, me acuerdo de su risa cuando yo estaba machucando a los enanos. Ahora nos vamos, pero eso sí, óiganlo bien y no se olviden: si uno solo abre el pico, nos tiramos a toda la cuadra de verdad. No hay que meterse con los enanos, todos son unos acomplejados y no entienden las bromas. Para bajar las escaleras ¿nos agachamos de nuevo? Puaf, decía el Rulos, chupando un hueso, la carne ha quedado toda chamuscada y con pelos.

II

Cuando el viento de la madrugada irrumpe sobre La Perla, empujando la neblina hacia el mar y disolviéndola, y el recinto del Colegio Militar Leoncio Prado se aclara como una habitación colmada de humo cuyas ventanas acaban de abrirse, un soldado anónimo aparece bostezando en el umbral del galpón y avanza restregándose los ojos hacia las cuadras de los cadetes. La corneta que lleva en la mano se balancea con el movimiento de su cuerpo y, en la difusa claridad, brilla. Al llegar al tercer año, se detiene en el centro del patio, a igual distancia de los cuatro ángulos del edificio que lo cerca. Enfundado en su uniforme verduzco, desdibujado por los últimos residuos de la neblina, el soldado parece un fantasma. Lentamente, pierde su inmovilidad, se anima, se frota las manos, escupe. Luego sopla. Escucha el eco de su propia corneta y, segundos después, las injurias de los perros que desfogan contra él la cólera que les causa el final de la noche. Escoltado por carajos lejanos, el corneta se dirige a las cuadras de cuarto año. Algunos imaginarias del último turno han salido a las puertas, anunciados de su llegada por la diana de los perros: se burlan de él, lo insultan y a veces le tiran piedras. El soldado camina hacia quinto. Ya está completamente despierto y su paso es más vivo. Allí no hay reacción; los veteranos saben que desde el toque de diana hasta el silbato llamando a filas tienen quince minutos, la mitad de los cuales pueden aprovechar todavía en el lecho. El soldado regresa al galpón, frotándose las manos y escupiendo. No lo asustan la indignación de los perros, el malhumor de los cadetes de cuarto: apenas los percibe. Salvo los sábados. Ese día, como hay ejercicios de campaña, la diana se toca una hora antes y los soldados temen estar de servicio. A las cinco todavía es noche cerrada y los cadetes, borrachos de sueño y de ira, bombardean al corneta desde las ventanas con toda clase de proyectiles. Por eso, los sábados, los cornetas violan el reglamento: tocan la diana lejos de los patios, desde la pista de desfile, y muy rápido.

El sábado, los de quinto pueden continuar en las literas sólo dos o tres minutos, pues, en lugar de quince, tienen apenas ocho minutos para lavarse, vestirse, tender las camas y formar. Pero este sábado es excepcional. La campaña ha sido suprimida para el quinto año debido al examen de química; cuando los veteranos escuchan la diana, a las seis, los perros y los de cuarto están desfilando ya por la puerta del colegio hacia el despoblado que une La Perla al Callao.

Unos instantes después del toque de diana, Alberto, sin abrir los ojos todavía, piensa: «Hoy es la salida». Alguien dice: «Son las seis menos cuatro. Hay que apedrear a ese maldito». La cuadra queda de nuevo en silencio. Abre los ojos: por las ventanas entra a la habitación una luz indecisa, gris. «Los sábados debía salir sol.» Se abre la puerta del baño. Alberto ve la cara pálida del Esclavo: las literas lo degollan a medida que avanza. Está peinado y afeitado. «Se levanta antes de la diana para llegar primero a la fila», piensa Alberto. Cierra los ojos. Siente que el Esclavo se detiene junto a su cama y le toca el hombro. Entreabre los ojos: la cabeza del Esclavo culmina un cuerpo esquelético, devorado por el piyama azul.

—Está de turno el teniente Gamboa.

—Ya sé —responde Alberto—. Tengo tiempo.

—Bueno —dice el Esclavo—. Creí que estabas durmiendo.

Esboza una sonrisa y se aleja. «Quiere ser mi amigo», piensa Alberto. Vuelve a cerrar los ojos y queda tenso: el pavimento de la calle Diego Ferré brilla por la humedad; las aceras de Porta y Ocharán están cubiertas de hojas desprendidas de los árboles por el viento nocturno; un joven elegante camina por allí, fumando un Chesterfield. «Juro que hoy iré donde las polillas.»

—¡Siete minutos! —grita Vallano, a voz en cuello, desde la puerta de la cuadra. Hay una conmoción. Las literas están oxidadas y chirrían; las puertas de los armarios crujen; los tacones de los botines martillean la losa; al rozarse o chocar, los cuerpos despiden un rumor sordo; pero las blasfemias y los juramentos prevalecen sobre cualquier otro ruido, como lenguas de fuego entre el humo. Sucesivos, ametrallados por una garganta colectiva, los insultos no son, sin embargo, precisos: apuntan a blancos abstractos como Dios, el oficial y la madre, y los cadetes parecen recurrir a ellos más por su música que su significado.

Alberto salta de la cama, se pone las medias y los botines, todavía sin cordones. Maldice. Cuando termina de pasarlos, la mayor parte de los cadetes ha tendido su cama y empieza a vestirse. «¡Esclavo!», grita Vallano. «Cántame algo. Me gusta oírte mientras me lavo.» «Imaginaria», brama Arróspide. «Me han robado un cordón. Eres responsable.» «Te quedarás consignado, cabrón.» «Ha sido el Esclavo», dice alguien. «Juro. Yo lo vi.» «Hay que denunciarlo al capitán», propone Vallano. «No queremos ladrones en la cuadra.» «¡Ay!», dice una voz quebrada. «La negrita tiene miedo a los ladrones.» «Ay, ay» cantan varios. «Ay, ay, ay» aúlla la cuadra entera. «Todos son unos hijos de puta», afirma Vallano. Y sale, dando un portazo. Alberto está vestido. Corre al baño. En el lavatorio contiguo, el Jaguar termina de peinarse.

—Necesito cincuenta puntos de química —dice Alberto, la boca llena de pasta de dientes—. ¿Cuánto?

—Te jalarán, poeta —el Jaguar se mira en el espejo y trata en vano de apaciguar sus cabellos: las púas, rubias y obstinadas, se enderezan tras el peine—. No tenemos el examen. No fuimos.

—¿No consiguieron el examen?

—Nones. Ni siquiera intentamos.

Suena el silbato. El hirviente zumbido que brota de los baños y de las cuadras aumenta y se desvanece de golpe. La voz del teniente Gamboa surge desde el patio, como un trueno:

—¡Brigadieres, tomen los tres últimos!

El zumbido estalla nuevamente, ahogado. Alberto echa a correr: va guardando en su bolsillo la escobilla de dientes y el peine, y se enrolla la toalla como una faja entre el sacón y la camisa. La formación está a la mitad. Cae aplastado contra el de adelante, alguien se aferra a él por detrás. Alberto tiene cogido de la cintura a Vallano y da pequeños saltos para evitar los puntapiés con que los recién llegados tratan de desprender los racimos de cadetes a fin de ganar un puesto. «No manosees, cabrón», grita Vallano. Poco a poco, se establece el orden en las cabezas de fila y los brigadieres comienzan a contar los efectivos. En la cola, el desbarajuste y la violencia continúan, los últimos se esfuerzan por conquistar un sitio a codazos y amenazas. El teniente Gamboa observa la formación desde la orilla de la pista de desfile. Es alto, macizo. Lleva la gorra ladeada con insolencia; mueve la cabeza muy despacio, de un lado a otro, y su sonrisa es burlona.

—¡Silencio! —grita.

Los cadetes enmudecen. El teniente tiene los brazos en jarras; baja las manos, que se balancean un momento junto a su cuerpo antes de quedar inmóviles. Camina hacia el batallón; su rostro seco, muy moreno, se ha endurecido. A tres pasos de distancia, lo siguen los suboficiales Varúa, Morte y Pezoa. Gamboa se detiene. Mira su reloj.

—Tres minutos —dice. Pasea la vista de un extremo a otro, como un pastor que contempla su rebaño—. ¡Los perros forman en dos minutos y medio!

Una onda de risas apagadas estremece el batallón. Gamboa levanta la cabeza, curva las cejas: el silencio se restablece en el acto.

—Quiero decir, los cadetes de tercero.

Otra onda de risas, esta vez más audaz. Los rostros de los cadetes se mantienen adustos, las risas nacen en el estómago y mueren a las orillas de los labios, sin alterar la mirada ni las facciones. Gamboa se lleva la mano rápidamente a la cintura: de nuevo el silencio, instantáneo como una cuchillada. Los suboficiales miran a Gamboa, hipnotizados. «Está de buen humor», murmura Vallano.

—Brigadieres —dice Gamboa—. Parte de sección.

Acentúa la última palabra, se demora en ella mientras sus párpados se pliegan ligeramente. Un respiro de alivio anima la cola del batallón. En el acto, Gamboa da un paso al frente; sus ojos perforan las hileras de cadetes inmóviles.

—Y parte de los tres últimos —añade.

Del fondo del batallón brota un murmullo bajísimo. Los brigadieres penetran en las filas de sus secciones, las papeletas y los lápices en las manos. El murmullo vibra como una maraña de insectos que pugna por escapar de la tela encerada. Alberto localiza con el rabillo del ojo a las víctimas de la primera: Urioste, Núñez, Revilla. La voz de éste, un susurro, llega a sus oídos: «Mono, tú estás consignado un mes, ¿qué te hacen seis puntos? Dame tu sitio». «Diez soles», dice el Mono. «No tengo plata; si quieres, te los debo.» «No, mejor jódete.»

—¿Quién habla ahí? —grita el teniente. El murmullo sigue flotando, disminuido, moribundo.

—¡Silencio! —brama Gamboa—. ¡Silencio, carajo!

Es obedecido. Los brigadieres emergen de las filas, se cuadran a dos metros de los suboficiales, chocan los tacones, saludan. Después de entregar las papeletas, murmuran: «Permiso para regresar a la formación, mi suboficial». Éste hace una venia o responde: «Siga». Los cadetes vuelven a sus secciones al paso ligero. Luego, los suboficiales entregan las papeletas a Gamboa. Éste hace sonar los tacones espectacularmente y tiene una manera de saludar propia: no lleva la mano a la sien, sino a la frente, de modo que la palma casi cubre su ojo derecho. Los cadetes contemplan la entrega de partes, rígidos. En las manos de Gamboa, las papeletas se mecen como un abanico. ¿Por qué no da la orden de marcha? Sus ojos espían el batallón, divertidos. De pronto, sonríe.

—¿Seis puntos o un ángulo recto? —dice.

Estalla una salva de aplausos. Algunos gritan: «Viva Gamboa».

—¿Estoy loco o alguien habla en la formación? —pregunta el teniente. Los cadetes se callan. Gamboa se pasea frente a los brigadieres, las manos en la cintura.

—Aquí los tres últimos —grita—. Rápido. Por secciones.

Urioste, Núñez y Revilla abandonan su sitio a la carrera. Vallano les dice, al pasar: «Tienen suerte que esté Gamboa de servicio, palomitas». Los tres cadetes se cuadran ante el teniente.

—Como ustedes prefieran —dice Gamboa—. Ángulo recto o seis puntos. Son libres de elegir.

Los tres responden: «Ángulo recto». El teniente asiente y se encoge de hombros. «Los conozco como si los hubiera parido», susurran sus labios, y Núñez, Urioste y Revilla sonríen con gratitud. Gamboa ordena:

—Posición de ángulo recto.

Los tres cuerpos se pliegan como bisagras, quedan con la mitad superior paralela al suelo. Gamboa los observa; con el codo baja un poco la cabeza a Revilla.

—Cúbranse los huevos —indica—. Con las dos manos.

Luego, hace una seña al suboficial Pezoa, un mestizo pequeño y musculoso, de grandes fauces carnívoras. Juega muy bien al fútbol y su patada es violentísima. Pezoa toma distancia. Se ladea ligeramente: una centella se desprende del suelo y golpea. Revilla emite un quejido. Gamboa indica al cadete que retorne a su puesto.

—¡Bah! —dice luego—. Está usted débil, Pezoa. Ni lo movió.

El suboficial palidece. Sus ojos oblicuos están clavados en Núñez. Esta vez patea tomando impulso y con la punta. El cadete chilla al salir proyectado; trastabilla unos dos metros y se desploma. Pezoa busca ansiosamente el rostro de Gamboa. Éste sonríe. Los cadetes sonríen. Núñez, que se ha incorporado y se frota el trasero con las dos manos, también sonríe. Pezoa vuelve a tomar impulso. Urioste es el cadete más fuerte de la primera y, tal vez, del colegio. Ha abierto un poco las piernas para guardar mejor el equilibrio. El puntapié apenas lo remece.

—Segunda sección —ordena Gamboa—. Los tres últimos.

Luego pasan los de las otras secciones. A los de la octava, la novena y la décima, que son pequeños, los puntapiés de los suboficiales los mandan rodando hasta la pista de desfile. Gamboa no olvida preguntar a ninguno si prefieren el ángulo recto o los seis puntos. A todos les dice: «Son libres de elegir».

Alberto ha prestado atención a los primeros ángulos rectos. Luego, trata de recordar las últimas clases de química. En su memoria nadan algunas fórmulas vagas, algunos nombres desorganizados. «¿Habrá estudiado Vallano?» El Jaguar está a su lado, ha desplazado a alguien. «Jaguar», murmura Alberto. «Dame al menos veinte puntos. ¿Cuánto?» «¿Eres imbécil?», responde el Jaguar. «Te dije que no tenemos el examen. No vuelvas a hablar de eso. Por tu bien.»

—Desfilen por secciones —ordena Gamboa.

La formación se disuelve a medida que va ingresando al comedor; los cadetes se quitan las cristinas y avanzan hacia sus puestos hablando a gritos. Las mesas son para diez personas; los de quinto ocupan las cabeceras. Cuando los tres años han entrado, el capitán de servicio toca el primer silbato; los cadetes permanecen ante las sillas en posición de firmes. Al segundo silbato se sientan. Durante las comidas, los amplificadores derraman por el enorme recinto marchas militares o música peruana, valses y marineras de la costa y huaynos serranos. En el desayuno sólo resuena la voz de los cadetes, un interminable caos. «Digo que las cosas cambian, porque si no, mi cadete, ¿se va a comer ese bistec enterito? Déjenos siquiera una ñizca, un nervio, mi cadete. Digo que sufrían con nosotros. Oiga Fernández, por qué me sirve tan poco arroz, tan poca carne, tan poca gelatina, oiga no escupa en la comida, oiga ha visto usted la jeta de maldito que tengo, perro no se juegue conmigo. Digo que si mis perros babearan en la sopa, Arróspide y yo les hacíamos la marcha del pato, calatos, hasta botar los bofes. Perros respetuosos, digo, mi cadete quiere usted más bistec, quién tiende hoy mi cama, yo mi cadete, quién me convida hoy el cigarrillo, yo mi cadete, quién me invita una Inca Kola en La Perlita, yo mi cadete, quién se come mis babas, digo, quién.»

El quinto año entra y se sienta. Las tres cuartas partes de las mesas están vacías y el comedor parece más grande.

La primera sección ocupa tres mesas. Por las ventanas se divisa el descampado brillante. La vicuña está inmóvil sobre la hierba, las orejas paradas, los grandes ojos húmedos perdidos en el vacío. «Tú te crees que no, pero te he visto dar codazos como un varón para sentarte a mi lado; te crees que no, pero cuando Vallano dijo quién sirve y todos gritaron el Esclavo y yo dije por qué no sus madres, a ver por qué, y ellos cantaron ay, ay, ay, vi que bajaste una mano y casi me tocas la rodilla.» Ocho gargantas aflautadas siguen entonando ayes femeninos; algunos excitados unen el pulgar y el índice y avanzan las roscas hacia Alberto. «¿Yo, un rosquete?», dice éste. «¿Y qué tal si me bajo los pantalones?» «Ay, ay, ay.» El Esclavo se pone de pie y llena las tazas. El coro lo amenaza: «Te capamos si sirves poca leche». Alberto se vuelve hacia Vallano:

—¿Sabes química, negro?

—No.

—¿Me soplas? ¿Cuánto?

Los ojos movedizos y saltones de Vallano echan en torno una mirada desconfiada. Baja la voz:

—Cinco cartas.

—¿Y tu mamá? —pregunta Alberto—. ¿Cómo está?

—Bien —dice Vallano—. Si te conviene, avisa.

El Esclavo acaba de sentarse. Una de sus manos se alarga para coger un pan. Arróspide le da un manotazo: el pan rebota en la mesa y cae al suelo. Riendo a carcajadas, Arróspide se inclina a recogerlo. La risa cesa. Cuando su cara asoma nuevamente, está serio. Se levanta, estira un brazo, su mano se cierra sobre el cuello de Vallano. «Digo hay que ser bruto porfiado para ver y no ver los colores con tanta luz. O tener mala estrella, una suerte de perro. Digo para robar hay que ser vivo, aunque sea un cordón, aunque sea una pezuña, qué sería si Arróspide lo cosiera a cabezazos, el negro y el blanco, qué sería.» «Ni me fijé que era negro», dice Vallano, sacándose

55

el cordón del botín. Arróspide lo recibe, ya calmado. «Si no me lo dabas, te molía, negro», dice. El coro estalla, quebrado y melifluo, cadencioso: ay, ay, ay. «Bah», dice Vallano. «Juro que te vaciaré el ropero antes que termine el año. Ahora necesito un cordón. Véndeme uno Cava, tú que eres mercachifle. Oye, no ves que estoy hablando contigo, qué te pasa, piojoso.» Cava levanta bruscamente los ojos de la taza vacía y mira a Vallano con terror. «¿Qué?», dice. «¿Qué?» Alberto se inclina hacia el Esclavo:

—¿Estás seguro que viste a Cava anoche?

—Sí —dice el Esclavo—. Seguro que era él.

—Mejor no digas a nadie que lo viste. Ha pasado algo. El Jaguar dice que no se tiraron el examen. Y mírale la cara al serrano.

Al oír el silbato, todos se ponen de pie y salen corriendo hacia el descampado, donde los espera Gamboa, los brazos cruzados sobre el pecho y el pito en la boca. La vicuña echa a correr despavorida ante esa invasión. «Le diré, no ves que me han jalado en química por ti, no ves que ando enfermo por ti, Pies Dorados, no ves. Toma los veinte soles que me prestó el Esclavo y si quieres te escribiré cartas, pero no seas mala, no me asustes, no hagas que me jalen en química, no ves que el Jaguar no quiere venderme ni un punto, no ves que estoy más pobre que la Malpapeada.» Los brigadieres vuelven a contar los efectivos y a dar parte a los suboficiales y éstos al teniente Gamboa. Ha comenzado a caer una garúa muy fina. Alberto toca con su pie la pierna de Vallano. Éste lo mira de reojo.

—Tres cartas, negro.

—Cuatro.

—Bueno, cuatro.

Vallano asiente, pasándose la lengua por los labios en busca de las últimas migas de pan.

El aula de la primera sección está en el segundo piso del edificio nuevo, aunque descolorido y manchado por la humedad, que se yergue junto al salón de actos, un gran cobertizo de banquetas rústicas donde se pasa películas a los cadetes una vez por semana. La garúa ha convertido la pista de desfile en un espejo sin fondo. Los botines se posan en la superficie resplandeciente, caen y rebotan al compás del silbato. La marcha se transforma en trote cuando la formación llega a la escalera; los botines resbalan, los suboficiales maldicen. Desde las aulas se ve, a un lado, el patio de cemento, donde cualquier otro día seguirían desfilando hacia sus pabellones los cadetes de cuarto y los perros de tercero, bajo los escupitajos y proyectiles de los de quinto. El negro Vallano arrojó una vez un pedazo de madera. Se oyó un grito y, luego, un perro cruzó el patio como una exhalación, tapándose la oreja con las manos: entre sus dedos corría un hilo de sangre que el sacón absorbía en una mancha oscura. La sección estuvo consignada dos semanas, pero el culpable no fue descubierto. El primer día de salida, Vallano trajo dos paquetes de cigarrillos para los treinta cadetes. «Es mucho, caramba», protestaba el negro. «Basta con un paquete por cráneo.» El Jaguar y los suyos le advirtieron: «Dos o se reunirá el Círculo».

—Sólo veinte puntos —dice Vallano—. Ni uno más. Yo no me juego la cabeza por unas cuantas cartas.

—No —responde Alberto—. Al menos treinta. Y yo te indico las preguntas con el dedo. Además, no me dictas. Me muestras tu examen.

—Te dicto.

Las carpetas son de a dos. Delante de Alberto y Vallano, que están en la última fila, se sientan Boa y Cava, ambos de grandes espaldas, buenos biombos para escapar a la vigilancia.

—¿Como la vez pasada? Me dictaste mal a propósito.

Vallano ríe.

—Cuatro cartas —dice—. De dos páginas.

El suboficial Pezoa aparece en la puerta con un alto de exámenes. Los mira con sus ojos pequeñitos y malévolos; de cuando en cuando, moja la punta de sus bigotes ralos con la lengua.

—Al que saque el libro o mire al compañero se le anula la prueba —dice—. Y, además, seis puntos. Brigadier, reparta los exámenes.

—Rata.

El suboficial da un respingo, enrojece; sus ojos parecen dos cicatrices. Su mano de niño estruja la camisa.

—Anulado el pacto —dice Alberto—. No sabía que venía la rata. Prefiero copiar del libro.

Arróspide distribuye las pruebas. El suboficial mira su reloj.

—Las ocho —dice—. Tienen cuarenta minutos.

—Rata.

—¡Aquí no hay un solo hombre! —ruge Pezoa—. Quiero verle la cara a ese valiente que anda diciendo rata.

Las carpetas comienzan a animarse; se elevan unos centímetros del suelo y caen, al principio en desorden, luego armoniosamente, mientras las voces corean: «Rata, rata».

—¡Silencio, cobardes! —grita el suboficial.

En la puerta del aula aparecen el teniente Gamboa y el profesor de química, un hombre escuálido y cohibido. Junto a Gamboa, que es alto y atlético, parece insignificante con sus ropas de civil, demasiado anchas para su cuerpo.

—¿Qué ocurre, Pezoa?

El suboficial saluda.

—Se las dan de graciosos, mi teniente.

Todo está inmóvil. Reina absoluto silencio.

—¿Ah, sí? —dice Gamboa—. Vaya a la segunda, Pezoa. Yo cuidaré a estos jóvenes.

Pezoa vuelve a saludar y se marcha. El profesor de química lo sigue; parece asustado entre tanto uniforme.

—Vallano —susurra Alberto—. El pacto vale.

Sin mirarlo, el negro mueve la cabeza y se pasa un dedo por el cuello como una guillotina. Arróspide ha terminado de repartir las pruebas. Los cadetes inclinan las cabezas sobre las hojas. «Quince más cinco, más tres, más cinco, en blanco, más tres, en blanco, pucha, en blanco, más tres, no, en blanco, son ¿cuánto?, treinta y uno, hasta el guargüero. Que se fuera por la mitad, que lo llamaran, que pasara algo y tuviera que irse corriendo, Pies Dorados.» Alberto responde las preguntas, lentamente, con letra de imprenta. Los tacos de Gamboa suenan contra las baldosas. Cuando un cadete levanta la vista de su examen, encuentra siempre los ojos burlones del teniente y escucha:

—¿Quiere que le sople? Y baje la cabeza. A mí sólo me miran mi mujer y mi sirvienta.

Cuando termina de responder lo que sabe, Alberto mira a Vallano: el negro escribe a toda prisa, mordiéndose la lengua. Explora la clase con infinitas precauciones; algunos simulan escribir deslizando la pluma en el aire a unos milímetros del papel. Relee la prueba, contesta otras dos preguntas cuya respuesta intuye oscuramente. Comienza un ruido distante y subterráneo; inquietos, los cadetes se mueven en sus asientos. La atmósfera se condensa; algo invisible flota sobre las cabezas inclinadas, una pasta tibia e inasible, una nebulosa, un sentimiento aéreo, un rocío. ¿Cómo escapar unos segundos a la vigilancia del teniente, a esa presencia?

Gamboa ríe. Deja de caminar, queda en el centro del aula. Tiene los brazos cruzados, los músculos se insinúan bajo la camisa crema y sus ojos abarcan de una mirada todo el conjunto, como en las campañas, cuando lanza a su compañía entre el fango y la hace rampar sobre la hierba o los pedruscos con un simple movimiento de la mano o un pitazo cortante: los cadetes a sus órdenes se enorgullecen al ver la exasperación de los oficiales y cadetes de las otras compañías, que siempre terminan cercados, emboscados, pulverizados. Cuando Gamboa, con el casco reluciendo en la mañana, apunta con el dedo una alta tapia de adobes y exclama (sereno, impávido ante el enemigo invisible que ocupa las cumbres y los desfiladeros vecinos y aun la lengua de playa en que se asientan los acantilados): «¡Crúcenla pájaros!», los cadetes de la primera compañía arrancan como bólidos, las bayonetas caladas apuntando al cielo y los corazones henchidos de un coraje ilimitado, atraviesan las chacras pisoteando con ferocidad los sembríos —¡ah, si fueran cabezas de chilenos o ecuatorianos, ah, si bajo las suelas de los botines saltara la sangre, si murieran!—, llegan al pie de la tapia transpirando y jurando, cruzan el fusil en bandolera y alargan las manos hinchadas, hunden las uñas en las grietas, se aplastan contra el muro y reptan verticalmente, los ojos prendidos del borde que se acerca, y luego saltan y se encogen en el aire y caen y sólo escuchan sus propias maldiciones y su sangre exaltada que quiere abrirse paso hacia la luz por las sienes y los pechos. Pero Gamboa está ya al frente, en lo alto de un peñón, apenas arañado, husmeando el viento marino, calculando. En cuclillas o tendidos, los cadetes lo observan: la vida y la muerte dependen de sus labios. De pronto, su mirada se despeña colérica, los pájaros se transforman en larvas. «¡Sepárense! ¡Están amontonados como arañas!» Las larvas se incorporan, se despliegan, los viejos uniformes de campaña mil veces zurcidos se inflan con el viento y los parches y remiendos parecen costras y heridas, vuelven al fango, se confunden con la hierba, pero los ojos siguen fijos en Gamboa, dóciles, implorantes, como esa noche odiosa en que el teniente asesinó al Círculo.

El Círculo había nacido con su vida de cadetes, cuarenta y ocho horas después de dejar las ropas de civil y ser igualados por las máquinas de los peluqueros del colegio que los raparon, y de vestir los uniformes caquis, entonces flamantes, y formar por primera vez en el estadio al conjuro de los silbatos y las voces de plomo. Era el último día del verano y el cielo de Lima se encapotaba, después de arder tres meses como un ascua sobre las playas, para echar un largo sueño gris. Venían de todos los rincones del Perú; no se habían visto antes y ahora constituían una masa compacta, instalada frente a los bloques de cemento cuyo interior desconocían. La voz del capitán Garrido les anunciaba que la vida civil había terminado para ellos por tres años, que aquí se harían hombres, que el espíritu militar se compone de tres elementos simples: obediencia, trabajo y valor. Pero aquello había venido después, al terminar el primer almuerzo del colegio, cuando por fin estuvieron libres de la tutela de los oficiales y suboficiales y salieron del comedor, mezclados a los cadetes de cuarto y de quinto, a quienes miraban con un recelo no exento de curiosidad y aun de simpatía.

El Esclavo estaba solo y bajaba las escaleras del comedor hacia el descampado, cuando dos tenazas cogieron sus brazos y una voz murmuró a su oído: «Venga con nosotros, perro». Él sonrió y los siguió dócilmente. A su alrededor, muchos de los compañeros que había conocido esa mañana eran abordados y acarreados también por el campo de hierba hacia las cuadras de cuarto año. Ese día no hubo clases. Los perros estuvieron en manos de los de cuarto desde el almuerzo hasta la comida, unas ocho horas. El Esclavo no recuerda a qué sección fue llevado ni por quién. Pero la cuadra estaba llena de humo y de uniformes y se oían risas y gritos. Apenas cruzó la puerta, la sonrisa en los labios aún, se sintió golpeado en la espalda. Cayó al suelo, giró sobre sí mismo, quedó tendido boca arriba. Trató de levantarse, pero no pudo: un pie se había instalado sobre su estómago. Diez rostros indiferentes lo contemplaban como a un insecto; le impedían ver el techo. Una voz dijo:

—Para empezar, cante cien veces «soy un perro», con ritmo de corrido mexicano.

No pudo. Estaba maravillado y tenía los ojos fuera de las órbitas. Le ardía la garganta. El pie presionó ligeramente su estómago.

—No quiere —dijo la voz—. El perro no quiere cantar.

Y, entonces, los rostros abrieron las bocas y escupieron sobre él, no una, sino muchas veces, hasta que tuvo que cerrar los ojos. Al cesar la andanada, la misma voz anónima que giraba como un torno, repitió:

—Cante cien veces «soy un perro», con ritmo de corrido mexicano.

Esta vez obedeció, y su garganta entonó roncamente la frase ordenada con la música de *Allá en el rancho grande*; era difícil: despojada de su letra original, la melodía se transformaba por momentos en chillidos. Pero a ellos no parecía importarles; lo escuchaban atentamente.

—Basta —dijo la voz—. Ahora, con ritmo de bolero.

Luego fue con música de mambo y de vals criollo. Después, le ordenaron:

—Párese.

Se puso de pie y se pasó la mano por la cara. Se limpió en el fundillo. La voz preguntó:

—¿Alguien le ha dicho que se limpie la jeta? No, nadie le ha dicho.

Las bocas volvieron a abrirse y él cerró los ojos, automáticamente, hasta que aquello cesó. La voz dijo:

—Eso que tiene usted a su lado son dos cadetes, perro. Póngase en posición de firmes. Así, muy bien. Esos cadetes han hecho una apuesta y usted va a ser el juez.

El de la derecha golpeó primero y el Esclavo sintió fuego en el antebrazo. El de la izquierda lo hizo casi inmediatamente.

—Bueno —dijo la voz—. ¿Cuál ha pegado más fuerte?

—El de la izquierda.

—¿Ah, sí? —replicó la voz cambiante—. ¿De modo que yo soy un pobre diablo? A ver, vamos a ensayar de nuevo, fíjese bien.

El Esclavo se tambaleó con el impacto, pero no llegó a caer: las manos de los cadetes que lo rodeaban lo contuvieron y lo devolvieron a su sitio.

—Y ahora, ¿qué piensa? ¿Cuál pega más fuerte?

—Los dos igual.

—Quiere decir que han quedado tablas —precisó la voz—. Entonces tienen que desempatar.

Un momento después, la voz incansable preguntó:

—A propósito, perro. ¿Le duelen los brazos?

—No —dijo el Esclavo.

Era verdad; había perdido la noción de su cuerpo y del tiempo. Su espíritu contemplaba embriagado el mar sin olas de Puerto Eten y escuchaba a su madre que le decía: «Cuidado con las rayas, Ricardito» y tendía hacia él sus largos brazos protectores, bajo un sol implacable.

—Mentira —dijo la voz—. Si no le duelen, ¿por qué está llorando, perro?

El pensó: «Ya terminaron». Pero sólo acababan de comenzar.

—¿Usted es un perro o un ser humano? —preguntó la voz.

—Un perro, mi cadete.

—Entonces, ¿qué hace de pie? Los perros andan a cuatro patas.

Él se inclinó, al asentar las manos en el suelo, surgió el ardor en los brazos, muy intenso. Sus ojos descubrieron junto a él a otro muchacho, también a gatas.

—Bueno —dijo la voz—. Cuando dos perros se encuentran en la calle, ¿qué hacen? Responda, cadete. A usted le hablo.

El Esclavo recibió un puntapié en el trasero y al instante contestó:

—No sé, mi cadete.

—Pelean —dijo la voz—. Ladran y se lanzan uno encima del otro. Y se muerden.

El Esclavo no recuerda la cara del muchacho que fue bautizado con él. Debía ser de una de las últimas secciones, porque era pequeño. Estaba con el rostro desfigurado por el miedo y, apenas calló la voz, se vino contra él, ladrando y echando espuma por la boca, y, de pronto, el Esclavo sintió en el hombro un mordisco de perro rabioso y entonces todo su cuerpo reaccionó, y mientras ladraba y mordía, tenía la certeza de que su piel se había cubierto de una pelambre dura, que su boca era un hocico puntiagudo y que, sobre su lomo, su cola chasqueaba como un látigo.

—Basta —dijo la voz—. Ha ganado usted. En cambio, el enano nos engañó. No es un perro sino una perra. ¿Saben qué pasa cuando un perro y una perra se encuentran en la calle?

—No, mi cadete —dijo el Esclavo.

—Se lamen. Primero se huelen con cariño y después se lamen.

Y luego lo sacaron de la cuadra y lo llevaron al estadio y no podía recordar si aún era de día o había caído la noche. Allí lo desnudaron y la voz le ordenó nadar de espaldas, sobre la pista de atletismo, en torno a la cancha de fútbol. Después, lo volvieron a una cuadra de cuarto y tendió muchas camas y cantó y bailó sobre un ropero, imitó a artistas de cine, lustró varios pares de botines, barrió una loseta con la lengua, fornicó con una almohada, bebió orines, pero todo eso era un vértigo febril y de pronto él aparecía en su sección, echado en su litera, pensando: «Juro que me escaparé. Mañana mismo». La cuadra estaba silenciosa. Los muchachos se miraban unos a otros y, a pesar de haber sido golpeados, escupidos, pintarrajeados y orinados, se mostraban graves y ceremoniosos. Esa misma noche, después del toque de silencio, nació el Círculo.

Estaban acostados pero nadie dormía. El corneta acababa de marcharse del patio. De pronto, una silueta se descolgó de una litera, cruzó la cuadra y entró al baño: los batientes quedaron meciéndose. Poco después estallaban las arcadas y luego el vómito ruidoso, espectacular. Casi todos saltaron de las camas y corrieron al baño, descalzos: alto y escuálido, Vallano estaba en el centro de la habitación amarillenta, frotándose el estómago. No se acercaron, estuvieron examinando el negro rostro congestionado mientras arrojaba. Al fin, Vallano se aproximó al lavador y se enjuagó la boca. Entonces comenzaron a hablar con una agitación extraordinaria y en desorden, a maldecir con las peores palabras a los cadetes de cuarto año.

—No podemos quedarnos así. Hay que hacer algo —dijo Arróspide. Su rostro blanco destacaba entre los muchachos cobrizos de angulosas facciones. Estaba colérico y su puño vibraba en el aire.

—Llamemos a ese que le dicen el Jaguar —propuso Cava.

Era la primera vez que lo oían nombrar. «¿Quién?», preguntaron algunos; «¿es de la sección?».

—Sí —dijo Cava—. Se ha quedado en su cama. Es la primera, junto al baño.

—¿Por qué el Jaguar? —dijo Arróspide—. ¿No somos bastantes?

—No —dijo Cava—. No es eso. Él es distinto. No lo han bautizado. Yo lo he visto. Ni les dio tiempo siquiera. Lo llevaron al estadio conmigo, ahí detrás de las cuadras. Y se les reía en la cara, y les decía: «¿Así que van a bautizarme?, vamos a ver, vamos a ver». Se les reía en la cara. Y eran como diez.

—¿Y? —dijo Arróspide.

—Ellos lo miraban medio asombrados —dijo Cava—. Eran como diez, fíjense bien. Pero sólo cuando nos llevaban al estadio. Allá se acercaron más, como veinte, o más, un montón de cadetes de cuarto. Y él se les reía en la cara; «¿así que van a bautizarme?», les decía, «qué bien, qué bien».

—¿Y? —dijo Alberto.

«¿Usted es un matón, perro?», le preguntaron. Y entonces, fíjense bien, se les echó encima. Y riéndose. Les digo que había ahí no sé cuántos, diez o veinte o más tal vez. Y no podían agarrarlo. Algunos se sacaron las correas y lo azotaban de lejos, pero les juro que no se le acercaban. Y por la Virgen que todos tenían miedo, y juro que vi a no sé cuántos caer al suelo, cogiéndose los huevos, o con la cara rota, fíjense bien. Y él se les reía y les gritaba: «¿Así que van a bautizarme?, qué bien, qué bien».

—¿Y por qué le dices Jaguar? —preguntó Arróspide.

—Yo no —dijo Cava—. Él mismo. Lo tenían rodeado y se habían olvidado de mí. Lo amenazaban con sus correas y él comenzó a insultarlos, a ellos, a sus madres, a todo el mundo. Y entonces uno dijo: «A esta bestia hay que traerle a Gambarina». Y llamaron a un cadete grandazo, con cara de bruto, y dijeron que levantaba pesas.

—¿Para qué lo trajeron? —preguntó Alberto.

—¿Pero por qué le dicen el Jaguar? —insistió Arróspide.

—Para que pelearan —dijo Cava—. Le dijeron: «Oiga, perro, usted que es tan valiente, aquí tiene uno de su peso». Y él les contestó: «Me llamo Jaguar. Cuidado con decirme perro».

—¿Se rieron? —preguntó alguien.

—No —dijo Cava—. Les abrieron cancha. Y él siempre se reía. Aun cuando estaba peleando, fíjense bien.

—¿Y? —dijo Arróspide.

—No pelearon mucho rato —dijo Cava—. Y me di cuenta por qué le dicen Jaguar. Es muy ágil, una barbaridad de ágil. No crean que muy fuerte, pero parece gelatina, al Gambarina se le salían los ojos de pura desesperación, no podía agarrarlo. Y el otro, dale con la cabeza y con los pies, dale y dale, y a él nada. Hasta que Gambarina dijo: «Ya está bien de deporte; me cansé», pero todos vimos que estaba molido.

—¿Y? —dijo Alberto.

—Nada más —dijo Cava—. Lo dejaron que se viniera y comenzaron a bautizarme a mí.

—Llámalo —dijo Arróspide.

Estaban en cuclillas y formaban un círculo. Algunos habían encendido cigarrillos que iban pasando de mano en mano. La habitación comenzó a llenarse de humo. Cuando el Jaguar entró al baño, precedido por Cava, todos comprendieron que éste había mentido: esos pómulos, ese mentón habían sido golpeados y también esa ancha nariz de bulldog. Se había plantado en medio del círculo y los miraba detrás de sus largas pestañas rubias, con unos ojos extrañamente azules y violentos. La mueca de su boca era forzada, como su postura insolente y la calculada lentitud con que los observaba, uno por uno. Y lo mismo su risa hiriente y súbita que tronaba en el recinto. Pero nadie lo interrumpió. Esperaron, inmóviles, que terminara de examinarlos y de reír.

—Dicen que el bautizo dura un mes —afirmó Cava—. No podemos aceptar que todos los días pase lo que hoy.

El Jaguar asintió.

—Sí —dijo—. Hay que defenderse. Nos vengaremos de los de cuarto, les haremos pagar caro sus gracias. Lo principal es recordar las caras y, si es posible, la sección y los nombres. Hay que andar siempre en grupos. Nos reuniremos en las noches, después del toque de silencio. Ah, y buscaremos un nombre para la banda.

—¿Los halcones? —insinuó alguien, tímidamente.

—No —dijo el Jaguar—. Eso parece un juego. La llamaremos el Círculo.

Las clases comenzaron a la mañana siguiente. En los recreos, los de cuarto se precipitaban sobre los perros y organizaban carreras de pato: diez o quince muchachos, formados en línea, las manos en las caderas y las piernas flexionadas, avanzaban a la voz de mando imitando los movimientos de un palmípedo y graznando. Los perdedores merecían ángulos rectos. Además de registrarlos y apoderarse del dinero y los cigarrillos de los perros, los de cuarto preparaban aperitivos de grasa de fusil, aceite y jabón, y las víctimas debían beberlos de un solo trago, sosteniendo el vaso con los dientes. El Círculo comenzó a funcionar dos días más tarde, poco después del desayuno. Los tres años salían tumultuosamente del comedor y se esparcían como una mancha por el descampado. De pronto, una nube de piedras pasó sobre las cabezas descubiertas y un cadete de cuarto rodó por el suelo, chillando. Ya formados, vieron que el herido era llevado en hombros a la enfermería por sus compañeros. A la noche siguiente, un imaginaria de cuarto que dormía en la hierba fue asaltado por sombras enmascaradas: al amanecer, el corneta lo encontró desnudo, amarrado y con grandes moretones en el cuerpo enervado por el frío. Otros fueron apedreados, manteados; el golpe más audaz, una incursión a la cocina para vaciar bolsas de caca en las ollas de sopa del cuarto año, envió a muchos a la enfermería con cólicos. Exasperados por las represalias anónimas, los de cuarto proseguían el bautizo con ensañamiento. El Círculo se reunía todas las noches, examinaba los diversos proyectos, el Jaguar elegía uno, lo perfeccionaba e impartía las instrucciones. El mes de encierro forzado transcurría rápidamente en medio de una exaltación sin límites: A la tensión del bautizo y las acciones del Círculo, se sumó pronto una nueva agitación: la primera salida estaba próxima y ya habían comenzado a confeccionarles los uniformes azul añil. Los oficiales les daban una hora diaria de lecciones sobre el comportamiento de un cadete uniformado en la calle.

—El uniforme —decía Vallano, revolviendo con avidez los ojos en las órbitas— atrae a las hembritas como la miel.

«Ni fue tan grave como decían, ni como me pareció entonces, sin contar lo que pasó cuando Gamboa entró al baño después de silencio, ni se puede comparar ese mes con los otros domingos de consigna, ni se puede.» Esos domingos, el tercer año era dueño del colegio. Proyectaban una película al mediodía y en las tardes venían las familias: los perros se paseaban por la pista de desfile, el descampado, el estadio y los patios, rodeados de personas solícitas. Una semana antes de la primera salida, les probaron los uniformes de paño: pantalones añil y guerreras negras, con botones dorados; quepí blanco. El cabello crecía lentamente sobre los cráneos y también la codicia de la calle. En la sección, después de las reuniones del Círculo, los cadetes se comunicaban sus planes para la primera salida. «¿Y cómo supo, pura casualidad, o un soplón, y si hubiera estado Huarina de servicio, o el teniente Cobos? Sí, por lo menos no tan rápido, se me ocurre que si no descubre el Círculo la sección no se hubiera vuelto un muladar, estaríamos vivitos y coleando, no tan rápido.» El Jaguar estaba de pie y describía a un cadete de cuarto, un brigadier.

Los demás lo escuchaban en cuclillas, como de costumbre; las colillas pasaban de mano en mano. El humo ascendía, chocaba contra el techo, bajaba hasta el suelo y quedaba circulando por la habitación como un monstruo translúcido y cambiante. «Pero ése qué había hecho, no es cuestión de echarnos un muerto a la espalda, Jaguar», decía Vallano, «está bien la venganza pero no tanto», decía Urioste, «lo que me apesta en ese asunto es que puede quedar tuerto», decía Pallasta, «el que las busca las encuentra», decía el Jaguar, «y mejor si lo averiamos, qué había hecho, y qué fue primero, ¿el portazo, el grito?». El teniente Gamboa debió golpear la puerta con las dos manos, o abrirla de un puntapié; pero los cadetes quedaron sobrecogidos, no al oír el ruido del portazo, ni el grito de Arróspide, sino al ver que el humo estancado huía por el boquerón oscuro de la cuadra, casi colmado por el teniente Gamboa, que sostenía la puerta con las dos manos. Las colillas cayeron al suelo, humeando. Estaban descalzos y no se atrevían a apagarlas. Todos miraban al frente y exageraban la actitud marcial. Gamboa pisó los cigarrillos. Luego, contó a los cadetes.

—Treinta y dos —dijo—. La sección completa. ¿Quién es el brigadier?

Arróspide dio un paso adelante.

—Explíqueme este juego con detalles —dijo Gamboa, tranquilamente—. Desde el principio. Y no se olvide de nada.

Arróspide miraba oblicuamente a sus compañeros y el teniente Gamboa aguardaba, quieto como un árbol. «¿Qué parecía cómo le lloraba? Y después, todos éramos sus hijos, cuando comenzamos a llorarle, y qué vergüenza, mi teniente, usted no puede saber cómo nos bautizaban, ¿no es cosa de hombres defenderse?, y qué vergüenza, nos pegaban, mi teniente, nos hacían daño, nos mentaban las madres, mire cómo tiene el fundillo Montesinos de tanto ángulo recto que le dieron, mi teniente, y él como si lloviera, qué vergüenza, sin decirnos nada, salvo qué más, hechos concretos, omitir los comentarios, hablar uno por uno, no hagan bulla que molestan a las otras secciones, y qué vergüenza el reglamento, comenzó a recitarlo, debería expulsarlos a todos, pero el Ejército es tolerante y comprende a los cachorros que todavía ignoran la vida militar, el respeto al superior y la camaradería, y este juego se acabó, sí mi teniente, y por ser primera y última vez no pasaré parte, sí mi teniente, me limitaré a dejarlos sin la primera salida, sí mi teniente, a ver si se hacen hombrecitos, sí mi teniente, conste que una reincidencia y no paro hasta el Consejo de Oficiales, sí mi teniente, y apréndanse de memoria el reglamento si quieren salir el sábado siguiente, y ahora a dormir, y los imaginarias a sus puestos, me darán parte dentro de cinco minutos, sí mi teniente.»

El Círculo no volvió a reunirse, aunque más tarde el Jaguar pusiera el mismo nombre a su grupo. Ese sábado primero de junio, los cadetes de la sección, desplegados a lo largo de la baranda herrumbrosa, vieron a los perros de las otras secciones, soberbios y arrogantes como un torrente, volcarse en la avenida Costanera, teñirla con sus uniformes relucientes, el blanco inmaculado de los quepís y los lustrosos maletines de cuero; los vieron aglomerarse en el mordido terraplén, con el mar crujiente a la espalda, en espera del ómnibus Miraflores-Callao, o avanzar por el centro de la carretera hacia la avenida de las Palmeras, para ganar la avenida Progreso (que hiende las chacras y penetra en Lima por Breña o, en dirección contraria, continúa bajando en una curva suave y amplísima hasta Bellavista y el Callao); los vieron desaparecer y, cuando el asfalto quedó nuevamente solitario y humedecido por la neblina, seguían con las narices en los barrotes; luego, escucharon la corneta que llamaba al almuerzo y fueron caminando despacio y en silencio hacia el año, alejándose del héroe que había contemplado con sus pupilas ciegas la explosión de júbilo de los ausentes y la angustia de los consignados, que desaparecían entre los edificios plomizos.

Esa misma tarde, al salir del comedor ante la mirada lánguida de la vicuña, surgió la primera pelea en la sección. «¿Yo me hubiera dejado, Vallano se hubiera dejado, Cava se hubiera, Arróspide, quién? Nadie, sólo él, porque el Jaguar no es Dios y entonces todo hubiera sido distinto, si contesta, distinto si se mecha o coge una piedra o un palo, distinto aun si se echa a correr, pero no a temblar, hombre, eso no se hace.» Estaban todavía en las escaleras, amontonados, y de pronto hubo una confusión y dos cayeron dando traspiés sobre la hierba. Los caídos se incorporaban; treinta pares de ojos los contemplaban desde las gradas como desde un tendido. No alcanzaron a intervenir, ni siquiera a comprender de inmediato lo ocurrido, porque el Jaguar se revolvió como un felino atacado y golpeó al otro, directamente al rostro y sin ningún aviso y luego se dejó caer sobre él y lo siguió golpeando en la cabeza, en el rostro, en la espalda; los cadetes observaban esos dos puños constantes y ni siquiera escuchaban los gritos del otro, «perdón, Jaguar, fue de casualidad que te empujé, juro que fue casual». «Lo que no debió hacer fue arrodillarse, eso no. Y, además, juntar las manos, parecía mi madre en las novenas, un chico en la iglesia recibiendo la primera comunión, parecía que el Jaguar era el obispo y él se estuviera confesando, me acuerdo de eso», decía Rospigliosi, «y la carne se me escarapela, hombre». El Jaguar estaba de pie, miraba con desprecio al muchacho arrodillado y todavía tenía el puño en alto como si fuera a dejarlo caer de nuevo sobre ese rostro lívido. Los demás no se movían. «Me das asco», dijo el Jaguar. «No tienes dignidad ni nada. Eres un esclavo.»

—Ocho y treinta —dice el teniente Gamboa—. Faltan diez minutos.

En el aula hay una especie de ronquidos instantáneos, un estremecimiento de carpetas. «Me iré a fumar un cigarrillo al baño», piensa Alberto, mientras firma la hoja de examen. En ese momento la bolita de papel cae sobre el tablero de la carpeta, rueda unos centímetros bajo sus ojos y se detiene contra su brazo. Antes de cogerla, echa una mirada circular. Luego alza la vista: el teniente Gamboa le sonríe. «¿Se habrá dado cuenta?», piensa Alberto, bajando los ojos en el momento en que el teniente dice:

—Cadete, ¿quiere pasarme eso que acaba de aterrizar en su carpeta? ¡Silencio los demás!

Alberto se levanta. Gamboa recibe la bolita de papel sin mirarla. La desenrolla y la pone en alto, a contraluz. Mientras la lee, sus ojos son dos saltamontes que brincan del papel a las carpetas.

—¿Sabe lo que hay aquí, cadete? —pregunta Gamboa.

—No, mi teniente.

—Las fórmulas del examen, nada menos. ¿Qué le parece? ¿Sabe quién le ha hecho este regalo?

—No, mi teniente.

—Su ángel de la guarda —dice Gamboa—. ¿Sabe quién es?

—No, mi teniente.

—Vaya a sentarse y entrégueme el examen —Gamboa hace trizas la hoja y pone los pedazos blancos en un pupitre—. El ángel de la guarda —añade— tiene treinta segundos para ponerse de pie.

Los cadetes se miran unos a otros.

—Van quince segundos —dice Gamboa—. He dicho treinta.

—Yo, mi teniente —dice una voz frágil.

Alberto se vuelve: el Esclavo está de pie, muy pálido y no parece sentir las risas de los demás.

—Nombre —dice Gamboa.

—Ricardo Arana.

—¿Sabe usted que los exámenes son individuales?

—Sí, mi teniente.

—Bueno —dice Gamboa—. Entonces sabrá también que yo tengo que consignarlo sábado y domingo. La vida militar es así, no se casa con nadie, ni con los ángeles —mira su reloj y agrega—: La hora. Entreguen los exámenes.

III

Yo estaba en el Sáenz Peña y a la salida volvía a Bellavista caminando. A veces me encontraba con Higueras, un amigo de mi hermano, antes que a Perico lo metieran al Ejército. Siempre me preguntaba: «¿Qué sabes de él?». «Nada, desde que lo mandaron a la selva nunca escribió.» «¿Adónde vas tan apurado?, ven a conversar un rato.» Yo quería regresar a Bellavista lo más pronto, pero Higueras era mayor que yo, me hacía un favor tratándome como a uno de su edad. Me llevaba a una chingana y me decía: «¿Qué tomas?». «No sé, cualquier cosa, lo que tú.» «Bueno», decía el flaco Higueras; «¡chino, dos cortos!». Y después me daba una palmada: «Cuidado te emborraches». El pisco me hacía arder la garganta y lagrimear. Él decía: «Chupa un poco de limón. Así es más suave. Y fúmate un cigarrillo». Hablábamos de fútbol, del colegio, de mi hermano. Me contó muchas cosas de Perico, al que yo creía un pacífico y resulta que era un gallo de pelea, una noche se agarró a chavetazos por una mujer. Además, quién hubiera dicho, era un enamorado. Cuando Higueras me contó que había preñado a una muchacha y que por poco lo casan a la fuerza, quedé mudo. «Sí», me dijo, «tienes un sobrino que debe andar por los cuatro años. ¿No te sientes viejo?». Pero sólo me entretenía un rato, después buscaba cualquier pretexto para irme. Al entrar a la casa me sentía muy nervioso, qué vergüenza que mi madre pudiera sospechar. Sacaba los libros y decía «voy a estudiar al lado», y ella ni siquiera me contestaba, apenas movía la cabeza, a veces ni eso. La casa de al lado era más grande que la nuestra, pero también muy vieja. Antes de tocar me frotaba las manos hasta ponerlas rojas, ni así dejaban de sudar. Algunos días me abría la puerta Tere. Al verla, me entraban ánimos. Pero casi siempre salía su tía. Era amiga de mi madre; a mí no me quería, dicen que de chico la fregaba todo el tiempo. Me hacía pasar gruñendo: «Estudien en la cocina, ahí hay más luz». Nos poníamos a estudiar mientras la tía preparaba la comida y el cuarto se llenaba de olor a cebollas y ajos. Tere hacía todo con mucho orden, daba admiración ver sus cuadernos y sus libros tan bien forrados, y su letra chiquita y pareja; jamás hacía una mancha, subrayaba todos los títulos con dos colores. Yo le decía «serás una pintora» para hacerla reír. Porque se reía cada vez que yo abría la boca y de una manera que no se puede olvidar. Se reía de verdad, con mucha fuerza y aplaudiendo. A veces la encontraba regresando del colegio y cualquiera se daba cuenta que era distinta de las otras chicas, nunca estaba despeinada ni tenía tinta en las manos. A mí lo que más me gustaba de ella era su cara. Tenía piernas delgadas y todavía no se le notaban los senos, o quizás sí, pero creo que nunca pensé en sus piernas ni en sus senos, sólo en su cara. En las noches, si me estaba frotando en la cama y de repente me acordaba de ella, me daba vergüenza y me iba a hacer pis. Pero, en cambio, sí pensaba todo el tiempo en besarla. En cualquier momento cerraba los ojos y la veía, y nos veía a los dos, ya grandes y casados. Estudiábamos todas las tardes, unas dos horas, a veces más, y yo mentía siempre: «Tengo montones de deberes», para que nos quedáramos en la cocina un rato más. Aunque le decía: «Si estás cansada me voy a mi casa», pero ella nunca estaba cansada. Ese año saqué notas altísimas en el colegio y los profesores me trataban bien, me ponían de ejemplo, me hacían salir a la pizarra, a veces me nombraban monitor y los muchachos del Sáenz Peña me decían chancón. No me llevaba con mis compañeros, conversaba con ellos en las clases, pero a la salida me despedía ahí mismo. Sólo me juntaba con Higueras. Lo encontraba en una esquina de la plaza Bellavista y, apenas me veía venir, se me acercaba. En ese tiempo sólo pensaba en que llegaran las cinco y lo único que odiaba eran los domingos. Porque estudiábamos hasta los sábados, pero los domingos Tere se iba con su tía a Lima, a casa de unos parientes, y yo pasaba el día encerrado o iba al Potao a ver jugar a los equipos de segunda división. Mi madre nunca me daba plata y siempre se quejaba de la pensión que le dejó mi padre al morirse. «Lo peor», decía, «es haber servido al gobierno treinta años. No hay nada más ingrato que el gobierno». La pensión sólo alcanzaba para pagar la casa y comer. Yo ya había ido al cine unas cuantas veces, con chicos del colegio, pero creo que ese año no pisé una cazuela, ni fui al fútbol ni a nada. En cambio, al año siguiente, aunque tenía plata, siempre estaba amargado cuando me ponía a pensar cómo estudiaba con Tere todas las tardes.

Pero mejor que la gallina y el enano, la del cine. Quieta Malpapeada, estoy sintiendo tus dientes. Mucho mejor. Y eso que estábamos en cuarto, pero aunque había pasado un año desde que Gamboa mató el Círculo grande, el Jaguar seguía diciendo: «Un día todos volverán al redil y nosotros cuatro seremos los jefes». Y fue mejor todavía que antes, porque cuando éramos perros el Círculo sólo era la sección y esa vez fue como si todo el año estuviera en el Círculo y nosotros éramos los que en realidad mandábamos y el Jaguar más que nosotros. Y también cuando lo del perro que se quebró el dedo se vio que la sección estaba con nosotros y nos apoyaba.

«Súbase a la escalera, perro», decía el Rulos, «y rápido que me enojo». Cómo miraba el muchacho, cómo nos miraba. «Mis cadetes, la altura me da vértigos.» El Jaguar se retorcía de risa y Cava estaba enojado: «¿Sabes de quién te vas a burlar, perro?». En mala hora subió, pero debía tener tanto miedo. «Trepa, trepa, muchacho», decía el Rulos. «Y ahora canta», le dijo el Jaguar, «pero igual que un artista, moviendo las manos». Estaba prendido como un mono y la escalera tac-tac sobre la losa. «¿Y si me caigo, mis cadetes?» «Te caes», le dije. Se paró temblando y comenzó a cantar. «Ahorita se rompe la crisma», decía Cava y el Jaguar doblado en dos de risa. Pero la caída no era nada, yo he saltado de más alto en campaña. ¿Para qué se agarró del lavador? «Creo que se ha sacado el dedo», decía el Jaguar al ver cómo le chorreaba la mano. «Consignados un mes o más», decía el capitán, «todas las noches, hasta que aparezcan los culpables». La sección se portó bien y el Jaguar les decía: «¿Por qué no quieren entrar al Círculo de nuevo si son tan machos?». Los perros eran muy mansos, tenían eso de malo. Mejor que el bautizo las peleas con el quinto, ni muerto me olvidaré de ese año y, sobre todo, de lo que pasó en el cine. Todo se armó por el Jaguar, estaba a mi lado y por poco me abollan el lomo. Los perros tuvieron suerte, casi ni los tocamos esa vez, tan ocupados que estábamos con los de quinto. La venganza es dulce, nunca he gozado tanto como ese día en el estadio, cuando encontré delante la cara de uno de esos que me bautizó cuando era perro. Casi nos botan, pero valía la pena, juro que sí. Lo de cuarto y tercero es un juego, la verdadera rivalidad es entre cuarto y quinto. ¿Quién se va a olvidar del bautizo que nos dieron? Y eso de ponernos en el cine entre los de quinto y los perros, era a propósito para que se armara. Lo de las cristinas también fue invento del Jaguar. Si veo que viene uno de quinto lo dejo acercarse, y cuando está a un metro me llevo la mano a la cabeza como si fuera a saludarlo, él saluda y yo me quito la cristina. «¿Está usted tomándome el pelo?» «No, mi cadete, estoy rascándome la nuca que tengo mucha caspa.» Había una guerra, se vio bien claro con lo de la soga y antes, en el cine. Hasta hacía calor y era invierno, pero se comprende con ese techo de calamina y más de mil tipos apretados, nos ahogábamos. Yo no le vi la cara cuando entramos, sólo le oí la voz y apuesto que era un serrano. «Qué apretura, yo tengo mucho poto para tan poca banca», decía el Jaguar, que estaba cerrando la fila de cuarto y el poeta le cobraba a alguien, «oye, ¿te crees que trabajo gratis o por tu linda cara?», ya estaba oscuro y le decían «cállate o va a llover». Seguro que el Jaguar no puso los ladrillos para taparlo, sólo para ver mejor. Yo estaba agachadito, prendiendo un fósforo, y, al oír al de quinto, el cigarrillo se cayó y me arrodillé para buscarlo y todos comenzaron a moverse. «Oiga, cadete, saque esos ladrillos de su asiento que quiero ver la película.» «¿A mí me habla, cadete?», le pregunté. «No, al que está a su lado.» «¿A mí?», le dijo el Jaguar. «¿A quién si no a usted?» «Hágame un favor», dijo el Jaguar, «cállese y déjeme ver a esos cowboys». «¿No va a sacar esos ladrillos?» «Creo que no», dijo el Jaguar. Y entonces yo me senté, sin buscar más el cigarrillo, quién se lo encontraría. Aquí se arma, mejor me aprieto un poco el cinturón. «¿No quiere usted obedecer?», dijo el de quinto. «No», dijo el Jaguar, «¿por qué?», le estaba tomando el pelo a su gusto. Y entonces los de atrás comenzaron a silbar. El poeta se puso a cantar «ay, ay, ay» y toda la sección lo siguió. «¿Se están burlando de mí?», preguntó el de quinto. «Parece que sí, mi cadete», le dijo el Jaguar. Se va a armar a oscuras, va a ser de contarlo por calles y plazas, a oscuras y en el salón de actos, cosa nunca vista. El Jaguar dice que él fue el primero, pero mi memoria no me engaña. Fue el otro. O algún amigo que sacó la cara por él. Y debía estar furioso, se tiró sobre el Jaguar a la bruta, me duelen los tímpanos con el griterío. Todo el mundo se levantó y yo veía las sombras encima de mí y comencé a recibir más patadas. Eso sí, de la película no me acuerdo, sólo acababa de comenzar. ¿Y el poeta, de veras lo estaban machucando, o gritaba por hacerse el loco? Y también se oían los gritos del teniente Huarina, «luces, suboficial, luces, ¿está usted sordo?». Y los perros se pusieron a gritar «luces, luces», no sabían qué pasaba y dirían ahorita se nos echan encima los dos años aprovechando la oscuridad. Los cigarrillos volaban, todos querían librarse de ellos, no era cosa de dejar que nos chaparan fumando, milagro que no hubo un incendio. Qué mechadera, muchachos, no dejen uno sano, ha llegado el momento de la revancha. Pirinolas, no sé cómo salió vivo el Jaguar. Las sombras pasaban y pasaban a mi lado y me dolían las manos y los pies de tanto darles, seguro que también sacudí a algunos de cuarto, en esas tinieblas quién iba a distinguir. «¿Y qué pasa con las malditas luces, suboficial Varúa?», gritaba Huarina, «¿no ve que estos animales se están matando?». Llovía de todas partes, es la pura verdad, suerte que no hubo un malogrado. Y, cuando se prendieron las luces, sólo se oían los silbatos. A Huarina ni se le veía, pero sí a los tenientes de quinto y de tercero y a los suboficiales. «Abran paso, carajos, abran paso», maldita sea si alguien abría paso. Y qué brutos, al final se calentaron y empezaron a repartir combos a ciegas, cómo me voy a olvidar si la Rata me lanzó un directo al pecho que me cortó la respiración. Yo lo buscaba con los ojos, decía si lo han averiado me las pagan, pero ahí estaba más fresco que nadie, repartiendo manotazos y muerto de risa, tiene más vidas que los gatos. Y, después, qué manera de disimular, todos son formidables cuando se trata de fregar a los tenientes y a los suboficiales, aquí no pasó nada, todos somos amigos, yo no sé una palabra del asunto, y lo mismo los de quinto, hay que ser justos. Después los hicieron salir a los perros, que andaban aturdidos, y luego a los de quinto. Nos quedamos solos en el salón de actos y comenzamos a cantar «ay, ay, ay». «Creo que le hice tragar los dos ladrillos que tanto lo fregaban», decía el Jaguar. Y todos comenzaron a decir: «Los de quinto están furiosos, los hemos dejado en ridículo ante los perros, esta noche asaltarán las cuadras de cuarto». Los oficiales andaban de un lado a otro como ratones, preguntando «¿cómo empezó esta sopa?», «hablen o al calabozo». Ni siquiera los oíamos. Van a venir, van a venir, no podemos dejar que nos sorprendan en las cuadras, saldremos a esperarlos al descampado. El Jaguar estaba en el ropero y todos lo escuchaban como cuando éramos perros y el Círculo se reunía en el baño para planear las venganzas. Hay que defenderse, hombre precavido vale por dos, que los imaginarias vayan a la pista de desfile y vigilen. Apenas se acerquen, griten para que salgamos. Preparen proyectiles, enrollen papel higiénico y ténganlo apretado en la mano, así los puñetazos parecen patada de burro, pónganse hojas de afeitar en la puntera del zapato como si fueran gallos del Coliseo, llénense de piedras los bolsillos, no se olviden de los suspensores, el hombre debe cuidar los huevos más que el alma. Todos obedecían y el Rulos saltaba sobre las camas, es como cuando el Círculo, sólo que ahora todo el año está metido en esta salsa, oigan, en las otras cuadras también se preparan para la gran mechadera. «No hay bastantes piedras, qué caray», decía el poeta, «vamos a sacar unas cuantas losetas». Y todo el mundo se convidaba cigarrillos y se abrazaba. Nos metimos a la cama con los uniformes y algunos con zapatos. ¿Ya vienen, ya vienen? Quieta Malpapeada, no metas los dientes, maldita. Hasta la perra andaba alborotada, ladrando y saltando, ella que es tan tranquila, tendrás que ir a dormir con la vicuña, Malpapeada, yo tengo que cuidar a éstos, para que no los machuquen los de quinto.

La casa que forma esquina al final de la segunda cuadra de Diego Ferré y Ocharán tiene un muro blanco, de un metro de altura y diez de largo, en cada calle. Exactamente en el punto donde los muros se funden hay un poste de luz, al borde de la acera. El poste y el muro paralelo servían de arco a uno de los equipos, el que ganaba el sorteo; el perdedor debía construir su arco, cincuenta metros más allá, sobre Ocharán, colocando una piedra o un montón de chompas y chaquetas al borde de la vereda. Pero, aunque los arcos tenían sólo la extensión de la vereda, la cancha comprendía toda la calle. Jugaban fulbito. Se ponían zapatillas de básquet, como en la cancha del Club Terrazas, y procuraban que la pelota no estuviera muy inflada para evitar los botes. Generalmente jugaban por bajo, haciendo pases muy cortos, disparando al arco de muy cerca y sin violencia. El límite se señalaba con una tiza, pero a los pocos minutos de juego, con el repaso de las zapatillas y la pelota, la línea se había borrado y había discusiones apasionadas para determinar si el gol era legítimo. El partido transcurría en un clima de vigilancia y temor. Algunas veces, a pesar de las precauciones, no se podía evitar que Pluto o algún otro eufórico pateara con fuerza o cabeceara y, entonces, la pelota salvaba uno de los muros de las casas situadas en los umbrales de la cancha, entraba al jardín, aplastaba los geranios y, si venía con impulso, se estrellaba ruidosamente contra la puerta o contra una ventana, caso crítico, y la estremecía o pulverizaba un vidrio, y entonces, olvidando la pelota para siempre, los jugadores lanzaban un gran alarido y huían. Se echaban a correr y en la carrera Pluto iba gritando «nos siguen, nos están siguiendo». Y nadie volvía la cabeza para comprobar si era cierto, pero todos aceleraban y repetían «rápido, nos siguen, han llamado a la policía», y ése era el momento en que Alberto, a la cabeza de los corredores, medio ahogado por el esfuerzo, gritaba: «¡Al barranco, vamos al barranco!». Y todos lo seguían, diciendo «sí, sí, al barranco» y él sentía a su alrededor la respiración anhelante de sus compañeros, la de Pluto, desmesurada y animal; la de Tico, breve y constante; la del Bebe, cada vez más lejana porque era el menos veloz; la de Emilio, una respiración serena, de atleta que mide científicamente su esfuerzo y cumple con tomar aire por la nariz y arrojarlo por la boca, y, a su lado, la de Paco, la de Sorbino, la de todos los otros, un ruido sordo, vital, que lo abrazaba y le daba ánimos para seguir acelerando por la segunda cuadra de Diego Ferré y alcanzar la esquina de Colón y doblar a la derecha, pegado al muro para sacar ventaja en la curva. Y luego, la carrera era más fácil, pues Colón es una pendiente y además porque se veía, a menos de una cuadra, los ladrillos rojos del Malecón y, sobre ellos, confundido con el horizonte, el mar gris cuya orilla alcanzarían pronto. Los muchachos del barrio se burlaban de Alberto porque, siempre que se tendían en el pequeño rectángulo de hierba de la casa de Pluto para hacer proyectos, se apresuraba a sugerir: «Vamos al barranco». Las excursiones al barranco eran largas y arduas. Saltaban el muro de ladrillos a la altura de Colón, planeaban el descenso en una pequeña explanada de tierra, contemplando con ojos graves y experimentados la dentadura vertical del acantilado, y discutían el camino a seguir, registrando desde lo alto los obstáculos que los separaban de la playa pedregosa. Alberto era el estratega más apasionado. Sin dejar de observar el precipicio, señalaba el itinerario con frases cortas, imitando los gestos y ademanes de los héroes de las películas: «Por allá, primero esa roca donde están las plumas, es maciza; de ahí sólo hay que saltar un metro, fíjense, luego por las piedras negras que son chatas, entonces será más fácil, al otro lado hay musgo y podríamos resbalar, fíjense que ese camino llega hasta la playita donde no hemos estado». Si alguno oponía reparos (Emilio, por ejemplo, que tenía vocación de jefe), Alberto defendía su tesis con fervor; el barrio se dividía en dos bandos. Eran discusiones vibrantes, que caldeaban las mañanas húmedas de Miraflores. A su espalda, por el Malecón, pasaba una línea ininterrumpida de vehículos; a veces, un pasajero sacaba la cabeza por la ventanilla para observarlos; si se trataba de un muchacho, sus ojos se llenaban de codicia. El punto de vista de Alberto solía prevalecer, porque en esas discusiones ponía un empeño, una convicción que fatigaban a los demás. Descendían muy despacio, desvanecido ya todo signo de polémica, sumidos en una fraternidad total, que se traslucía en las miradas, en las sonrisas, en las palabras de aliento que cambiaban. Cada vez que uno vencía un obstáculo o acertaba un salto arriesgado, los demás aplaudían. El tiempo transcurría lentísimo y cargado de tensión. A medida que se aproximaban al objetivo, se volvían más audaces; percibían ya muy próximo ese ruido peculiar, que en las noches llegaba hasta sus lechos miraflorinos y que era ahora un estruendo de agua y piedras, sentían en las narices ese olor a sal y conchas limpísimas y pronto estaban en la playa, un abanico minúsculo entre el cerro y la orilla, donde permanecían apiñados, bromeando, burlándose de las dificultades del descenso, simulando empujarse, en medio de una gran algazara. Alberto, cuando la mañana no era muy fría o se trataba de una de esas tardes en que sorpresivamente aparece en el cielo ceniza un sol tibio, se quitaba los zapatos y las medias y, animado por los gritos de los otros, los pantalones remangados sobre las rodillas, saltaba a la playa, sentía en sus piernas el agua fría y la superficie pulida de las piedras y, desde allí, sosteniendo sus pantalones con una mano, con la otra salpicaba a los muchachos, que se escudaban uno tras otro, hasta que se descalzaban a su vez, y salían a su encuentro y lo mojaban y comenzaba el combate. Más tarde, calados hasta los huesos, volvían a reunirse en la playa y, tirados sobre las piedras, discutían el ascenso. La subida era penosa y extenuante. Al llegar al barrio, permanecían echados en el jardín de la casa de Pluto, fumando Viceroys comprados en la pulpería de la esquina, junto con pastillas de menta para quitarse el olor a tabaco.

Cuando no jugaban fulbito, ni descendían al barranco, ni disputaban la vuelta ciclista a la manzana, iban al cine. Los sábados solían ir en grupo a las matinés del Excélsior o del Ricardo Palma, generalmente a galería. Se sentaban en la primera fila, hacían bulla, arrojaban fósforos prendidos a la platea y discutían a gritos los incidentes del film. Los domingos era distinto. En la mañana debían ir a misa del Colegio Champagnat de Miraflores; sólo Emilio y Alberto estudiaban en Lima. Por lo general, se reunían a las diez de la mañana en el parque Central, vestidos todavía con sus uniformes, y desde una banca pasaban revista a la gente que entraba a la iglesia o entablaban pugilatos verbales con los muchachos de otros barrios. En las tardes iban al cine, esta vez a platea, bien vestidos y peinados, medio sofocados por las camisas de cuello duro y las corbatas que sus familias les obligaban a llevar. Algunos debían acompañar a sus hermanas; los otros los seguían por la avenida Larco, llamándolos niñeras y maricas. Las muchachas del barrio, tan numerosas como los hombres, formaban también un grupo compacto, furiosamente enemistado con el de los varones. Entre ambos había una lucha perpetua. Cuando ellos estaban reunidos y veían a una de las muchachas, se le acercaban corriendo y le jalaban los cabellos hasta hacerla llorar y se burlaban del hermano que protestaba: «Ahora le cuenta a mi papá y me va a castigar por no haberla defendido». Y, a la inversa, cuando uno de ellos aparecía solo, las muchachas le sacaban la lengua y le ponían toda clase de apodos y él tenía que soportar esos ultrajes, la cara roja de vergüenza, pero sin apurar el paso para demostrar que no era un cobarde que teme a las mujeres.

Pero no vinieron, por culpa de los oficiales, tenía que ser. Creíamos que eran ellos y saltamos de las camas, pero los imaginarias nos aguantaron: «Quietos que son los soldados». Los habían levantado a medianoche a los serranos y los tenían en la pista de desfile, armados hasta los dientes, como si fueran a la guerra, y también los tenientes y los suboficiales, es un hecho que se la olían. Pero quisieron venir, después supimos que se pasaron la noche preparándose, dicen que hasta tenían hondas y cocteles de amoniaco. Qué manera de mentarle la madre a los soldados, estaban furiosos y nos mostraban las bayonetas. No se olvidará de este servicio, dicen que el coronel casi le pega, o tal vez le pegó, «Huarina, es usted un cataplasma», lo fundimos delante del ministro, delante de los embajadores, dicen que casi lloraba. Todo hubiera terminado ahí, si al día siguiente no hay la fiesta esa, bien hecho coronel, qué es eso de exhibirnos como monos, evoluciones con armas ante el arzobispo y almuerzo de camaradería, gimnasia y saltos ante los generales ministros y almuerzo de camaradería, desfile con uniformes de parada y discursos, y almuerzo de camaradería ante los embajadores, bien hecho, bien hecho. Todos sabían que iba a pasar algo, estaba en el aire, el Jaguar decía: «Ahora en el estadio tenemos que ganarles todas las pruebas, no podemos perder ni una sola, hay que dejarlos a cero, en los costales y en las carreras, en todo». Pero no hubo casi nada, se armó con la prueba de la soga, todavía me duelen los brazos de tanto jalar, cómo gritaban «dale Boa», «dale duro, Boa», «fuerte, fuerte», «zuza, zuza». Y en la mañana, antes del desayuno, venían donde Urioste, el Jaguar y yo y nos decían «jalen hasta morirse pero no retrocedan, háganlo por la sección». El único que no se la olía era Huarina, gran baboso. En cambio la Rata tiene olfato: «Cuidado con hacer cojudeces delante del coronel y no se me ría nadie en las barbas, soy chiquitito pero me he cansado de ganar campeonatos de yudo». Quieta, perra, saca tus malditos dientes, Malpapeadita. Y estaba lleno de gente, los soldados habían traído sillas del comedor o eso fue otra vez, pero digamos que estaba lleno de gente, imposible distinguir al general Mendoza entre tanto uniforme. El que tiene más medallas y me voy a quedar seco de risa si me acuerdo del micro, el colmo de la mala suerte, cómo nos divertimos, me voy a hacer pis de risa, me corto la cabeza que si está Gamboa, voy a reventar de tanta risa si me acuerdo del micro. Quién hubiera pensado que sería tan serio, pero mira cómo están los de quinto, nos mandan candela con los ojos y abren las bocas como para mentarnos la madre. Y nosotros comenzamos también a mentarles la madre, bajito, despacito, Malpapeada. ¿Listos, cadetes? Atención al pito. «Evoluciones sin voz de mando», decía el micro, «cambios de dirección y de paso», «de frente, marchen». Y ahora los barristas, espero que se hayan lavado bien el cuerpo, carcosos. Una, dos, tres, vayan al paso ligero y saluden. Ese enano es buenazo en la barra, casi no tiene músculos y sin embargo qué ágil. Al coronel tampoco lo veíamos pero ni hacía falta, lo conozco de memoria, para qué echarse tanta gomina con semejantes cerdas, no vengan a hablarme de porte militar cuando pienso en el coronel, se suelta el cinturón y el vientre se le derrama por el suelo y qué risa la cara que puso. Creo que lo único que le gusta son las actuaciones y los desfiles, miren a mis muchachos qué igualitos están, tachín, tachín, comienza el circo, y ahora mis perros amaestrados, mis pulgas, las elefantas equilibristas, tachín, tachín. Con esa vocecita, yo fumaría todo el tiempo para volverme ronco, no es una voz de militar. Nunca lo he visto en una campaña, ni lo imagino en una trinchera, pero eso sí, más y más actuaciones, esa tercera fila está torcida, cadetes, más atención oficiales, falta armonía en los movimientos, marcialidad y compostura, gran baboso, la cara que habrás puesto con lo de la soga. Dicen que el ministro transpiraba y que le dijo al coronel: «¿Esos carajos se han vuelto locos o qué?». Justo estábamos frente a frente, el quinto y el cuarto, y en medio la cancha de fútbol. Cómo estaban, se movían en sus asientos como serpientes y al otro lado los perros, mirando sin comprender nada, espérense un momento y van a ver lo que es bueno. Huarina daba vueltas junto a nosotros y decía «¿creen que podrán?». «Puede usted consignarme un año si no ganamos», le dijo el Jaguar. Pero yo no estaba tan seguro, tenían buenos animalotes, Gambarina, Risueño, Carnero, tremendos animalotes. Me dolían los brazos desde antes y sólo de nervios. «Que el Jaguar se ponga delante», gritaban en las tribunas y también «Boa, eres nuestra esperanza». Los de la sección comenzaron a cantar «ay, ay, ay» y Huarina se reía hasta que se dio cuenta que era por fregar a los de quinto y comenzó a jalarse los pelos: «Qué hacen brutos, ahí está el general Mendoza, el embajador, el coronel, qué hacen», la baba se le salía por los ojos. Me río si me acuerdo que el coronel dijo «no crean que la soga es cuestión de músculos, también de inteligencia y de astucia, de estrategia común, no es fácil armonizar el esfuerzo», me muero de risa. Los muchachos nos aplaudieron como nunca he oído, cualquiera que tenga un corazón se emociona. Los de quinto ya estaban en la cancha con sus buzos negros y a ellos también los aplaudían. Un teniente trazaba la raya y parecía que estábamos en plena prueba, cómo chillaba la barra: «Cuarto, cuarto», «le cuadre o no le cuadre, cuarto será su padre», «le guste o no le guste, cuarto vencerá». «¿Y tú qué gritas?», me dijo el Jaguar, «¿no ves que eso puede agotarte?», pero era tan emocionante: «Un latigazo por aquí, chajuí; un latigazo por allá, chajuá; chajuí, chajuá, cuarto, cuarto, rá-rá-rá». «Ya», dijo Huarina, «les toca. Pórtense como deben y dejen bien el nombre del año, muchachos», ni sospechaba la que se venía. Corran muchachos, el Jaguar adelante, zuza, zuza, Urioste, zuza, zuza, Boa, dale, dale Rojas, ufa, ufa, Torres, chanca, chanca, Riofrío, Pallasta, Pestana, Cuevas, Zapata, zuza, zuza, morir antes que ceder un milímetro. Corran sin abrir la boca, las tribunas están cerquita y a ver si le vemos la cara al general Mendoza, no se olviden de levantar los brazos cuando Torres diga tres. Hay más gente de la que parecía y cuántos militares, deben ser los ayudantes del ministro, me gustaría verles la cara a los embajadores, cómo nos aplauden y todavía no hemos empezado. Eso es, ahora media vuelta, el teniente debe tener la soga lista, padrecito del cielo que le haya hecho buenos nudos, qué tales caras de malos que ponen los de quinto, no me asusten que tiemblo de miedo, alto. «Chajuí, chajuá, rá-rá-rá.» Y entonces Gambarina se acercó un poco y sin importarle un comino el teniente que estiraba la soga y contaba los nudos, dijo: «Así que se la quieren dar de vivos. Cuidado que se pueden quedar sin bolas». «¿Y tu madre?», le preguntó el Jaguar. «Después hablamos tú y yo», dijo Gambarina. «Basta de bromas», dijo el teniente, «vengan aquí los capitanes, alineense, comiencen a jalar al silbato, apenas uno atraviese la línea enemiga toco el pito y paran. La victoria será por dos puntos de diferencia. Y no me vengan con protestas que yo soy hombre justo». Calistenia, calistenia, saltitos con la boca cerrada, caracho la barra está gritando Boa, Boa más que Jaguar o estoy loco, qué espera para tocar el pito. «Listos, muchachos», dijo el Jaguar, «dejen el alma en el suelo». Y Gambarina soltó la soga y nos mostró el puño, estaban muñequeados, cómo no iban a perder.

Y lo que daba más ánimo eran los muchachos, se me metían al cerebro esos gritos, a los brazos y me daban cuánta fuerza, hermanos, uno, dos, tres, no, padrecito, Dios, santitos, cuatro, cinco, la soga parece una culebra, ya sabía que los nudos no eran bastante gruesos, las manos se, cinco, seis, resbalan, siete, me muero si no estamos avanzando, ni me había visto el pecho, así transpiran los machos, nueve, zuza, zuza, un segundito más muchachos, ufa, ufa, silbato, mátame. Los de quinto se pusieron a chillar, «trampa, mi teniente», «no habíamos cruzado la línea, mi teniente», chajuí, los de cuarto se han levantado, se han sacado las cristinas, hay un mar de cristinas, ¿están gritando Boa?, cantan, lloran, gritan, viva el Perú muchachos, muera el quinto, no pongan esas caras de malosos que reviento de risa, chajuí, chajuá. «No murmuren», dijo el teniente, «uno cero a favor de cuarto. Y prepárense para la segunda». Zuza, compañeros, qué barra la del cuarto, eso es rugir de verdad, te estoy viendo serrano Cava, Rulos, griten que eso calienta los músculos, estoy transpirando como una regadera, no te escapes culebra, quédate quietecita y no me metas los dientes, Malpapeada. Los pies, eso es lo peor, se resbalan como patines en la hierbita, creo que se me va a romper algo, se me salen las venas del cogote, quién es el que anda aflojando, no te agaches, pero quién es el traidor que anda soltando, aprieten la culebra, piensen en el año, cuatro, tres, ufa, qué le pasa a la barra, maldita sea Jaguar, nos empataron. Pero les costó más trabajo, se pusieron de rodillas y se tiraban al suelo con los brazos abiertos, respiraban como animales y sudaban. «Van tablas a uno», dijo el teniente, «y no hagan tantos aspavientos que parecen mujeres». Y entonces comenzaron a insultarnos para bajarnos la moral. «Apenas se termine el juego, mueren», «como que hay Dios en el cielo, los machucamos», «cierren las jetas o nos mechamos ahora mismo». «Malditos desconsiderados», decía el teniente, «no ven que las lisuras se oyen en las tribunas, me la van a pagar caro.» Como si lloviera, tu madre por aquí, chajuí, la tuya, rá-rá-rá. Esta vez fue más rápido y más chistoso, todos comenzaron a rugir con la barriga, con los pescuezos hinchados y las venas moradas. «Cuarto, cuarto, silben, fuiiiiiii, boom, ¡cuarto!», «le cuadre, o no le cuadre, cuarto será su padre», un solo tirón y a morder el polvo de la derrota. Y el Jaguar dijo: «Se nos van a echar encima sin importarles un carajo que las tribunas estén llenas de generales. Ésta va a ser la mechadera del siglo. ¿Han visto cómo me mira el Gambarina?». Las lisuras de las barras volaban sobre la cancha, a lo lejos se veía a Huarina saltando de un lado a otro, el coronel y el ministro están oyendo todo, brigadieres tomen cuatro, cinco, diez por sección y consígnenlos un mes, dos. Jalen muchachos, es el último esfuerzo, vamos a ver quiénes son los auténticos leonciopradinos de pelo en pecho y bolas de toro. Estábamos jalando, cuando vi la mancha, una gran mancha parda con puntos rojos que bajaba desde las tribunas de quinto, una manchita que crecía, una manchaza, «vienen los de quinto», se puso a gritar el Jaguar, «a defenderse, muchachos», cuando Gambarina soltó la culebra y los otros de quinto que jalaban se fueron de bruces y pasaron la raya, ganamos grité, ya el Jaguar y Gambarina comenzaban a mecharse en el suelo y Urioste y Zapata pasaban a mi lado con la lengua afuera y empezaban a lanzar combos entre los de quinto, la mancha crecía y crecía, y entonces Pallasta se sacó la chompa del buzo y hacía gestos a las tribunas de cuarto, vengan que nos quieren linchar muchachos, el teniente quería separar al Jaguar y a Gambarina sin ver que había un cargamontón a su espalda, malditos ¿no ven que ahí está el coronel?, y otra mancha que comenzaba a bajar, ahí vienen los nuestros, todo el cuarto era el Círculo, dónde estás cholo Cava, hermano Rulos, peleemos espalda con espalda, todos han

vuelto al redil y nosotros somos los jefes. Y, de repente, la vocecita del coronel por todas partes, oficiales, oficiales, pongan fin a este escándalo, qué humillación para el colegio, y,
en eso, la cara del tipo que me bautizó, mirándome con su
gran jeta morada, espérame padrecito que tenemos una
cuenta pendiente, si mi hermano me hubiera visto, tanto que
odiaba a los serranos, esa jeta abierta y ese miedo de serrano
y de repente comenzaron a llover latigazos, los oficiales y los
suboficiales se quitaron las correas y dicen que también vinieron algunos oficiales que estaban en las tribunas como invitados y también se sacaron las correas y hay que tener una
concha formidable, sin ser siquiera del colegio, a mí creo que
no me dieron con el cuero sino con la hebilla, tengo la espalda rajada de tremendo latigazo. «Se trata de un complot, mi
general, pero seré implacable», «qué complot ni qué ocho
cuartos, haga algo para que esos carajos dejen de pelear»,
«mi coronel, baje la palanca que el micro está abierto», pito y
azote, tantos tenientes y ni los veo, los latigazos en los lomos
ardían y el Jaguar y Gambarina enredados como pulpos sobre la hierbita. Pero tuvimos suerte, Malpapeada, quita tus
dientes, sarnosa. En la fila comenzó a arderme el cuerpo y
¡un cansancio!, qué ganas de echarme ahí mismo sobre la
cancha de fútbol a descansar. Y nadie hablaba, parecía mentira que hubiera ese silencio, los pechos subiendo y bajando,
quién iba a pensar en la salida, juro que lo único que querían
era meterse a la cama y dormir una siesta. Ahora sí nos fregamos, el ministro nos hará consignar hasta fin de año, lo más
gracioso era la cara de los perros, si no habían hecho nada
¿por qué tenían ese susto?, váyanse a sus casas y no se olviden
de lo que han visto, y más miedo tenían los tenientes, Huarina
estás amarillo, mírate en un espejo y te dará pena tu cara y el
Rulos dijo a mi lado: «¿Será el general Mendoza ese gordo que
está junto a la mujer de azul? Yo creía que era de infantería,

pero el cabrón tiene insignias rojas, había sido artillero». Y el coronel que se comía el micro y no sabía por dónde empezar, y chillaba «cadetes» y se paraba y volvía a decir «cadetes» y se le quebraba la voz, ya me vino la risa, perrita, y todos tiesos y mudos, temblando. ¿Qué fue lo que dijo, Malpapeada?, digo además de repetir «cadetes, cadetes, cadetes», ya arreglaremos en familia lo ocurrido, sólo unas palabras para pedir disculpas en nombre de todos, de ustedes, de los oficiales, en nombre mío, nuestras más humildes excusas y la mujer que se ganó un aplauso de cinco minutos, dicen que se puso a llorar de la emoción al ver que nos rompíamos las manos aplaudiéndola y comenzó a lanzar besos a todo el mundo, lástima que estaba tan lejos, no se podía saber si era fea o bonita, joven o vieja. ¿No se te escarapeló el cuero, Malpapeada, cuando dijo: «Los de tercero a ponerse los uniformes, los de cuarto y quinto se quedan adentro»? ¿Sabes por qué no se movió nadie, perra, ni los oficiales, ni los brigadieres, ni los invitados, ni los perros?, porque el diablo existe. Y entonces ella saltó, «coronel», «excelentísima señora», todos se movían, pero qué es lo que está pasando, «le ruego, coronel», «ilustrísima señora embajadora, no tengo palabras», «cierren el micro», «le suplico, coronel», ¿cuánto tiempo, Malpapeada? Ningún tiempo, todos miraban al gordo y al micro y a la mujer, hablaban a la vez y nos dimos cuenta que era una gringa, «¿lo hará usted por mí, coronel?», el muerto flotando sobre la cancha y todos firmes. «Cadetes, cadetes, olvidemos este bochorno, que nunca se repita, la infinita bondad de la señora embajadora», dicen que Gamboa dijo después: «Qué vergüenza, ni que esto fuera un colegio de monjas, las mujeres dando órdenes en los cuarteles», y agradezcan a la dignísima, quién inventaría el aplauso del colegio, una locomotora que parte despacito, pam, uno dos tres cuatro cinco, pam, uno dos tres cuatro, pam, uno dos tres, pam, uno dos, pam, uno, pam, pam, pammmm, y de nuevo y después, pam-pam-pam, y de nuevo, los del Guadalupe se jalaban las mechas de cólera con nuestra barra en el campeonato de atletismo y nosotros pam-pam-pam, a la embajadora debimos hacerle también el chajuí, chajuá, hasta los perros se pusieron a aplaudir y los suboficiales y los tenientes, no paren, sigan, pam-pam-pam, y no le quiten los ojos al coronel, la embajadora y el ministro se largan y a él se le torcerá de nuevo la cara y dirá se creían muy vivos pero voy a barrer el suelo con ustedes, pero se comenzó a reír, y el general Mendoza, y los embajadores y los oficiales y los invitados, pam-pam-pam, uy qué buenos somos todos, uy papacito, uy mamacita, pam-pam-pam, todos somos leonciopradinos ciento por ciento, viva el Perú cadetes, algún día la Patria nos llamará y ahí estaremos, alto el pensamiento, firme el corazón, «¿dónde está Gambarina para darle un beso en la boca?», decía el Jaguar, «quiero decir si quedó vivo después de tanto contrasuelazo que le di», la mujer está llorando con los aplausos, Malpapeada, la vida del colegio es dura y sacrificada pero tiene sus compensaciones, lástima que el Círculo no volviera a ser lo que era, el corazón me aumentaba en el pecho cuando nos reuníamos los treinta en el baño, el diablo se mete siempre en todo con sus cachos peludos, qué sería que todos nos fregáramos por el serrano Cava, que le dieran de baja, que nos dieran de baja por un cochino vidrio, por tu santa madre no me metas los dientes, Malpapeada, perra.

Los días siguientes, monótonos y humillantes, también los ha olvidado. Se levantaba temprano, el cuerpo adolorido por el desvelo, y vagaba por las habitaciones a medio amueblar de esa casa extranjera. En una especie de buhardilla, levantada en la azotea, encontró altos de periódicos y revistas, que hojeaba distraídamente mañanas y tardes íntegras. Eludía a sus padres y les hablaba sólo con monosílabos. «¿Qué te parece tu papá?», le preguntó un día su madre. «Nada», dijo él, «no me parece nada». Y otro día: «¿Estás contento, Richi?». «No.» Al día siguiente de llegar a Lima, su padre vino hasta su cama y, sonriendo, le presentó el rostro. «Buenos días», dijo Ricardo, sin moverse. Una sombra cruzó los ojos de su padre. Ese mismo día comenzó la guerra invisible. Ricardo no abandonaba el lecho hasta sentir que su padre cerraba tras él la puerta de calle. Al encontrarlo a la hora de almuerzo, decía rápidamente «buenos días» y corría a la buhardilla. Algunas tardes, lo sacaban a pasear. Solo en el asiento trasero del automóvil, Ricardo simulaba un interés desmedido por los parques, avenidas y plazas. No abría la boca pero tenía los oídos pendientes de todo lo que sus padres decían. A veces, se le escapaba el significado de ciertas alusiones: esa noche su desvelo era febril. No se dejaba sorprender. Si se dirigían a él de improviso, respondía: «¿Cómo?, ¿qué?». Una noche los oyó hablar de él en la pieza vecina. «Tiene apenas ocho años», decía su madre; «ya se acostumbrará». «Ha tenido tiempo de sobra», respondía su padre y la voz era distinta: seca y cortante. «No te había visto antes», insistía la madre; «es cuestión de tiempo». «Lo has educado mal», decía él; «tú tienes la culpa de que sea así. Parece una mujer». Luego, las voces se perdieron en un murmullo. Unos días después su corazón dio un vuelco: sus padres adoptaban una actitud misteriosa, sus conversaciones eran enigmáticas. Acentuó su labor de espionaje; no dejaba pasar el menor gesto, acto o mirada. Sin embargo, no halló la clave por sí mismo. Una mañana, su madre le dijo a la vez que lo abrazaba: «¿Y si tuvieras una hermanita?». Él pensó: «Si me mato, será culpa de ellos y se irán al infierno». Eran los últimos días del verano. Su corazón se llenaba de impaciencia; en abril lo mandarían al colegio y estaría fuera de su casa buena parte del día. Una tarde, después de mucho meditar en la buhardilla, fue donde su madre y le dijo: «¿No pueden ponerme interno?». Había hablado con una voz que creía natural, pero su madre lo miraba con los ojos llenos de lágrimas. Él se metió las manos en los bolsillos y agregó: «A mí no me gusta estudiar mucho, acuérdate lo que decía la tía Adelina en Chiclayo. Y eso no le parecerá bien a mi papá. En los internados hacen estudiar a la fuerza». Su madre lo devoraba con los ojos y él se sentía confuso. «¿Y quién acompañará a tu mamá?» «Ella», respondió Ricardo, sin vacilar; «mi hermanita». La angustia se desvaneció en el rostro de su madre, sus ojos revelaban ahora abatimiento. «No habrá ninguna hermanita», dijo; «me había olvidado de decírtelo». Estuvo pensando todo el día que había procedido mal; lo atormentaba haberse delatado. Esa noche, en el lecho, los ojos muy abiertos, estudiaba la manera de rectificar el error: reduciría al mínimo las palabras que cambiaba con ellos, pasaría más tiempo en la buhardilla, cuando en eso lo distrajo el rumor que crecía, y, de pronto, la habitación estaba llena de una voz tronante y de un vocabulario que nunca había oído. Tuvo miedo y dejó de pensar. Las injurias llegaban hasta él con pavorosa nitidez y, por instantes, perdida entre los gritos y los insultos masculinos, distinguía la voz de su madre, débil, suplicando. Después, el ruido cesó unos segundos, hubo un chasquido silbante y, cuando su madre gritó «¡Richi!», él ya se había incorporado, corría hacia la puerta, la abría e irrumpía en la otra habitación gritando: «No le pegues a mi mamá». Alcanzó a ver a su madre, en camisa de noche, el rostro deformado por la luz indirecta de la lámpara, y la escuchó balbucear algo, pero en eso surgió ante sus ojos una gran silueta blanca. Pensó: «Está desnudo» y sintió terror. Su padre lo golpeó con la mano abierta y él se desplomó sin gritar. Pero se levantó de inmediato: todo se había puesto a girar suavemente. Iba a decir que a él no le habían pegado nunca, que no era posible, pero antes que lo hiciera, su padre lo volvió a golpear y él cayó al suelo de nuevo. Desde allí vio, en un lento remolino, a su madre que saltaba de la cama y vio a su padre detenerla a medio camino y empujarla fácilmente hasta el lecho, y luego lo vio dar media vuelta y venir hacia él, vociferando, y se sintió en el aire, y, de pronto, estaba en su cuarto, a oscuras, y el hombre cuyo cuerpo resaltaba en la negrura le volvió a pegar en la cara, y todavía alcanzó a ver que el hombre se interponía entre él y su madre que cruzaba la puerta, la cogía de un brazo y la arrastraba como si fuera de trapo, y luego la puerta se cerró y él se hundió en una vertiginosa pesadilla.

IV

Bajó del autobús en el paradero de Alcanfores y recorrió a trancos largos las tres cuadras que había hasta su casa. Al cruzar una calle vio a un grupo de chiquillos. Una voz irónica dijo, a su espalda: «¿Vendes chocolates?». Los otros se rieron. Años atrás, él y los muchachos del barrio gritaban también «chocolateros» a los cadetes del Colegio Militar. El cielo estaba plomizo, pero no hacía frío. La quinta de Alcanfores parecía deshabitada. Su madre le abrió la puerta. Lo besó.

—Llegas tarde —le dijo—. ¿Por qué, Alberto?

—Los tranvías del Callao siempre están repletos, mamá. Y pasan cada media hora.

Su madre se había apoderado del maletín y del quepí y lo seguía a su cuarto. La casa era pequeña, de un piso, y brillaba. Alberto se quitó la guerrera y la corbata; las arrojó sobre una silla. Su madre las levantó y dobló cuidadosamente.

—¿Quieres almorzar de una vez?

—Me bañaré antes.

—¿Me has extrañado?

—Mucho, mamá.

Alberto se sacó la camisa. Antes de quitarse el pantalón se puso la bata: su madre no lo había visto desnudo desde que era cadete.

—Te plancharé el uniforme. Está lleno de tierra.

—Sí —dijo Alberto. Se puso las zapatillas. Abrió el cajón de la cómoda, sacó una camisa de cuello, ropa interior, medias. Luego, del velador, unos zapatos negros que relucían.

—Los lustré esta mañana —dijo su madre.

—Te vas a malograr las manos. No debiste hacerlo, mamá.

—¿A quién le importan mis manos? —dijo ella, suspirando—. Soy una pobre mujer abandonada.

—Esta mañana di un examen muy difícil —la interrumpió Alberto—. Me fue mal.

—Ah —repuso la madre—. ¿Quieres que te llene la tina?

—No. Me ducharé, mejor.

—Bueno. Voy a preparar el almuerzo.

Dio media vuelta y avanzó hasta la puerta.

—Mamá.

Se detuvo, en medio del vano. Era menuda, de piel muy blanca, de ojos hundidos y lánguidos. Estaba sin maquillar y con los cabellos en desorden. Tenía sobre la falda un delantal ajado. Alberto recordó una época relativamente próxima: su madre pasaba horas ante el espejo, borrando sus arrugas con afeites, agrandándose los ojos, empolvándose; iba todas las tardes a la peluquería y, cuando se disponía a salir, la elección del vestido precipitaba crisis de nervios. Desde que su padre se marchó, se había transformado.

—¿No has visto a mi papá?

Ella volvió a suspirar y sus mejillas se sonrojaron.

—Figúrate que vino el martes —dijo—. Le abrí la puerta sin saber quién era. Ha perdido todo escrúpulo, Alberto, no tienes idea cómo está. Quería que fueras a verlo. Me ofreció plata otra vez. Se ha propuesto matarme de dolor —entornó los párpados y bajó la voz—: Tienes que resignarte, hijo.

—Voy a darme un duchazo —dijo él—. Estoy inmundo.

Pasó ante su madre y le acarició los cabellos, pensando: «No volveremos a tener un centavo». Estuvo un buen rato bajo la ducha; después de jabonarse minuciosamente se frotó el cuerpo con ambas manos y alternó varias veces el agua caliente y fría. «Como para quitarme la borrachera», pensó. Se vistió. Al igual que otros sábados, las ropas de civil le parecieron extrañas, demasiado suaves; tenía la impresión de estar desnudo: la piel añoraba el áspero contacto del dril. Su madre lo esperaba en el comedor. Almorzó en silencio. Cada vez que terminaba un pedazo de pan, su madre le alcanzaba la panera con ansiedad.

—¿Vas a salir?

—Sí, mamá. Para hacer un encargo a un compañero que está consignado. Regresaré pronto.

La madre abrió y cerró los ojos varias veces y Alberto temió que rompiera a llorar.

—No te veo nunca —dijo ella—. Cuando sales, pasas el día en la calle. ¿No compadeces a tu madre?

—Sólo estaré una hora, mamá —dijo Alberto, incómodo—. Quizá menos.

Se había sentado a la mesa con hambre y ahora la comida le parecía interminable e insípida. Soñaba toda la semana con la salida, pero apenas entraba a su casa se sentía irritado: la abrumadora obsequiosidad de su madre era tan mortificante como el encierro. Además, se trataba de algo nuevo, le costaba trabajo acostumbrarse. Antes, ella lo enviaba a la calle con cualquier pretexto, para disfrutar a sus anchas con las amigas innumerables que venían a jugar canasta todas las tardes. Ahora, en cambio, se aferraba a él, exigía que Alberto le dedicara todo su tiempo libre y la escuchara lamentarse horas enteras de su destino trágico. Constantemente caía en trance: invocaba a Dios y rezaba en voz alta. Porque también en eso había cambiado. Antes, olvidaba la misa con frecuencia y Alberto la había sorprendido muchas veces cuchicheando con sus amigas contra los curas y las beatas. Ahora iba a la iglesia casi a diario, tenía un guía espiritual, un jesuita a quien llamaba «hombre santo», asistía a toda clase de novenas y, un sábado, Alberto descubrió en su velador una biografía de santa Rosa de Lima. La madre levantaba los platos y recogía con su mano unas migas de pan dispersas sobre la mesa.

—Estaré de vuelta antes de las cinco —dijo él.

—No te demores, hijito —repuso ella—. Compraré bizcochos para el té.

La mujer era gorda, sebosa y sucia; los pelos lacios caían a cada momento sobre su frente; ella los echaba atrás con la mano izquierda y aprovechaba para rascarse la cabeza. En la otra mano, tenía un cartón cuadrado con el que hacía aire a la llama vacilante; el carbón se humedecía en las noches y, al ser encendido, despedía humo: las paredes de la cocina estaban negras y la cara de la mujer manchada de ceniza. «Me voy a volver ciega», murmuró. El humo y las chispas le llenaban los ojos de lágrimas; siempre estaba con los párpados hinchados.

—¿Qué cosa? —dijo Teresa, desde la otra habitación.

—Nada —refunfuñó la mujer, inclinándose sobre la olla: la sopa todavía no hervía.

—¿Qué? —preguntó la muchacha.

—¿Estás sorda? Digo que me voy a volver ciega.

—¿Quieres que te ayude?

—No sabes —dijo la mujer, secamente; ahora removía la olla con una mano y con la otra se hurgaba la nariz—. No sabes hacer nada. Ni cocinar, ni coser, ni nada. Pobre de ti.

Teresa no respondió. Acababa de volver del trabajo y estaba arreglando la casa. Su tía se encargaba de hacerlo durante la semana, pero los sábados y los domingos le tocaba a ella. No era una tarea excesiva; la casa tenía sólo dos habitaciones, además de la cocina: un dormitorio y un cuarto que servía de comedor, sala y taller de costura. Era una casa vieja y raquítica, casi sin muebles.

—Esta tarde irás donde tus tíos —dijo la mujer—. Ojalá no sean tan miserables como el mes pasado.

Unas burbujas comenzaron a agitar la superficie de la olla: en las pupilas de la mujer se encendieron dos lucecitas.

—Iré mañana —dijo Teresa—. Hoy no puedo.

—¿No puedes?

La mujer agitaba frenéticamente el cartón que le servía de abanico.

—No. Tengo un compromiso.

El cartón quedó inmovilizado a medio camino y la mujer alzó la vista. Su distracción duró unos segundos; reaccionó y volvió a atender el fuego.

—¿Un compromiso?

—Sí —la muchacha había dejado de barrer y tenía la escoba suspendida a unos centímetros del suelo—. Me han invitado al cine.

—¿Al cine? ¿Quién?

La sopa estaba hirviendo. La mujer parecía haberla olvidado. Vuelta hacia la habitación contigua, esperaba la respuesta de Teresa, los pelos cubriéndole la frente, inmóvil y ansiosa.

—¿Quién te ha invitado? —repitió. Y comenzó a abanicarse el rostro a toda prisa.

—Ese muchacho que vive en la esquina —dijo Teresa, posando la escoba en el suelo.

—¿Qué esquina?

—La casa de ladrillos, de dos pisos. Se llama Arana.

—¿Así se llaman ésos? ¿Arana?

—Sí.

—¿Ese que anda con uniforme? —insistió la mujer.

—Sí. Está en el Colegio Militar. Hoy tiene salida. Vendrá a buscarme a las seis.

La mujer se acercó a Teresa. Sus ojos abultados estaban muy abiertos.

—Ésa es buena gente —le dijo—. Bien vestida. Tienen auto.

—Sí —dijo Teresa—. Uno azul.

—¿Has subido a su auto? —preguntó la mujer con vehemencia.

—No. Sólo he conversado una vez con ese muchacho, hace dos semanas. Iba a venir el domingo pasado, pero no pudo. Me mandó una carta.

Súbitamente, la mujer dio media vuelta y corrió a la cocina. El fuego se había apagado, pero la sopa continuaba hirviendo.

—Vas a cumplir diecisiete años —dijo la mujer, reanudando el combate contra los rebeldes cabellos—. Pero no te das cuenta. Me quedaré ciega y nos moriremos de hambre, si no haces algo. No dejes escapar a ese muchacho. Tienes suerte que se haya fijado en ti. A tu edad, yo ya estaba encinta. ¡Para qué me dio hijos el Señor si me los iba a quitar después! ¡Bah!

—Sí, tía —dijo Teresa.

Mientras barría, contemplaba sus zapatos grises de tacón alto: estaban sucios y gastados. ¿Y si Arana la llevaba a un cine de estreno?

—¿Es militar? —preguntó la mujer.

—No. Está en el Leoncio Prado. Un colegio como los otros, sólo que dirigido por militares.

—¿En el colegio? —repuso la mujer, indignada—. Yo creí que era un hombre. Bah, a ti qué te puede importar que esté vieja. Lo que tú quieres es que yo reviente de una vez por todas.

Alberto se arreglaba la corbata. ¿Era él ese rostro pulcramente afeitado, esos cabellos limpios y asentados, esa camisa blanca, esa corbata clara, esa chaqueta gris, ese pañuelo que asomaba por el bolsillo superior, ese ser aséptico y acicalado que aparecía en el espejo del cuarto de baño?

—Estás muy buen mozo —dijo su madre, desde la sala. Y añadió, tristemente—: Te pareces a tu padre.

Alberto salió del baño. Se inclinó para besarla. Su madre le presentó la frente; le llegaba al hombro y Alberto la sintió muy frágil. Sus cabellos eran casi blancos. «Ya no se pinta el pelo», pensó. «Parece mucho más vieja.»

—Es él —dijo la madre.

Efectivamente, un segundo después sonó el timbre. «No vayas a abrir», dijo la madre cuando Alberto avanzó hacia la puerta de calle, pero no hizo nada por impedirlo.

—Hola, papá —dijo Alberto.

Era un hombre bajo y macizo, un poco calvo. Vestía impecablemente, de azul, y Alberto, al besarlo en la mejilla, sintió un perfume penetrante. Sonriente, el padre le dio dos palmadas y echó una ojeada a la habitación. La madre, de pie en el pasillo que comunicaba con el baño, había asumido una actitud de resignación: la cabeza inclinada, los párpados semicerrados, las manos unidas sobre la falda, el cuello un poco avanzado como para facilitar la tarea del verdugo.

—Buenos días, Carmela.

—¿A qué has venido? —susurró la madre, sin cambiar de postura.

Sin el menor embarazo, el hombre cerró la puerta, arrojó a un sillón una cartera de cuero y, siempre sonriente y desenvuelto, tomó asiento a la vez que hacía una señal a Alberto para que se sentara a su lado. Alberto miró a su madre: seguía inmóvil.

—Carmela —dijo el padre alegremente—. Ven, hija, vamos a conversar un momento. Podemos hacerlo delante de Alberto, ya es todo un hombrecito.

Alberto sintió satisfacción. Su padre, a diferencia de su madre, parecía más joven, más sano, más fuerte. En sus ademanes y en su voz, en su expresión, había algo incontenible que pugnaba por exteriorizarse. ¿Sería feliz?

—No tenemos nada que hablar —dijo la madre—. Ni una palabra.

—Calma —repuso el padre—. Somos gente civilizada. Todo se puede resolver con serenidad.

—¡Eres un miserable, un perdido! —gritó la madre, súbitamente cambiada: mostraba los puños y su rostro, que había perdido toda docilidad, estaba encarnado; sus ojos relampagueaban—. ¡Fuera de aquí! Ésta es mi casa, la pago con mi dinero.

El padre se tapó los oídos, divertido. Alberto miró su reloj. La madre había comenzado a llorar; su cuerpo se estremecía con los suspiros. No se limpiaba las lágrimas, que, al bajar por sus mejillas, revelaban una vellosidad rubia.

—Carmela —dijo el padre—, tranquilízate. No quiero pelear contigo. Un poco de paz. No puedes seguir así, es absurdo. Tienes que salir de esta casucha, tener sirvientas, vivir. No puedes abandonarte. Hazlo por tu hijo.

—¡Fuera de aquí! —rugió la madre—. Ésta es una casa limpia, no tienes derecho a venir a ensuciarla. Vete donde esas perdidas, no queremos saber nada de ti; guárdate tu dinero. Lo que yo tengo me sobra para educar a mi hijo.

—Estás viviendo como una pordiosera —dijo el padre—. ¿Has perdido la dignidad? ¿Por qué demonios no quieres que te pase una pensión?

—Alberto —gritó la madre, exasperada—. No dejes que me insulte. No le basta haberme humillado ante todo Lima, quiere matarme. ¡Haz algo, hijo!

—Papá, por favor —dijo Alberto, sin entusiasmo—. No peleen.

—Cállate —dijo el padre. Adoptó una expresión solemne y superior—. Eres muy joven. Algún día comprenderás. La vida no es tan simple.

Alberto tuvo ganas de reír. Una vez había visto a su padre en el centro de Lima, con una mujer rubia, muy hermosa. El padre lo vio también y desvió la mirada. Esa noche había venido al cuarto de Alberto, con una cara idéntica a la que acababa de poner, y le había dicho las mismas palabras.

—Vengo a hacerte una propuesta —dijo el padre—. Escúchame un segundo.

La mujer parecía otra vez una estatua trágica. Sin embargo, Alberto vio que espiaba a su padre a través de las pestañas con ojos cautelosos.

—Lo que a ti te preocupa —dijo el padre—, son las formas. Yo te comprendo, hay que respetar las convenciones sociales.

—¡Cínico! —gritó la madre y volvió a agazaparse.

—No me interrumpas, hija. Si quieres, podemos volver a vivir juntos. Tomaremos una buena casa, aquí, en Miraflores, tal vez consigamos de nuevo la de Diego Ferré, o una en San Antonio; en fin, donde tú quieras. Eso sí, exijo absoluta libertad. Quiero disponer de mi vida —hablaba sin énfasis, tranquilamente, con esa llama bulliciosa en los ojos que había sorprendido a Alberto—. Y evitaremos las escenas. Para algo somos gente bien nacida.

La madre lloraba ahora a gritos y, entre sollozos, insultaba al padre y lo llamaba «adúltero, corrompido, bolsa de inmundicias». Alberto dijo:

—Perdóname, papá. Tengo que salir a hacer un encargo. ¿Puedo irme?

El padre pareció desconcertarse, pero luego sonrió con amabilidad y asintió.

—Sí, muchacho —dijo—. Trataré de convencer a tu madre. Es la mejor solución. Y no te preocupes. Estudia mucho; tienes un gran porvenir por delante. Ya sabes, si das buenos exámenes te mandaré a Estados Unidos el próximo año.

—Del porvenir de mi hijo me encargo yo —clamó la madre.

Alberto besó a sus padres y salió, cerrando la puerta tras él, rápidamente.

Teresa lavó los platos; su tía reposaba en el cuarto de al lado. La muchacha sacó una toalla y jabón y en puntas de pie salió a la calle. Contigua a la suya, había una casa angosta, de muros amarillos. Tocó la puerta. Le abrió una chiquilla muy delgada y risueña.

—Hola, Tere.

—Hola, Rosa. ¿Puedo bañarme?

—Pasa.

Atravesaron un corredor oscuro; en las paredes había recortes de revistas y periódicos: artistas de cine y futbolistas.

—¿Ves éste? —dijo Rosa—. Me lo regalaron esta mañana. Es Glenn Ford. ¿Has visto una película de él?

—No, pero me gustaría.

Al final del pasillo estaba el comedor. Los padres de Rosa comían en silencio. Una de las sillas no tenía espaldar: la ocupaba la mujer. El hombre levantó los ojos del periódico abierto junto al plato y miró a Teresa.

—Teresita —dijo, levantándose.

—Buenos días.

El hombre —en el umbral de la vejez, ventrudo, de piernas zambas y ojos dormidos— sonreía, estiraba una mano hacia la cara de la muchacha en un gesto amistoso. Teresa dio un paso atrás y la mano quedó vacilando en el aire.

—Quisiera bañarme, señora —dijo Teresa—. ¿Podría?

—Sí —dijo la mujer, secamente—. Es un sol. ¿Tienes?

Teresa alargó la mano; la moneda no brillaba; era un sol descolorido y sin vida, largamente manoseado.

—No te demores —dijo la mujer—. Hay poca agua.

El baño era un reducto sombrío de un metro cuadrado. En el suelo había una tabla agujereada y musgosa. Un caño incrustado en la pared, no muy arriba, hacía las veces de ducha. Teresa cerró la puerta y colocó la toalla en la manija, asegurándose que tapara el ojo de la cerradura. Se desnudó. Era esbelta y de líneas armoniosas, de piel muy morena. Abrió la llave: el agua estaba fría. Mientras se jabonaba, escuchó gritar a la mujer: «Sal de ahí, viejo asqueroso». Los pasos del hombre se alejaron y oyó que discutían. Se vistió y salió. El hombre estaba sentado a la mesa y, al ver a la muchacha, le guiñó el ojo. La mujer frunció el ceño y murmuró:

—Estás mojando el piso.

—Ya me voy —dijo Teresa—. Muchas gracias, señora.

—Hasta luego, Teresita —dijo el hombre—. Vuelve cuando quieras.

Rosa la acompañó hasta la puerta. En el pasillo, Teresa le dijo en voz baja:

—Hazme un favor, Rosita. Préstame tu cinta azul, esa que tenías puesta el sábado. Te la devolveré esta noche.

La chiquilla asintió y se llevó un dedo a la boca misteriosamente. Luego, se perdió al fondo del pasillo y regresó poco después, caminando con sigilo.

—Tómala —dijo. La miraba con ojos cómplices—. ¿Para qué la quieres? ¿Adónde vas?

—Tengo un compromiso —dijo Teresa—. Un muchacho me ha invitado al cine.

Le brillaban los ojos. Parecía contenta.

Una lentísima garúa mecía las hojas de los árboles de la calle Alcanfores. Alberto entró al almacén de la esquina, compró un paquete de cigarrillos, caminó hacia la avenida Larco: pasaban muchos automóviles, algunos último modelo, capotas de colores vivos que contrastaban con el aire ceniza. Había gran número de transeúntes. Estuvo contemplando a una muchacha de pantalones negros, alta y elástica, hasta que se perdió de vista. El Expreso demoraba. Alberto divisó a dos muchachos sonrientes. Tardó unos segundos en reconocerlos. Se ruborizó, murmuró «hola», los muchachos se lanzaron sobre él con los brazos abiertos.

—¿Dónde te has metido todo este tiempo? —dijo uno; llevaba un traje sport, la onda que remataba sus cabellos sugería la cresta de un gallo—. ¡Parece mentira!

—Creíamos que ya no vivías en Miraflores —dijo el otro; era bajito y grueso, usaba mocasines y medias de colores—. Hace siglos que no vas al barrio.

—Ahora vivo en Alcanfores —dijo Alberto—. Estoy interno en el Leoncio Prado. Sólo salgo los sábados.

—¿En el Colegio Militar? —dijo el de la onda—. ¿Qué hiciste para que te metieran ahí? Debe ser horrible.

—No tanto. Uno se acostumbra. Y no se pasa tan mal.

Llegó el Expreso. Estaba lleno. Quedaron de pie, cogidos del pasamano. Alberto pensó en la gente que encontraba los sábados en los autobuses de La Perla o los tranvías Lima-Callao: corbatas chillonas, olor a transpiración y a suciedad; en el Expreso se veían ropas limpias, rostros discretos, sonrisas.

—¿Y tu carro? —preguntó Alberto.

—¿Mi carro? —dijo el de los mocasines—. De mi padre. Ya no me lo presta. Lo choqué.

—¿Cómo? ¿No sabías? —dijo el otro, muy excitado—. ¿No supiste la carrera del Malecón?

—No, no sé nada.

—¿Dónde vives, hombre? Tico es una fiera —el otro comenzó a sonreír, complacido—. Apostó con el loco Julio, el de la calle Francia, ¿te acuerdas?, una carrera hasta la Quebrada, por los malecones. Y había llovido, qué tal par de brutos. Yo iba de copiloto de éste. Al loco lo cogieron los patrulleros, pero nosotros escapamos. Veníamos de una fiesta, ya te imaginas.

—¿Y el choque? —preguntó Alberto.

—Fue después. A Tico se le ocurrió dar curvas en marcha atrás por Atocongo. Se tiró contra un poste. ¿Ves esta cicatriz? Y él no se hizo nada, no es justo. ¡Tiene una leche!

Tico sonreía a sus anchas, feliz.

—Eres una fiera —dijo Alberto—. ¿Cómo están en el barrio?

—Bien —dijo Tico—. Ahora no nos reunimos durante la semana, las chicas están en exámenes, sólo salen los sábados y domingos. Las cosas han cambiado, ya las dejan salir con nosotros, al cine, a las fiestas. Las viejas se civilizan, les permiten tener enamorado, Pluto está con Helena, ¿sabías?

—¿Tú estás con Helena? —preguntó Alberto.

—Mañana cumplimos un mes —dijo el de la onda, ruborizado.

—¿Y la dejan salir contigo?

—Claro, hombre. A veces su madre me invita a almorzar. Oye, de veras, a ti te gustaba.

—¿A mí? —dijo Alberto—. Nunca.

—¡Claro! —dijo Pluto—. Claro que sí. Estabas loco por ella. ¿No te acuerdas esa vez que te estuvimos enseñando a bailar en la casa de Emilio? Te dijimos cómo tenías que declararte.

—¡Qué tiempos! —dijo Tico.

—Cuentos —dijo Alberto—. Completamente falso.

—Oye —dijo Pluto, atraído por algo que se hallaba al fondo del Expreso—. ¿Ven lo que estoy viendo, lagartijas?

Se abrió camino hacia los asientos de atrás. Tico y Alberto lo siguieron. La muchacha, advirtiendo el peligro, se había puesto a mirar por la ventanilla los árboles de la avenida. Era bonita y redonda; su nariz latía como el hocico de un conejito, casi pegada al vidrio, y lo empañaba.

—Hola, corazón —cantó Pluto.

—No molestes a mi novia —dijo Tico—. O te parto el alma.

—No importa —dijo Pluto—. Puedo morir por ella —abrió los brazos como un recitador—. La amo.

Tico y Pluto rieron a carcajadas. La muchacha seguía mirando los árboles.

—No le hagas caso, amorcito —dijo Tico—. Es un salvaje. Pluto, pide disculpas a la señorita.

—Tienes razón —dijo Pluto—. Soy un salvaje y estoy arrepentido. Por favor, perdóname. Dime que me perdonas o hago un escándalo.

—¿No tienes corazón? —preguntó Tico.

Alberto miraba también por la ventanilla: los árboles estaban húmedos y el pavimento relucía. Por la pista contraria desfilaba una columna de automóviles. El Expreso había dejado atrás Orrantia y las grandes residencias multicolores. Las casas eran ahora pequeñas, pardas.

—Esto es una vergüenza —dijo una señora—. ¡Dejen tranquila a esa niña!

Tico y Pluto seguían riendo. La muchacha despegó un instante la vista de la avenida y lanzó a su alrededor una vivísima mirada de ardilla. Una sonrisa cruzó su rostro y desapareció.

—Con mucho gusto, señora —dijo Tico. Y, volviéndose a la muchacha—: Le pedimos disculpas, señorita.

—Aquí me bajo —dijo Alberto, tendiéndoles la mano—. Hasta luego.

—Ven con nosotros —dijo Tico—. Vamos al cine. Tenemos una chica para ti. No está mal.

—No puedo —dijo Alberto—. Tengo una cita.

—¿En Lince? —dijo Pluto, malicioso—. ¡Ah, tienes un plancito, cholifacio! Buen provecho. Y no te pierdas, anda por el barrio, todos se acuerdan de ti.

«Ya sabía que era fea», pensó, apenas la vio, en el primero de los peldaños de su casa. Y dijo, rápidamente:

—Buenas tardes. ¿Está Teresa?

—Soy yo.

—Tengo un encargo de Arana. Ricardo Arana.

—Pase —dijo la muchacha, cohibida—. Tome asiento.

Alberto se sentó a la orilla y se mantuvo rígido. ¿Lo resistiría la silla? Por el vacío que dejaba la cortina entre las dos habitaciones, vio el final de una cama y los grandes pies oscuros de una mujer. La muchacha estaba a su lado.

—Arana no ha podido salir —dijo Alberto—. Mala suerte, lo consignaron esta mañana. Me dijo que tenía un compromiso con usted, que viniera a disculparlo.

—¿Lo consignaron? —dijo Teresa. Su rostro mostraba desencanto. Llevaba los cabellos recogidos en la nuca con la cinta azul. «¿Se habrán besado en la boca?», pensó Alberto.

—Eso le pasa a todo el mundo —dijo—. Es cuestión de suerte. Vendrá a verla el próximo sábado.

—¿Quién está ahí? —preguntó una voz malhumorada. Alberto miró: los pies habían desaparecido. Segundos después, un rostro grasiento asomó sobre la cortina. Alberto se puso de pie.

—Es un amigo de Arana —dijo Teresa—. Se llama…

Alberto dijo su nombre. Sintió en la suya una mano gorda y fláccida, sudada: un molusco. La mujer sonreía teatralmente y se había lanzado a hablar sin pausas. En el chisporroteo de palabras, las fórmulas de cortesía que Alberto había escuchado en su infancia aparecían como en caricatura, condimentadas con adjetivos lujosos y gratuitos, y, a ratos, comprendía que lo trataban de señor y de don, y lo interrogaban sin esperar su respuesta. Se halló envuelto en una costra verbal, en un laberinto sonoro.

—Siéntese, siéntese —decía la mujer, señalando la silla, el cuerpo doblado en una reverencia de gran mamífero—. No se incomode por mí, ésta es su casa, una casa pobre pero honrada, ¿sabe usted?, toda mi vida me he ganado el pan como Dios manda, con el sudor de mi frente, soy costurera y he podido dar una buena educación a Teresita, mi sobrinita, la pobre quedó huérfana, figúrese, y me lo debe todo, siéntese, señor Alberto.

—Arana se quedó consignado —dijo Teresa; evitaba mirar a Alberto y a su tía—. El señor trajo el recado.

«¿El señor?», pensó Alberto. Y buscó los ojos de la muchacha, pero ésta miraba ahora el suelo. La mujer se había erguido y tenía los brazos abiertos. Su sonrisa se había congelado, pero seguía intacta en sus pómulos, en su ancha nariz, en sus ojillos disimulados bajo bolsas carnosas.

—Pobrecito —decía—, pobre muchacho, cómo sufrirá su madre, yo también tuve hijos y sé lo que es el dolor de una madre, porque se me murieron, así es el Señor y mejor no tratar de comprender, pero ya saldrá la otra semana, la vida es dura para todos, me doy cuenta muy bien, ustedes que son jóvenes mejor ni piensen en eso, dígame, ¿adónde la va a llevar a Teresita?

—Tía —dijo la muchacha, dando un respingo—. Ha venido a traer un encargo. No…

—Por mí no se preocupen —añadió la mujer, bondadosa, comprensiva, sacrificada—. Los jóvenes se sienten mejor cuando están solos, yo también he sido joven y ahora estoy vieja, así es la vida, pero ya vendrán para ustedes las preocupaciones, uno llega a la vejez a pasar angustias, ¿sabía usted que me estoy volviendo ciega?

—Tía —repitió la muchacha—. Por favor...

—Si usted permite —dijo Alberto—, podríamos ir al cine. Si a usted no le parece mal.

La muchacha había vuelto a bajar la vista; estaba muda y no sabía qué hacer con sus manos.

—Tráigala temprano —dijo la tía—. Los jóvenes no deben estar fuera de casa hasta muy tarde, don Alberto —se volvió a Teresa—. Ven un minuto. Con su permiso, señor.

Tomó a Teresa del brazo y la llevó a la otra habitación. Las palabras de la mujer llegaban hasta él como arrebatadas por el viento y, aunque las comprendía aisladas, no podía descubrir su organización. Entendió, sin embargo, oscuramente, que la muchacha se negaba a salir con él y que la mujer, sin tomarse el trabajo de replicarle, trazaba como un gran cuadro sinóptico de Alberto, o, mejor dicho, de un ser ideal que él encarnaba ante sus ojos, y se vio rico, hermoso, elegante, envidiable: un gran hombre de mundo.

La cortina se abrió. Alberto sonreía. La muchacha se frotaba las manos, disgustada y más cohibida que antes.

—Pueden salir —dijo la mujer—. La tengo muy bien cuidada, ¿sabe usted? No la dejo salir con cualquiera. Es muy trabajadora, aunque no parece, tan delgadita como es. Me alegro que se vayan a divertir un rato.

La muchacha avanzó hasta la puerta y se retiró, para que Alberto saliese primero. La garúa había cesado, pero el aire olía a mojado y las aceras y la pista estaban lustrosas y resbaladizas. Alberto cedió a Teresa el interior de la calzada. Sacó los cigarrillos, encendió uno. La miró de reojo: turbada, caminaba a pasos muy cortos, mirando adelante. Llegaron hasta la esquina sin hablarse. Teresa se detuvo.

—Me quedaré aquí —dijo—. Tengo una amiga en la otra cuadra. Gracias por todo.

—Pero no —dijo Alberto—. ¿Por qué?

—Tiene que disculpar a mi tía —dijo Teresa; lo miraba a los ojos y parecía más serena—. Es muy buena, hace cualquier cosa para que yo salga.

—Sí —dijo Alberto—. Es muy simpática, muy amable.

—Pero habla mucho —afirmó Teresa, y lanzó una carcajada.

«Es fea pero tiene bonitos dientes», pensó Alberto; «¿cómo se le habrá declarado el Esclavo?».

—¿Arana se enojaría si sales conmigo?

—No es nada mío —dijo ella—. Es la primera vez que íbamos a salir. ¿No le ha contado?

—¿Por qué no me tuteas? —preguntó Alberto.

Estaban en la esquina. En las calles que los rodeaban se veía gente a lo lejos. Nuevamente comenzaba a llover. Una niebla levísima descendía sobre ellos.

—Bueno —dijo Teresa—. Podemos tutearnos.

—Sí —dijo Alberto—. Resulta raro tratarse de usted; es cosa de viejos.

Quedaron en silencio unos segundos. Alberto arrojó el cigarrillo y lo apagó con el pie.

—Bueno —dijo Teresa, estirándole la mano—. Hasta luego.

—No —dijo Alberto—. Puedes ver a tu amiga otro día. Vayamos al cine.

Ella puso un rostro grave:

—No lo hagas por compromiso —dijo—. De veras. ¿No tienes nada que hacer ahora?

—Y aunque tuviera —dijo Alberto—. Pero no tengo nada, palabra.

—Bueno —dijo ella. Y extendió una mano, la palma hacia arriba. Miraba el cielo y Alberto comprobó que sus ojos eran luminosos.

—Está lloviendo.

—Casi nada.

—Vamos a tomar el Expreso.

Caminaron hacia la avenida Arequipa. Alberto encendió otro cigarrillo.

—Acabas de apagar uno —dijo Teresa—. ¿Fumas mucho?

—No. Sólo los días de salida.

—¿En el colegio no los dejan fumar?

—Está prohibido. Pero fumamos a escondidas.

A medida que se acercaban a la avenida, las casas eran más grandes y ya no se veían callejones. Cruzaban grupos de transeúntes. Unos muchachos en mangas de camisa gritaron algo a Teresa. Alberto hizo un movimiento para regresar, pero ella lo contuvo.

—No les hagas caso —dijo—. Siempre dicen tonterías.

—No se puede molestar a una chica que está acompañada —dijo Alberto—. Es una insolencia.

—Ustedes, los del Leoncio Prado, son muy peleadores.

Él enrojeció de placer. Vallano tenía razón: los cadetes impresionaban a las hembritas, no a las de Miraflores, pero sí a las de Lince. Comenzó a hablar del colegio, de las rivalidades entre los años, de los ejercicios en campaña, de la vicuña y la perra Malpapeada. Teresa lo escuchaba con atención y festejaba sus anécdotas. Ella le contó luego que trabajaba en una oficina del centro y que antes había estudiado taquigrafía y mecanografía en una academia. Subieron al Expreso en el paradero del Colegio Raimondi y bajaron en la plaza San Martín. Pluto y Tico estaban bajo los portales.

Los miraron de arriba abajo. Tico sonrió a Alberto y le guiñó un ojo.

—¿No iban al cine?

—Nos dejaron plantados —dijo Pluto.

Se despidieron. Alberto los oyó cuchichear a su espalda. Le pareció que sobre él caían de pronto, como una lluvia, las miradas malignas de todo el barrio.

—¿Qué quieres ver? —preguntó.

—No sé —dijo ella—. Cualquier cosa.

Alberto compró un diario y leyó con voz afectada los anuncios cinematográficos. Teresa se reía y la gente que pasaba por los portales se volvía a mirarlos. Decidieron ir al Cine Metro. Alberto compró dos plateas. «Si Arana supiera para lo que ha servido la plata que me prestó», pensaba. «Ya no podré ir donde la Pies Dorados.» Sonrió a Teresa y ella también le sonrió. Todavía era temprano y el cine estaba casi vacío. Alberto se mostraba locuaz, ponía en práctica con esa muchacha que no lo intimidaba, las frases ingeniosas, los desplantes y las bromas que había escuchado tantas veces en el barrio.

—El Cine Metro es bonito —dijo ella—. Muy elegante.

—¿No habías venido nunca?

—No. Conozco pocos cines del centro. Salgo tarde del trabajo, a las seis y media.

—¿No te gusta el cine?

—Sí, mucho. Voy todos los domingos. Pero a algún cine cerca de mi casa.

La película, en colores, tenía muchos números de baile. El bailarín era también un cómico; confundía los nombres de las personas, se tropezaba, hacía muecas, torcía los ojos. «Marica a la legua», pensaba Alberto y volvía la cabeza: el rostro de Teresa estaba absorbido por la pantalla; su boca entreabierta y sus ojos obstinados revelaban ansiedad. Más tarde, cuando salieron, ella habló de la película como si Alberto no la hubiera visto. Animada, describía los vestidos de las artistas, las joyas, y, al recordar las situaciones cómicas, reía limpiamente.

—Tienes buena memoria —dijo él—. ¿Cómo puedes acordarte de todos esos detalles?

—Ya te dije que me gusta mucho el cine. Cuando veo una película, me olvido de todo, me parece estar en otro mundo.

—Sí —dijo él—. Te vi y parecías hipnotizada.

Subieron al Expreso, se sentaron juntos. La plaza San Martín estaba llena de gente que salía de los cines de estreno y caminaba bajo los faroles. Una maraña de automóviles envolvía el cuadrilátero central. Poco antes de llegar al paradero del Colegio Raimondi, Alberto tocó el timbre.

—No es necesario que me acompañes —dijo ella—. Puedo ir sola. Ya te he quitado bastante tiempo.

Él protestó e insistió en acompañarla. La calle que avanzaba hacia el corazón de Lince estaba en la penumbra. Pasaban algunas parejas; otras, detenidas en la oscuridad, dejaban de susurrar o de besarse al verlos.

—¿De veras no tenías nada que hacer? —dijo Teresa.

—Nada, te juro.

—No te creo.

—Es cierto, ¿por qué no me crees?

Ella vacilaba. Al fin, se decidió:

—¿No tienes enamorada?

—No —dijo él—. No tengo.

—Seguro me estás mintiendo. Pero habrás tenido muchas.

—Muchas no —dijo Alberto—. Sólo algunas. ¿Y tú has tenido muchos enamorados?

—¿Yo? Ninguno.

«¿Y si me le declaro ahorita mismo?», pensó Alberto.

—No es verdad —dijo—. Debes haber tenido muchísimos.

—¿No me crees? Te voy a decir una cosa; es la primera vez que un muchacho me invita al cine.

La avenida Arequipa y su columna doble de perpetuos vehículos estaba ya lejos; la calle se estrechaba y la penumbra era más densa. De los árboles resbalaban a la vereda imperceptibles gotitas de agua que las hojas y las ramas habían conservado de la garúa de la tarde.

—Será porque tú no has querido.

—¿Qué cosa?

—Que no has tenido enamorados —dudó un segundo—: Todas las chicas bonitas tienen los enamorados que quieren.

—Oh —dijo Teresa—. Yo no soy bonita. ¿Crees que no me doy cuenta?

Alberto protestó con calor y afirmó: «Eres una de las chicas más bonitas que he visto». Teresa se volvió a mirarlo.

—¿Te estás burlando? —balbuceó.

«Soy muy torpe», pensó Alberto. Sentía los pasos menudos de Teresa en el empedrado, dos por cada uno de los suyos, y la veía, la cabeza un poco inclinada, los brazos cruzados sobre el pecho, la boca cerrada. La cinta azul parecía negra y se confundía con sus cabellos, destacaba al pasar bajo un farol, luego la oscuridad la devoraba. Llegaron hasta la puerta de la casa, silenciosos.

—Gracias por todo —dijo Teresa—. Muchas gracias.

Se dieron la mano.

—Hasta pronto.

Alberto dio media vuelta y, después de dar unos pasos, regresó.

—Teresa.

Ella levantaba la mano para tocar. Se volvió, sorprendida.

—¿Tienes algo que hacer mañana? —preguntó Alberto.

—¿Mañana? —dijo ella.

—Sí. Te invito al cine. ¿Quieres?

—No tengo nada que hacer. Muchas gracias.

—Vendré a buscarte a las cinco —dijo él.

Antes de entrar a su casa, Teresa esperó que Alberto se perdiera de vista.

Cuando su madre le abrió la puerta, Alberto, antes de saludarla, comenzó a disculparse. Ella tenía los ojos cargados de reproches y suspiraba. Se sentaron en la sala. Su madre no decía nada y lo miraba con rencor. Alberto sintió un aburrimiento infinito.

—Perdóname —repitió una vez más—. No te enojes, mamá. Te juro que hice todo lo posible por salir, pero no me dejaron. Estoy un poco cansado. ¿Podría irme a dormir?

Su madre no respondió; lo seguía mirando resentida y él se preguntaba «¿a qué hora comienza?». No tardó mucho: de pronto se llevó las manos al rostro y poco después lloraba dulcemente. Alberto le acarició los cabellos. La madre le preguntó por qué la hacía sufrir. Él juró que la quería sobre todas las cosas y ella lo llamó cínico, hijo de su padre. Entre suspiros e invocaciones a Dios, habló de los pasteles y bizcochos que había comprado en la tienda de la vuelta, eligiéndolos primorosamente, y del té que se había enfriado en la mesa, y de su soledad y de la tragedia que el Señor le había impuesto para probar su fortaleza moral y su espíritu de sacrificio. Alberto le pasaba la mano por la cabeza y se inclinaba a besarla en la frente. Pensaba: «Otra semana que me quedo sin ir donde la Pies Dorados». Luego, su madre se calmó y exigió que probara la comida que ella misma le había preparado, con sus propias manos. Alberto aceptó y, mientras tomaba la sopa de legumbres, su madre lo abrazaba y le decía: «Eres el único apoyo que tengo en el mundo». Le contó que su padre se había quedado en la casa cerca de una hora, haciéndole toda clase de propuestas —un viaje al extranjero, una reconciliación aparente, el divorcio, la separación amistosa— y que ella las había rechazado todas, sin vacilar.

Luego, volvieron a la sala y Alberto le pidió permiso para fumar. Ella asintió, pero, al verlo encender un cigarrillo, lloró y habló del tiempo, de los niños que se hacen hombres, de la vida efímera. Recordó su niñez, sus viajes por Europa, sus amigas de colegio, su juventud brillante, sus pretendientes, los grandes partidos que rechazó por ese hombre que ahora se empeñaba en destruirla. Entonces, bajando la voz y adoptando una expresión melancólica, se puso a hablar de él. Repetía constantemente «de joven era distinto» y evocaba su espíritu deportivo, sus victorias en los campeonatos de tenis, su elegancia, su viaje de bodas al Brasil y los paseos que, tomados de la mano, hacían a medianoche por la playa de Ipanema. «Lo perdieron los amigos», exclamaba. «Lima es la ciudad más corrompida del mundo. ¡Pero mis oraciones lo salvarán!» Alberto la escuchaba en silencio, pensando en la Pies Dorados que tampoco vería este sábado, en la reacción del Esclavo cuando supiera que había ido al cine con Teresa, en Pluto que estaba con Helena, en el Colegio Militar, en el barrio que hacía tres años no frecuentaba. Luego, su madre bostezó. Él se puso de pie y le dio las buenas noches. Fue a su cuarto. Comenzaba a desnudarse cuando vio en el velador un sobre con su nombre escrito en letras de imprenta. Lo abrió y extrajo un billete de cincuenta soles.

—Te dejó eso —le dijo su madre, desde la puerta. Suspiró—: Es lo único que acepté. ¡Pobre hijito mío, no es justo que tú también te sacrifiques!

Él abrazó a su madre, la levantó en peso, giró con ella en brazos, le dijo: «Todo se arreglará algún día, mamacita, haré todo lo que tú quieras». Ella sonreía gozosa y afirmaba: «No necesitamos a nadie». Entre un torbellino de caricias, él le pidió permiso para salir.

—Sólo unos minutos —le dijo—. A tomar un poco de aire.

Ella ensombreció el rostro pero accedió. Alberto volvió a ponerse la corbata y la chaqueta, se pasó el peine por los cabellos y salió. Desde la ventana su madre le recordó:

—No dejes de rezar antes de dormir.

Fue Vallano quien comunicó a la cuadra su nombre de guerra. Un domingo a medianoche, cuando los cadetes se despojaban de los uniformes de salida y rescataban del fondo de los quepís los paquetes de cigarrillos burlados al oficial de guardia, Vallano comenzó a hablar solo y a voz en cuello, de una mujer de la cuarta cuadra de Huatica. Sus ojos saltones giraban en las órbitas como una bola de acero en un círculo imantado. Sus palabras y el tono que empleaba eran fogosos.

—Silencio, payaso —dijo el Jaguar—. Déjanos en paz.

Pero él siguió hablando mientras tendía la cama. Cava, desde su litera, le preguntó:

—¿Cómo dices que se llama?

—Pies Dorados.

—Debe ser nueva —dijo Arróspide—. Conozco a toda la cuarta cuadra y ese nombre no me suena.

Al domingo siguiente, Cava, el Jaguar y Arróspide también hablaban de ella. Se daban codazos y reían. «¿No les dije?», decía Vallano, orgulloso. «Guíense siempre de mis consejos.» Una semana después, media sección la conocía y el nombre de Pies Dorados comenzó a resonar en los oídos de Alberto como una música familiar. Las referencias feroces, aunque vagas, que escuchaba en boca de los cadetes, estimulaban su imaginación. En sueños, el nombre se presentaba dotado de atributos carnales, extraños y contradictorios, la mujer era siempre la misma y distinta, una presencia que se desvanecía cuando iba a tocarla o a desvelar su rostro, que lo incitaba a los impulsos más extravagantes o lo sumía en una ternura infinita y entonces creía morir de impaciencia.

Alberto era uno de los que más hablaba de la Pies Dorados en la sección. Nadie sospechaba que sólo conocía de oídas el jirón Huatica y sus contornos, porque él multiplicaba las anécdotas e inventaba toda clase de historias. Pero ello no lograba desalojar cierto desagrado íntimo de su espíritu; mientras más aventuras sexuales describía ante sus compañeros, que reían o se metían la mano al bolsillo sin escrúpulos, más intensa era la certidumbre de que nunca estaría en un lecho con una mujer, salvo en sueños, y entonces se deprimía y se juraba que la próxima salida iría a Huatica, aunque tuviese que robar veinte soles, aunque le contagiaran una sífilis.

Bajó en el paradero de la avenida 28 de Julio y Wilson. Pensaba: «He cumplido quince años pero aparento más. No tengo por qué estar nervioso». Encendió un cigarrillo y lo arrojó después de dar dos pitadas. A medida que avanzaba por 28 de Julio, la avenida se poblaba. Después de cruzar los rieles del tranvía Lima-Chorrillos, se halló en medio de una muchedumbre de obreros y sirvientas, mestizos de pelos lacios, zambos que se cimbreaban al andar como bailando, indios cobrizos, cholos risueños. Pero él sabía que estaba en el distrito de La Victoria por el olor a comida y bebida criollas que impregnaba el aire, un olor casi visible a chicharrones y a pisco, a butifarras y a transpiración, a cerveza y pies.

Al atravesar la plaza de La Victoria, enorme y populosa, el inca de piedra que señala el horizonte le recordó al héroe, y a Vallano que decía: «Manco Cápac es un puto, con su dedo muestra el camino de Huatica». La aglomeración lo obligaba a andar despacio; se asfixiaba. Las luces de la avenida parecían deliberadamente tenues y dispersas para acentuar los perfiles siniestros de los hombres que caminaban metiendo las narices en las ventanas de las casitas idénticas, alineadas a lo largo de las aceras. En la esquina de 28 de Julio y Huatica, en la fonda de un japonés enano, Alberto escuchó una sinfonía de injurias. Miró: un grupo de hombres y mujeres discutía con odio en torno a una mesa cubierta de botellas. Se demoró unos segundos en la esquina. Estaba con las manos en los bolsillos y espiaba las caras que lo rodeaban; algunos hombres tenían los ojos vidriosos y otros parecían muy alegres.

Se arregló la chaqueta e ingresó en la cuarta cuadra del jirón, la más cotizada; su rostro lucía una media sonrisa despectiva, pero su mirada era angustiosa. Sólo debió caminar unos metros, sabía de memoria que la casa de la Pies Dorados era la segunda. En la puerta había tres hombres, uno detrás de otro. Alberto observó por la ventana: una minúscula antesala de madera, iluminada con una luz roja, una silla, una foto descolorida e irreconocible en la pared; al pie de la ventana, un banquillo. «Es bajita», pensó, decepcionado. Una mano tocó su hombro.

—Joven —dijo una voz envenenada de olor a cebolla—. ¿Está usted ciego o es muy vivo?

Los faroles aclaraban sólo el centro de la calle y la luz roja apenas llegaba a la ventana; Alberto no podía ver el rostro del desconocido. En ese instante comprobó que la multitud de hombres que ocupaba el jirón circulaba pegada a las paredes, donde permanecía casi a oscuras. La pista estaba vacía.

—¿Y? —dijo el hombre—. ¿En qué quedamos?

—¿Qué le pasa? —preguntó Alberto.

—A mí me importa un carajo —dijo el desconocido—, pero no soy un imbécil. Nadie me mete el dedo a la boca, sépalo. Ni a ninguna otra parte.

—Sí —dijo Alberto—. ¿Qué quiere?

—Póngase a la cola. No sea conchudo.

—Bueno —dijo Alberto—. No se sulfure.

Se separó de la ventana y la mano del hombre no intentó retenerlo. Se puso al final de la cola, se apoyó en la pared y fumó, uno tras otro, cuatro cigarrillos. El hombre que estaba delante de él entró y salió pronto. Se alejó murmurando algo sobre el costo de la vida. Una voz de mujer dijo, al otro lado de la puerta:

—Entra.

Atravesó la antesala vacía. Una puerta de vidrios empavonados lo separaba del otro cuarto. «Ya no tengo miedo», pensó. «Soy un hombre.» Empujó la puerta. El cuarto era tan pequeño como la antesala. La luz, también roja, parecía más intensa, más cruda; la pieza estaba llena de objetos y Alberto se sintió extraviado unos segundos, su mirada revoloteó sin fijar ningún detalle, sólo manchas de todas dimensiones, e incluso pasó rápidamente sobre la mujer que estaba tendida en el lecho, sin percibir su rostro, reteniendo de ella apenas las formas oscuras que decoraban su bata, unas sombras que podían ser flores o animales. Luego, se sintió otra vez sereno. La mujer se había incorporado. En efecto, era bajita: sus pies sólo rozaban el suelo. El pelo teñido dejaba ver un fondo negro bajo la maraña desordenada de rizos rubios. La cara estaba muy pintada y le sonreía. Él bajó la cabeza y vio dos peces de nácar, vivos, terrestres, carnosos, «para tragárselos de un solo bocado y sin mantequilla», como decía Vallano, y absolutamente extraños a ese cuerpo regordete que los prolongaba y a esa boca insípida y sin forma y a esos ojos muertos que lo contemplaban.

—Eres del Leoncio Prado —dijo ella.

—Sí.

—¿Primera sección del quinto año?

—Sí —dijo Alberto.

Ella lanzó una carcajada.

—Ocho, hoy —dijo—. Y la semana pasada vinieron no sé cuántos. Soy su mascota.

—Es la primera vez que vengo —dijo Alberto, enrojeciendo—. Yo...

Lo interrumpió otra carcajada, más ruidosa que la anterior.

—No soy supersticiosa —dijo ella, sin dejar de reír—. No trabajo gratis y ya estoy vieja para que me cuenten historias. Todos los días aparece alguien que viene por primera vez, qué tal frescura.

—No es eso —dijo Alberto—. Tengo plata.

—Así me gusta —dijo ella—. Ponla en el velador. Y apúrate, cadetito.

Alberto se desnudó, despacio, doblando su ropa pieza por pieza. Ella lo miraba sin emoción. Cuando Alberto estuvo desnudo, con un gesto desganado se arrastró de espaldas sobre el lecho y abrió la bata. Estaba desnuda, pero tenía un sostén rosado, algo caído, que dejaba ver el comienzo de los senos. «Era rubia de veras», pensó Alberto. Se dejó caer junto a ella, que rápidamente le pasó los brazos por la espalda y lo estrechó. Sintió que, bajo el suyo, el vientre de la mujer se movía, buscando una mejor adecuación, un enlace más justo. Luego, las piernas de la mujer se elevaron, se doblaron en el aire, y él sintió que los peces se posaban suavemente sobre sus caderas, se detenían un momento, avanzaban hacia los riñones y luego comenzaban a bajar por sus nalgas y sus muslos, y a subir y a bajar, lentamente. Poco después, las manos que se apoyaban en su espalda se sumaban a ese movimiento y recorrían su cuerpo de la cintura a los hombros, al mismo ritmo que los pies. La boca de la mujer estaba junto a su oído y escuchó algo, un murmullo bajito, un susurro y luego una blasfemia. Las manos y los peces se inmovilizaron.

—¿Vamos a dormir una siesta o qué? —dijo ella.

—No te enojes —balbuceó Alberto—. No sé qué me pasa.

—Yo sí —dijo ella—. Eres un pajero.

Él rió sin entusiasmo y dijo una lisura. La mujer lanzó nuevamente su gran carcajada vulgar y se incorporó haciéndolo a un lado. Se sentó en la cama y lo estuvo mirando un momento con unos ojos maliciosos, que Alberto no le había visto hasta entonces.

—A lo mejor eres un santito de a deveras —dijo la mujer—. Échate.

Alberto se estiró sobre la cama. Veía a la Pies Dorados, de rodillas a su lado, la piel clara y un poco enrojecida y los cabellos que la luz que venía de atrás oscurecían, y pensaba en una figurilla de museo, en una muñeca de cera, en una mona que había visto en un circo, y ni se daba cuenta de las manos de ella, de su activo trajín, ni escuchaba su voz empalagosa que le decía zamarro y vicioso. Luego desaparecieron los símbolos y los objetos y sólo quedó la luz roja que lo envolvía y una gran ansiedad.

Bajo el reloj de la Colmena, instalado frente a la plaza San Martín, en el paradero final del tranvía que va al Callao, oscila un mar de quepís blancos. Desde las aceras del Hotel Bolívar y el Bar Romano, vendedores de diarios, choferes, vagabundos, guardias civiles, contemplan la incesante afluencia de cadetes: vienen de todas direcciones, en grupos, y se aglomeran en torno al reloj, en espera del tranvía. Algunos salen de los bares vecinos. Obstaculizan el tránsito, responden con grosería a los automovilistas que piden paso, asaltan a las mujeres que se atreven a cruzar esa esquina y se mueven de un lado a otro, insultándose y bromeando. Los tranvías son rápidamente cubiertos por los cadetes; prudentes, los civiles aceptan ser desplazados en la cola. Los cadetes de tercero maldicen entre dientes cada vez que, el pie levantado para subir al tranvía, sienten una mano en el pescuezo y una voz: «Primero los cadetes, después los perros».

—Son las diez y media —dijo Vallano—. Espero que el último camión no haya partido.

—Sólo son diez y veinte —dijo Arróspide—. Llegaremos a tiempo.

El tranvía iba atestado; ambos se hallaban de pie. Los domingos, los camiones del colegio iban a Bellavista a buscar a los cadetes.

—Mira —dijo Vallano—. Dos perros. Se han pasado los brazos sobre el hombro para que no se vean las insignias. Qué sabidos.

—Permiso —dijo Arróspide, abriéndose paso hasta el asiento que ocupaban los de tercero. Éstos, al verlos venir, se pusieron a conversar. El tranvía había dejado atrás la plaza Dos de Mayo, rodaba entre chacras invisibles.

—Buenas noches, cadetes —dijo Vallano.

Los muchachos no se dieron por aludidos. Arróspide le tocó la cabeza a uno de ellos.

—Estamos muy cansados —dijo Vallano—. Párense.

Los cadetes obedecieron.

—¿Qué hiciste ayer? —preguntó Arróspide.

—Casi nada. El sábado tenía una fiesta que, al final, se convirtió en un velorio. Era un cumpleaños, creo. Cuando llegué había un lío de los diablos. La vieja que me abrió la puerta me gritó «traiga un médico y un cura», y tuve que salir disparado. Un gran planchazo. Ah, también fui a Huatica. A propósito, tengo algo que contar a la sección sobre el poeta.

—¿Qué? —dijo Arróspide.

—La contaré a todos juntos. Es una historia de mamey.

Pero no esperó hasta llegar a la cuadra. El último camión del colegio avanzaba por la avenida de las Palmeras hacia los acantilados de La Perla. Vallano, que iba sentado sobre su maletín, dijo:

—Oigan, éste parece el camión particular de la sección. Estamos casi todos.

—Sí, negrita —dijo el Jaguar—. Cuídate. Te podemos violar.

—¿Saben una cosa? —dijo Vallano.

—¿Qué? —preguntó el Jaguar—. ¿Ya te han violado?

—Todavía —dijo Vallano—. Se trata del poeta.

—¿Qué te pasa? —preguntó Alberto, arrinconado contra la caseta.

—¿Estás ahí? Peor para ti. El sábado fui donde la Pies Dorados y me dijo que le pagaste para que te hiciera la paja.

—¡Bah! —dijo el Jaguar—. Yo te hubiera hecho el favor gratis.

Hubo algunas risas desganadas, corteses.

—La Pies Dorados y Vallano en la cama debe ser una especie de café con leche —dijo Arróspide.

—Y el poeta encima de los dos, un sándwich de negro, un hot dog —agregó el Jaguar.

—¡Abajo todo el mundo! —clamó el suboficial Pezoa. El camión estaba detenido en la puerta del colegio y los cadetes saltaban a tierra. Al entrar, Alberto recordó que no había escondido los cigarrillos. Dio un paso atrás, pero en ese momento descubrió con sorpresa que en la puerta de la Prevención sólo había dos soldados. No se veía ningún oficial. Era insólito.

—¿Se habrán muerto los tenientes? —dijo Vallano.

—Dios te oiga —repuso Arróspide.

Alberto entró a la cuadra. Estaba a oscuras, pero la puerta abierta del baño dejaba pasar una claridad rala: los cadetes que se desnudaban junto a los roperos parecían aceitados.

—Fernández —dijo alguien.

—Hola —dijo Alberto—. ¿Qué te pasa?

El Esclavo estaba a su lado, en piyama, la cara desencajada.

—¿No sabes?

—No. ¿Qué hay?

—Han descubierto el robo del examen de química. Habían roto un vidrio. Ayer vino el coronel. Gritó a los oficiales en el comedor. Todos están como fieras. Y los que estábamos de imaginaria el viernes…

—Sí —dijo Alberto—. ¿Qué?

—Consignados hasta que se descubra quién fue.

—Mierda —dijo Alberto—. Maldita sea su alma.

V

Una vez pensé: «Nunca he estado a solas con ella. ¿Y si fuera a esperarla a la salida de su colegio?». Pero no me animaba. ¿Qué le iba a decir? ¿Y de dónde sacaría dinero para el pasaje? Tere iba a almorzar donde unos parientes, cerca de su colegio, en Lima. Yo había pensado ir al mediodía, acompañarla hasta la casa de sus parientes, así caminaríamos juntos un rato. El año anterior, un muchacho me había dado quince reales por un trabajo manual, pero en segundo de media no se hacían. Pasaba horas viendo cómo conseguir el dinero. Hasta que un día se me ocurrió pedirle prestado un sol al flaco Higueras. Él siempre me invitaba un café con leche o un corto y cigarrillos, un sol no era gran cosa. Esa misma tarde, al encontrarlo en la plaza de Bellavista, se lo pedí. «Sí hombre» me respondió, «claro, para eso son los amigos». Le prometí devolvérselo en mi cumpleaños y él se rió y dijo: «Por supuesto. Me pagarás cuando puedas. Toma». Cuando tuve el sol en el bolsillo, me puse feliz y esa noche no dormí, al día siguiente bostezaba en clase todo el tiempo. Tres días después dije a mi madre: «Voy a almorzar en Chucuito, donde un amigo». En el colegio, pedí permiso al profesor para salir media hora antes, y, como yo era uno de los más aplicados, me dijo que bueno.

El tranvía iba casi vacío, no pude gorrear, felizmente el conductor sólo me cobró medio pasaje. Bajé en la plaza Dos de Mayo. Una vez, al pasar por la avenida Alfonso Ugarte para ir donde mi padrino, mi madre me había dicho: «En esa casota tan grande estudia Teresita». Y siempre me acordaba y sabía que apenas volviera a verla la reconocería, pero no encontraba la avenida Alfonso Ugarte y me acuerdo que estuve por la Colmena y cuando me di cuenta regresé corriendo y sólo entonces descubrí la casota negra, cerca de la plaza Bolognesi. Era justo la salida, había muchas alumnas, grandes y chicas, y yo sentía una vergüenza terrible. Di media vuelta y fui hasta la esquina, me puse en la puerta de una pulpería, medio escondido tras la vitrina, y estuve mirando. Era en invierno y yo sudaba. Lo primero que hice cuando la vi a lo lejos, fue meterme en la tienda, la moral hecha pedazos. Pero después salí de nuevo y la vi de espaldas, yendo hacia la plaza Bolognesi. Estaba sola y, a pesar de eso, no me acerqué. Cuando dejé de verla, regresé a Dos de Mayo y tomé el tranvía de vuelta, furioso. El colegio estaba cerrado, todavía era temprano. Me sobraban cincuenta centavos pero no compré nada de comer. Todo el día estuve de mal humor y en la tarde, mientras estudiábamos, casi no hablé. Ella me preguntó qué me pasaba y me puse colorado.

Al día siguiente, de repente se me ocurrió en plena clase que debía regresar a esperarla y fui donde el profesor y le pedí permiso de nuevo. «Bueno», me respondió, «pero dile a tu madre que si te hace salir antes todos los días, te va a perjudicar». Como ya conocía el camino, llegué a su colegio antes de la hora de salida. Al aparecer las alumnas, me sentí como el día anterior, pero me decía a mí mismo: «Me voy a acercar, me voy a acercar». Salió entre las últimas, sola. Esperé que se alejara un poco y comencé a caminar tras ella. En la plaza Bolognesi apuré el paso y me le acerqué. Le dije: «Hola, Tere». Ella se sorprendió un poco, lo vi en sus ojos, pero me respondió: «Hola, ¿qué haces por aquí?», de una manera natural y no supe qué inventar, así que sólo atiné a decirle: «Salí antes del colegio y se me ocurrió venir a esperarte. ¿Por qué, ah?». «Por nada», dijo ella. «Te preguntaba, nomás.» Le pregunté si iba a casa de sus parientes y me dijo que sí. «¿Y tú?», añadió. «No sé», le dije. «Si no te importa te acompaño.» «Bueno», dijo ella. «Es aquí cerca.» Sus tíos vivían en la avenida Arica. Apenas hablamos en el camino. Ella contestaba a todo lo que yo decía, pero sin mirarme. Cuando llegamos a una esquina, me dijo: «Mis tíos viven en la otra cuadra, así que mejor me acompañas sólo hasta aquí». Yo le sonreí y ella me dio la mano. «Chau», le dije, «¿a la tarde estudiamos?». «Sí, sí,» dijo ella, «tengo montones de lecciones que aprender». Y, después de un momento, añadió: «Muchas gracias por haber venido».

La Perlita está al final del descampado, entre el comedor y las aulas, cerca del muro posterior del colegio. Es una construcción pequeña, de cemento, con un gran ventanal que sirve de mostrador y en el que, mañana y tarde, se divisa la asombrosa cara de Paulino, el injerto: ojos rasgados de japonés, ancha jeta de negro, pómulos y mentón cobrizos de indio, pelos lacios. Paulino vende en el mostrador colas y galletas, café y chocolate, caramelos y bizcochos y, en la trastienda, es decir en el reducto amurallado y sin techo que se apoya en el muro posterior y que, antes de las rondas, era el lugar ideal para las contras, vende cigarrillos y pisco, dos veces más caro que en la calle. Paulino duerme en un colchón de paja, junto al muro, y en las noches las hormigas pasean sobre su cuerpo como por una playa. Bajo el colchón hay una madera que disimula un hueco, cavado por Paulino con sus manos para que sirva de escondite a los paquetes de Nacional y a las botellas de pisco que introduce clandestinamente en el colegio.

133

Los consignados acuden al reducto los sábados y los domingos, después del almuerzo, en grupos pequeños para no despertar sospechas. Se tienden en el suelo y, mientras Paulino abre su escondite, aplastan las hormigas con piedrecitas chatas. El injerto es generoso y maligno; da crédito pero exige que primero le rueguen y lo diviertan. El reducto de Paulino es pequeño, en él caben a lo más una veintena de cadetes. Cuando no hay sitio, los recién llegados van a tenderse al descampado y esperan jugando tiro al blanco contra la vicuña que salgan los de adentro para reemplazarlos. Los de tercero casi no tienen ocasión de asistir a esas veladas, porque los de cuarto y quinto los echan o los ponen de vigías. Las veladas duran horas. Comienzan después del almuerzo y terminan a la hora de la comida. Los consignados resisten mejor el castigo los domingos, se hacen más a la idea de no salir; pero los sábados conservan todavía una esperanza y se extenúan haciendo planes para salir, gracias a una invención genial que conmueva al oficial de servicio o a la audacia ciega, una contra a plena luz y por la puerta principal. Pero sólo uno o dos de las decenas de consignados llegan a salir. El resto ambula por los patios desiertos del colegio, se sepulta en las literas de las cuadras, permanece con los ojos abiertos tratando de combatir el aburrimiento mortal con la imaginación; si tiene algún dinero va al reducto de Paulino a fumar, beber pisco, y a que lo devoren las hormigas.

Los domingos en la mañana, después del desayuno, hay misa. El capellán del colegio es un cura rubio y jovial que pronuncia sermones patrióticos donde cuenta la vida intachable de los próceres, su amor a Dios y al Perú, y exalta la disciplina y el orden, y compara a los militares con los misioneros, a los héroes con los mártires, a la Iglesia con el Ejército. Los cadetes estiman al capellán porque piensan que es un hombre de verdad: lo han visto, muchas veces, vestido de civil, merodeando por los bajos fondos del Callao, con aliento a alcohol y ojos viciosos.

Ha olvidado también que al día siguiente estuvo mucho tiempo con los ojos cerrados después de despertar. Al abrirse la puerta sintió nuevamente que el terror se instalaba en su cuerpo. Contuvo la respiración. Estaba seguro: era él y venía a golpearlo. Pero era su madre. Parecía muy seria y lo miraba fijamente. «¿Y él?» «Ya se fue, son más de las diez.» Respiró hondamente y se incorporó. La habitación estaba llena de luz. Sólo ahora notaba la vida de la calle, el ruidoso tranvía, las bocinas de los automóviles. Se sentía débil, como si convaleciera de una enfermedad larga y penosa. Esperó que su madre aludiera a lo ocurrido. Pero no lo hacía; revoloteando de un lado a otro, simulaba ordenar el cuarto, movía una silla, corregía la posición de las cortinas. «Vámonos a Chiclayo», dijo él. Su madre se aproximó y comenzó a acariciarlo. Sus dedos largos recorrían su cabeza, se insinuaban fácilmente por sus cabellos, bajaban por su espalda: era una sensación grata y cálida que recordaba otros tiempos. La voz que llegaba ahora hasta sus oídos como una fina cascada era también la voz de su niñez. No prestaba atención a lo que decía su madre, las palabras eran superfluas, lo tierno era la música. Hasta que la madre dijo: «No podemos volver a Chiclayo nunca más. Tienes que vivir siempre con tu papá». Él se volvió a mirarla, convencido que ella se derrumbaría de remordimiento, pero su madre estaba muy serena e, incluso, sonreía. «Prefiero vivir con la tía Adela que con él», gritó. La madre, sin alterarse, trataba de calmarlo. «Lo que ocurre», le decía con acento grave, «es que no lo has visto antes; él tampoco te conocía. Pero todo va a cambiar, ya verás. Cuando se conozcan los dos, se querrán mucho, como en todas las familias». «Anoche me pegó», dijo él, roncamente. «Un puñete, como si yo fuera grande. No quiero vivir con él.» Su madre seguía pasándole la mano por la cabeza, pero ese roce ya no era una caricia, sino una presión intolerable. «Tiene mal genio, pero en el fondo es bueno», decía la madre. «Hay que saber llevarlo. Tú también tienes algo de culpa, no haces nada por conquistarlo. Está muy resentido contigo por lo de ayer. Eres muy chico, no puedes comprender. Ya verás que tengo razón, te darás cuenta más tarde. Ahora que vuelva, pídele perdón por haber entrado al cuarto. Hay que darle gusto. Es la única manera de tenerlo contento.» Él sentía su corazón palpitando con escándalo, como uno de esos sapos enormes que pululaban en la huerta de la casa de Chiclayo y parecían una glándula con ojos, una cámara que se infla y desinfla. Entonces comprendió: «Ella está de su lado, es su cómplice». Decidió ser cauteloso, ya no podía fiarse de su madre. Estaba solo. Al mediodía, cuando sintió que abrían la puerta de calle, bajó la escalera y salió al encuentro de su padre. Sin mirarlo a los ojos, le dijo: «Perdón por lo de anoche».

—¿Y qué más te dijo? —preguntó el Esclavo.

—Nada más —dijo Alberto—. Me has preguntado lo mismo toda la semana. ¿No puedes hablar de otra cosa?

—Perdona —respondió el Esclavo—. Pero justamente hoy es sábado. Debe creer que soy un mentiroso.

—¿Por qué va a creer eso? Ya le escribiste. Y, además, qué te importa lo que piense.

—Estoy enamorado de esa chica —dijo el Esclavo—. No me gusta que tenga malas ideas sobre mí.

—Te aconsejo que pienses en otra cosa —dijo Alberto—. Quién sabe hasta cuándo seguiremos consignados. Tal vez varias semanas. No conviene pensar en mujeres.

—Yo no soy como tú —dijo el Esclavo, con humildad—. No tengo carácter. Quisiera no acordarme de esa chica y, sin embargo, no hago otra cosa que pensar en ella. Si el próximo sábado no salgo, creo que me volveré loco. Dime, ¿te hizo preguntas sobre mí?

—Maldita sea —repuso Alberto—. Sólo la vi cinco minutos, en la puerta de su casa. ¿Cuántas veces te voy a repetir que no hablé de nada con ella? Ni siquiera tuve tiempo de verle bien la cara.

—¿Y, entonces, por qué no quieres escribirle?

—Porque no —dijo Alberto—. No me da la gana.

—Me parece raro —dijo el Esclavo—. Les escribes cartas a todos. ¿Por qué a mí no?

—A las otras no las conozco —dijo Alberto—. Además, no tengo ganas de escribir cartas. Ahora no necesito plata. Para qué, si me voy a quedar encerrado no sé cuántas malditas semanas.

—El otro sábado saldré como sea —dijo el Esclavo—. Aunque tenga que escaparme.

—Bueno —dijo Alberto—. Pero ahora vamos donde Paulino. Estoy harto de todo y quiero emborracharme.

—Anda tú —dijo el Esclavo—. Yo me quedo en la cuadra.

—¿Tienes miedo?

—No. Pero no me gusta que me frieguen.

—No te van a fregar —dijo Alberto—. Vamos a emborracharnos. Al primero que venga con bromas, le partes la cara y se acabó. Levántate. Y anda.

La cuadra se había vaciado paulatinamente. Después del almuerzo, los diez consignados de la sección se tendieron en las literas a fumar; luego el Boa animó a algunos a ir a La Perlita. Después, Vallano y otros se fueron a una timba organizada por los consignados de la segunda. Alberto y el Esclavo se pusieron de pie, cerraron sus roperos y salieron. El patio del año, la pista de desfile y el descampado estaban desiertos. Caminaron hacia La Perlita, las manos en los bolsillos, sin hablar. Era una tarde sin viento y sin sol, serena. De pronto, oyeron una risa. A unos metros, entre la hierba, descubrieron a un cadete, con la cristina hundida hasta los ojos.

—Ni me vieron, mis cadetes —dijo sonriendo—. Hubiera podido matarlos.

—¿No sabe saludar a sus superiores? —dijo Alberto—. Cuádrese, carajo.

El muchacho se incorporó de un salto y saludó. Se había puesto muy serio.

—¿Hay mucha gente donde Paulino? —preguntó Alberto.

—No muchos, mi cadete. Unos diez.

—Échese, nomás —dijo el Esclavo.

—¿Usted fuma, perro? —dijo Alberto.

—Sí, mi cadete. Pero no tengo cigarrillos. Regístreme, si quiere. Hace dos semanas que no salgo.

—Pobrecito —dijo Alberto—. Me muero de pena. Tome —sacó un paquete de cigarrillos del bolsillo y se lo mostró. El muchacho lo miraba con desconfianza y no se atrevía a estirar la mano.

—Saque dos —dijo Alberto—. Para que vea que soy buena gente.

El Esclavo lo miraba distraído. El cadete estiró la mano con timidez, sin quitar los ojos a Alberto. Tomó dos cigarrillos y sonrió.

—Muchas gracias, mi cadete —dijo—. Es usted buena gente.

—De nada —dijo Alberto—. Favor por favor. Esta noche vendrá a tenderme la cama. Soy de la primera sección.

—Sí, mi cadete.

—Vamos de una vez —dijo el Esclavo.

La entrada del reducto de Paulino era una puerta de hojalata, apoyada en el muro. No estaba sujeta, bastaba un viento fuerte para derribarla. Alberto y el Esclavo se aproximaron, después de comprobar que no había ningún oficial cerca. Desde afuera, oyeron risas y la sobresaliente voz del Boa. Alberto se acercó en puntas de pie, indicando silencio al Esclavo. Puso las dos manos sobre la puerta y empujó: en la abertura que surgió frente a ellos, después del ruido metálico, vieron una docena de rostros aterrorizados.

—Todos presos —dijo Alberto—. Borrachos, maricones, degenerados, pajeros, todo el mundo a la cárcel.

Estaban en el umbral. El Esclavo se había colocado detrás de Alberto; su rostro expresaba ahora docilidad y sometimiento. Una figura ágil, simiesca, se incorporó entre los cadetes amontonados en el suelo y se plantó ante Alberto.

—Entren, caracho —dijo—. Rápido, que pueden verlos. Y no hagas esas bromas, poeta, un día nos van a fregar por tu culpa.

—No me gusta que me tutees, cholo de porquería —dijo Alberto, franqueando el umbral. Los cadetes se volvieron a mirar a Paulino, que había arrugado la frente; sus grandes labios tumefactos se abrían como las caras de una almeja.

—¿Qué te pasa, blanquiñoso? —dijo—. ¿Estás queriendo que te suene o qué?

—O qué —dijo Alberto, dejándose caer al suelo. El Esclavo se tendió junto a él. Paulino se rió con todo el cuerpo; sus labios se estremecían y, por momentos, dejaban ver una dentadura desigual, incompleta.

—Te has traído tu putita —dijo—. ¿Qué vas a hacer si la violamos?

—Buena idea —gritó el Boa—. Comámonos al Esclavo.

—¿Por qué no a ese mono de Paulino? —dijo Alberto—. Es más gordito.

—Se las ha agarrado conmigo —dijo Paulino, encogiéndose de hombros. Se echó junto al Boa. Alguien había vuelto a poner la puerta en su sitio. Alberto descubrió, en medio de los cuerpos acumulados, una botella de pisco. Alargó la mano pero Paulino lo sujetó.

—Cinco reales por trago.

—Ladrón —dijo Alberto.

Sacó su cartera y le dio un billete de cinco soles.

—Diez tragos —dijo.

—¿Es para ti solo o también para tu hembrita? —preguntó Paulino.

—Por los dos.

El Boa se rió estruendosamente. La botella circulaba entre los cadetes. Paulino calculaba los tragos; si alguien bebía más de lo debido, le arrebataba la botella de un tirón. El Esclavo, después de beber, tosió y sus ojos se llenaron de lágrimas.

—Esos dos no se separan un instante desde hace una semana —dijo el Boa, señalando a Alberto y al Esclavo—. Me gustaría saber qué ha pasado.

—Bueno —dijo un cadete, que apoyaba su cabeza en la espalda del Boa—. ¿Y la apuesta?

Paulino entró en un estado de viva agitación. Se reía, daba palmadas a todo el mundo diciendo «ya pues, ya pues», los cadetes aprovechando sus saltos robaban largos tragos de pisco. La botella quedó vacía en pocos minutos. Alberto, la cabeza sobre sus brazos cruzados, miró al Esclavo: una pequeña hormiga roja recorría su mejilla y él no parecía sentirla. Sus ojos tenían un resplandor líquido; su piel estaba lívida. «Y ahora sacará un billete, o una botella, o una cajetilla de cigarros, y luego habrá una pestilencia, una charca de mierda, y yo me abriré la bragueta, y tú te abrirás la bragueta, y él se abrirá, y el injerto comenzará a temblar y todos comenzarán a temblar, me gustaría que Gamboa asomara la cabeza y oliera ese olor que habrá.» Paulino, en cuclillas, escarbaba la tierra. Poco después, se irguió con una talega en las manos. Al moverla, se oía ruido de monedas. Todo su rostro había cobrado una animación extraordinaria, las aletas de su nariz se inflaban, sus labios amoratados, muy abiertos, avanzaban en busca de una presa, sus sienes latían. El sudor bañaba su rostro exacerbado. «Y ahora se sentará, se pondrá a respirar como un caballo o como un perro, la baba le chorreará por el pescuezo, sus manos se volverán locas, se le cortará la voz, quita la mano asqueroso, dará patadas en el aire, silbará con la lengua entre los dientes, cantará, gritará, se revolcará sobre las hormigas, las cerdas le caerán en la frente, saca la mano o te capamos, se tenderá en la tierra, hundirá la cabeza en la hierbita y en la arena, llorará, sus manos y su cuerpo se quedarán quietos, morirán.»

—Hay como diez soles en monedas de cincuenta —dijo Paulino—. Y ahí abajo hay otra botella de pisco para el segundo. Pero tendrá que convidar a todos.

Alberto había sumido la cabeza entre los brazos; sus ojos exploraban un minúsculo universo en tinieblas. Sus oídos percibían una bulliciosa excitación: cuerpos que se estiran o se encogen, risas ahogadas, el resuello frenético de Paulino. Giró sobre sí mismo y quedó con la cabeza sobre la tierra: arriba, veía un pedazo de calamina y el cielo gris, ambos del mismo tamaño. El Esclavo se inclinó hacia él. La palidez abarcaba no sólo su rostro, también su cuello y sus manos: bajo la piel se distinguían unos manantiales azules.

—Vámonos, Fernández —le susurró el Esclavo—. Salgamos.

—No —dijo Alberto—. Quiero ganar esa talega.

La risa del Boa era, ahora, furiosa. Ladeando un poco la cabeza, Alberto podía ver sus grandes botines, sus gruesas piernas, su vientre apareciendo entre las puntas de la camisa caqui y el pantalón desabotonado, su cuello macizo, sus ojos sin luz. Algunos se bajaban los pantalones, otros los abrían solamente. Paulino daba vueltas en torno al abanico de cuerpos, con los labios húmedos; de una de sus manos colgaba la talega sonora y la otra sostenía la botella de pisco. «El Boa quiere que le traigan a la Malpapeada», dijo alguien y nadie se rió. Alberto se desabotonaba lentamente, los ojos semicerrados, y trataba de evocar el rostro, el cuerpo, los cabellos de la Pies Dorados, pero la imagen era huidiza y se esfumaba para dar paso a otra, una muchacha morena, que también se fugaba y volvía, le mostraba una mano, una boca fina, y la garúa caía sobre ella, humedecía su ropa y la luz rojiza de Huatica estaba brillando en el fondo de esos ojos oscuros y él decía mierda y surgía el muslo blanco y carnoso de la Pies Dorados y desaparecía y la avenida Arequipa estaba repleta de vehículos que pasaban junto al paradero del Raimondi, donde esperaban él y la muchacha.

—¿Y tú, qué esperas? —dijo Paulino, indignado. El Esclavo se había tendido y permanecía inmóvil, la cabeza entre las manos. El injerto estaba de pie, ante él y parecía enorme. «Cómetelo, Paulino», gritó el Boa. «Cómete a la novia del poeta. Te juro que si el poeta se mueve, lo quiebro.» Alberto miró al suelo: unos puntos negros surcaban la tierra castaña, pero no había ninguna piedra. Endureció el cuerpo y cerró los puños. Paulino se había inclinado, con las rodillas separadas: las piernas del Esclavo pasaban bajo su cuerpo.

—Si lo tocas, te rompo la cara —dijo Alberto.

—Está enamorado del Esclavo —dijo el Boa, pero su voz revelaba que ya se había desinteresado de Paulino y Alberto; era una voz débil y congestionada, lejana. El injerto sonrió y abrió la boca: la lengua arrastraba una masa de saliva que mojó sus labios.

—No le voy a hacer nada —dijo—. Sólo que es muy flojo. Lo voy a ayudar.

El Esclavo estaba inmóvil y, mientras Paulino abría su correa y desabotonaba su pantalón, siguió mirando al techo. Alberto volvió la cabeza; la calamina era blanca, el cielo era gris, en sus oídos había una música, el diálogo de las hormigas coloradas en sus laberintos subterráneos, laberintos con luces coloradas, un resplandor rojizo en el que los objetos parecían oscuros y la piel de esa mujer devorada por el fuego desde la punta de los pequeños pies adorables hasta la raíz de los cabellos pintados, había una gran mancha en la pared, el cadencioso balanceo de ese muchacho marcaba el tiempo como un péndulo, fijaba el reducto a la tierra, impedía que se elevara por los aires y cayera en la espiral rojiza de Huatica, sobre ese muslo de miel y de leche, la muchacha caminaba bajo la garúa, liviana, graciosa, esbelta, pero esta vez el chorro volcánico estaba ahí, definitivamente instalado en algún punto de su alma, y comenzaba a crecer, a lanzar sus tentáculos por los pasadizos secretos de su cuerpo, expulsando a la muchacha de su memoria y de su sangre, y segregando un perfume, un licor, una forma, bajo su vientre que sus manos acariciaban ahora y de pronto ascendía algo quemante y avasallador, y él podía ver, oír, sentir, el placer que avanzaba, humeante, desplegándose entre una maraña de huesos y músculos y nervios, hacia el infinito, hacia el paraíso donde nunca entrarían las hormigas rojas, pero entonces se distrajo, porque Paulino acezaba y había caído a poca distancia, y el Boa decía palabras entrecortadas. Sintió nuevamente la tierra en sus espaldas y al volverse a mirar, sus ojos ardieron como punzados por una aguja. Paulino estaba junto al Boa y éste lo dejaba manosear su cuerpo, indiferente. El injerto resollaba, emitía gritos destemplados. El Boa había cerrado los ojos y se retorcía. «Y ahora comenzará el olor, y la botella se vaciará en

143

unos segundos y cantaremos, y alguien contará chistes, y el injerto se pondrá triste, y sentiré la boca seca y los cigarrillos me darán ganas de vomitar y querré dormir, y la cabeza y algún día me volveré tísico, el doctor Guerra dijo que es como si uno se acostara siete veces seguidas con una mujer.»

Cuando escuchó el grito del Boa, no se movió: era un pequeño ser adormecido en el fondo de una concha rosada, y ni el viento ni el agua ni el fuego podían invadir su refugio. Luego volvió a la realidad: el Boa tenía a Paulino contra el suelo y lo abofeteaba, gritando, «me mordiste, cholo maldito, serrano, voy a matarte». Algunos se habían incorporado y contemplaban la escena con rostros lánguidos. Paulino no se defendía y, después de un momento, el Boa lo soltó. El injerto se levantó pesadamente, se limpió la boca, recogió del suelo la talega de monedas y la botella de pisco. Dio el dinero al Boa.

—Yo terminé segundo —dijo Cárdenas.

Paulino avanzó hacia él con la botella. Pero lo detuvo el cojo Villa, que estaba junto a Alberto.

—Mentira —dijo—. No fue él.

—¿Quién entonces? —dijo Paulino.

—El Esclavo.

El Boa dejó de contar las monedas y sus ojos pequeñitos miraron al Esclavo. Éste permanecía de espaldas, las manos a lo largo de su cuerpo.

—Quién lo hubiera dicho —dijo el Boa—. Tiene una pinga de hombre.

—Y tú una de burro —dijo Alberto—. Ciérrate el pantalón, fenómeno.

El Boa se rió a carcajadas y corrió por el reducto, sobre los cuerpos, con el sexo entre las manos, gritando «los orino a todos, me los como a todos, por algo me dicen Boa, puedo matar a una mujer de un polvo». Los otros se limpiaban y acomodaban la ropa. El Esclavo había abierto la botella de pisco, y, después de tomar un trago largo y escupir, la pasó a Alberto. Todos bebían y fumaban. Paulino estaba sentado en un rincón, con una expresión marchita y melancólica. «Y ahora saldremos y nos lavaremos las manos, y después tocarán el silbato y formaremos y marcharemos al comedor, un, dos, un, dos, y comeremos y saldremos del comedor y entraremos a las cuadras y alguien gritará un concurso y alguien dirá ya estuvimos donde el injerto y ganó el Boa, y el Boa dirá también fue el Esclavo, lo llevó el poeta y no dejó que nos lo comiésemos e incluso salió segundo en el concurso, y tocarán silencio y dormiremos y mañana y el lunes y cuántas semanas.»

Emilio le dio un golpe en el hombro y le dijo: «Ahí está». Alberto levantó la cabeza. Helena, con medio cuerpo inclinado sobre la baranda de la galería, lo miraba. Sonreía. Emilio le dio un codazo y repitió: «Ahí está. Anda, anda». Alberto susurró: «Cállate, hombre. ¿No ves que está con Ana?». Junto a la cabeza rubia, suspendida sobre la baranda, había aparecido otra, morena: Ana, la hermana de Emilio. «No te preocupes», dijo éste. «Yo me encargo de ella. Vamos.» Alberto asintió. Subieron la escalera del Club Terrazas. La galería estaba llena de gente joven; del otro lado del club, de los salones, provenía una música muy alegre. «Pero no te acerques por nada del mundo», murmuraba Alberto mientras subían la escalera. «No dejes que tu hermana nos interrumpa. Si quieres, síguenos, pero de lejos.» Cuando se acercaron a ellas, las dos muchachas reían. Helena parecía mayor. Delgada, dulce, transparente, nada revelaba a primera vista su audacia. Pero los del barrio la conocían. Mientras las otras muchachas, al ser abordadas en media calle, se ponían a

llorar, bajaban los ojos y se cohibían o asustaban, Helena hacía frente a los asaltantes, los desafiaba como una fierecilla de
ojos encendidos y su voz enérgica respondía uno por uno a
los sarcasmos, o tomaba la iniciativa y llamaba a los muchachos por sus sobrenombres más ofensivos y los amenazaba y
se la veía, el cuerpo firme y erguido, el rostro altanero, azotar
el aire con sus puños, resistir el cerco, romperlo y alejarse
con expresión triunfal. Pero eso era antes. Hacía un tiempo,
ninguno sabía exactamente en qué estación del año, en qué
mes (tal vez esas vacaciones de julio, cuando los padres de Tico celebraron su cumpleaños con una fiesta mixta), el clima
de pugna entre hombres y mujeres comenzó a eclipsarse. Los
muchachos ya no aguardaban el paso de las chicas para asus-
tarlas y divertirse a su costa; al contrario, la aparición de una
de ellas los complacía y despertaba una cordialidad tímida y
balbuceante. Y a la inversa, cuando las chicas, desde el balcón
de la casa de Laura o de Ana, veían pasar a alguno de ellos,
dejaban de hablar en voz alta, cambiaban misteriosas palabras
al oído, lo saludaban por su nombre, y él podía sentir, junto al
halago íntimo que lo invadía, la excitación que su presencia
suscitaba en el balcón. Tendidos en el jardín de la casa de
Emilio, sus conversaciones tomaban otros rumbos. ¿Quién
recordaba los partidos de fulbito, las carreras, las bajadas a la
playa por el despeñadero? Fumando sin descanso (ya nadie se
atoraba con el humo), estudiaban la manera de filtrarse en las
películas para mayores de quince años, calculaban las posibilidades de una fiesta próxima: ¿permitirían los padres que pusieran el tocadiscos y bailaran?, ¿duraría como la última que
terminó a medianoche? Y cada uno narraba sus encuentros,
sus conversaciones con las chicas del barrio. Los padres habían
cobrado una importancia excepcional; unos, como el padre de
Ana y la madre de Laura, gozaban del aprecio unánime, porque saludaban a los muchachos, permitían que conversaran

con sus hijas, los interrogaban sobre sus estudios; otros, como el papá de Tico y la madre de Helena (estrictos, celosísimos) los atemorizaban y ahuyentaban.

—¿Vas a ir a la matiné? —preguntó Alberto.

Caminaban por el Malecón, solos. Él sentía a su espalda los pasos de Emilio y de Ana. Helena afirmó con la cabeza y dijo: «Al Cine Leuro». Alberto decidió esperar: en la oscuridad sería más fácil. Tico había explorado el terreno unos días atrás y Helena le había dicho: «No se puede saber nunca, pero si se me declara bien, tal vez lo aceptaría». Era una clara mañana de verano, el sol brillaba en un cielo azul, sobre el océano vecino, y él se sentía animoso: los signos eran favorables. Con las chicas del barrio se mostraba siempre seguro, les hacía bromas ingeniosas o conversaba seriamente. Pero Helena no facilitaba el diálogo, discutía todo, aun las afirmaciones más inocentes, nunca hablaba por gusto y sus opiniones eran cortantes. Una vez, Alberto le contó que había llegado a misa después del Evangelio. «No te vale», repuso Helena, fríamente. «Si te mueres esta noche te irás al infierno.» Otra vez, Ana y Helena contemplaban desde el balcón un partido de fulbito. Después, Alberto le preguntó: «¿Qué tal juego?». Y ella le respondió: «Juegas muy mal». Sin embargo, una semana antes, en el parque de Miraflores se había reunido un grupo de muchachos y muchachas del barrio y habían paseado un buen rato, en torno al Ricardo Palma. Alberto caminaba junto a Helena y ésta se mostraba cordial; los otros se volvían a verlos y decían: «Qué buena pareja».

Acababan de dejar el Malecón, avanzaban por Juan Fanning hacia la casa de Helena. Alberto ya no sentía los pasos de Emilio y de Ana. «¿Nos veremos en el cine?», le dijo. «¿Tú también vas a ir al Leuro?», preguntó Helena con infinita inocencia. «Sí», dijo él, «también». «Bueno, entonces tal vez nos veamos.» En la esquina de su casa, Helena le tendió la mano. La calle Colón, el cruce de Diego Ferré, el corazón mismo del barrio, estaba solitario; los muchachos seguían en la playa o en la piscina del Terrazas. «¿Vas a ir de todos modos al Leuro, no?», dijo Alberto. «Sí», dijo ella. «Salvo que pase algo.» «¿Qué puede pasar?» «No sé», dijo ella muy seria; «un temblor o algo así». «Tengo algo que decirte en el cine», dijo Alberto. La miró a los ojos; ella parpadeó y pareció muy sorprendida. «¿Tienes algo que decirme?, ¿qué cosa?» «Te lo diré en el cine.» «¿Por qué no ahora?», dijo ella; «es mejor hacer las cosas lo antes posible». Él hizo esfuerzos para no ruborizarse. «Ya sabes lo que te voy a decir», dijo. «No», repuso ella, más sorprendida todavía. «Ni se me ocurre qué puede ser.» «Si quieres te lo digo de una vez», dijo Alberto. «Eso es», dijo ella. «Atrévete.»

«Y ahora saldremos y después tocarán silbato y formaremos y marcharemos al comedor, un, dos, un, dos, y comeremos rodeados de mesas vacías, y saldremos al patio vacío y entraremos a las cuadras vacías, y alguien gritará un concurso y yo diré ya estuvimos donde el injerto y ganó el Boa, siempre gana el Boa, el próximo sábado también ganará el Boa, y tocarán silencio y dormiremos y vendrá el domingo y el lunes y volverán los que salieron y les compraremos cigarrillos y les pagaré con cartas o novelitas.» Alberto y el Esclavo estaban echados en dos camas vecinas de la cuadra desierta. El Boa y los otros consignados acababan de salir hacia La Perlita. Alberto fumaba una colilla.

—Puede seguir hasta fin de año —dijo el Esclavo.

—¿Qué cosa?

—La consigna.

—¿Para qué maldita sea hablas de la consigna? Quédate callado o duerme. No eres el único consignado.

—Ya sé, pero tal vez nos quedemos encerrados hasta fin de año.

—Sí —dijo Alberto—. Salvo que descubran a Cava. Pero cómo van a descubrirlo.

—No es justo —dijo el Esclavo—. El serrano sale todos los sábados, muy tranquilo. Y nosotros, aquí adentro por su culpa.

—Qué fregada es la vida —dijo Alberto—. No hay justicia.

—Hoy se cumple un mes que no salgo —dijo el Esclavo—. Nunca he estado consignado tanto tiempo.

—Ya podías acostumbrarte.

—Teresa no me contesta —dijo el Esclavo—. Van dos cartas que le escribo.

—¿Y qué mierda te importa? —dijo Alberto—. El mundo está lleno de mujeres.

—Pero a mí me gusta ésa. Las otras no me interesan. ¿No te das cuenta?

—Sí me doy. Quiere decir que estás fregado.

—¿Sabes cómo la conocí?

—No. ¿Cómo puedo saber eso?

—La veía pasar todos los días por mi casa. Y me la quedaba mirando desde la ventana y a veces la saludaba.

—¿Te hacías la paja pensando en ella?

—No. Me gustaba verla.

—Qué romántico.

—Y un día bajé poco antes de que saliera. Y la esperé en la esquina.

—¿La pellizcaste?

—Me acerqué y le di la mano.

—¿Y qué le dijiste?

—Mi nombre. Y le pregunté cómo se llamaba. Y le dije: «Mucho gusto de conocerte».

—Eres un imbécil. ¿Y ella qué te dijo?

—Me dijo su nombre, también.

—¿La has besado?

—No. Ni siquiera he salido con ella.

—Eres un mentiroso de porquería. A ver, jura que no la has besado.

—¿Qué te pasa?

—Nada. No me gusta que me mientan.

—¿Por qué te voy a mentir? ¿Crees que no tenía ganas de besarla? Pero apenas he estado con ella, unas tres o cuatro veces, en la calle. Por este maldito colegio no he podido verla. Y, a lo mejor, ya se le declaró alguien.

—¿Quién?

—Qué sé yo; alguien. Es muy bonita.

—No tanto. Yo diría que es fea.

—Para mí es bonita.

—Eres una criatura. A mí me gustan las mujeres para acostarme con ellas.

—Es que a esta chica creo que la quiero.

—Me voy a poner a llorar de la emoción.

—Si me esperara hasta que termine la carrera, me casaría con ella.

—Se me ocurre que te metería cuernos. Pero no importa, si quieres, seré tu testigo.

—¿Por qué dices eso?

—Tienes cara de cornudo.

—A lo mejor no ha recibido mis dos cartas.

—A lo mejor.

—¿Por qué no quisiste escribirme una carta? Esta semana has hecho varias.

—Porque no me dio la gana.

—¿Qué tienes conmigo? ¿De qué estás furioso?

—La consigna me pone de mal humor. ¿O tú crees que eres el único que está harto de no salir?

—¿Por qué entraste al Leoncio Prado?

Alberto se rió. Dijo:

—Para salvar el honor de mi familia.

—¿Nunca puedes hablar en serio?

—Estoy hablando en serio, Esclavo. Mi padre decía que yo estaba pisoteando la tradición familiar. Y para corregirme me metió aquí.

—¿Por qué no te hiciste jalar en el examen de ingreso?

—Por culpa de una chica. Por una decepción, ¿me entiendes? Entré a esta pocilga por un desengaño y por mi familia.

—¿Estabas enamorado de esa chica?

—Me gustaba.

—¿Era bonita?

—Sí.

—¿Cómo se llamaba? ¿Qué pasó?

—Helena. Y no pasó nada. Además, no me gusta contar mis cosas.

—Pero yo te cuento todas las mías.

—Porque te da la gana. Si no quieres, no me cuentes nada.

—¿Tienes cigarrillos?

—No. Ahora conseguiremos.

—Estoy sin un centavo.

—Yo tengo dos soles. Levántate y vamos donde Paulino.

—Estoy harto de La Perlita. El Boa y el injerto me dan náuseas.

—Entonces quédate durmiendo. Yo prefiero ir allá.

Alberto se puso de pie. El Esclavo lo vio colocarse la cristina y enderezar su corbata.

—¿Quieres que te diga una cosa? —dijo el Esclavo—. Ya sé que te vas a burlar de mí. Pero no importa.

—¿Qué cosa?

—Eres el único amigo que tengo. Antes no tenía amigos, sino conocidos. Quiero decir en la calle, aquí ni siquiera eso. Eres la única persona con la que me gusta estar.

—Eso parece una declaración de amor de maricón —dijo Alberto.

El Esclavo sonrió.

—Eres un bruto —dijo—. Pero buena gente.

Alberto salió. Desde la puerta, le dijo:

—Si consigo cigarrillos, te traeré uno.

El patio estaba húmedo. Alberto no se había dado cuenta que llovía mientras conversaban en la cuadra. Distinguió, a lo lejos, a un cadete sentado en la hierba. ¿Sería el mismo que hacía de vigía el sábado pasado? «Y ahora entraré donde el injerto, y haremos un concurso y el Boa ganará y habrá ese olor y luego saldremos al patio vacío y entraremos a las cuadras y alguien dirá un concurso y yo diré estuvimos donde Paulino y ganó el Boa, el próximo sábado también ganará el Boa, y tocarán silencio y dormiremos y vendrá el domingo y el lunes y cuántas semanas.»

VI

Podía soportar la soledad y las humillaciones que conocía desde niño y sólo herían su espíritu: lo horrible era el encierro, esa gran soledad exterior que no elegía, que alguien le arrojaba encima como una camisa de fuerza. Estaba frente al cuarto del teniente, todavía no levantaba la mano para tocar. Sin embargo, sabía que iba a hacerlo, había demorado tres semanas en decidirse, ya no tenía miedo ni angustia. Era su mano la que lo traicionaba: permanecía quieta, blanda, pegada al pantalón, muerta. No era la primera vez. En el Colegio Salesiano le decían «muñeca»; era tímido y todo lo asustaba. «Llora, llora, muñeca», gritaban sus compañeros en el recreo, rodeándolo. Él retrocedía hasta que su espalda encontraba la pared. Las caras se acercaban, las voces eran más altas, las bocas de los niños parecían hocicos dispuestos a morderlo. Se ponía a llorar. Una vez se dijo: «Tengo que hacer algo». En plena clase desafió al más valiente del año: ha olvidado su nombre y su cara, sus puños certeros y su resuello. Cuando estuvo frente a él, en el canchón de los desperdicios, encerrado dentro de un círculo de espectadores ansiosos, tampoco sintió miedo, ni siquiera excitación: sólo un abatimiento total. Su cuerpo no respondía ni esquivaba los golpes; debió esperar que el otro se cansara de pegarle. Era para castigar a ese cuerpo cobarde y transformarlo que se había esforzado en aprobar el ingreso al Leoncio Prado; por ello había soportado esos veinticuatro meses largos. Ahora ya no tenía esperanza; nunca sería como el Jaguar, que se imponía por la violencia, ni siquiera como Alberto, que podía desdoblarse y disimular para que los otros no hicieran de él una víctima. A él lo conocían de inmediato, tal como era, sin defensas, débil, un esclavo. Sólo la libertad le interesaba ahora para manejar su soledad a su capricho, llevarla a un cine, encerrarse con ella en cualquier parte. Levantó la mano y dio tres golpes en la puerta.

¿Había estado durmiendo el teniente Huarina? Sus ojos hinchados parecían dos enormes llagas en su cara redonda; tenía el pelo alborotado y lo miraba a través de una niebla.

—Quiero hablar con usted, mi teniente.

El teniente Remigio Huarina era en el mundo de los oficiales lo que él en el de los cadetes: un intruso. Pequeño, enclenque, sus voces de mando inspiraban risa, sus cóleras no asustaban a nadie, los suboficiales le entregaban los partes sin cuadrarse y lo miraban con desprecio; su compañía era la peor organizada, el capitán Garrido lo reprendía en público, los cadetes lo dibujaban en los muros con pantalón corto, masturbándose. Se decía que tenía un almacén en los Barrios Altos donde su mujer vendía galletas y dulces. ¿Por qué había entrado en la Escuela Militar?

—¿Qué hay?

—¿Puedo entrar? Es un asunto grave, mi teniente.

—¿Quiere una audiencia? Debe usted seguir la vía jerárquica.

No sólo los cadetes imitaban al teniente Gamboa: como él, Huarina había adoptado la posición de firmes para citar el reglamento. Pero con esas manos delicadas y ese bigote ridículo, una manchita negra colgada de la nariz, ¿podía engañar a alguien?

—No quiero que nadie se entere, mi teniente. Es algo grave.

El teniente se hizo a un lado y él entró. La cama estaba revuelta y el Esclavo pensó de inmediato en la celda de un convento: debía ser algo así, desnuda, lóbrega, un poco siniestra. En el suelo había un cenicero lleno de colillas; una humeaba todavía.

—¿Qué hay? —insistió Huarina.

—Es sobre lo del vidrio.

—Nombre y sección —dijo el teniente, precipitadamente.

—Cadete Ricardo Arana, quinto año, primera sección.

—¿Qué pasa con el vidrio?

Era la lengua ahora la cobarde: se negaba a moverse, estaba seca, la sentía como una piedra áspera. ¿Era miedo? El Círculo se había ensañado con él; después del Jaguar, Cava era el peor; le quitaba los cigarrillos, el dinero, una vez había orinado sobre él mientras dormía. En cierto modo, tenía derecho; todos en el colegio respetaban la venganza. Y, sin embargo, en el fondo de su corazón, algo lo acusaba. «No voy a traicionar al Círculo», pensó, «sino a todo el año, a todos los cadetes».

—¿Qué hay? —dijo el teniente Huarina, irritado—. ¿Ha venido a mirarme la cara? ¿No me conoce?

—Fue Cava —dijo el Esclavo. Bajó los ojos—: ¿Podré salir este sábado?

—¿Cómo? —dijo el teniente. No había comprendido, todavía podía inventar algo y salir.

—Fue Cava el que rompió el vidrio —dijo—. Él robó el examen de química. Yo lo vi pasar a las aulas. ¿Se suspenderá la consigna?

—No —dijo el teniente—. Ya veremos. Primero repita lo que ha dicho.

La cara de Huarina se había redondeado y habían surgido unos pliegues en sus mejillas, cerca de la comisura de los labios, que estaban separados y temblaban ligeramente.

Sus ojos mostraban satisfacción. El Esclavo se sintió tranquilo. Había dejado de importarle el colegio, la salida, el futuro. Se dijo que el teniente Huarina no parecía agradecido. Después de todo era natural, no era de su mundo, tal vez lo despreciaba.

—Escriba —dijo Huarina—. Ahora mismo. Ahí tiene papel y lápiz.

—¿Qué cosa, mi teniente?

—Yo le dicto. «Vi al cadete», ¿cómo se llama?, «Cava, de tal sección, tal día, a tal hora, pasar hacia las aulas para apropiarse indebidamente del examen de química.» Escriba claro. «Hago esta declaración a pedido del teniente Remigio Huarina, que descubrió al autor del robo y también mi participación…

—Mi teniente, yo no…

—»… mi involuntaria participación en el asunto, como testigo.» Fírmelo. Y escriba su nombre en letras de imprenta. Grandes.

—Yo no vi el robo —dijo el Esclavo—. Sólo que pasaba hacia las aulas. Hace cuatro semanas que no salgo, mi teniente.

—No se preocupe. Yo me encargo de todo. No tenga miedo.

—No tengo miedo —gritó el Esclavo y el teniente levantó la vista, sorprendido—. Hace cuatro semanas que no salgo, mi teniente. Este sábado harán cinco.

Huarina asintió.

—Firme ese papel —dijo—. Le doy permiso para que salga hoy, después de clase. Vuelva a las once.

El Esclavo firmó. El teniente leyó el papel; sus ojos bailaban en las órbitas; movía los labios al leer.

—¿Qué le harán? —dijo el Esclavo. La pregunta era estúpida y él lo sabía; pero había que decir algo. El teniente tenía cogida la hoja de papel con la punta de los dedos, cuidadosamente; no quería arrugarla.

—¿Ha hablado con el teniente Gamboa de esto? —un instante, la animación de ese rostro sin ángulos y lampiño quedó como suspendida; aguardaba la respuesta del Esclavo con alarma. Hubiera sido fácil apagar la alegría de Huarina, quitarle sus aires de vencedor; bastaba decir sí.

—No, mi teniente. Con nadie.

—Bien. Ni una palabra —dijo el teniente—. Espere mis instrucciones. Venga a verme después de clase, con uniforme de salida. Lo llevaré hasta la Prevención.

—Sí, mi teniente —el Esclavo vaciló antes de añadir—: No quisiera que los cadetes supieran...

—Un hombre —dijo Huarina, de nuevo en posición de firmes— debe asumir sus responsabilidades. Es lo primero que se aprende en el Ejército.

—Sí, mi teniente. Pero si saben que yo lo denuncié...

—Ya sé —dijo Huarina, llevándose a los ojos el papel por cuarta vez—. Lo harían papilla. Pero no tema. Los Consejos de Oficiales son siempre secretos.

«Quizá me expulsen a mí también», pensó el Esclavo. Salió del cuarto de Huarina. Nadie podía haberlo visto, después del almuerzo los cadetes se tendían en sus literas o en la hierba del estadio. En el descampado, observó a la vicuña: esbelta, inmóvil, olfateaba el aire. «Es un animal triste», pensó. Estaba sorprendido: debería sentirse excitado o aterrado, algún trastorno físico debía recordarle la delación. Creía que los criminales, después de cometer un asesinato, se hundían en un vértigo y quedaban como hipnotizados. Él sólo sentía indiferencia. Pensó: «Estaré seis horas en la calle. Iré a verla pero no podré decirle nada de lo que ha pasado». ¡Si hubiera alguien con quien hablar, que pudiera comprender o al menos escucharlo! ¿Cómo fiarse de Alberto? No sólo se había negado a escribir en su nombre a Teresa, sino que los últimos días lo provocaba constantemente —a solas, es verdad, pues ante los otros lo defendía—, como si tuviera algo que reprocharle. «No puedo fiarme de nadie», pensó. «¿Por qué todos son mis enemigos?»

Un leve temblor en las manos: fue la única reacción de su cuerpo al empujar los batientes de la cuadra y ver a Cava, de pie junto al ropero. «Si me mira se dará cuenta que acabo de fregarlo», pensó.

—¿Qué te pasa? —dijo Alberto.

—Nada. ¿Por qué?

—Estás pálido. Anda a la enfermería, seguro que te internan.

—No tengo nada.

—No importa —dijo Alberto—. ¿Qué más quieres que te internen, si estás consignado? Ojalá pudiera ponerme así de pálido. En la enfermería se come bien y se descansa.

—Pero se pierde la salida —dijo el Esclavo.

—¿Cuál salida? Todavía tenemos para rato aquí adentro. Aunque dicen que tal vez haya salida general el próximo domingo. Es cumpleaños del coronel. Eso dicen, al menos. ¿De qué te ríes?

—De nada.

¿Cómo podía hablar Alberto con esa indiferencia de la consigna, cómo podía acostumbrarse a la idea de no salir?

—Salvo que quieras tirar contra —dijo Alberto—. Pero de la enfermería es más fácil. En la noche no hay control. Eso sí, tienes que descolgarte por el lado de la Costanera y te puedes ensartar en la reja como un anticucho.

—Ahora tiran contra muy pocos —dijo el Esclavo—. Desde que pusieron la ronda.

—Antes era más fácil —dijo Alberto—. Pero todavía salen muchos. El cholo Urioste salió el lunes y volvió a las cuatro de la mañana.

Después de todo, ¿por qué no ir a la enfermería? ¿Para qué salir a la calle? Doctor, se me nubla la vista, me duele la cabeza, tengo palpitaciones, sudo frío, soy un cobarde. Cuando estaban consignados, los cadetes trataban de ingresar a la enfermería. Allí se pasaba el día sin hacer nada, en piyama, y la comida era abundante. Pero los enfermeros y el médico del colegio eran cada vez más estrictos. La fiebre no bastaba; sabían que poniéndose cáscaras de plátano en la frente un par de horas, la temperatura sube a treinta y nueve grados. Tampoco las gonorreas, desde que se descubrió la estratagema del Jaguar y el Rulos, que se presentaron a la enfermería con el falo bañado en leche condensada. El Jaguar había inventado también los ahogos. Conteniendo la respiración hasta llorar, varias veces seguidas, antes del examen médico, el corazón se acelera y empieza a tronar como un bombo. Los enfermeros decretaban: «Internamiento por síntomas de taquicardia».

—Nunca he tirado contra —dijo el Esclavo.

—No me extraña —dijo Alberto—. Yo sí, varias veces, el año pasado. Una vez fuimos a una fiesta en La Punta con Arróspide y volvimos poco antes del toque de diana. En cuarto año, la vida era mejor.

—Poeta —gritó Vallano—. ¿Tú has estado en el Colegio La Salle?

—Sí —dijo Alberto—. ¿Por qué?

—El Rulos dice que todos los de La Salle son maricas. ¿Es cierto?

—No —dijo Alberto—. En La Salle no había negros.

El Rulos se rió.

—Estás fregado —le dijo a Vallano—. El poeta te come.

—Negro, pero más hombre que cualquiera —afirmó Vallano—. Y el que quiera hacer la prueba, que venga.

—Uy, qué miedo —dijo alguien—. Uy, mamita.

«Ay, ay, ay», cantó el Rulos.

—Esclavo —gritó el Jaguar—. Anda y haz la prueba. Después nos cuentas si el negro es tan hombre como dice.

—Al Esclavo lo parto en dos —dijo Vallano.

—Uy, mamita.

—A ti también —gritó Vallano—. Anímate y ven. Estoy a punto.

—¿Qué pasa? —dijo la voz ronca del Boa, que acababa de despertar.

—El negro dice que eres un marica, Boa —afirmó Alberto.

—Dijo que le consta que eres un marica.

—Eso dijo.

—Se pasó más de una hora rajando de ti.

—Mentira, hermanito —dijo Vallano—. ¿Crees que hablo de la gente por la espalda?

Hubo nuevas risas.

—Se están burlando de ti —agregó Vallano—. ¿No te das cuenta? —levantó la voz—. Me vuelves a hacer una broma así, poeta, y te machuco. Te advierto. Por poco me haces tener un lío con el muchacho.

—Uy —dijo Alberto—. ¿Has oído, Boa? Te ha dicho muchacho.

—¿Quieres algo conmigo, negro? —dijo la voz ronca.

—Nada, hermanito —repuso Vallano—. Tú eres mi amigo.

—Entonces no digas muchacho.

—Poeta, te juro que te voy a quebrar.

—Negro que ladra no muerde —dijo el Jaguar.

El Esclavo pensó: «En el fondo, todos ellos son amigos. Se insultan y se pelean de la boca para afuera, pero en el fondo se divierten juntos. Sólo a mí me miran como a un extraño».

«Tenía las piernas gordas, blancas y sin pelos. Eran ricas y daba ganas de morderlas.» Alberto se quedó mirando la frase, tratando de calcular sus posibilidades eróticas, y la encontró bien. El sol atravesaba los vidrios manchados de la glorieta y caía sobre él, que estaba echado en el suelo, la cara apoyada en una de sus manos y en la otra un lapicero suspendido a unos centímetros de la hoja de papel a medio llenar. En el suelo cubierto de polvo, colillas, fósforos carbonizados, había otras hojas, algunas escritas. La glorieta había sido construida junto con el colegio, en el pequeño jardín que contenía a la piscina, eternamente desaguada y cubierta de musgo, sobre la que planeaban nubes de zancudos. Nadie, seguramente ni el mismo coronel, conocía la finalidad de la glorieta, sostenida a dos metros de tierra por cuatro columnas de cemento y a la que se llegaba por una angosta escalera sinuosa. Probablemente ningún oficial ni cadete había entrado a la glorieta antes de que el Jaguar consiguiera abrir su puerta clausurada con una ganzúa especial, en cuya fabricación intervino casi toda la sección. Ésta había encontrado una función para la solitaria glorieta: servir de escondrijo a aquellos que, en vez de ir a clase, querían dormir una siesta. «El aposento temblaba como si hubiera un terremoto; la mujer gemía, se jalaba los pelos, decía "basta, basta", pero el hombre no la soltaba; con su mano nerviosa seguía explorándole el cuerpo, rasguñándola, penetrándola. Cuando la mujer quedó muda, como muerta, el hombre se echó a reír y su risa parecía el canto de un animal.» Colocó el lapicero en su boca y releyó toda la hoja. Todavía agregó una última frase: «La mujer pensó que los mordiscos del final habían sido lo mejor de todo y se alegró al recordar que el hombre volvería al día siguiente». Alberto echó una ojeada a las hojas cubiertas de palabras azules; en menos de dos horas, había escrito cuatro novelitas. Estaba bien. Todavía quedaban unos minutos antes de que sonara el silbato anunciando el final de las clases. Giró sobre sí mismo, apoyó la cabeza en el suelo, permaneció estirado, con el cuerpo blando, laxo; el sol tocaba ahora su cara pero no lo obligaba a cerrar los ojos: era débil.

Había salido a la hora de almuerzo. De pronto, el comedor se iluminó y el murmullo vertiginoso murió de golpe; mil quinientas cabezas se volvieron hacia el descampado: en efecto, la hierba parecía dorada y los edificios contiguos proyectaban sombra. Era la primera vez que salía el sol en octubre desde que Alberto estaba en el colegio. De inmediato pensó: «Me iré a la glorieta a escribir». En la formación, susurró al Esclavo: «Si pasan lista, contestas por mí» y, al llegar a las aulas, en un descuido del oficial, se metió en un baño. Cuando los cadetes entraron a las aulas, se deslizó rápidamente hasta la glorieta. Había escrito sin interrupción, novelitas de cuatro páginas; sólo en la última comenzó a sentir que la modorra invadía su cuerpo, y surgió la tentación de soltar el lapicero y pensar en cosas vagas. Se le habían acabado los cigarrillos hacía días y trató de fumar las colillas retorcidas que encontró en la glorieta, pero apenas daba dos chupadas, el tabaco endurecido por el tiempo y el polvo que tragaba lo hacían toser.

«Repite Vallano, repite eso último, repite negrito y mi pobre madre abandonada pensando en su hijo rodeado de tanto cholo, pero en esa época todavía no se hubiera asustado siquiera, si hubiera estado ahí en medio, escuchando *Los placeres de Eleodora*, repite Vallano, ya terminó el bautizo, ya salimos a la calle, ya volvimos, tú fuiste el más cunda, te trajiste a Eleodora en la maleta, yo sólo traje paquetes de comida, si hubiera sabido.» Los muchachos están sentados en las camas o en los roperos, absortos, pendientes de los labios de Vallano que lee con voz cálida. A ratos se detiene y, sin levantar los ojos del libro, espera: de inmediato surgen la algarabía, el fragor de las protestas. «Repite, Vallano, ya se me está ocurriendo una buena cosa para pasar el tiempo y ganarme unos centavos y mi madre rogando a Dios y a los santos, sábado y domingo, nos arrastrará a todos por la senda del mal, mi padre está embrujado por las Eleodoras.» Después de leer tres o cuatro veces el libro enano de páginas amarillentas, Vallano lo guarda en el bolsillo de su sacón y echa una mirada vanidosa a sus compañeros que lo observan con envidia. Uno se atreve a decir: «Préstamelo». Cinco, diez, quince lo asedian gritando: «Préstamelo, negrito, hermano». Vallano sonríe, abre la bocaza descomunal, sus ojos bulliciosos danzan, exultan, su nariz palpita, ha adoptado una actitud triunfal, toda la cuadra lo rodea, lo solicita, lo adula. Él los insulta: «Pajeros, asquerosos, a ver por qué no leen la Biblia o el Quijote». Lo festejan, lo palmean, le dicen: «Ah, negrito, cómo eres de vivo, uy, cómo eres». De pronto, Vallano descubre las posibilidades que encierra ese momento. Dice: «Lo alquilo». Entonces lo empujan y lo amenazan, uno lo escupe, otro le grita: «Interesado, sarnoso». Él se ríe a carcajadas, se echa en la cama, saca del bolsillo *Los placeres de Eleodora*, se lo planta ante los ojos que hierven de malicia, simula leer moviendo los labios como dos ventosas lascivas. «Cinco cigarros, diez cigarros, negrito Vallanito, préstame a Ele-o-do-ri-ta-pa-ra-ha-cer-me-la-pa-ji-ta, yo sabía mamacita que el primero sería el Boa por la manera como rascaba a la Malpapeada mientras el negro leía, aúlla y aguanta quieta, ya se me ocurrió, pero qué buena idea para pasar el tiempo y ganarme unos cobres y tenía montones de ideas, sólo que me faltaba la ocasión.» Alberto ve venir al suboficial directamente hacia la fila y con el rabillo del ojo comprueba que el Rulos sigue embebido en la lectura: tiene el libro pegado al sacón del cadete que está delante; sin duda, debe hacer grandes esfuerzos para leer pues las letras son minúsculas. Alberto no puede advertirle que se aproxima el suboficial: éste no le quita los ojos de encima y avanza cautelosamente, como un felino hacia su presa; imposible mover el pie o el codo. El suboficial se agazapa y salta: cae sobre el Rulos que emite un chillido, y le arrebata *Los placeres de Eleodora*. «Pero no debió quemarlo y pisotearlo, no debió dejar la casa para correr tras de las putas, no debió abandonar a mi madre, no debimos dejar la gran casa con jardines de Diego Ferré, no debí conocer el barrio ni a Helena, no debió consignar al Rulos dos semanas, no debí comenzar nunca a escribir novelitas, no debí salir de Miraflores, no debí conocer a Teresa ni amarla.» Vallano ríe, pero no puede disimular su desaliento, su nostalgia, su amargura. A ratos se pone serio y dice: «Caracho, estaba enamorado de Eleodora. Rulos, por tu culpa he perdido a mi hembra querida». Los cadetes cantan «ay, ay, ay» y se menean como rumberas, pellizcan a Vallano en los cachetes y en las nalgas, el Jaguar se lanza como un endemoniado sobre el Esclavo, lo alza en peso, todos se callan y miran, y lo lanza contra Vallano. Le dice: «Te regalo a esta puta». El Esclavo se incorpora, se arregla la ropa y se aleja. Boa lo atrapa por la espalda, lo levanta y el esfuerzo le congestiona el rostro y el cuello que se hincha; sólo lo tiene en el aire unos segundos y lo deja caer como un fardo. El Esclavo se retira, despacio, cojeando. «Maldita sea», dice Vallano. «Les juro que estoy muerto de pena.» «Y, entonces yo dije por media cajetilla de cigarrillos te escribo una historia mejor que *Los placeres de Eleodora* y esa mañana yo supe lo que había pasado, la transmisión del pensamiento o la mano de Dios, supe y le dije, qué pasa con mi papá mamita y Vallano dijo ¿de veras?, toma papel y lápiz y que te inspiren los ángeles, y entonces ella dijo, hijito valor, una gran desgracia ha caído sobre nosotros, se ha perdido, nos ha abandonado y entonces comencé a escribir, sentado en un ropero, rodeado por toda la sección, como cuando el negro leía.»

Alberto escribe una frase con letra nerviosa: media docena de cabezas tratan de leer sobre sus hombros. Se detiene, alza el lápiz y la cabeza y lee: lo celebran, algunos hacen sugerencias que él desdeña. A medida que avanza es más audaz: las palabras vulgares ceden el paso a grandes alegorías eróticas, pero los hechos son escasos y cíclicos: las caricias preliminares, el amor habitual, el anal, el bucal, el manual, éxtasis, convulsiones, batallas sin cuartel entre erizados órganos y, nuevamente, las caricias preliminares, etcétera. Cuando termina la redacción —diez páginas de cuaderno, por ambas caras— Alberto, súbitamente inspirado, anuncia el título: *Los vicios de la carne* y lee su obra, con voz entusiasta. La cuadra lo escucha respetuosamente; por instantes hay brotes de humor. Luego lo aplauden y lo abrazan. Alguien dice: «Fernández, eres un poeta». «Sí», dicen otros. «Un poeta.» «Y ese mismo día se me acercó el Boa, con cara misteriosa, mientras nos lavábamos y me dijo hazme otra novelita como ésa y te la compro, buen muchacho, gran pajero, fuiste mi primer cliente y siempre me acordaré de ti, protestaste cuando dije cincuenta centavos por hoja, sin puntos aparte, pero aceptaste tu destino y nos cambiamos de casa y entonces fue de verdad que me aparté del barrio y los amigos y del verdadero Miraflores y comencé mi carrera de novelista, buena plata he ganado a pesar de los estafadores.»

Es un domingo de mediados de junio; Alberto, sentado en la hierba, mira a los cadetes que pasean por la pista de desfile rodeados de familiares. Unos metros más allá hay un muchacho, también de tercero, pero de otra sección. Tiene en sus manos una carta, que lee y relee, con rostro preocupado. «¿Cuartelero?», pregunta Alberto. El muchacho asiente y muestra su brazalete color púrpura, con una letra C bordada. «Es peor que estar consignado», afirma Alberto. «Sí», dice el otro. «Y más tarde fuimos caminando a la sexta sección y nos echamos y fumamos cigarrillos Inca y me dijo soy iqueño y mi padre me mandó al Colegio Militar porque estaba enamorado de una muchacha de mala familia y me mostró su foto y me dijo apenas salga del colegio me caso con ella y ese mismo día dejó de pintarse y ponerse joyas y de ver a sus amigas y de jugar canasta y cada sábado que salía yo pensaba ha envejecido más.»

—¿Ya no te gusta? —dice Alberto—. ¿Por qué pones esa cara cuando hablas de ella?

El muchacho baja la voz y responde, como a sí mismo:

—No sé escribirle.

—¿Por qué? —pregunta Alberto.

—¿Cómo por qué? Porque no. Ella es muy inteligente. Me escribe cartas muy lindas.

—Escribir una carta es muy fácil —dice Alberto—. Lo más fácil del mundo.

—No. Es fácil saber lo que quieres decir, pero no decirlo.

—Bah —dice Alberto—. Puedo escribir diez cartas de amor en una hora.

—¿De veras? —pregunta el muchacho, mirándolo fijamente.

«Y le escribí una y otra y la chica me contestaba y el cuartelero me convidaba cigarros y colas en La Perlita y un día me trajo a un zambito de la octava y me dijo ¿puedes escribirle una carta a la hembrita que éste tiene en Iquitos? Y yo le dije ¿quieres que vaya a verlo y le hable? y ella me dijo no hay nada que hacer sino rezar a Dios y comenzó a ir a misa y a novenas y a darme consejos Alberto tienes que ser piadoso y querer mucho a Dios para que cuando seas grande las tentaciones no te pierdan como a tu padre y yo le dije okey pero me pagas.»

Alberto pensó: «Ya hace más de dos años. Cómo pasa el tiempo». Cerró los ojos: evocó el rostro de Teresa y su cuerpo se llenó de ansiedad. Era la primera vez que resistía la consigna sin angustia. Ni siquiera las dos cartas que había recibido de la muchacha lo incitaban a desear la salida. Pensó: «Me escribe en papel barato y tiene mala letra. He leído cartas más bonitas que las de ella». Las había leído varias veces, siempre a ocultas. (Las guardaba en el forro del quepí, como los cigarrillos que traía al colegio los domingos.) La primera semana, al recibir una carta de Teresa, se dispuso a responderle de inmediato, pero, después de escribir la fecha, sintió disgusto, turbación, y no supo qué decir. Todo el lenguaje parecía falso e inútil. Destruyó varios borradores y al fin se decidió a contestarle apenas unas líneas objetivas: «Estamos consignados por un lío. No sé cuándo saldré. Tuve una gran alegría al recibir tu carta. Siempre pienso en ti y lo primero que haré, al salir, será ir a verte». El Esclavo lo perseguía, le ofrecía cigarrillos, fruta, sándwiches, le hacía confidencias; en el comedor, en la fila y en el cine se las arreglaba para estar a su lado. Recordó su cara pálida, su expresión obsecuente, su sonrisa beatífica y lo odió. Cada vez que veía aproximarse al Esclavo, sentía malestar. La conversación de un modo u otro recaía en Teresa y Alberto debía disimular, adoptando un papel cínico; otras veces se mostraba amistoso y daba al Esclavo consejos sibilinos: «No vale la pena que te declares por carta. Esas cosas se hacen de frente, para ver las reacciones. En la primera salida, vas a su casa y le caes». La cara lánguida escuchaba seriamente, asentía sin rebelarse. Alberto pensó: «Se lo diré el primer día que salgamos, apenas crucemos la puerta del colegio. Ya tiene una cara bastante estúpida para amargarle más la vida. Le diré: lo siento mucho, pero esa chica me gusta y si la vas a ver te parto la cara. Hay más mujeres en el mundo. Y después iré a verla y la llevaré al parque Necochea» (que está al final del malecón de la Reserva, sobre los acantilados verticales y ocres que el mar de

Miraflores combate ruidosamente; desde el borde se contempla, en invierno, a través de la neblina, un escenario de fantasmas: la playa de piedras, solitaria y profunda). Pensó: «Me sentaré en el último banco, junto a la baranda de troncos blancos». El sol había entibiado su cara y su cuerpo; no quería abrir los ojos para evitar que la imagen se fuera.

Cuando despertó, el sol había desaparecido; estaba en medio de una luz parda. Se movió en el sitio y le dolieron los huesos de la espalda; sentía la cabeza pesada: era incómodo dormir sobre madera. Tenía el cerebro adormecido, no atinaba a ponerse de pie, pestañeó varias veces, sintió ganas de fumar. Luego, se incorporó con torpeza y espió. El jardín estaba vacío y los bloques de cemento de las aulas parecían desiertos. ¿Qué hora sería? El silbato para ir al comedor era a las siete y media. Inspeccionó cuidadosamente los alrededores. El colegio estaba muerto. Descendió de la glorieta y cruzó rápidamente el jardín y los edificios sin ver a nadie. Sólo al llegar a la pista de desfile distinguió a un grupo de cadetes que correteaba detrás de la vicuña. Al fondo de la pista, un kilómetro más allá, presentía a los cadetes envueltos en sus sacones verdes, caminando en parejas por el patio, y el gran rumor de las cuadras. Tenía unos deseos enormes de fumar.

En el patio de quinto, se detuvo. En vez de cruzarlo, regresó hacia la Prevención. Era miércoles, podía haber cartas. Varios cadetes obstruían la puerta.

—Paso. El oficial de guardia me ha mandado llamar.

Nadie se movió.

—Haz cola —dijo uno.

—No vengo por cartas —afirmó Alberto—. El oficial me necesita.

—Friégate. Aquí todos hacen cola.

Esperó. Cuando salía un cadete, la cola se agitaba; todos pugnaban por pasar primero. Distraídamente, Alberto leía la orden del día, colgada en la puerta: «Quinto año. Oficial de guardia: teniente Pedro Pitaluga. Suboficial: Joaquín Morte. Efectivo de año. Disponibles: 360. Internados en la enfermería: 8. Disposición especial: se suspende la consigna a los imaginarias del 13 de setiembre. Firmado, el capitán del año». Volvió a leer la última parte, dos, tres veces. Dijo una lisura en voz alta y, desde el fondo de la Prevención, la voz del suboficial Pezoa protestó:

—¿Quién anda diciendo mierda por ahí?

Alberto corría hacia la cuadra. Su corazón desbordaba de impaciencia. Encontró a Arróspide en la puerta.

—Han suspendido la consigna —gritó Alberto—. El capitán se ha vuelto loco.

—No —dijo Arróspide—. ¿Acaso no sabes? Alguien ha pegado un chivatazo. Cava está en el calabozo.

—¿Qué? —dijo Alberto—. ¿Lo han denunciado? ¿Quién?

—Oh —dijo Arróspide—. Eso se sabe siempre.

Alberto entró en la cuadra. Como en las grandes ocasiones, el recinto había cambiado de atmósfera. El ruido de los botines parecía insólito en la cuadra silenciosa. Muchos ojos lo seguían desde las literas. Fue hasta su cama. Buscó con la mirada: ni el Jaguar ni el Rulos ni el Boa estaban presentes. En la litera de al lado, Vallano hojeaba unas copias.

—¿Ya se sabe quién ha sido? —le preguntó Alberto.

—Se sabrá —dijo Vallano—. Tiene que saberse antes que expulsen a Cava.

—¿Dónde están los otros?

Vallano señaló el baño con un movimiento de cabeza.

—¿Qué hacen?

—Están reunidos. No sé qué hacen.

Alberto se levantó y fue hasta la litera del Esclavo. Estaba vacía. Empujó uno de los batientes del baño; sentía a su espalda los ojos de toda la sección. Estaban en un rincón, acurrucados, el Jaguar al centro. Lo miraban.

—¿Qué quieres? —dijo el Jaguar.

—Orinar —respondió Alberto—. Supongo que puedo.

—No —dijo el Jaguar—. Fuera.

Alberto volvió a la cuadra y se dirigió hacia la cama del Esclavo.

—¿Dónde está?

—¿Quién? —dijo Vallano, sin apartar los ojos de las copias.

—El Esclavo.

—Ha salido.

—¿Qué cosa?

—Salió después de clases.

—¿A la calle? ¿Estás seguro?

—¿Adónde va a ser? Su madre está enferma, creo.

«Soplón y mentiroso, ya sabía que con esa cara, para qué iba a ir, puede ser que su madre se esté muriendo, si ahorita entro al baño y digo Jaguar el soplón es el Esclavo, inútil que se levanten, ha salido a la calle, hizo creer a todo el mundo que su madre está enferma, no se desesperen que las horas pasan rápido, déjenme entrar al Círculo que yo también quiero vengar al serrano Cava.» Pero el rostro de Cava se ha desvanecido en una nebulosa que arrastra también al Círculo y a los otros cadetes de la cuadra, y diluye su indignación y el desprecio que hace un momento lo colmaba, pero a su vez la nebulosa devora la propia nebulosa y en su espíritu surge ese rostro mustio que simula una sonrisa. Alberto va hasta su litera, se tiende. Busca en los bolsillos, sólo encuentra unas hebras de tabaco. Maldice. Vallano aparta los ojos de las copias y lo mira, un segundo. Alberto deja caer el brazo sobre su rostro. Siente su corazón lleno de urgencia, sus nervios crispados bajo la piel. Oscuramente piensa que alguien puede descubrir, de algún modo, que el infierno se ha instalado en su cuerpo y, para disimular, bosteza ruidosamente. Piensa: «Soy un estúpido». «Esta noche vendrá a despertarme y yo

170

ya sabía que pondría esa cara, lo estoy viendo como si hubiera venido, como si ya me hubiera dicho desgraciado, así que la invitaste al cine y le escribes y ella te escribe y no me habías dicho nada y dejabas que yo te hablara de ella todo el tiempo, así que por eso dejabas que, no querías que, me decías que, pero ni tendrá tiempo de abrir la boca, ni de despertarme porque antes que me toque, o llegue a mi cama, saltaré sobre él y lo tiraré al suelo y le daré sin piedad y gritaré levántense que aquí tengo cogido del pescuezo al soplón de mierda que denunció a Cava.» Pero esas sensaciones se enroscan a otras y es desagradable que la cuadra continúe en silencio. Si abre los ojos, puede ver por una estrecha rendija entre la manga de su camisa y su cuerpo, un fragmento de las ventanas de la cuadra, el techo, el cielo casi negro, el resplandor de las luces de la pista. «Y ya puede estar allá, puede estar bajando del ómnibus, caminando por esas calles de Lince, puede estar con ella, puede estarse declarando con su cara asquerosa, ojalá que no vuelva nunca, mamita, y te quedes abandonada en tu casa de Alcanfores y yo también te abandonaré y me iré de viaje, a Estados Unidos, y nadie volverá a tener noticias de mí, pero antes juro que le aplastaré la cara de gusano y lo pisotearé y diré a todo el mundo miren cómo ha quedado este soplón, huelan, toquen, palpen e iré a Lince y le diré eres una pobre tipita de cuatro reales y estás bien para ese soplón que acabo de machucar.» Está rígido sobre la angosta litera crujiente, los ojos fijos en el colchón de la cama de arriba, que parece próximo a desbordar los alambres tejidos en rombo que lo sostienen y precipitarse sobre él y aplastarlo.

—¿Qué hora es? —le pregunta a Vallano.

—Las siete.

Se levanta y sale. Arróspide sigue en la puerta, con las manos en los bolsillos; mira con curiosidad a dos cadetes que discuten a gritos en el centro del patio.

—Arróspide.

—¿Qué hay?

—Voy a salir.

—¿Y a mí?

—Voy a tirar contra.

—Allá tú —dice Arróspide—. Habla con los imaginarias.

—No en la noche —responde Alberto—. Quiero salir ahora. Mientras desfilan al comedor.

Esta vez, Arróspide lo mira con interés.

—Tengo que salir —dice Alberto—. Es muy importante.

—¿Tienes un plancito, o una fiesta?

—¿Pasarás el parte sin mí?

—No sé —dice Arróspide—. Si te descubren, me friego yo también.

—Sólo hay una formación —insiste Alberto—. Sólo tienes que poner en el parte «efectivo completo».

—Eso y nada más —dice Arróspide—. Pero si hay otra formación no te paso como presente.

—Gracias.

—Mejor sales por el estadio —dice Arróspide—. Anda a esconderte por ahí de una vez, ya no demora el pito.

—Sí —dice Alberto—. Ya sé.

Regresó a la cuadra. Abrió su ropero. Tenía dos soles, bastaba para el autobús.

—¿Quiénes son los imaginarias de los dos primeros turnos? —preguntó a Vallano.

—Baena y Rulos.

Habló con Baena y éste aceptó pasarlo como presente. Luego fue hasta el baño. Los tres seguían acurrucados; al verlo, el Jaguar se incorporó.

—¿No me has entendido?

—Tengo que hablar dos palabras con el Rulos.

—Anda a hablar con tu madre. Fuera de aquí.

172

—Voy a tirar contra en este momento. Quiero que el Rulos me pase presente.

—¿En este momento? —dijo el Jaguar.

—Sí.

—Está bien —dijo el Jaguar—. ¿Sabes lo de Cava? ¿Quién ha sido?

—Si supiera ya lo habría machucado. ¿Qué me crees? Supongo que no piensas que soy un soplón.

—Espero que no —dijo el Jaguar—. Por tu bien.

—A ése no lo toca nadie —dijo el Boa—. A ése me lo dejan a mí.

—Cállate —dijo el Jaguar.

—Tráeme una cajetilla de Inca y te paso presente —dijo el Rulos.

Alberto asintió. Al entrar a la cuadra, escuchó el silbato y las voces del suboficial, llamando a filas. Echó a correr y pasó como una centella por el patio, entre los embriones de hileras. Avanzó por la pista de desfile, tapándose las hombreras rojas con las manos, por si algún oficial de otro año lo interceptaba. En las cuadras de tercero, el batallón estaba ya formado y Alberto dejó de correr; caminó a paso vivo, con naturalidad. Cruzó ante el oficial de año y saludó: el teniente contestó maquinalmente. En el estadio, lejos de las cuadras, sintió una gran calma. Contorneó el galpón de los soldados; oyó voces y groserías. Corrió pegado a la baranda del colegio, hasta el extremo, donde los muros se encontraban en un ángulo recto. Todavía seguían allí, amontonados, los ladrillos y los adobes que habían servido para otras contras. Se tiró al suelo y miró detenidamente los edificios de las cuadras, separados de él por la mancha verde y rectangular de la cancha de fútbol. No veía casi nada pero oía los silbatos; los batallones desfilaban hacia el comedor. Tampoco se veía a nadie cerca del galpón. Sin levantarse, arrastró unos ladrillos y los apiló, al pie del muro. ¿Y si le faltaban las fuerzas para izarse? Siempre había tirado contra por el otro lado, junto a La Perlita. Echó una última mirada alrededor, se incorporó de un salto, trepó a los ladrillos, alzó las manos.

La superficie del muro es áspera. Alberto hace flexión y consigue elevarse hasta tocar la cumbre con los ojos; ve el campo desierto, casi a oscuras, y, a lo lejos, la armoniosa línea de palmeras que escolta la avenida Progreso. Unos segundos después sólo ve el muro, pero sus manos siguen prendidas del borde. «Eso sí, juro por Dios que ésta sí me la pagas, Esclavo, delante de ella me la vas a pagar, si me resbalo y me rompo una pierna llamarán a mi casa y si viene mi padre le diré por fin qué pasa, a mí me han expulsado por tirar contra pero tú te escapaste de la casa para irte con las putas y eso es peor.» Los pies y las rodillas se adhieren a la erizada superficie del muro, se apoyan en grietas y salientes, trepan. Arriba, Alberto se encoge como un mono, sólo el tiempo necesario para elegir un pedazo de tierra plana. Luego salta: choca y rueda hacia atrás, cierra los ojos, se frota la cabeza y las rodillas, furiosamente, luego se sienta; se mueve en el sitio, se incorpora. Corre, atraviesa una chacra pisoteando los sembríos. Sus pies se hunden en una tierra muelle; siente en los tobillos las punzadas de las hierbas. Algunos tallos se quiebran bajo sus zapatos. «Y qué bruto, cualquiera pudo verme y decirme y la cristina, y las hombreras, es un cadete que se está escapando, como mi padre, y si fuera donde la Pies Dorados y le dijera, mamá, ya basta por favor, acepta, total ya estás vieja y la religión es suficiente, pero ésta me las pagarán los dos, y la vieja bruja de la tía, la alcahueta, la costurera, la maldita.» En el paradero del autobús no hay nadie. El ómnibus llega junto con él y debe subir a la volada. Nuevamente siente una tranquilidad profunda; va apretujado entre una masa de gente y afuera, al otro lado de las ventanillas, no se ve nada, la noche ha caído en pocos segundos, pero él sabe que el vehículo atraviesa descampados y chacras, alguna fábrica, una barriada con casas de latas y cartones, la plaza de toros. «Él entró, le dijo hola, con su sonrisa de cobarde, ella le dijo hola y siéntate, la bruja salió y comenzó a hablar y le dijo señor y se fue a la calle y los dejó solos y él le dijo he venido por, para, figúrate que, te das cuenta, te mandé decir con, ah, Alberto, sí, me llevó al cine, pero nada más y le escribí, ah, yo estoy loco por ti, y se besaron, están besándose, estarán besándose, Dios mío haz que estén besándose cuando llegue, en la boca, que estén calatos, Dios mío.» Baja en la avenida Alfonso Ugarte y camina hacia la plaza Bolognesi, entre empleados y funcionarios que salen de las cafeterías o permanecen en las esquinas, formando grupos zumbones; cruza las cuatro pistas paralelas surcadas por ríos de automóviles y llega a la plaza donde, en el centro, en lo alto de la columna, otro héroe de bronce se desploma acribillado por balas chilenas, en las sombras, lejos de las luces. «Juráis por la bandera sagrada de la Patria, por la sangre de nuestros héroes, por la playita del despeñadero estábamos bajando cuando Pluto me dijo mira arriba y ahí estaba Helena, juramos y desfilamos y el ministro se limpiaba su nariz, se la rascaba y mi pobre madre, ya no más canastas, no más fiestas, cenas, viajes, papá llévame al fútbol, ése es un deporte de negros muchacho, el próximo año te haré socio del Regatas para que seas boga y después se fue con las polillas como Teresa.» Avanza por el paseo Colón, despoblado como una calle de otro mundo, anacrónico como sus casas cúbicas del siglo diecinueve que sólo albergan ya simulacros de buenas familias, fachadas que arden de inscripciones, paseo sin autos, con bancos averiados y estatuas. Luego sube al Expreso de Miraflores, iluminado y reluciente como una nevera; lo rodea gente que no ríe ni habla; baja en el Colegio Raimondi y camina por las calles lóbregas de Lince: ralas pulperías, faroles moribundos, casas a oscuras. «Así que no habías salido nunca con un muchacho, qué me cuentas, pero después de todo, con esa cara que Dios te puso sobre el cogote, así que el Cine Metro es muy bonito, no me digas, veremos si el Esclavo te lleva a las matinés del centro, si te lleva a un parque, a la playa, a Estados Unidos, a Chosica los domingos, así que ésas teníamos, mamá tengo que contarte una cosa, me enamoré de una huachafa y me puso cuernos como a ti mi padre pero antes de que nos casáramos, antes de que me declarara, antes de todo, qué me cuentas.» Ha llegado a la esquina de la casa de Teresa y está pegado a la pared, oculto en las sombras. Mira a todos lados, las calles están vacías. A su espalda, en el interior de la casa oye un ruido de objetos, alguien ordena un armario o lo desordena, sin precipitación, con método. Se pasa la mano por los cabellos, los alisa, sigue con un dedo la raya y comprueba que se conserva recta. Saca su pañuelo, se limpia la frente y la boca. Se arregla la camisa, levanta un pie y frota la puntera del zapato en la basta del pantalón; hace lo mismo con el otro pie. «Entraré, les daré la mano, sonriendo, he venido sólo por un segundo, perdónenme, Teresa mis dos cartas por favor, toma las tuyas, tú quieto Esclavo, hablaremos después, éste es asunto de hombres, ¿para qué hacer un lío delante de ella?, dime, ¿tú eres un hombre?» Alberto está frente a la puerta, al pie de los tres escalones de cemento. Trata de escuchar, en vano. Sin embargo, están allí: una hebra de luz ilumina el contorno de la puerta y, segundos antes, ha sentido un roce casi aéreo, tal vez una mano que buscó apoyo en algo. «Pasaré en mi carro convertible, con mis zapatos americanos, mis camisas de hilo, mis cigarrillos rubios, mi chaqueta de cuero, mi sombrero con una pluma roja, tocaré la bocina, les diré suban, llegué ayer de Estados Unidos, demos una vuelta, vengan a mi casa de Orrantia, quiero que conozcan a mi mujer, una americana que fue artista de cine, nos casamos en Hollywood el mismo año que terminé mi carrera, vengan, sube Esclavo, sube Teresa, ¿quieren oír radio mientras?»

Alberto toca la puerta dos veces, la segunda con más fuerza. Momentos después ve en el umbral un contorno de mujer, una silueta sin facciones, sin voz. La luz que viene del interior ilumina apenas los hombros de la muchacha y el nacimiento de su cuello. «¿Quién es?», dice ella. Alberto no responde. Teresa se aparta un poco hacia la izquierda y Alberto recibe en el rostro un baño de luz tenue.

—Hola —dice Alberto—. Quisiera hablar un momento con él. Es muy urgente. Llámalo por favor.

—Hola, Alberto —dice ella—. No te había reconocido. Pasa. Entra. Me has asustado.

Él entra y agrava la expresión de su rostro a la vez que mira en todas direcciones el cuarto vacío; la cortina que separa las habitaciones oscila y él puede ver una cama ancha, en desorden, y al lado otra más pequeña. Suaviza la expresión y se vuelve: Teresa está cerrando la puerta, de espaldas a él. Alberto ve que ella, antes de girar, se pasa rápidamente la mano por los cabellos y luego corrige los pliegues de su falda. Ahora ella está frente a él. De golpe, Alberto descubre que el rostro tantas veces evocado en el colegio estas últimas semanas, tenía una firmeza que no asoma en el rostro que ve a su lado, el mismo que vio en el Cine Metro, o tras esa puerta, cuando se despidieron, un rostro cohibido, unos ojos tímidos que se apartan de los suyos y se abren y cierran como tocados por el sol del verano. Teresa sonríe y parece turbada: sus manos se unen y desunen, caen junto a sus caderas, se apoyan en la pared.

—Me he escapado del colegio —dice él. Enrojece y baja la vista.

—¿Te has escapado? —Teresa ha abierto los labios pero no dice nada más, sólo lo mira con cierta ansiedad; sus manos han vuelto a juntarse y están suspendidas a pocos centímetros de Alberto—. ¿Qué ha pasado? Cuéntame. Pero, siéntate, no hay nadie, mi tía ha salido.

Él levanta la cabeza y le dice:

—¿Has estado con el Esclavo?

Ella lo mira con los ojos muy abiertos:

—¿Quién?

—Quiero decir, Ricardo Arana.

—Ah —dice ella, como tranquilizada; otra vez está sonriendo—. El muchacho que vive en la esquina.

—¿Ha venido a verte? —insiste él.

—¿A mí? —dice ella—. No. ¿Por qué?

—Dime la verdad —dice él, en alta voz—. ¿Para qué me mientes? Es decir... —se interrumpe, balbucea algo, se calla. Teresa lo mira muy seria, moviendo apenas la cabeza, las manos quietas a lo largo de su cuerpo, pero en sus ojos asoma un elemento nuevo, todavía impreciso, una luz maliciosa.

—¿Por qué me preguntas eso? —su voz es muy suave y lenta, vagamente irónica.

—El Esclavo salió esta tarde —dice Alberto—. Creí que había venido a verte. Hizo creer que estaba enferma su madre.

—¿Por qué iba a venir? —dice ella.

—Porque está enamorado de ti.

Esta vez todo el rostro de Teresa se ha impregnado de esa luz, sus mejillas, sus labios, su frente, muy tersa, sobre la cual ondean unos cabellos.

—Yo no sabía —dice ella—. Sólo he conversado con él un momento. Pero...

—Por eso me escapé —dice Alberto; queda un instante en silencio, con la boca abierta. Al fin, añade—: Tenía celos. Yo también estoy enamorado de ti.

VII

Siempre parecía tan limpia, tan elegante, que yo pensaba: ¿cómo a las otras nunca se las ve así? Y no es que cambiara mucho de vestido, al contrario, tenía poca ropa. Cuando estábamos estudiando y se manchaba las manos con tinta, botaba los libros al suelo y se iba a lavar. Si caía al cuaderno aunque fuera un puntito de tinta, rompía la hoja y la hacía de nuevo. «Pero así pierdes mucho tiempo», le decía yo. «Mejor la borras. Presta una Gillette y verás, no se notará nada.» Ella no aceptaba. Era lo único que la ponía furiosa. Sus sienes comenzaban a latir —se movían despacito, como un corazón, bajo sus cabellos negros—, su boca se fruncía. Pero, al volver del caño, ya estaba sonriendo de nuevo. Su uniforme de colegio era una falda azul y una blusa blanca. A veces yo la veía llegar del colegio y pensaba: «Ni una arruga, ni una mancha». También tenía un vestido a cuadros que le cubría los hombros y se cerraba en el cuello con una cinta. Era sin mangas y ella se ponía encima una chompa color canela. Se abrochaba sólo el último botón y, al caminar, las dos puntas de la chompa volaban en el aire y qué bien se la veía. Ése era el vestido de los domingos, con el que iba a ver a sus parientes. Los domingos eran los peores días. Me levantaba temprano y salía a la plaza de Bellavista; me sentaba en una banca o veía las fotos del cine, pero sin dejar de espiar la casa, no fueran a salir sin que las viera. Los otros días, Tere iba a comprar pan a la panadería del chino Tilau, la que está junto al cine. Yo le decía: «Qué casualidad, siempre nos encontramos». Si había mucha gente, Tere se quedaba afuera y yo me abría paso y el chino Tilau, un buen amigo, me atendía primero. Una vez, Tilau dijo al vernos entrar: «Ah, ya llegaron los novios. ¿Siempre lo mismo? ¿Dos chancay calientes para cada uno?». Los que estaban comprando se rieron, ella se puso colorada y yo dije: «Ya, Tilau, déjate de bromas y atiende». Pero los domingos la panadería estaba cerrada. Desde el vestíbulo del Cine Bellavista o desde una banca, yo me quedaba mirándolas. Esperaban el ómnibus que va por la Costanera. Algunas veces disimulaba; me metía las manos en los bolsillos y, silbando y pateando una piedra o una tapa de botella, pasaba junto a ellas y, sin parar, las saludaba: «Buenos días, señora; hola, Tere» y me seguía de frente, para entrar a mi casa o ir hasta Sáenz Peña, porque sí.

También se ponía el vestido a cuadros y la chompa los lunes en la noche, porque su tía la llevaba al femenino del Cine Bellavista. Yo le decía a mi madre que tenía que prestarme un cuaderno y salía a la plaza a esperar que terminara la función y la veía pasar con su tía, comentando la película.

Los otros días se ponía una falda color marrón. Era una falda vieja, medio desteñida. A veces yo encontraba a la tía zurciendo la falda, y lo hacía bien, los parches casi no se notaban, para algo era costurera. Si era ella la que zurcía la falda, se quedaba después del colegio con el uniforme y, para no mancharse, ponía un periódico en la silla. Con la falda marrón se ponía una blusa blanca con tres botones, y sólo se abrochaba los dos primeros, así que su cuello quedaba al aire, un cuello moreno y largo. En invierno se ponía sobre la blusa blanca la chompa color canela y no se abrochaba ningún botón. Yo pensaba: «Cuánta maña para arreglarse».

Sólo tenía dos pares de zapatos y ahí no le servían de mucho las mañas, aunque sí un poquito. Llevaba al colegio unos zapatos negros con cordones, que parecían de hombre, pero, como tenía pies pequeños, disimulaba. Los tenía siempre brillando, sin polvo y sin manchas. Al volver a su casa seguramente se los quitaba para lustrarlos, porque yo la veía entrar con zapatos negros y, poco después, cuando yo llegaba para estudiar, tenía puestos los zapatos blancos y los negros estaban en la puerta de la cocina, como espejos. No creo que les echara pomada todos los días, pero sí les pasaría un trapo.

Sus zapatos blancos estaban viejos. Cuando ella se distraía, cruzaba las piernas y tenía un pie en el aire, yo veía que las suelas estaban gastadas, comidas en varias partes, y, una vez que se golpeó contra la mesa y ella dio un grito y vino su tía y le quitó el zapato y empezó a sobarle el pie, yo me fijé y dentro del zapato había un cartón doblado, así que pensé: «La suela tiene hueco». Una vez la vi limpiar sus zapatos blancos. Los iba pintando con una tiza por todas partes, con mucho cuidado, como cuando hacía las tareas del colegio. Así los tenía nuevecitos, pero sólo un momento, porque al rozar con algo la tiza se corría y se borraba y el zapato se llenaba de manchas. Una vez pensé: «Si tuviera muchas tizas, tendría los zapatos limpios todo el tiempo. Puede llevar una tiza en el bolsillo y, apenas se despinte una parte, saca la tiza y la pinta». Frente a mi colegio había una librería y una tarde fui y pregunté cuánto costaba la caja de tizas. La grande valía seis soles y la chica cuatro cincuenta. No sabía que era tan caro. Me daba vergüenza pedirle dinero al flaco Higueras, ni siquiera le había devuelto su sol. Ya éramos más amigos, aunque sólo nos viéramos a ratos, en la chingana de siempre. Me contaba chistes, me preguntaba por el colegio, me invitaba cigarrillos, me enseñaba a hacer argollas, a retener el humo y echarlo por la nariz. Un día me animé y le dije que me prestara cuatro cincuenta. «Claro hombre», me dijo, «lo que quieras» y me los dio sin preguntarme para qué eran. Corrí a la librería y compré la caja de tizas. Había pensado decirle: «Te he traído este regalo, Tere» y cuando entré a su casa todavía pensaba hacerlo, pero apenas la vi me arrepentí y sólo le dije: «Me han regalado esto en el colegio y las tizas no me sirven para nada. ¿Tú las quieres?». Y ella me dijo: «Sí, claro, dámelas».

No creo que exista el diablo pero el Jaguar me hace dudar a veces. Él dice que no cree, pero es mentira, pura pose. Se vio cuando le pegó a Arróspide por hablar mal de santa Rosa. «Mi madre era devota de santa Rosa y hablar mal de ella es como hablar mal de mi madre», pura pose. El diablo debe tener la cara del Jaguar, su misma risa y, además, los cachos puntiagudos. Vienen a llevarse a Cava, dijo, ya descubrieron todo. Y se puso a reír, mientras el Rulos y yo perdíamos el habla y nos venían los muñecos. ¿Cómo adivinó? Siempre sueño que me le acerco por detrás y lo noqueo y le doy en el suelo, juach, paf, kraj. A ver qué hace cuando despierta. El Rulos también debe pensar en eso. El Jaguar es una bestia, Boa, un bruto como no hay dos, me dijo esta tarde, ¿viste cómo adivinó lo del serrano, cómo se rió? Si el fregado hubiera sido yo, seguro que también se meaba de risa. Pero, después, se puso como loco, sólo que no por el serrano, sino por él. «Ésa me la han hecho a mí, no saben con quién se meten», pero el que está adentro es Cava, se me paran los pelos, ¿y si los dados me elegían a mí? Me gustaría que lo fregaran al Jaguar, a ver qué cara pone, nadie lo friega nunca, eso es lo que da más pica, todo se lo adivina. Dicen que los animales se dan cuenta de las cosas por el olor; huelen y ya está, por la nariz les entra todo lo que va a ocurrir. Mi madre dice: el día del terremoto del 40 supe que iba a pasar algo, de repente los perros del barrio se volvieron locos, corrían y aullaban como si vieran al diablo con sus cachos y sus pelos de alambre. Poquito después comenzaba la tembladera. Igualito que el Jaguar. Puso una cara de ésas y dijo «alguien ha pegado un soplo», «juro por la Virgen que sí», y Huarina y Morte ni habían asomado, ni se oían sus pasos, ni nada. Qué vergüenza, no lo vio ningún oficial, ningún suboficial, hace rato que lo hubieran encerrado, hace tres semanas que estaría en la calle, qué asco, tiene que ser un cadete. Quizá un perro o alguno de cuarto. Los de cuarto también son unos perros, más grandes, más sabidos, pero en el fondo perros. Nosotros nunca fuimos perros del todo, se lo debemos al Círculo, nos hacíamos respetar, nuestro trabajo nos costó. ¿Cuando estábamos en cuarto se le hubiera ocurrido a uno de quinto llevarnos a tender camas? Lo tiro al suelo, lo escupo, Jaguar, Rulos, serrano Cava, ¿quieren ayudarme?, me arden las manos de tanto zumbar a este rosquete. Ni siquiera se metían con los enanos de la décima, todo se lo deben al Jaguar, fue el único que no se dejó bautizar, dio el ejemplo, un hombre de pelo en pecho, para qué. Pasamos unos días buenos, mejores que todo lo que vino después, pero no quisiera que el tiempo retrocediera, más bien al contrario, haber salido ya, si es que todo no se friega con lo del serrano, lo mataría si se asusta y nos embarra a todos. Pongo mis manos al fuego por él, dijo Rulos, no abrirá la boca así le metan un hierro caliente. Sería mucha mala suerte, quemarse al final, justo antes de los exámenes, por un mugriento vidrio, bah. No me gustaría ser perro de nuevo, está fregado pasar otros tres años aquí, sabiendo lo que es, teniendo experiencia. Hay perros que dicen voy a ser militar, voy a ser aviador, voy a ser marino, todos los blanquiñosos quieren ser marinos. Espérate unos meses y después hablamos.

El salón daba a un jardín lleno de flores, amplio, multicolor. La ventana estaba abierta de par en par y hasta ellos llegaba un olor a hierba húmeda. El Bebe puso el mismo disco por cuarta vez y ordenó: «Levántate y no seas aguado, es por tu bien». Alberto se había desplomado en un sillón, rendido de fatiga. Pluto y Emilio asistían como espectadores a las lecciones y todo el tiempo hacían bromas, lanzaban insinuaciones, nombraban a Helena. Pronto se vería otra vez en el gran espejo de la sala, meciéndose muy seriamente en los brazos del Bebe, la rigidez se apoderaría de su cuerpo y Pluto afirmaría: «Ya está, de nuevo bailas como un robot».

Se puso de pie. Emilio había encendido un cigarrillo y lo fumaba con Pluto, alternativamente. Alberto los vio, sentados en el sofá, discutiendo sobre la superioridad del tabaco americano o del inglés. No le prestaban atención. «Listo», dijo el Bebe. «Ahora me llevas tú.» Comenzó a bailar, al principio muy despacio, tratando de cumplir escrupulosamente los movimientos del vals criollo, un paso a la derecha, un paso a la izquierda, vuelta por aquí, vuelta por allá. «Ahora estás mejor», decía el Bebe, «pero tienes que ir algo más rápido, con la música. Oye, tan-tan, tan-tan, juácate, tan-tan, tan-tan, juácate». En efecto, Alberto se sentía más suelto, más libre, dejaba de pensar en el baile y sus pies no se enredaban con los pies del Bebe.

«Vas bien», decía éste, «pero no bailes tan tieso, no es cuestión de mover sólo los pies. Al dar vueltas tienes que doblarte, así, fíjate bien», el Bebe se inclinaba, una sonrisa convencional aparecía en su rostro de leche, su cuerpo giraba sobre un talón y, luego, al recobrar la posición anterior, la sonrisa se esfumaba. «Son trucos, como cambiar de paso y hacer figuras, pero ya aprenderás eso después. Ahora tienes que acostumbrarte a llevar a tu pareja como se debe. No tengas miedo, la chica se da cuenta ahí mismo. Plántale la mano encima, fuerte, con raza. Déjame llevarte un rato, para que veas. ¿Te das cuenta? Le aprietas la mano con la izquierda y a medio baile, si notas que te da entrada, le vas cruzando los dedos y la acercas poquito a poquito, empujándola por la espalda, pero despacio, suavecito. Para eso tienes que tener bien plantada la mano desde el principio, no sólo la punta de los dedos, la mano íntegra, toda la manaza apoyada cerca de los hombros. Después la vas bajando, como si fuera pura casualidad, como si en cada vuelta la mano se cayera solita. Si la muchacha se respinga o se echa atrás, te pones a hablar de cualquier cosa, habla y habla, risa y risa, pero nada de aflojar la mano. Dale a apretar y a acercarla. Para eso mucha vuelta, siempre por el mismo lado. El que gira a la derecha no se marea, aguanta cincuenta vueltas al hilo, pero como ella da vueltas a la izquierda se marea prontito. Ya verás que apenas le dé vueltas la cabeza se te pega solita, para sentirse más segura. Entonces puedes bajar la mano hasta su cintura y cruzarle los dedos sin miedo y hasta juntarle un poco la cara. ¿Has entendido?»

El vals ha terminado y el tocadiscos emite un crujido monótono. El Bebe lo apaga.

—Éste sabe las de Quico y Caco —dice Emilio, señalando al Bebe—. ¡Qué sapo!

—Ya está bien —dice Pluto—. Alberto ya sabe bailar. ¿Por qué no jugamos un casinito Barrio Alegre?

El primitivo nombre del barrio, desechado porque aludía también al jirón Huatica, ha resucitado con la adaptación del juego de casino que hizo Tico, meses atrás, en un salón del Club Terrazas. Se reparten todas las cartas entre cuatro jugadores; la caja inventa los comodines. Se juega en parejas. Desde su aparición, es el único juego de naipes practicado en el barrio.

—Pero sólo ha aprendido el vals y el bolero —dice el Bebe—. Le falta el mambo.

—Ya no —dice Alberto—. Seguiremos otro día.

Cuando entraron a la casa de Emilio, a las dos de la tarde, Alberto estaba animado y respondía a las bromas de los otros. Cuatro horas de lección lo habían agobiado. Sólo el Bebe parecía conservar el entusiasmo; los otros se aburrían.

—Como quieras —dijo el Bebe—. Pero la fiesta es mañana.

Alberto se estremeció. «Es verdad», se dijo. «Y, para remate, es en casa de Ana. Tocarán mambos toda la noche.» Como el Bebe, Ana era una estrella del baile: hacía figuras, inventaba pasos, sus ojos se anegaban de dicha si le hacían una rueda. «¿Me pasaré toda la fiesta sentado en un rincón, mientras los otros bailan con Helena? ¡Si sólo fueran los del barrio!»

En efecto, desde hace algún tiempo, el barrio ha dejado de ser una isla, un recinto amurallado. Advenedizos de toda índole —miraflorinos de 28 de Julio, de Reducto, de la calle Francia, de la Quebrada, muchachos de San Isidro e incluso de Barranco— aparecieron de repente en esas calles que constituían el dominio del barrio. Acosaban a las muchachas, conversaban con ellas en la puerta de sus casas, desdeñando la hostilidad de los varones o desafiándola. Eran más grandes que los chicos del barrio y, a veces, los provocaban. Las mujeres tenían la culpa; los atraían, parecían satisfechas con esas incursiones. Sara, la prima de Pluto, había aceptado a un muchacho de San Isidro, que, a veces, venía acompañado de uno o dos amigos, y Ana y Laura iban a conversar con ellos. Los intrusos aparecían, sobre todo, los días de fiesta. Surgían como por encantamiento. Desde la tarde, rondaban la casa de la fiesta, bromeaban con la dueña, la halagaban. Si no conseguían hacerse invitar, se los veía en la noche, las caras pegadas a los vidrios, contemplando con ansiedad a las parejas que bailaban. Hacían gestos, muecas, bromas, se valían de toda clase de tretas para llamar la atención de las muchachas y despertar su compasión. A veces una de ellas (la que bailaba menos) intercedía ante la dueña por el intruso. Era suficiente: pronto el salón estaba cubierto de forasteros que terminaban por desplazar a los del barrio, adueñarse del tocadiscos y de las chicas. Y Ana, justamente, no se distinguía por su celo, su espíritu de clan era muy débil, casi nulo. Los advenedizos le interesaban más que los muchachos del barrio. Haría entrar a los extraños si es que no los había invitado.

—Sí —dijo Alberto—. Tienes razón. Enséñame el mambo.

—Bueno —dijo el Bebe—. Pero déjame fumar un cigarrillo. Mientras, baila con Pluto.

Emilio bostezó y le dio un codazo a Pluto. «Anda a lucirte, mambero», le dijo. Pluto se rió. Tenía una risa espléndida, total; su cuerpo se estremecía con las carcajadas.

—¿Sí o no? —dijo Alberto, malhumorado.

—No te enojes —dijo Pluto—. Voy.

Se puso de pie y fue a elegir un disco. El Bebe había encendido un cigarrillo y con su pie seguía el ritmo de alguna música que recordaba.

—Oye —dijo Emilio—. Hay algo que no entiendo. Tú eras el primero que se ponía a bailar, quiero decir en las primeras fiestas del barrio, cuando empezamos a juntarnos con las chicas. ¿Te has olvidado?

—Eso no era bailar —dijo Alberto—. Sólo dar saltos.

—Todos empezamos dando saltos —afirmó Emilio—. Pero luego aprendimos.

—Es que éste dejó de ir a fiestas no sé cuánto tiempo. ¿No se acuerdan?

—Sí —dijo Alberto—. Eso es lo que me reventó.

—Parecía que te ibas a meter de cura —dijo Pluto; acababa de elegir un disco y le daba vueltas en la mano—. Casi ni salías.

—Bah —dijo Alberto—. No era mi culpa. Mi mamá no me dejaba.

—¿Y ahora?

—Ahora sí. Las cosas están mejor con mi papá.

—No entiendo —dijo el Bebe—. ¿Qué tiene que ver?

—Su padre es un donjuán —dijo Pluto—. ¿No sabías? ¿No has visto cuando llega en las noches, cómo se limpia la boca con el pañuelo antes de entrar a su casa?

—Sí —dijo Emilio—. Una vez lo vimos en La Herradura. Llevaba en el coche a una mujer descomunal. Es una fiera.

—Tiene una gran pinta —dijo Pluto—. Y es muy elegante.

Alberto asentía, complacido.

—¿Pero qué tiene que ver eso con que no le dieran permiso para ir a las fiestas? —dijo el Bebe.

—Cuando mi papá se desboca —dijo Alberto—, mi mamá comienza a cuidarme para que yo no sea como él de grande. Tiene miedo que sea un mujeriego, un perdido.

—Formidable —dijo el Bebe—. Muy buena.

—Mi padre también es un fresco —dijo Emilio—. A veces no viene a dormir y sus pañuelos siempre están pintados. Pero a mi mamá no le importa. Se ríe y le dice: «Viejo verde». Sólo Ana lo riñe.

—Oye —dijo Pluto—. ¿Y a qué hora bailamos?

—Espera, hombre —replicó Emilio—. Conversemos un rato. Ya bailaremos harto en la fiesta.

—Cada vez que hablamos de la fiesta, Alberto se pone pálido —dijo el Bebe—. No seas tonto, hombre. Esta vez Helena te va a aceptar. Apuesto lo que quieras.

—¿Tú crees? —dijo Alberto.

—Está templado hasta los huesos —dijo Emilio—. Nunca he visto a nadie más templado. Yo no podría hacer lo que hace éste.

—¿Qué hago? —dijo Alberto.

—Declararte veinte veces.

—Sólo tres —dijo Alberto—. ¿Por qué exageras?

—Yo creo que hace bien —afirmó el Bebe—. Si le gusta, que la persiga hasta que lo acepte. Y que después la haga sufrir.

—Pero eso es no tener orgullo —dijo Emilio—. A mí una chica me larga y yo le caigo a otra ahí mismo.

—Esta vez te va a hacer caso —dijo el Bebe a Alberto—. El otro día, cuando estábamos conversando en la casa de Laura, Helena preguntó por ti y se puso muy colorada cuando Tico le dijo: «¿Lo extrañas?».

—¿De veras? —preguntó Alberto.

—Templado como un perro —dijo Emilio—. Miren cómo le brillan los ojos.

—Lo que pasa —dijo el Bebe—, es que a lo mejor no te declaras bien. Trata de impresionarla. ¿Ya sabes lo que vas a decirle?

—Más o menos —dijo Alberto—. Tengo una idea.

—Eso es lo principal —afirmó el Bebe—. Hay que tener preparadas todas las palabras.

—Depende —dijo Pluto—. Yo prefiero improvisar. Vez que le caigo a una chica, me pongo muy nervioso, pero apenas comienzo a hablarle se me ocurren montones de cosas. Me inspiro.

—No —dijo Emilio—. El Bebe tiene razón. Yo también llevo todo preparado. Así, en el momento sólo tienes que preocuparte de la manera como se lo dices, de las miradas que le echas, de cuándo le coges la mano.

—Tienes que llevar todo en la cabeza —dijo el Bebe—. Y si puedes, ensáyate una vez ante el espejo.

—Sí —afirmó Alberto. Dudó un momento—: ¿Tú qué le dices?

—Eso varía —repuso el Bebe—. Depende de la chica —Emilio asintió con suficiencia—. A Helena no puedes preguntarle de frente si quiere estar contigo. Primero tienes que hacerle un buen trabajo.

—Quizá me largó por eso —confesó Alberto—. La vez pasada le pregunté de golpe si quería ser mi enamorada.

—Fuiste un tonto —dijo Emilio—. Y, además, te le declaraste en la mañana. Y en la calle. ¡Hay que estar loco!

—Yo me declaré una vez en misa —dijo Pluto—. Y me fue bien.

—No, no —lo interrumpió Emilio. Y se volvió a Alberto—. Mira. Mañana la sacas a bailar. Esperas que toquen un bolero. No vayas a declararte en un mambo. Tiene que ser una música romántica.

—Por eso no te preocupes —dijo el Bebe—. Cuando estés decidido, me haces una seña y yo me encargo de poner *Me gustas* de Leo Marini.

—¡Es mi bolero! —exclamó Pluto—. Siempre que me declaro bailando *Me gustas* me han dicho sí. No falla.

—Bueno —dijo Alberto—. Te haré una seña.

—La sacas a bailar y la pegas —dijo Emilio—. A la disimulada te vas hacia un rinconcito para que no te oigan las otras parejas. Y le dices, al oído, «Helenita, me muero por ti».

—¡Animal! —gritó Pluto—. ¿Quieres que lo largue otra vez?

—¿Por qué? —preguntó Emilio—. Yo siempre me declaro así.

—No —dijo el Bebe—. Eso es declararse sin arte, a la bruta. Primero pones una cara muy seria y le dices: «Helena, tengo que decirte algo muy importante. Me gustas. Estoy enamorado de ti. ¿Quieres estar conmigo?».

—Y si se queda callada —añadió Pluto—, le dices: «Helenita, ¿tú no sientes nada por mí?».

—Y entonces le aprietas la mano —dijo el Bebe—. Despacito, con mucho cariño.

—No te pongas pálido, hombre —dijo Emilio, dando una palmada a Alberto—. No te preocupes. Esta vez te acepta.

—Sí —dijo el Bebe—. Ya verás que sí.

—Después que te declares les haremos una rueda —dijo Pluto—. Y les cantaremos *Aquí hay dos enamorados*. Yo me encargo de eso. Palabra.

Alberto sonreía.

—Pero ahora tienes que aprender el mambo —dijo el Bebe—. Anda, ahí te espera tu pareja.

Pluto había abierto los brazos teatralmente.

Cava decía que iba a ser militar, no infante, sino de artillería. Ya no hablaba de eso, últimamente, pero seguro lo pensaba. Los serranos son tercos, cuando se les mete algo en la cabeza ahí se les queda. Casi todos los militares son serranos. No creo que a un costeño se le ocurra ser militar. Cava tiene cara de serrano y de militar, y ya le jodieron todo, el colegio, la vocación, eso es lo que más le debe arder. Los serranos tienen mala suerte, siempre les pasan cosas. Por la lengua podrida de un soplón, que a lo mejor ni descubrimos, le van a arrancar las insignias delante de todos, lo estoy viendo y se me pone la carne de gallina, si esa noche me toca ahora estaría adentro. Pero yo no hubiera roto el vidrio, hay que ser bruto para romper un vidrio. Los serranos son un poco brutos. Seguro que fue de miedo, aunque el serrano Cava no es un cobarde. Pero esa vez se asustó, sólo así se explica. También por mala suerte. Los serranos tienen mala suerte, les ocurre lo peor. Es una suerte no haber nacido serrano. Y lo peor es que no se la esperaba, nadie se la esperaba, estaba muy contento, jode y jode al marica de Fontana, en las clases de francés uno se divierte mucho, vaya tipo raro, Fontana. El serrano decía: Fontana es todo a medias; medio bajito, medio rubio, medio hombre. Tiene los ojos más azules que el Jaguar, pero miran de otra manera, medio en serio, medio en burla. Dicen que no es francés sino peruano y que se hace pasar por francés, eso se llama ser hijo de perra. Renegar de su Patria, no conozco nada más cobarde. Pero a lo mejor es mentira, ¿de dónde sale tanta cosa que cuentan de Fontana? Todos los días sacan algo nuevo. De repente ni siquiera es marica, pero, de dónde esa vocecita, esos gestos que provoca pellizcarle los cachetes. Si es verdad que se hace pasar por francés, me alegro de haberlo batido. Me alegro que lo batan. Lo seguiré batiendo hasta el último día de clase. Profesor Fontana, ¿cómo se dice en francés cucurucho de caca? A veces da compasión, no es mala gente, sólo un poco raro. Una vez se puso a llorar, creo que fue por las Gillettes, zumm, zumm, zumm. Traigan todos una Gillette y párenlas en una rendija de la carpeta, para hacerlas vibrar les meten el dedito, dijo el Jaguar. Fontana movía la boca y sólo se oía zumm, zumm, zumm. No se rían para no perder el compás, el marica seguía moviendo la boquita, zumm, zumm, zumm, cada vez más fuerte y parejo, a ver quién se cansa primero. Nos quedamos así tres cuartos de hora, quizá más. ¿Quién va a ganar, quién se rinde primero? Fontana como si nada, un mudo que mueve la boca y la sinfonía cada vez más bonita, más igualita. Y entonces cerró los ojos y cuando los abrió lloraba. Es un marica. Pero seguía moviendo la boca, qué resistencia de tipo. Zumm, zumm, zumm. Se fue y todos dijeron «ha ido a llamar al teniente, ya nos fregamos», pero eso es lo mejor, sólo se mandó mudar. Todos los días lo baten y nunca llama a los oficiales. Debe tener miedo que le peguen, lo bueno es que no parece un cobarde. A veces parece que le gusta que lo batan. Los maricas son muy raros. Es un buen tipo, nunca jala en los exámenes. Él tiene la culpa que lo batan. ¿Qué hace en un colegio de machos con esa voz y esos andares? El serrano lo friega todo el tiempo, lo odia de veras. Basta que lo vea entrar para que empiece, ¿cómo se dice maricón en francés?, profesor ¿a usted le gusta el catchascán?, usted debe ser muy artista, ¿por qué no se canta algo en francés con esa dulce voz que tiene?, profesor Fontana, sus ojos se parecen a los de Rita Hayworth. Y el marica no se queda callado, siempre responde, sólo que en francés. Oiga, profesor, no sea usted tan vivo, no mente la madre, lo desafío a boxear con guantes, Jaguar no seas mal educado. Lo que pasa es que se lo han comido, lo tenemos dominado. Una vez lo escupimos mientras escribía en la pizarra, quedó todito vomitado, qué asquerosidad decía Cava, debía bañarse antes de entrar a clases. Ah, esa vez llamó al teniente, la única vez, qué papelón, por eso no volvió a llamar a los oficiales, Gamboa es formidable, ahí nos dimos cuenta todos de lo formidable que es Gamboa. Lo miró de arriba abajo, qué suspenso, nadie respiraba. ¿Qué quiere que haga, profesor? Usted es el que manda en el aula. Es muy fácil hacerse respetar. Mire. Nos observó un rato y dijo ¡atención!, caracho en menos de un segundo estábamos cuadrados. ¡Arrodillarse!, caracho en menos de un segundo estábamos en el suelo. ¡Marcha del pato en el sitio! y ahí mismito comenzamos a saltar con las piernas abiertas. Más de diez minutos, creo. Parecía que me habían machucado las rodillas con una comba, un-dos, un-dos, muy serios, como patos, hasta que Gamboa dijo ¡alto! y preguntó ¿alguien quiere algo conmigo, de hombre a hombre?, no se movía ni una mosca. Fontana lo miraba y no podía creer. «Debe hacerse respetar usted mismo, profesor, a éstos no les gustan las buenas maneras sino los carajos. ¿Quiere usted que los consigne a todos?» «No se moleste», dijo Fontana, qué buena respuesta, no se moleste, teniente. Y comenzamos a decir ma-ri-qui-ta con el estómago, eso es lo que hacía Cava esta tarde, porque es medio ventrílocuo. No se mueven ni su jeta ni sus ojos de serrano y de adentro le sale una voz clarita, es de verlo y no creerlo. Y en eso el Jaguar dijo: «Vienen a llevarse a Cava, ya descubrieron todo». Y se puso a reír y Cava miraba a todos lados, y el Rulos y yo: «Qué pasa hermano», y Huarina apareció en la puerta y dijo: «Cava, venga con nosotros, perdón, profesor Fontana, es un asunto importante». Bien hombre el serrano, se levantó y salió sin mirarnos y el Jaguar, «no saben con quién se meten», y se puso a hablar incendios contra Cava, serrano de mierda, se fregó por bruto, y todo el serrano, como si él tuviera la culpa de que lo fueran a expulsar.

Ha olvidado los hechos minúsculos, idénticos, que constituían su vida, esos días que siguieron al descubrimiento de que tampoco podía confiar en su madre, pero no ha olvidado el desánimo, la amargura, el rencor, el miedo que reinaban en su corazón y ocupaban sus noches. Lo peor era simular. Antes, aguardaba para levantarse que él hubiera salido. Pero una mañana alguien retiró las sábanas de su cama cuando aún dormía; sintió frío, la luz clara del amanecer lo obligó a abrir los ojos. Su corazón se detuvo: su padre estaba a su lado y tenía las pupilas incendiadas, igual que aquella noche. Oyó:

—¿Qué edad tienes?

—Diez años —dijo.

—¿Eres un hombre? Responde.

—Sí —balbuceó.

—Fuera de la cama, entonces —dijo la voz—. Sólo las mujeres se pasan el día echadas, porque son ociosas y tienen derecho a serlo, para eso son mujeres. Te han criado como a una mujerzuela. Pero yo te haré un hombre.

Ya estaba fuera de la cama, vistiéndose, pero la precipitación era fatal: equivocaba el zapato, se ponía la camisa al revés, la abotonaba mal, no encontraba el cinturón, sus manos temblaban y no podían anudar los cordones.

—Todos los días, cuando baje a tomar desayuno, quiero verte en la mesa, esperándome. Lavado y peinado. ¿Has oído? Tomaba el desayuno con él y adoptaba actitudes diferentes, según el carácter de su padre. Si lo notaba sonriente, la frente lisa, los ojos sosegados, le hacía preguntas que pudieran halagarlo, lo escuchaba con profunda atención, asentía, abría mucho los ojos y le preguntaba si quería que le limpiara el auto. En cambio, si lo veía con el rostro grave y no contestaba a su saludo, permanecía en silencio y escuchaba sus amenazas con la cabeza baja, como arrepentido. A la hora del almuerzo, la tensión era menor, su madre servía de elemento de diversión. Sus padres conversaban entre ellos, podía pasar desapercibido. En las noches, el suplicio terminaba. Su padre volvía tarde. Él cenaba antes. Desde las siete comenzaba a rondar a su madre, le confesaba que lo consumía la fatiga, el sueño, el dolor de cabeza. Cenaba velozmente y corría a su cuarto. A veces, cuando estaba desnudándose sentía el frenazo del automóvil. Apagaba la luz y se metía en la cama. Una hora después, se levantaba en puntas de pie, terminaba de desnudarse, se ponía el piyama.

Algunas mañanas, salía a dar una vuelta. A las diez, la avenida Salaverry estaba solitaria, de cuando en cuando pasaba un ruidoso tranvía a medio llenar. Bajaba hasta la avenida Brasil y se detenía en la esquina. No cruzaba la ancha pista lustrosa, su madre se lo había prohibido. Contemplaba los automóviles que se perdían a lo lejos, en dirección al centro, y evocaba la plaza Bolognesi, al final de la avenida, tal como la veía cuando sus padres lo llevaban a pasear: bulliciosa, un hervidero de coches y tranvías, una muchedumbre en las veredas, las capotas de los automóviles semejantes a espejos que absorbían los letreros luminosos, rayas y letras de colores vivísimos e incomprensibles. Lima le daba miedo, era muy grande, uno podía perderse y no encontrar nunca su casa, la gente que iba por la calle era desconocida. En Chiclayo salía a caminar solo; los transeúntes le acariciaban la cabeza, lo llamaban por su nombre y él les sonreía: los había visto muchas veces, en su casa, en la plaza de Armas los días de retreta, en la misa del domingo, en la playa de Eten.

Descendía luego hasta el final de la avenida Brasil y se sentaba en una de las bancas de ese pequeño parque semicircular donde aquélla remata, al borde del acantilado, sobre el mar cenizo de Magdalena. Los parques de Chiclayo —muy pocos, los conocía todos de memoria— también eran antiguos, como éste, pero las bancas no tenían esa herrumbre, ese musgo, esa tristeza que le imponían la soledad, la atmósfera gris, el melancólico murmullo del océano. A veces, sentado de espaldas al mar, mientras observaba la avenida Brasil, abierta frente a él como la carretera del norte cuando venía a Lima, sentía ganas de llorar a gritos. Recordaba a su tía Adela, volviendo de compras, acercándose a él con una mirada risueña para preguntarle: «¿A que no adivinas qué me encontré?», y extrayendo de su bolsa un paquete de caramelos, un chocolate, que él le arrebataba de las manos. Evocaba el sol, la luz blanca que bañaba todo el año las calles de la ciudad y las conservaba tibias, acogedoras, la excitación de los domingos, los paseos a Eten, la arena amarilla que abrasaba, el purísimo cielo azul. Levantaba la vista: nubes grises por todas partes, ni un punto claro. Regresaba a su casa, caminando despacio, arrastrando los pies como un viejo. Pensaba: «Cuando sea grande volveré a Chiclayo. Y jamás vendré a Lima».

VIII

El teniente Gamboa abrió los ojos: a la ventana de su cuarto sólo asomaba la claridad incierta de los faroles lejanos de la pista de desfile; el cielo estaba negro. Unos segundos después sonó el despertador. Se levantó, se restregó los ojos y, a tientas, buscó la toalla, el jabón, la máquina de afeitar y la escobilla de dientes. El pasillo y el baño estaban a oscuras. De los cuartos vecinos no provenía ruido alguno; como siempre, era el primero en levantarse. Quince minutos después, al regresar a su cuarto peinado y afeitado, escuchó la campanilla de otros despertadores. Comenzaba a aclarar; a los lejos, tras el resplandor amarillento de los faroles, crecía una luz azul, todavía débil. Se puso el uniforme de campaña, sin prisa. Luego salió. En vez de atravesar las cuadras de los cadetes, fue hacia la Prevención por el descampado. Hacía un poco de frío y él no se había puesto el sacón. Al verlo, los soldados de guardia lo saludaron, él les contestó. El teniente de servicio, Pedro Pitaluga descansaba encogido sobre una silla, la cabeza entre las manos.

—¡Atención! —gritó Gamboa.

El oficial se incorporó de un salto, los ojos todavía cerrados. Gamboa se rió.

—No friegues, hombre —dijo Pitaluga, volviendo a sentarse. Se rascaba la cabeza—. Creí que era el Piraña. Estoy molido. ¿Qué hora es?

—Van a ser las cinco. Te quedan todavía cuarenta minutos. No es mucho. ¿Para qué tratas de dormir? Es lo peor.

—Ya sé —dijo Pitaluga, bostezando—. He violado el reglamento.

—Sí —dijo Gamboa, sonriendo—. Pero no lo decía por eso. Si duermes sentado se te descompone el cuerpo. Lo mejor es hacer algo, así el tiempo pasa sin que te des cuenta.

—¿Hacer qué cosa? ¿Conversar con los soldados? Sí mi teniente, no mi teniente. Son muy entretenidos. Basta que les dirijas la palabra para que te pidan licencia.

—Yo estudio cuando estoy de servicio —dijo Gamboa—. La noche es la mejor hora para estudiar. De día no puedo.

—Claro —dijo Pitaluga—. Tú eres el oficial modelo. A propósito, ¿qué haces levantado?

—Hoy es sábado. ¿Te has olvidado?

—La campaña —recordó Pitaluga. Ofreció un cigarrillo a Gamboa, que lo rechazó—. Por lo menos este servicio me ha librado de la campaña.

Gamboa recordó la Escuela Militar. Pitaluga era su compañero de sección; no estudiaba mucho pero tenía excelente puntería. Una vez, durante las maniobras anuales, se lanzó al río con su caballo. El agua le llegaba a los hombros; el animal relinchaba con espanto y los cadetes lo exhortaban a volver, pero Pitaluga consiguió vencer la corriente y ganar la otra orilla, empapado y dichoso. El capitán de año lo felicitó delante de los cadetes y le dijo: «Es usted muy macho». Ahora Pitaluga se quejaba del servicio, de las campañas. Como los soldados y los cadetes, sólo pensaba en la salida. Éstos tenían al menos una excusa: estaban en el Ejército de paso; a unos los habían arrancado a la fuerza de sus pueblos para meterlos a filas; a los otros, sus familiares los enviaban al colegio para librarse de ellos. Pero Pitaluga había elegido su carrera. Y no era el único: Huarina inventaba enfermedades de su mujer cada dos semanas para salir a la calle, Martínez bebía a escondidas durante el servicio y todos sabían que su termo de café estaba lleno de pisco. ¿Por qué no pedían su baja? Pitaluga había engordado, jamás estudiaba y volvía ebrio de la calle. «Se quedará muchos años de teniente», pensó Gamboa. Pero rectificó: «Salvo que tenga influencias». Él amaba la vida militar precisamente por lo que otros la odiaban: la disciplina, la jerarquía, las campañas.

—Voy a llamar por teléfono.

—¿A estas horas?

—Sí —dijo Gamboa—. Mi mujer debe estar levantada. Viaja a las seis.

Pitaluga hizo un gesto vago. Como una tortuga que se hunde en su caparazón, sumió nuevamente la cabeza entre las manos. La voz de Gamboa en el teléfono era baja y suave, hacía preguntas, aludía a pastillas contra el mareo y el frío, insistía en que le enviaran un telegrama de alguna parte, varias veces repetía ¿estás bien? y, luego, se despedía con una frase breve, rápida. Pitaluga abrió automáticamente los brazos y su cabeza quedó colgando como una campana. Pestañeó antes de abrir los ojos. Sonrió sin entusiasmo. Dijo:

—Pareces en luna de miel. Hablas a tu mujer como si te acabaras de casar.

—Me casé hace tres meses —dijo Gamboa.

—Yo hace un año. Y malditas las ganas que tengo de hablar con ella. Es un energúmeno, igual que su madre. Si la llamara a esta hora se pondría a gritar y me diría cachaco de porquería.

Gamboa sonrió.

—Mi mujer es muy joven —dijo—. Sólo tiene dieciocho años. Vamos a tener un hijo.

—Lo siento —dijo Pitaluga—. No sabía. Hay que tomar precauciones.

—Yo quiero tener un hijo.

—Ah, claro —repuso Pitaluga—. Ya me doy cuenta. Para hacerlo militar.

Gamboa parecía sorprendido.

—No sé si me gustaría que fuera militar —murmuró. Miró a Pitaluga de pies a cabeza—: En todo caso, no quisiera que fuera un militar como tú.

Pitaluga se incorporó.

—¿Qué broma es ésa? —dijo, con voz agria.

—Bah —dijo Gamboa—. Olvídala.

Dio media vuelta y salió de la Prevención. Los centinelas lo volvieron a saludar. Uno tenía la cristina caída sobre la oreja y Gamboa estuvo a punto de llamarle la atención, pero se contuvo; no valía la pena tener un disgusto con Pitaluga. Éste sepultó de nuevo la cabeza despeinada entre las manos, pero esta vez no vino el letargo. Maldijo y llamó a gritos a un soldado para que le sirviera una taza de café.

Cuando Gamboa llegó al patio de quinto, el corneta había tocado ya la diana en tercero y cuarto y se disponía a hacerlo ante las cuadras del último año. Vio a Gamboa, bajó la corneta que llevaba a los labios, se cuadró y lo saludó. Los soldados y los cadetes del colegio advertían que Gamboa era el único oficial del Leoncio Prado que contestaba militarmente el saludo de sus subordinados; los otros se limitaban a hacer una venia y a veces ni eso. Gamboa cruzó los brazos sobre el pecho y esperó que el corneta terminara de tocar la diana. Miró su reloj. En las puertas de las cuadras había algunos imaginarias. Los fue observando uno por uno: a medida que se encontraban frente a él, los cadetes se ponían en atención, se echaban encima la cristina y se arreglaban el pantalón y la corbata antes de llevarse la mano a la sien. Luego, daban media vuelta y desaparecían en el interior de las cuadras. El murmullo habitual ya había comenzado. Un momento después, apareció el suboficial Pezoa. Llegó corriendo.

—Buenos días, mi teniente.

—Buenos días. ¿Qué ha ocurrido?

—Nada, mi teniente. ¿Por qué, mi teniente?

—Usted debe estar en el patio junto con el corneta. Su obligación es recorrer las cuadras y apurar a la gente. ¿No sabía?

—Sí, mi teniente.

—¿Qué hace aquí, entonces? Vuele a las cuadras. Si dentro de siete minutos no está formado el año, lo hago responsable.

—Sí, mi teniente.

Pezoa echó a correr hacia las primeras secciones. Gamboa continuaba de pie en el centro del patio, miraba a ratos su reloj, sentía ese rumor macizo y vital que brotaba de todo el contorno del patio y convergía hacia él como los filamentos de la carpa de un circo hacia el mástil central. No necesitaba ir a las cuadras para palpar la furia de los cadetes por el sueño interrumpido, su exasperación por el plazo mínimo que tenían para hacer las camas y vestirse, la impaciencia y la excitación de aquellos que amaban disparar y jugar a la guerra y el disgusto de los perezosos que irían a revolcarse en el campo sin entusiasmo, por obligación, la subterránea alegría de todos los que, terminada la campaña, cruzarían el estadio para ducharse en los baños colectivos, volverían apresurados a ponerse el uniforme de paño azul y negro y saldrían a la calle.

A las cinco y siete minutos, Gamboa tocó un pitazo largo. En el acto sintió protestas y maldiciones, pero, casi al mismo tiempo, las puertas de las cuadras se abrían y los boquetes oscuros comenzaban a escupir una masa verdosa de cadetes que se empujaban unos a otros, se acomodaban los uniformes sin dejar de correr y, con una sola mano, pues la otra iba en alto, sosteniendo el fusil, y, en medio de groserías y empellones, las hileras de la formación surgían a su alrededor, ruidosamente, en el amanecer todavía impreciso de ese segundo sábado de octubre, igual hasta entonces a otros amaneceres, a otros sábados, a otros días de campaña. De pronto, escuchó un golpe metálico fuerte y un carajo.

—Venga el que ha hecho caer ese fusil —gritó.

El murmullo se apagó instantáneamente. Todos miraban adelante y mantenían los fusiles pegados al cuerpo. El suboficial Pezoa, caminando en puntas de pie, avanzó hasta donde se hallaba el teniente y se puso a su lado.

—He dicho que venga aquí el cadete que hizo caer su fusil —repitió Gamboa.

El silencio fue alterado por el ruido de unos botines. Los ojos de todo el batallón se volvieron hacia Gamboa. El teniente miró al cadete a los ojos.

—Su nombre.

El muchacho balbuceó su apellido, su compañía, su sección.

—Revise el fusil, Pezoa —dijo el teniente.

El suboficial se precipitó hacia el cadete y revisó el arma aparatosamente: la pasaba bajo sus ojos con lentitud, le daba vueltas, la exponía al cielo como si fuera a mirar al través, abría la recámara, comprobaba la posición del alza, hacía vibrar el gatillo.

—Raspaduras en la culata, mi teniente —dijo—. Y está mal engrasado.

—¿Cuánto tiempo lleva en el Colegio Militar, cadete?

—Tres años, mi teniente.

—¿Y todavía no ha aprendido a agarrar el fusil? El arma no debe caer nunca al suelo. Es preferible romperse la crisma antes que soltar el fusil. Para el soldado el arma es tan importante como sus huevos. ¿Usted cuida mucho sus huevos, cadete?

—Sí, mi teniente.

—Bueno —dijo Gamboa—. Así tiene que cuidar su fusil. Vuelva a su sección. Pezoa, hágale una papeleta de seis puntos.

El suboficial sacó una libreta y escribió, mojando la punta del lápiz en la lengua.

Gamboa ordenó desfilar.

Cuando la última sección del quinto año hubo entrado al comedor, Gamboa se dirigió a la cantina de oficiales. No había nadie. Poco después comenzaron a llegar los tenientes y capitanes. Los jefes de compañía de quinto —Huarina, Pitaluga y Calzada— se sentaron junto a Gamboa.

—Rápido, indio —dijo Pitaluga—. El desayuno debe estar servido apenas entra el oficial al comedor.

El soldado que servía murmuró una disculpa, que Gamboa no oyó: el motor de un avión vulneraba el amanecer y los ojos del teniente exploraban el cielo uniforme, la atmósfera mojada. Sus ojos bajaron hacia el descampado. Perfectamente alineados en grupos de a cuatro, sosteniéndose mutuamente por el cañón, los mil quinientos fusiles de los cadetes aguardaban en la neblina; la vicuña circulaba entre las pirámides paralelas y las olía.

—¿Ya falló el Consejo de Oficiales? —preguntó Calzada. Era el más gordo de los cuatro. Mordisqueaba un pedazo de pan y hablaba con la boca llena.

—Ayer —dijo Huarina—. Terminamos tarde, después de las diez. El coronel estaba furioso.

—Siempre está furioso —dijo Pitaluga—. Por lo que se descubre, por lo que no se descubre —le dio un codazo a Huarina—. Pero no puedes quejarte. Esta vez has tenido suerte. Es algo que vale la pena tener señalado en la foja de servicios.

—Sí —dijo Huarina—. No fue fácil.

—¿Cuándo le arrancan las insignias? —dijo Calzada—. Es una cosa divertida.

—El lunes a las once.

—Son unos delincuentes natos —dijo Pitaluga—. No escarmientan con nada. ¿Se dan cuenta? Un robo con fractura, ni más ni menos. Desde que estoy aquí, ya han expulsado a una media docena.

—No vienen al colegio por su voluntad —dijo Gamboa—. Eso es lo malo.

—Sí —dijo Calzada—. Se sienten civiles.

—Nos confunden con los curas, a veces —afirmó Huarina—. Un cadete quería confesarse conmigo, quería que le diera consejos. ¡Parece mentira!

—A la mitad los mandan sus padres para que no sean unos bandoleros —dijo Gamboa—. Y, a la otra mitad, para que no sean maricas.

—Se creen que el colegio es una correccional —dijo Pitaluga, dando un golpe en la mesa—. En el Perú todo se hace a medias y por eso todo se malea. Los soldados que llegan al cuartel son sucios, piojosos, ladrones. Pero a punta de palos se civilizan. Un año de cuartel y del indio sólo les quedan las cerdas. Pero aquí ocurre al contrario, se malogran a medida que crecen. Los de quinto son peores que los perros.

—La letra con sangre entra —dijo Calzada—. Es una lástima que a estos niños no se los pueda tocar. Si les levantas la mano se quejan y se arma un escándalo.

—Ahí esta el Piraña —murmuró Huarina.

Los cuatro tenientes se pusieron de pie. El capitán Garrido los saludó con una inclinación de cabeza. Era un hombre alto, de piel pálida, algo verdosa en los pómulos. Le decían Piraña porque, como esas bestias carnívoras de los ríos amazónicos, su doble hilera de dientes enormes y blanquísimos desbordaba los labios, y sus mandíbulas siempre estaban latiendo. Les alcanzó un papel a cada uno.

—Las instrucciones para la campaña —les dijo—. El quinto irá detrás de los sembríos, a ese terreno descubierto, en torno al cerro. Hay que apurarse. Tenemos más de tres cuartos de hora de marcha.

—¿Los hacemos formar o lo esperamos a usted, mi capitán? —preguntó Gamboa.

—Vayan, nomás —repuso el capitán—. Les daré alcance.

Los cuatro tenientes salieron del comedor, juntos, y, al llegar al descampado, se distanciaron, en una misma línea. Tocaron sus silbatos. El bullicio que procedía del comedor ascendió y, un momento después, los cadetes comenzaron a salir a toda carrera. Llegaban a su emplazamiento, recogían sus fusiles, marchaban hacia la pista y se ordenaban por secciones.

Poco después, el batallón cruzaba la puerta principal del colegio, ante los centinelas en posición de firmes, e invadía la Costanera. El asfalto estaba limpio y resplandecía. Los cadetes, de tres en fondo, anchaban la formación de tal manera que las filas laterales iban por los dos extremos de la avenida y la del centro por el medio.

El batallón avanzó hasta la avenida de las Palmeras y Gamboa dio orden de doblar, hacia Bellavista. A medida que descendían por esa pendiente, bajo los árboles de grandes hojas encorvadas, los cadetes podían ver, al otro extremo, una imprecisa aglomeración: los edificios del Arsenal Naval y del puerto del Callao. A sus costados, las viejas casas de La Perla, altas, con las paredes cubiertas de enredaderas, y verjas herrumbrosas que protegían jardines de todas dimensiones. Cuando el batallón estuvo cerca de la avenida Progreso, la mañana comenzó a animarse: surgían mujeres descalzas con canastas y bolsas de verduras, que se detenían a contemplar a los cadetes harapientos; una nube de perros asediaba el batallón, saltando y ladrando; chiquillos enclenques y sucios lo escoltaban como los peces a los barcos en alta mar.

En la avenida Progreso el batallón se detuvo: los automóviles y autobuses constituían un flujo sin pausas. A una señal de Gamboa, los suboficiales Morte y Pezoa se pusieron en medio de la pista y contuvieron la hemorragia de vehículos, mientras el batallón cruzaba. Algunos conductores, indignados, tocaban bocina; los cadetes los insultaban. A la cabeza del batallón, Gamboa indicó, levantando la mano, que, en vez de tomar la dirección del puerto, se cortara por el campo raso, flanqueando un sembrío de algodón todavía tierno. Cuando todo el batallón estuvo sobre la tierra eriaza, Gamboa llamó a los suboficiales.

—¿Ven el cerro? —les señalaba con el dedo una elevación oscura, al final del sembrío.

—Sí, mi teniente —corearon Morte y Pezoa.

—Es el objetivo. Pezoa, adelántese con media docena de cadetes. Recórralo por todos lados y, si hay gente por ahí, hágala desaparecer. No debe quedar nadie en el cerro ni en las proximidades. ¿Entendido?

Pezoa asintió y dio media vuelta. Encaró a la primera sección:

—Seis voluntarios.

Nadie se movió y los cadetes miraron a todos lados, salvo al frente. Gamboa se acercó.

—Fuera los seis primeros de la formación —dijo—. Vayan con el suboficial.

Subiendo y bajando el brazo derecho con el puño cerrado, para indicar a los cadetes que tomaran el paso ligero, Pezoa echó a correr por el sembrío. Gamboa retrocedió algunos pasos para reunirse con los otros tenientes.

—He mandado a Pezoa a despejar el terreno.

—Bueno —repuso Calzada—. Creo que no hay problema. Yo me quedo con mi gente de este lado.

—Yo ataco por el norte —dijo Huarina—. Siempre soy el más fregado, tengo que caminar todavía cuatro kilómetros.

—Una hora para llegar a la cumbre no es mucho —dijo Gamboa—. Hay que hacerlos trepar rápido.

—Espero que los blancos estén bien marcados —dijo Calzada—. El mes pasado el viento los arrancó y estuvimos haciendo puntería contra las nubes.

—No te preocupes —dijo Gamboa—. Ya no son blancos de cartón, sino telas de un metro de diámetro. Los soldados los colocaron ayer. Que no comiencen a disparar antes de doscientos metros.

—Muy bien, general —dijo Calzada—. ¿También vas a enseñarnos eso?

—Para qué gastar pólvora en gallinazos —dijo Gamboa—. De todas maneras, tu compañía no colocará un solo tiro.

—¿Hacemos una apuesta, general? —dijo Calzada.

—Cinco libras.

—Soy caja —propuso Huarina.

—De acuerdo —dijo Calzada—. Cállense, que ahí está el Piraña.

El capitán se aproximó.

—¿Qué esperan?

—Estamos listos —dijo Calzada—. Lo esperábamos a usted, mi capitán.

—¿Localizaron sus posiciones?

—Sí, mi capitán.

—¿Han enviado a ver si está libre el terreno?

—Sí, mi capitán. Al suboficial Pezoa.

—Bien. Igualemos los relojes —dijo el capitán—. Comenzaremos a las nueve. Abran fuego a las nueve y media. Los tiros deben cesar apenas empiece el asalto. ¿Entendido?

—Sí, mi capitán.

—A las diez, todo el mundo en la cumbre; hay sitio para todos. Lleven a sus compañías a los emplazamientos al paso ligero, para que los muchachos entren en calor.

Los oficiales se alejaron. El capitán permaneció en el sitio. Escuchó las voces de mando de los tenientes; la de Gamboa era la más alta, la más enérgica. Poco después, estaba solo. El batallón se había escindido en tres cuerpos, que se alejaban en direcciones opuestas para rodear el cerro. Los cadetes corrían sin dejar de hablar: el capitán podía distinguir algunas frases sueltas entre el barullo. Los tenientes iban a la cabeza de las secciones y los suboficiales a los flancos. El capitán Garrido se llevó los prismáticos a los ojos. A la mitad del cerro, separados por cuatro o cinco metros, se divisaban los blancos: unas redondelas perfectas. Él también hubiera querido dispararles. Pero eso correspondía ahora a los cadetes; para él, la campaña era aburrida, consistía solamente en observar. Abrió un paquete de cigarrillos negros y extrajo uno. Quemó varios fósforos antes de encenderlo, pues había mucho viento. Luego, fue a paso vivo tras la primera compañía. Era entretenido ver actuar a Gamboa, que se tomaba la campaña en serio.

Al llegar a las faldas del cerro, Gamboa comprobó que los cadetes estaban realmente fatigados; algunos corrían con la boca abierta y el rostro lívido, y todos tenían los ojos clavados en él; en sus miradas Gamboa veía la angustia con que esperaban la voz de alto. Pero no dio esa orden; miró las circunferencias blancas, las laderas desnudas, ocres, que descendían hasta hundirse en el campo de algodones, y, al otro lado de los blancos, varios metros más arriba, la cresta del cerro, una gran comba maciza, esperándolos. Y siguió corriendo, primero junto al cerro, luego a campo abierto, a toda la velocidad que podía, luchando por no abrir la boca, aunque sentía él también que su corazón y sus pulmones reclamaban una gran bocanada de viento puro; las venas de su garganta se anchaban y su piel, desde los cabellos hasta los pies, se humedecía con un sudor frío. Se volvió todavía una vez, para calcular si se habían alejado ya unos mil metros del objetivo, y luego, cerrando los ojos, consiguió apresurar la carrera dando saltos más largos y azotando el aire con los brazos; así llegó hasta los matorrales que alborotaban la tierra salvaje, fuera del sembrío, junto a la acequia indicada en las instrucciones de la campaña como límite del emplazamiento de la primera compañía. Allí se detuvo y sólo entonces abrió la boca y respiró, los brazos extendidos. Antes de dar media vuelta, se limpió el sudor de la cara, a fin de que los cadetes no supieran que él también estaba agotado. Los primeros en llegar a los matorrales fueron los suboficiales y el brigadier Arróspide. Luego, llegaron los demás, en completo desorden: las columnas habían desaparecido, quedaban sólo racimos, grupos dispersos. Poco después, las tres secciones se reagrupaban formando una herradura en torno a Gamboa. Éste escuchaba la respiración animal de los ciento veinte cadetes, que habían apoyado los fusiles en la tierra.

—Vengan los brigadieres —dijo Gamboa. Arróspide y otros dos cadetes abandonaron la fila—. Compañía, ¡descanso!

El teniente se alejó unos pasos, seguido de los suboficiales y de los tres brigadieres. Luego, trazando cruces y rayas en la tierra, les explicó detalladamente los diferentes movimientos del asalto.

—¿Comprendida la disposición de los cuerpos? —dijo Gamboa y sus cinco oyentes asintieron—. Bien. Los grupos de combate comenzarán a desplegarse en abanico desde que se dé la orden de marcha; desplegarse quiere decir no ir como carneros, sino separados, aunque en una misma línea. ¿Comprendido? Bien. A nuestra compañía le corresponde atacar el frente sur, ese que tenemos delante. ¿Visto?

Los suboficiales y brigadieres miraron el cerro y dijeron: «Visto».

—¿Y qué instrucciones hay para la progresión, mi teniente? —murmuró Morte. Los brigadieres se volvieron a mirarlo y el suboficial se ruborizó.

—A eso voy —dijo Gamboa—. Saltos de diez en diez metros. Una progresión intermitente. Los cadetes recorren esa distancia a toda carrera y se arrojan, al que entierre el fusil le parto el culo a patadas. Cuando todos los hombres de la vanguardia están tendidos, toco silbato y la segunda línea dispara. Un solo tiro. ¿Entendido? Los tiradores saltan y progresan diez metros, se arrojan. La tercera línea dispara y progresa. Luego, comenzamos desde el principio. Todos los movimientos se hacen a mis órdenes. Así llegamos a cien metros del objetivo. Allí los grupos pueden cerrarse un poco para no invadir el terreno donde operan las otras compañías. El asalto final lo dan las tres secciones a la vez, porque el cerro ya está casi limpio y quedan apenas unos cuantos focos enemigos.

—¿Qué tiempo hay para ocupar el objetivo? —preguntó Morte.

—Una hora —dijo Gamboa—. Pero eso es asunto mío. Los suboficiales y brigadieres deben preocuparse de que los hombres no se abran ni se peguen demasiado, de que nadie se quede atrás y deben estar siempre en contacto conmigo, por si los necesito.

—¿Vamos adelante o en la retaguardia, mi teniente? —preguntó Arróspide.

—Ustedes con la primera línea, los suboficiales atrás. ¿Alguna pregunta? Bueno, vayan a explicar la operación a los jefes de grupo. Comenzamos dentro de quince minutos.

Los suboficiales y brigadieres se alejaron al paso ligero. Gamboa vio venir al capitán Garrido y se iba a incorporar, pero el Piraña le indicó con la mano que permaneciera como estaba, en cuclillas. Ambos quedaron mirando a las secciones que se desmenuzaban en grupos de doce hombres. Los cadetes se apretujaban los cinturones, anudaban los cordones de sus botines, se encasquetaban las cristinas, limpiaban el polvo de los fusiles, comprobaban la soltura de la corredera.

—Esto sí les gusta —dijo el capitán—. Ah, pendejos. Mírelos, parece que fueran a un baile.

—Sí —dijo Gamboa—. Se creen en la guerra.

—Si algún día tuvieran que pelear de veras —dijo el capitán—, éstos serían desertores o cobardes. Pero, por suerte para ellos, acá los militares sólo disparamos en las maniobras. No creo que el Perú tenga nunca una verdadera guerra.

—Pero, mi capitán —repuso Gamboa—. Estamos rodeados de enemigos. Usted sabe que el Ecuador y Colombia esperan el momento oportuno para quitarnos un pedazo de selva. A Chile todavía no le hemos cobrado lo de Arica y Tarapacá.

—Puro cuento —dijo el capitán, con un gesto escéptico—. Ahora todo lo arreglan los grandes. El 41 yo estuve en la campaña contra el Ecuador. Hubiéramos llegado hasta Quito. Pero se metieron los grandes y encontraron una solución diplomática, qué tales riñones. Los civiles terminan resolviendo todo. En el Perú, uno es militar por las puras huevas del diablo.

—Antes era distinto— dijo Gamboa.

El suboficial Pezoa y los seis cadetes que lo acompañaron, regresaron corriendo. El capitán lo llamó.

—¿Dio la vuelta a todo el cerro?

—Sí, mi capitán. Completamente despejado.

—Van a ser las nueve, mi capitán —dijo Gamboa—. Voy a comenzar.

—Vaya —dijo el capitán. Y agregó, con repentino mal humor—: Sáqueles la mugre a esos ociosos.

Gamboa se acercó a la compañía. La observó largamente, de un extremo a otro, como midiendo sus posibilidades ocultas, el límite de su resistencia, su coeficiente de valor. Tenía la cabeza algo echada hacia atrás; el viento agitaba su camisa comando y unos cabellos negros que asomaban por la cristina.

—¡Más abiertos, carajo! —gritó—. ¿Quieren que los apachurren? Entre hombre y hombre debe haber cuando menos cinco metros de distancia. ¿Creen que van a misa?

Las tres columnas se estremecieron. Los jefes de grupo, abandonando la formación, ordenaban a gritos a los cadetes que se separaran. Las tres hileras se alargaron elásticamente, se hicieron más ralas.

—La progresión se hace en zigzag —dijo Gamboa; hablaba en voz muy alta, para que pudieran oírlo los extremos—. Eso ya lo saben desde hace tres años, cuidado con avanzar uno tras otro como en la procesión. Si alguien se queda de pie, se adelanta o se atrasa cuando yo dé la orden, es hombre muerto. Y los muertos se quedan encerrados, sábado y domingo. ¿Está claro?

Se volvió hacia el capitán Garrido, pero éste parecía distraído. Miraba el horizonte, con ojos vagabundos. Gamboa se llevó el silbato a los labios. Hubo un breve temblor en las columnas.

—Primera línea de ataque. Lista para entrar en acción. Los brigadieres adelante, los suboficiales a la retaguardia.

Miró su reloj. Eran las nueve en punto. Dio un pitazo largo. El sonido penetrante hirió los oídos del capitán, que hizo un gesto de sorpresa. Comprendió que, durante unos segundos, había olvidado la campaña y se sintió en falta. Vivamente se trasladó junto a los matorrales, detrás de la compañía, para seguir la operación.

Antes que cesara el sonido metálico, el capitán Garrido vio que la primera fila de ataque, dividida en tres cuerpos, salía impulsada en un movimiento simultáneo: los tres grupos se abrían en abanico, avanzaban a toda velocidad desplegándose adelante y hacia los lados, igual a un pavo real que yergue su poderoso plumaje. Precedidos de los brigadieres, los cadetes corrían doblados sobre sí mismos, la mano derecha aferrada al fusil, que colgaba perpendicular, el cañón apuntando al cielo de través, la culata a pocos centímetros del suelo. Luego, escuchó un segundo silbato, menos largo pero más agudo que el primero y más lejano —porque el teniente Gamboa también corría, de medio lado, para controlar los detalles de la progresión—, y, al instante, la línea, como pulverizada por una ráfaga invisible, desaparecía entre las hierbas: el capitán pensó en los soldados de latón de las tómbolas cuando el perdigón los derriba. Y, en el acto, los rugidos de Gamboa poblaban la mañana como seres eléctricos —«¿por qué se adelanta ese grupo? Rospigliosi, pedazo de asno, ¿quiere que le vuelen la cabeza?, ¡cuidado con enterrar el fusil!»—; y nuevamente se escuchaba el silbato y la línea cimbreante surgía de entre las hierbas y se alejaba a toda carrera y, poco después, al conjuro de otro silbato, volvía a desaparecer de su vista, y la voz de Gamboa se distanciaba y perdía: el capitán escuchaba groserías insólitas, nombres desconocidos, veía avanzar la vanguardia, se distraía por momentos, en tanto que las columnas del centro y de la retaguardia comenzaban a hervir. Los cadetes, olvidando la presencia del capitán, hablaban a voz en cuello, se burlaban de los que avanzaban con Gamboa: «El negro Vallano se arroja como un costal, debe tener huesos de jebe; y esa mierda del Esclavo, tiene miedo de rasguñarse la carita».

De pronto, Gamboa surgió ante el capitán Garrido, gritando: «Segunda línea de ataque: lista para entrar en acción». Los jefes de grupo levantaron el brazo derecho, treinta y seis cadetes quedaron inmóviles. El capitán miró a Gamboa: tenía el rostro sereno, los puños apretados, y lo único excepcional era su mirada móvil: brincaba de un punto a otro, se animaba, se exasperaba, sonreía. La segunda línea se desbordó por el campo. Los cadetes se empequeñecían, el teniente corría de nuevo, el silbato en la mano, la cara vuelta hacia la formación.

Ahora el capitán veía dos líneas, extendidas en el campo, sumiéndose en la tierra y resurgiendo, alternativamente, llenando de vida el campo desolado. No podía saber ya si los cadetes ejecutaban el salto como prescribían los manuales, dejándose caer sobre la pierna, el costado y el brazo izquierdo, ladeando el cuerpo de tal modo que el fusil, antes que tocar el suelo, golpeara sus costillas, ni si las líneas de ataque conservaban sus distancias y los grupos de combate mantenían la cohesión, ni si los brigadieres continuaban a la cabeza, como puntas de lanza y sin perder de vista al teniente. El frente comprendía unos cien metros y una profundidad cada vez mayor. De pronto, Gamboa reapareció ante él, el rostro siempre sereno, los ojos afiebrados, tocó el silbato y la retaguardia, encuadrada por los suboficiales, salió despedida hacia el cerro. Ahora eran tres las columnas que avanzaban, lejos de él, que había quedado solo junto a los matorrales espinosos. Permaneció en el sitio unos minutos, pensando en lo lentos, lo torpes que eran los cadetes, si los comparaba con los soldados o con los alumnos de la Escuela Militar.

Luego, caminó detrás de la compañía; a ratos, observaba con los prismáticos. Desde lejos, la progresión sugería un movimiento simultáneo de retroceso y avance: cuando la línea delantera estaba tendida, la segunda columna progresaba a toda carrera, superaba la posición de aquélla y pasaba a la vanguardia; la tercera columna avanzaba hasta el emplazamiento abandonado por la segunda línea. Al avance siguiente, las tres columnas volvían al orden inicial, segundos después se desarticulaban, se igualaban. Gamboa agitaba los brazos, parecía apuntar y disparar con el dedo a ciertos cadetes, y, aunque no podía oírlo, el capitán Garrido adivinaba fácilmente sus órdenes, sus observaciones.

Y, súbitamente, oyó los disparos. Miró su reloj. «Exacto», pensó. «Las nueve y media en punto.» Observó con los prismáticos; en efecto, la vanguardia se hallaba a la distancia prevista. Miró los blancos, pero no alcanzó a distinguir los tiros acertados. Corrió unos veinte metros y esta vez comprobó que las circunferencias tenían una docena de perforaciones.

«Los soldados son mejores», pensó; «y éstos salen con grado de oficiales de reserva. Es un escándalo». Siguió avanzando, casi sin quitarse los prismáticos de la cara. Los saltos eran más cortos: las columnas progresaban de diez en diez metros. Disparó la segunda línea y, apenas apagado el eco, el silbato indicó que las columnas de adelante y atrás podían avanzar. Los cadetes se destacaban diminutos contra el horizonte, parecían brincar en el sitio, caían. Un nuevo silbato y la columna que estaba tendida disparaba. Después de cada ráfaga, el capitán examinaba los blancos y calculaba los impactos. A medida que la compañía se acercaba al cerro, los tiros eran mejores: las circunferencias estaban acribilladas. Observaba las caras de los tiradores: rostros congestionados, infantiles, lampiños, un ojo cerrado y otro fijo en la ranura del alza. El retroceso de la culata conmovía esos cuerpos jóvenes que, el hombro todavía resentido, debían incorporarse, correr agazapados y volver a arrojarse y disparar, envueltos por una atmósfera de violencia que sólo era un simulacro. Porque el capitán Garrido sabía que la guerra no era así.

En ese momento vio la silueta verde que hubiera podido pisar si no la divisaba a tiempo, y ese fusil con el cañón monstruosamente hundido en la tierra, en contra de todas las instrucciones sobre el cuidado del arma. No atinaba a comprender qué podían significar ese cuerpo y ese fusil derribados. Se inclinó. El muchacho tenía la cara contraída por el dolor y los ojos y la boca muy abiertos. La bala le había caído en la cabeza: un hilo de sangre corría por el cuello.

El capitán dejó caer los prismáticos que tenía en la mano, cargó al cadete, pasándole un brazo por las piernas y otro por la espalda, y echó a correr, atolondrado, hacia el cerro, gritando: «¡Teniente Gamboa, teniente Gamboa!». Pero tuvo que correr muchos metros antes que lo oyeran. La primera compañía —escarabajos idénticos que escalaban la pendiente hacia los blancos— debía estar demasiado absorbida por los gritos de Gamboa y el esfuerzo que exigía el ascenso rampante para mirar atrás. El capitán trataba de localizar el uniforme claro de Gamboa o a los suboficiales. De pronto, los escarabajos se detuvieron, giraron y el capitán se sintió observado por decenas de cadetes. «Gamboa, suboficiales», gritó. «¡Vengan, rápido!» Ahora los cadetes se descolgaban por la pendiente a toda carrera y él se sintió ridículo con ese muchacho en los brazos. «Tengo una suerte de perro», pensó. «El coronel meterá esto en mi foja de servicios.»

El primero en llegar a su lado fue Gamboa. Miró asombrado al cadete y se inclinó para observarlo, pero el capitán gritó:

—Rápido, a la enfermería. A toda carrera.

Los suboficiales Morte y Pezoa cargaron al muchacho y se lanzaron por el campo, velozmente, seguidos por el capitán, el teniente y los cadetes que, desde todas direcciones, miraban con espanto el rostro que se balanceaba por efecto de la carrera: un rostro pálido, demacrado, que todos conocían.

—Rápido —decía el capitán—. Más rápido.

De pronto, Gamboa arrebató el cadete a los suboficiales, lo echó sobre sus hombros y aceleró la carrera; en pocos segundos sacó una distancia de varios metros.

—Cadetes —gritó el capitán—. Paren el primer coche que pase.

Los cadetes se apartaron de los suboficiales y cortaron camino, transversalmente. El capitán quedó retrasado, junto a Morte y Pezoa.

—¿Es de la primera compañía? —preguntó.

—Sí, mi capitán —dijo Pezoa—. De la primera sección.

—¿Cómo se llama?

—Ricardo Arana, mi capitán —vaciló un instante y añadió—: Le dicen el Esclavo.

SEGUNDA PARTE

Je ne laisserai personne dire que c'est le plus bel âge de la vie.

PAUL NIZAN

I

Tengo pena por la perra Malpapeada que anoche estuvo llora y llora. Yo la envolvía bien con la frazada y después con la almohada pero ni por ésas dejaban de oírse los aullidos tan largos. A cada rato parecía que se ahogaba y atoraba y era terrible, los aullidos despertaban a toda la cuadra. En otra época, pase. Pero como todos andan nerviosos, comenzaban a insultar y a carajear y a decir «sácala o llueve» y tenía que estar guapeando a uno y a otro desde mi cama, hasta que a eso de la medianoche ya no había forma. Yo mismo tenía sueño y la Malpapeada lloraba cada vez más fuerte. Varios se levantaron y vinieron a mi cama con los botines en la mano. No era cosa de machucarse con toda la sección, ahora que estamos tan deprimidos. Entonces la saqué y la llevé hasta el patio y la dejé pero al darme vuelta la sentí que me estaba siguiendo y le dije de mala manera: «Quieta ahí, perra, quédese donde la he dejado por llorona», pero la Malpapeada siempre detrás de mí, la pata encogida sin tocar el suelo, y daba compasión ver los esfuerzos que hacía por seguirme. Así que la cargué y la llevé hasta el descampado y la puse sobre la hierbita y le rasqué un rato el cogote y después me vine y esta vez no me siguió. Pero dormí mal, mejor dicho no dormí. Me estaba viniendo el sueño y, zaz, los ojos se me abrían solos y pensaba en la perra y además comencé a estornudar porque cuando la saqué al patio no me puse los zapatos y todo mi piyama está lleno de huecos y creo que había mucho viento y a lo mejor llovía. Pobre la Malpapeada, congelándose ahí afuera, ella que es tan friolenta. Muchas veces la he pescado en la noche enfureciéndose porque yo me muevo y la destapo. Tiesa de cólera, se incorpora murmurando y, con los dientes, jala la frazada hasta volver a taparse o se mete sin más hasta el fondo de la cama para sentir el calorcito de mis pies. Los perros son bien fieles, más que los parientes, no hay nada que hacer. La Malpapeada es chusca, una mezcla de toda clase de perros, pero tiene un alma blanca. No me acuerdo cuándo vino al colegio. Seguro no la trajo nadie, pasaba y le dio ganas de meterse a ver, y le gustó y se quedó. Se me ocurre que ya estaba en el colegio cuando entramos. A lo mejor nació aquí y es leonciopradina. Era una enanita, yo me fijé en ella, andaba metiéndose en la sección todo el tiempo desde la época del bautizo, parecía sentirse en su casa, cada vez que entraba uno de cuarto se le lanzaba a los pies y le ladraba y quería morderlo. Era machaza: la hacían volar a patadones y ella volvía a la carga, ladrando y mostrando sus dientes, unos dientes chiquitos de perrita muy joven. Ahora ya está crecida, debe tener más de tres años, ya está vieja para ser perra, los animales no viven mucho, sobre todo si son chuscos y comen poco. No recuerdo haber visto que la Malpapeada coma mucho. Algunas veces le tiro cáscaras, ésos son sus mejores banquetes. Porque la hierba sólo la mastica: se chupa el jugo y la escupe. Se mete un poco de hierba en la boca y se queda horas masca y masca, como un indio su coca. Siempre estaba metida en la sección y algunos decían que traía pulgas y la sacaban, pero la Malpapeada siempre volvía, la botaban mil veces y al poquito rato la puerta comenzaba a crujir y ahí abajo aparecía, casi junto al suelo, el hocico de la perra y nos daba risa su terquedad y a veces la dejábamos entrar y jugábamos con ella. No sé a quién se le ocurrió ponerle Malpapeada. Nunca se sabe de dónde salen los apodos. Cuando empezaron a decirme

Boa me reía y después me calenté y a todos les preguntaba quién inventó eso y todos decían fulano y ahora ni cómo sacarme de encima ese apodo, hasta en mi barrio me dicen así. Se me ocurre que fue Vallano. Él me decía siempre: «Haznos una demostración, orina por encima de la correa», «muéstrame esa paloma que te llega a la rodilla». Pero no me consta.

Alberto sintió que lo cogían del brazo. Vio un rostro sinuoso, que no recordaba. Sin embargo, el muchacho le sonreía como si se conocieran. Tras él, se mantenía rígido otro cadete, más pequeño. No podía verlos bien; eran sólo las seis de la tarde, pero la neblina se había adelantado. Estaban en el patio de quinto, en las proximidades de la pista. Grupos de cadetes circulaban de un lado a otro.

—Espera, poeta —dijo el muchacho—. Tú que eres un sabido, ¿no es cierto que ovario es lo mismo que huevo, sólo que femenino?

—Suelta —dijo Alberto—. Estoy apurado.

—No friegues, hombre —insistió aquél—. Sólo un momento. Hemos hecho una apuesta.

—Sobre un canto —dijo el más pequeño, acercándose—. Un canto boliviano. Éste es medio boliviano y sabe canciones de allá. Cantos bien raros. Cántaselo, para que vea.

—Te digo que me sueltes —dijo Alberto—. Tengo que irme.

En vez de soltarlo, el cadete le apretó el brazo con más fuerza. Y cantó:

> *Siento en el ovario*
> *un dolor profundo;*
> *es el peladingo*
> *que ya viene al mundo.*

El más pequeño se rió.

—¿Vas a soltarme?

—No. Dime primero que sí es lo mismo.

—Así no vale —dijo el pequeño—. Lo estás sugestionando.

—Sí es lo mismo —gritó Alberto y se libró de un tirón. Se alejó. Los muchachos se quedaron discutiendo. Caminó muy rápido hasta el edificio de los oficiales y allí dobló; estaba sólo a diez metros de la enfermería y apenas distinguía sus muros: la neblina había borrado puertas y ventanas. En el pasillo no había nadie; tampoco en la pequeña oficina de la guardia. Subió al segundo piso, venciendo de dos en dos los escalones. Junto a la entrada, había un hombre con un mandil blanco. Tenía en la mano un periódico pero no leía: miraba la pared con aire siniestro. Al sentirlo, se incorporó.

—Salga de aquí, cadete —dijo—. Está prohibido.

—Quiero ver al cadete Arana.

—No —dijo el hombre, de mal modo—. Váyase. Nadie puede ver al cadete Arana. Está aislado.

—Tengo urgencia —insistió Alberto—. Por favor. Déjeme hablar con el médico de turno.

—Yo soy el médico de turno.

—Mentira. Usted es el enfermero. Quiero hablar con el médico.

—No me gustan esas bromas —dijo el hombre. Había dejado el periódico en el suelo.

—Si no llama al médico, voy a buscarlo yo —dijo Alberto—. Y pasaré aunque usted no quiera.

—¿Qué le pasa, cadete? ¿Está usted loco?

—Llame al médico, carajo —gritó Alberto—. Maldita sea, llame al médico.

—En este colegio todos son unos salvajes —dijo el hombre. Se puso de pie y se alejó por el corredor. Las paredes habían sido pintadas de blanco, tal vez recientemente, pero la humedad las había ya impregnado de llagas grises. Momentos después, el enfermero apareció seguido de un hombre alto, con anteojos.

—¿Qué desea, cadete?

—Quisiera ver al cadete Arana, doctor.

—No se puede —repuso el médico, haciendo un ademán de impotencia—. ¿No le ha dicho el soldado que está prohibido subir aquí? Podrían castigarlo, joven.

—Ayer vine tres veces —dijo Alberto—. Y el soldado no me dejó pasar. Pero hoy no estaba. Por favor, doctor, quisiera verlo aunque sea un minuto.

—Lo siento muchísimo. Pero no depende de mí. Usted sabe lo que es el reglamento. El cadete Arana está aislado. No lo puede ver nadie. ¿Es pariente suyo?

—No —dijo Alberto—. Pero tengo que hablar con él. Es algo urgente.

El médico le puso la mano en el hombro y lo miró compasivamente.

—El cadete Arana no puede hablar con nadie —dijo—. Está inconsciente. Ya se pondrá bueno. Y ahora salga de aquí. No me obligue a llamar al oficial.

—¿Podré verlo si traigo una orden del mayor jefe de cuartel?

—No —dijo el médico—. Sólo con una orden del coronel.

Iba a esperarla a la salida de su colegio dos o tres veces por semana, pero no siempre me acercaba. Mi madre se había acostumbrado a almorzar sola, aunque no sé si de veras creía que me iba a casa de un amigo. De todos modos, le convenía que yo faltara, así gastaba menos en la comida. Algunas veces, al verme regresar a casa a mediodía, me miraba con fastidio y me decía: «¿Hoy no vas a Chucuito?». Por mí, hubiera ido todos los días a buscarla a su colegio, pero en el Dos de Mayo no me daban permiso para salir antes de la hora. Los lunes era fácil, pues teníamos educación física; en el recreo me escondía detrás de los pilares hasta que el profesor Zapata se llevara al año a la calle; entonces me escapaba por la puerta principal. El profesor Zapata había sido campeón de box, pero ya estaba viejo y no le interesaba trabajar; nunca pasaba lista. Nos llevaba al campo y decía: «Jueguen fútbol que es un buen ejercicio para las piernas; pero no se alejen mucho». Y se sentaba en el pasto a leer el periódico. Los martes era imposible salir antes; el profesor de matemáticas conocía a toda la clase por su nombre. En cambio, el miércoles teníamos dibujo y música, y el doctor Cigüeña vivía en la luna; después del recreo de las once me salía por los garajes y tomaba el tranvía a media cuadra del colegio.

El flaco Higueras me seguía dando plata. Siempre esperaba en la plaza de Bellavista para invitarme un trago, un cigarrillo y para hablarme de mi hermano, de mujeres, de muchas cosas. «Ya eres un hombre», me decía. «Hecho y derecho.» A veces me ofrecía dinero sin que yo se lo pidiera. No me daba mucho, cincuenta centavos o un sol, cada vez, pero bastaba para el pasaje. Iba hasta la plaza Dos de Mayo, seguía la avenida Alfonso Ugarte hasta su colegio y me paraba siempre en la tienda de la esquina. Algunas veces me acercaba y ella me decía: «Hola, ¿hoy también saliste temprano?» y luego me hablaba de otra cosa y yo también. «Es muy inteligente», pensaba yo; «cambia de tema para no ponerme en apuros». Caminábamos hacia la casa de sus tíos, unas ocho cuadras, y yo procuraba que fuéramos bien despacio, dando pasitos cortos o parándome a mirar las vitrinas, pero nunca demoramos más de media hora. Conversábamos de las mismas cosas, ella me contaba lo que ocurría en su colegio y yo también, de lo que estudiaríamos en la tarde, de cuándo serían los exámenes y si aprobaríamos el año. Yo conocía de nombre a todas las chicas de su clase y ella los apodos de mis compañeros y profesores y los chismes que corrían sobre los muchachos más sabidos del Dos de Mayo. Una vez pensé que le diría: «Anoche me soñé que éramos grandes y nos casábamos». Estaba seguro que ella me haría preguntas y ensayé muchas frases para no quedarme callado. Al día siguiente, mientras caminábamos por la avenida Arica, le dije de repente: «Oye, anoche me soñé…». «¿Qué cosa?, ¿qué soñaste?», me preguntó. Y yo sólo le dije: «Que pasábamos de año los dos». «Ojalá que ese sueño se cumpla», me contestó.

Cuando la acompañaba, cruzábamos siempre a los alumnos de La Salle, con sus uniformes café con leche, y ése era otro tema de conversación. «Son unos maricas», le decía; «no tienen ni para comenzar con los del Dos de Mayo. Esos blanquiñosos se parecen a los del colegio de los hermanos maristas del Callao, que juegan fútbol como mujeres; les cae una patada y se ponen a llamar a su mamá; mírales las caras, nomás». Ella se reía y yo seguía hablando de lo mismo, pero al fin se me agotaba el tema y pensaba: «Ya estamos llegando». Lo que me ponía más nervioso era la idea de que se aburriera al oírme contar siempre las mismas historias, pero me consolaba pensando que ella también me hablaba muchas veces de lo mismo y a mí eso nunca me parecía cansado. Me contaba dos y hasta tres veces la película que veía con su tía los lunes femenino. Precisamente, hablando de cine me atreví una vez a decirle algo. Ella me preguntó si había visto no sé qué película y le dije que no. «Nunca vas al cine, ¿no?», me preguntó. «Ahora no mucho», le dije, «pero el año pasado iba. Con dos muchachos del Dos de Mayo gorreábamos la vermouth de los miércoles en el Sáenz Peña; el primo de uno de mis amigos era policía municipal y, cuando estaba de servicio, nos hacía pasar a cazuela. Apenas se apagaban las luces nos bajábamos a platea alta; están separadas por una madera que cualquiera la salta». «¿Y nunca los chaparon?», dijo ella, y yo le dije: «Quién nos iba a chapar si el municipal era el primo de mi amigo», y ella me dijo: «¿Por qué este año no hacen lo mismo?». «Ahora van los jueves», le dije, «porque al municipal le han cambiado su día de servicio». «¿Y tú no vas?», me preguntó. Y yo, sin darme cuenta, le contesté: «Prefiero ir a tu casa a estar contigo». Y apenas se lo dije me di cuenta y me callé. Fue peor porque ella se puso a mirarme muy seria y yo pensé: «Ya se enojó». Y entonces dije: «Pero quizá una de estas semanas vaya con ellos. Aunque, la verdad, no me gusta mucho el cine». Y le hablé de otra cosa, pero sin dejar de pensar en la cara que había puesto, una cara distinta a la de siempre, como si al oírme se le hubieran ocurrido las cosas que no me atrevía a decirle.

Una vez el flaco Higueras me regaló un sol cincuenta. «Para que te compres cigarrillos», me dijo, «o te emborraches si tienes penas de amor». Al día siguiente íbamos caminando por la avenida Arica, por la vereda del Cine Breña, y de casualidad nos paramos frente a la vitrina de una panadería. Había unos pasteles de chocolate y ella dijo: «¡Qué ricos!». Me acordé de la plata que tenía en el bolsillo, pocas veces he sentido tanta felicidad. Le dije: «Espera, tengo un sol y voy a comprar uno» y ella dijo: «No, no estés gastando, lo decía en broma», pero yo entré y le pedí al chino un pastel. Estaba tan atolondrado que me salí sin esperar el cambio, pero el chino, muy honrado, me dio alcance y me dijo: «Le debo una peseta. Téngala». Le di el pastel y ella me dijo: «Pero no va a ser todo para mí. Partamos». Yo no quería y le aseguraba que no tenía ganas, pero ella insistía y al final me dijo: «Al menos dale un mordisco» y estiró la mano y me puso el pastel en la boca. Mordí un pedacito y ella se rió. «Te has manchado toda la cara», me dijo, «qué tonta soy, yo tengo la culpa, voy a limpiarte». Y, entonces, levantó la otra mano y la acercó a mi cara. Yo me quedé inmóvil y la sonrisa se me heló al sentir que me tocaba, y no me atrevía a respirar cuando pasaba sus dedos por mi boca, para no mover los labios, se hubiera dado cuenta que tenía unas ganas de besarle la mano. «Ya está», dijo después, y seguimos caminando hacia La Salle, sin hablar una palabra, yo estaba muerto con lo que acababa de pasar, y estaba seguro que se había demorado al pasar su mano por mi boca, o que la había pasado varias veces y yo decía para mí: «A lo mejor lo hizo adrede».

Además, la Malpapeada no era la que traía las pulgas; yo creo que el colegio le contagió las pulgas a la perra, las pulgas de los serranos. Una vez le echaron ladillas encima a la pobre, el Jaguar y el Rulos, qué desgraciados. El Jaguar había metido las narices no sé dónde, en las pocilgas de la primera cuadra de Huatica, me figuro, y le habían pegado unas ladillas enormes. Las hacía correr por el baño y se veían sobre los mosaicos grandotas como hormigas. El Rulos le dijo: «¿Por qué no se las echamos a alguien?» y la Malpapeada estaba mirando, para su mala suerte. A ella le tocó. El Rulos la tenía colgada del pescuezo, pataleando, y el Jaguar le pasaba sus bichos con las dos manos y después se excitaron y el Jaguar gritó: «Todavía me quedan toneladas, ¿a quién bautizamos?» y el Rulos gritó: «Al Esclavo». Yo fui con ellos. Él estaba durmiendo; me acuerdo que lo cogí de la cabeza y le tapé los ojos y el Rulos le sujetó las piernas. El Jaguar le incrustaba las ladillas entre los pelos y yo le gritaba: «Con más cuidado, carambolas, me las estás metiendo por las mangas». Si yo hubiera sabido que al muchacho le iba a pasar lo que le ha pasado, no creo que le hubiera agarrado la cabeza esa vez, ni lo habría fundido tanto. Pero no creo que a él le pasara nada con las ladillas y en cambio a la Malpapeada la fregaron. Se peló casi enterita y andaba frotándose contra las paredes y tenía una pinta de perro pordiosero y leproso con el cuerpo pura llaga. Debía picarle mucho, no paraba de frotarse, sobre todo en la pared de la cuadra que tiene raspaduras. Su lomo parecía una bandera peruana, rojo y blanco, blanco y rojo, yeso y sangre. Entonces el Jaguar dijo: «Si le echamos ají se va a poner a hablar como un ser humano», y me ordenó: «Boa, anda róbate un poco de ají de la cocina». Fui y el cocinero me regaló varios rocotos. Los molimos con una piedra, sobre el mosaico, y el serrano Cava decía «rápido, rápido». Después el Jaguar dijo: «Cógela y tenla mientras la curo». De veras que casi se pone a hablar. Daba brincos hasta los roperos, se torcía como una culebra y qué aullidos los que daba. Vino el suboficial Morte, asustado con el ruido, y al ver los saltos de la Malpapeada se puso a llorar de risa y decía: «Qué tales pendejos, qué tales pendejos». Pero lo más raro del caso es que la perra se curó. Le volvió a salir el pelo y hasta me parece que engordó. Seguro creyó que yo le había echado el ají para curarla, los animales no son inteligentes y vaya usted a saber lo que se le metió en la cabeza. Pero, desde ese día, dale a estar detrás de mí todo el tiempo. En las filas se me metía entre los pies y no me dejaba marchar; en el comedor se instalaba bajo mi silla y movía el rabo por si yo le tiraba una cáscara; me esperaba en la puerta de la clase y, en los recreos, al verme salir, comenzaba a hacerme gracias con el hocico y las orejas; y en las noches se trepaba a mi cama y quería pasarme la lengua por toda la cara. Y era por gusto que yo le pegara. Se retiraba pero volvía, midiéndome con los ojos, esta vez me vas a pegar o no, me acerco un poquito más y me alejo, a que ahora no me pateas, qué sabida. Y todos comenzaron a burlarse y a decir «te la tiras, bandolero», pero no era verdad, ni siquiera se me había pasado por la cabeza todavía manducarme a una perra. Al principio me daba cólera el animal tan pegajoso, aunque a veces, como de casualidad, le rascaba la cabeza y ahí le descubrí el gusto. En las noches se me montaba encima y se revolcaba, sin dejarme dormir, hasta que le metía los dedos al cogote y la rascaba un poco. Entonces, se quedaba tranquila. Lo de las noches era viveza de la perra. Al oírla moverse todos empezaban a fundirme, «ya Boa, deja en paz a ese animal, lo vas a estrangular», ah bandida, eso sí que te gusta, ¿no?, ven acá, que te rasque la crisma y la barriguita. Y ahí mismo se ponía quieta como una piedra pero en mi mano yo siento que está temblando del gusto y si dejo de rascar un segundo, brinca, y veo en la oscuridad que ha abierto el hocico y está mostrando sus dientes tan blancos. No sé por qué los perros tienen los dientes tan blancos, pero todos los tienen así, nunca he visto un perro con un diente negro ni me acuerdo haber oído que a un perro se le cayó un diente o se le carió y tuvieron que sacárselo. Eso es algo raro de los perros y también es raro que no duerman. Yo creía que sólo la Malpapeada no dormía, pero después me contaron que todos los perros son iguales, desvelados. Al comienzo me daba recelo, también un poco de susto. Basta que abriera los ojos y ahí mismo la veía, mirándome, y a veces yo no podía dormir con la idea de que la perra se pasaba la noche a mi lado sin bajar los párpados, eso es algo que pone nervioso a cualquiera, que lo estén espiando, aunque sea una perra que no comprende las cosas pero a veces parece que comprende.

Alberto dio media vuelta y bajó. Cuando llegaba a los primeros peldaños de la escalera cruzó a un hombre, ya de edad. Tenía el rostro demacrado y los ojos llenos de zozobra.

—Señor —dijo Alberto.

El hombre ya había subido algunos escalones; se detuvo y se volvió.

—Perdone —dijo Alberto—. ¿Es usted algo del cadete Ricardo Arana?

El hombre lo observó detenidamente, como intentando reconocerlo.

—Soy su padre —dijo—. ¿Por qué?

Alberto subió dos escalones; sus ojos estaban a la misma altura. El padre de Arana lo miraba fijamente. Unas manchas azules teñían sus párpados; sus pupilas revelaban alarma, desvelo.

—¿Puede decirme cómo está Arana? —preguntó Alberto.

—Está aislado —repuso el hombre, con voz ronca—. No nos dejan verlo. Ni siquiera a nosotros. No tienen derecho. ¿Usted es amigo de él?

—Somos de la misma sección —dijo Alberto—. A mí tampoco me han dejado entrar.

El hombre asintió. Parecía abrumado. Una barba rala sombreaba sus mejillas y su mentón; el cuello de la camisa aparecía con arrugas y manchas, y la corbata, algo caída, mostraba un nudo ridículamente pequeño.

—Sólo he podido verlo un segundo —dijo el hombre—. Desde la puerta. No debían hacer eso.

—¿Cómo está? —preguntó Alberto—. ¿Qué le ha dicho el médico?

El hombre se llevó las manos a la frente y luego se limpió la boca con los nudillos.

—No sé —dijo—. Lo han operado dos veces. Su madre está medio loca. No me explico cómo ha podido ocurrir una cosa así. Justamente cuando estaba por terminar el año. Es mejor no pensar en eso, son reflexiones tontas. Sólo hay que rezar. Dios tiene que sacarlo sano y salvo de esta prueba. Su madre está en la capilla. El doctor ha dicho que tal vez podamos verlo esta noche.

—Se salvará —dijo Alberto—. Los médicos del colegio son los mejores, señor.

—Sí, sí —dijo el hombre—. El señor capitán nos ha dado muchas esperanzas. Es un hombre muy amable. Capitán Garrido, creo. Nos trajo un saludo del coronel, ¿sabe?

El hombre volvió a pasarse la mano por la cara. Buscó en su bolsillo y extrajo un paquete de cigarrillos. Ofreció uno a Alberto y éste lo rechazó. El hombre volvió a meter la mano en el bolsillo. No encontraba los fósforos.

—Espere un momento —dijo Alberto—. Voy a conseguirle fuego.

—Voy con usted —dijo el hombre—. Es por gusto que siga aquí, sentado en el pasillo, sin tener con quien hablar. He pasado dos días así. Estoy con los nervios destrozados. Quiera Dios que no ocurra nada irremediable.

Salieron de la enfermería. En la pequeña oficina de la entrada estaba el soldado de guardia. Miró a Alberto con sorpresa y adelantó un poco la cabeza, pero no dijo nada. Había oscurecido. Alberto tomó el descampado, en dirección a La Perlita. A lo lejos se distinguían las luces de las cuadras. El edificio de las aulas estaba a oscuras. No se oía ruido alguno.

—¿Usted estaba con él cuando ocurrió? —preguntó el hombre.

—Sí —dijo Alberto—. Pero no cerca de él. Yo iba al otro extremo. Fue el capitán quien lo vio, cuando nosotros ya estábamos en el cerro.

—Esto es injusto —dijo el hombre—. Un castigo injusto. Somos gente honrada. Vamos a la iglesia todos los domingos, no hemos hecho mal a nadie. Su madre siempre hace obras de caridad. ¿Por qué nos envía Dios esta desgracia?

—Todos los de la sección estamos muy preocupados —dijo Alberto. Hubo un silencio y, al fin, agregó—: Lo estimamos mucho. Es un gran compañero.

—Sí —dijo el hombre—. No es un mal muchacho. Es mi obra, ¿sabe usted? He tenido que ser algo duro con él a veces. Pero era por su bien. Me ha costado mucho trabajo hacerlo un hombre. Es mi único hijo, todo lo que hago es por su bien. Por su futuro. Hábleme de él, ¿quiere? De su vida en el colegio. Ricardo es muy reservado. No nos decía nada. Pero a veces parecía que no estaba contento.

—La vida militar es un poco fuerte —dijo Alberto—. Cuesta acostumbrarse. Nadie está muy contento al principio.

—Pero le hizo bien —dijo el hombre, con pasión—. Lo transformó, lo hizo otro. Nadie puede negar eso, nadie. Usted no sabe cómo era de chico. Aquí lo templaron, lo hicieron responsable. Eso es lo que yo quería, que fuera más varonil, que tuviera más personalidad. Además, si él hubiera querido salirse pudo decírmelo. Yo le dije que entrara y él aceptó. No es mi culpa. Yo he hecho todo pensando en su futuro.

—Cálmese, señor —dijo Alberto—. No se preocupe. Estoy seguro que ya pasó lo peor.

—Su madre me echa la culpa —dijo el hombre, como si no lo oyera—. Las mujeres son así, injustas, no comprenden las cosas. Pero yo tengo mi conciencia tranquila. Lo metí aquí para hacer de él un ser fuerte, un hombre de provecho. Yo no soy un adivino. ¿Usted cree que se me puede culpar, así porque sí?

—No sé —dijo Alberto, confuso—. Quiero decir, claro que no. Lo principal es que Arana se cure.

—Estoy muy nervioso —dijo el hombre—. No me haga caso. A ratos pierdo el control.

Habían llegado a La Perlita. Paulino estaba en el mostrador, la cara apoyada entre las manos. Miró a Alberto como si lo viera por primera vez.

—Una caja de fósforos —dijo éste.

Paulino miró con desconfianza al padre de Arana.

—No hay —dijo.

—No es para mí, sino para el señor.

Sin decir nada, Paulino sacó una caja de fósforos de debajo del mostrador. El hombre quemó tres cerillas tratando de encender su cigarrillo. En la luz instantánea, Alberto vio que las manos del hombre temblaban.

—Deme un café —dijo el padre de Arana—. ¿Usted quiere tomar algo?

—Café no hay —dijo Paulino, con voz aburrida—. Una cola, si quiere.

—Bueno —dijo el hombre—. Una cola, cualquier cosa.

Ha olvidado ese mediodía claro, sin llovizna y sin sol. Bajó del tranvía Lima-San Miguel en el paradero del Cine Brasil, el anterior al de su casa. Siempre descendía allí, prefería caminar esas diez cuadras inútiles, aun cuando lloviese, para prolongar la distancia que lo separaba del encuentro inevitable. Era la última vez que cumpliría ese trajín; los exámenes habían terminado la semana anterior, acababan de entregarles las libretas, el colegio había muerto, resucitaría tres meses después. Sus compañeros estaban alegres ante la perspectiva de las vacaciones; él, en cambio, sentía temor. El colegio constituía su único refugio. El verano lo tendría sumido en una inercia peligrosa, a merced de ellos.

En vez de tomar la avenida Salaverry, continuó por la avenida Brasil hasta el parque. Se sentó en una banca, hundió las manos en los bolsillos, se encogió un poco y permaneció inmóvil. Se sintió viejo; la vida era monótona, sin alicientes, una pesada carga. En las clases, sus compañeros hacían bromas apenas les daba la espalda el profesor: cambiaban morisquetas, bolitas de papel, sonrisas. Él los observaba, muy serio y desconcertado: ¿por qué no podía ser como ellos, vivir sin preocupaciones, tener amigos, parientes solícitos? Cerró los ojos y continuó así un largo rato, pensando en Chiclayo, en la tía Adelina, en la dichosa impaciencia con que aguardaba de niño la llegada del verano. Luego se incorporó y se dirigió hacia su casa, paso a paso.

Una cuadra antes de llegar, su corazón dio un vuelco: el coche azul estaba estacionado a la puerta. ¿Había perdido la noción del tiempo? Preguntó la hora a un transeúnte. Eran las once. Su padre nunca volvía antes de la una. Apresuró el paso. Al llegar al umbral, escuchó las voces de sus padres; discutían. «Diré que se descarriló un tranvía, que tuve que venirme a pie desde Magdalena Vieja», pensó, con la mano en el timbre.

Su padre le abrió la puerta. Estaba sonriente y en sus ojos no había el menor asomo de cólera. Extrañamente, le dio un golpe cordial en el brazo y le dijo, casi con alegría:

—Ah, al fin llegas. Justamente estábamos hablando de ti con tu madre. Pasa, pasa.

Él se sintió tranquilizado; de inmediato su cara se descompuso en esa sonrisa estúpida, desarmada e impersonal que era su mejor escudo. Su madre estaba en la sala. Lo abrazó tiernamente y él sintió inquietud: esas efusiones podían modificar el buen humor de su padre. En los últimos meses, éste lo había obligado a intervenir como árbitro o testigo en las disputas familiares. Era humillante y atroz: debía responder «sí, sí», a todas las preguntas-afirmaciones que su padre le hacía y que constituían graves acusaciones contra su madre: derroche, desorden, incompetencia, puterío. ¿Sobre qué debía testimoniar esta vez?

—Mira —dijo su padre, amablemente—. Ahí sobre la mesa, hay algo para ti.

Volvió los ojos: en la carátula vio la fachada borrosa de un gran edificio y, al pie, una inscripción en letras mayúsculas:

«El Colegio Leoncio Prado no es una antesala de la carrera militar». Alargó la mano, tomó el folleto, lo acercó a su rostro y comenzó a hojearlo con sobresalto: vio canchas de fútbol, una piscina tersa, comedores, dormitorios desiertos, limpios y ordenados. En las dos caras de la página central, una fotografía iluminada mostraba una formación de líneas perfectas, desfilando ante una tribuna; los cadetes llevaban fusiles y bayonetas. Los quepís eran blancos y las insignias doradas. En lo alto de un mástil, flameaba una bandera.

—¿No te parece formidable? —dijo el padre. Su voz era siempre cordial, pero él la conocía ya bastante, para advertir ese ligerísimo cambio en la entonación, en la vocalización, que velaba una advertencia.

—Sí —dijo inmediatamente—. Parece formidable.

—¡Claro! —dijo el padre. Hizo una pausa y se volvió a la madre—: ¿No ves? ¿No te dije que sería el primero en entusiasmarse?

—No me parece —repuso la madre, débilmente, y sin mirarlo—. Si quieres que entre ahí, haz lo que te parezca. Pero no me pidas mi opinión. No estoy de acuerdo en que vaya interno a un colegio de militares.

Él levantó la vista.

—¿Interno a un colegio de militares? —sus pupilas ardían—. Sería formidable, mamá, me gustaría mucho.

—Ah, las mujeres —dijo el padre, compasivamente—. Todas son iguales. Estúpidas y sentimentales. Nunca comprenden nada. Anda, muchacho, explica a esta mujer que entrar al Colegio Militar es lo que más te conviene.

—Ni siquiera sabe lo que es —balbuceó la madre.

—Sí sé —replicó él, con fervor—. Es lo que más me conviene. Siempre te he dicho que quería ir interno. Mi papá tiene razón.

—Muchacho —dijo el padre—. Tu madre te cree un estúpido incapaz de razonar. ¿Comprendes ahora todo el mal que te ha hecho?

—Debe ser magnífico —repitió él—. Magnífico.

—Bueno —dijo la madre—. Puesto que no hay nada que discutir, me callo. Pero conste que no me parece.

—No te he pedido tu opinión —dijo el padre—. Estas cosas las resuelvo yo. Simplemente te comunicaba una decisión.

La mujer se puso de pie y salió de la sala. El hombre se calmó al instante.

—Tienes dos meses para prepararte —le dijo—. Los exámenes deben ser fuertes, pero como no eres bruto, los aprobarás sin dificultad. ¿No es cierto?

—Estudiaré mucho —prometió él—. Haré todo lo posible por entrar.

—Eso es —dijo el padre—. Te inscribiré en una academia y te compraré los cuestionarios desarrollados. Aunque me cueste mucha plata, vale la pena. Es por tu bien. Ahí te harán un hombre. Todavía estás a tiempo para corregirte.

—Estoy seguro que aprobaré —dijo él—. Seguro.

—Bueno, ni una palabra más. ¿Estás contento? Tres años de vida militar te harán otro. Los militares saben hacer sus cosas. Te templarán el cuerpo y el espíritu. ¡Ojalá hubiera tenido yo a alguien que se preocupara de mi porvenir como yo del tuyo!

—Sí. Gracias, muchas gracias —dijo él. Y, después de un segundo, añadió, por primera vez—: Papá.

—Hoy puedes ir al cine después del almuerzo —dijo el padre—. Te daré diez soles de propina.

Los sábados a la Malpapeada le da la tristeza. Antes no era así. Al contrario, venía con nosotros a la campaña, correteaba y daba brincos al oír los disparos que le pasaban zumbando, y estaba en todas partes, y se excitaba más que los otros días. Pero después se hizo mi pata y cambió de maneras. Los sábados se ponía medio rara y se prendía a mí como una lapa, y andaba pegada a mis pies, lamiéndome y mirándome con sus legañas. Hace tiempo que me di cuenta, cada vez que regresamos de campaña y nos llevan a los baños, o si no después, al volver a la cuadra para ponerme el uniforme de salida, ella se mete debajo de la cama o se zambulle en el ropero y comienza a llorar bajito, de pena porque voy a salir. Y sigue llorando bajito cuando formamos, y me sigue, caminando con su cabeza agachada, como un alma en pena. Se para en la puerta del colegio, levanta su hocico y se pone a mirarme, y yo la siento cuando estoy lejos, incluso cuando estoy llegando a la avenida de las Palmeras, siento que la Malpapeada sigue en la puerta del colegio, frente a la Prevención, mirando la carretera por donde me he ido y esperando. Eso sí, nunca ha tratado de seguirme fuera del colegio, aunque nadie le ha dicho que se quede adentro, parece que fuera cosa de ella, como una penitencia, eso también es algo raro. Pero, cuando regreso los domingos en la noche, ahí está la perra en la puerta, toda nerviosa, corriendo entre los cadetes que entran y su hocico no se está quieto, se mueve y huele y yo sé que me siente desde lejos porque la oigo que se acerca ladrando, y, apenas me ve, brinca, para la cola y se tuerce todita de puro contenta. Es un animal bien leal, me compadezco de haberla machucado. No es que siempre la haya tratado bien, muchas veces la he molido sólo porque estaba deprimido o jugando. Y no se puede decir que la Malpapeada se enojara, más bien parecía que le gustaba, seguro creía que eran cariños. «¡Salta Malpapeada, no tengas miedo!», y la perra, arriba del ropero, roncando y ladrando, mirando con un susto, como el perro en la punta de la escalera. «¡Salta, salta Malpapeada!» y no se decidía hasta que yo me acercaba por detrás y un pequeño empujón y la perra cayendo con los pelos parados, rebotando en el suelo. Pero era en broma. Ni yo me compadecía de ella, ni la Malpapeada se molestaba aunque le doliera. Pero hoy fue distinto, le di a la mala, con intención. No se puede decir que yo tenga la culpa de todo. Hay que tener en cuenta las cosas que han pasado. El pobre cholo Cava, a cualquiera se le ponen los nervios como alambres, y el Esclavo con su pedazo de plomo en la cabeza, es natural que todos estemos muñequeados. Además, no sé por qué nos hicieron poner el uniforme azul, justamente con ese sol de verano, y todos estábamos transpirando y teníamos como diablos azules en la barriga. A qué hora lo traen, cómo estará, habrá cambiado con tantos días de encierro, debe haberse enflaquecido, a lo mejor lo tenían a pan y agua, metido en un cuarto todo el día, con los muñecos del Consejo de Oficiales, salir sólo para cuadrarse ante el coronel y los capitanes, ya me imagino las preguntas, los gritos, le deben haber sacado la mugre. Para qué, aunque serrano, se ha portado como un hombre, ni una palabra para acusar a nadie, aguantó solito el bolondrón, yo fui, yo me tiré el examen de química, yo solito, nadie sabía, rompí el vidrio y todavía me arañé las manos, miren los rasguños. Y luego otra vez la Prevención, a esperar que el soldado le pase la comida por la ventana —ya se me ocurre qué comida, la de la tropa— y a pensar lo que le hará su padre cuando vuelva a la sierra y le diga: «Me expulsaron». Su padre debe ser muy bruto, todos los serranos son muy brutos, en el colegio yo tenía un amigo que era puneño y su padre lo mandaba a veces con tremendas cicatrices de los correazos que le daba. Debe haber pasado unos días muy negros el serrano Cava, me compadezco de él. Seguro que nunca lo volveré a ver. Así es la vida, hemos estado tres años juntos y ahora se irá a la sierra y ya no volverá a estudiar, se quedará a vivir con los indios y las llamas, será un chacarero bruto. Eso es lo peor de este colegio, los años aprobados no les valen a los expulsados, han pensado muy bien en la manera de joder a la gente estos cabrones. Debe haberlas pasado muy mal estos días el serrano, y toda la sección estuvo pensando en eso, como yo, mientras nos tenían con el uniforme azul, plantados en el patio, con ese sol tan fuerte, esperando que lo trajeran. No se podía levantar la cabeza porque los ojos se ponían a llorar. Y nos tuvieron esperando un rato sin que pasara nada. Después llegaron los tenientes con sus uniformes de parada, y el mayor jefe de cuartel, y de repente llegó el coronel y entonces nos cuadramos. Los tenientes fueron a darle el parte, qué escalofríos que teníamos. Cuando el coronel habló había un silencio que daba miedo toser. Pero no sólo estábamos asustados. También entristecidos, sobre todo los de la primera, no era para menos sabiendo que dentro de un ratito iban a ponernos delante a alguien que ha estado viviendo con nosotros tanto tiempo, un muchacho al que hemos visto calato tantas veces, con el que hemos hecho tantas cosas, habría que ser de piedra para no sentir algo en el corazón. Ya el coronel había empezado a hablar con su vocecita rosquetona. Estaba blanco de cólera y decía cosas terribles contra el serrano, contra la sección, contra el año, contra todo el mundo y ahí comencé a darme cuenta que la Malpapeada estaba jode y jode con el zapato. Fuera Malpapeada, zafa de aquí perra sarnosa, anda a morderle los cordones al coronel, quédate quieta, no te aproveches del momento para fregarme la paciencia. Y no poder darle siquiera una patadita suave para que se largue. El teniente Huarina y el suboficial Morte están cuadrados a menos de un metro y si respiro me sienten, perra no abuses de las circunstancias. Detente animal feroz que el hijo de Dios nació primero que vos. Ni por ésas, nunca la vi tan porfiada, jaló y jaló el cordón hasta que lo rompió y sentí que el pie me quedaba chico dentro del zapato. Pero dije, ya se dio gusto, ahora se mandará mudar, por qué no te largaste Malpapeada, tú tienes la culpa de todo. En vez de quedarse quieta dale a joder con el otro zapato, como si se hubiera dado cuenta que yo no podía moverme ni un milímetro, ni siquiera mirarla, ni siquiera decirle palabrotas. Y en eso lo trajeron al serrano Cava. Venía en medio de dos soldados, como si fueran a fusilarlo, y estaba bien pálido. Sentí que me crecía el estómago, que me subía un jugo por la garganta, algo bien doloroso. El serrano, amarillo, marcaba el paso entre los dos soldados, también dos serranos, los tres tenían la misma cara, parecían trillizos, sólo que Cava estaba amarillo. Se acercaban por la pista de desfile y todos los miraban. Dieron la vuelta y se quedaron marcando el paso frente al batallón, a pocos metros del coronel y de los tenientes. Yo decía «por qué siguen marcando el paso» y me di cuenta que ni él ni los soldados sabían qué hacer delante de los oficiales y a nadie se le ocurría decir «firmes». Hasta que Gamboa se adelantó, hizo un gesto, y los tres se cuadraron. Los soldados retrocedieron y lo dejaron solito en el matadero y él no se atrevía a mirar a ningún lado, hermanito no sufras, el Círculo está contigo de corazón y algún día te vengaremos. Yo dije «ahorita se echa a llorar», no te eches a llorar serrano, les darías un gusto a esos mierdas, aguanta firme, bien cuadrado y sin temblar, para que aprendan. Estate quieto y tranquilo, ya verás que se acaba rápido, si puedes sonríe un poco y verás cómo les arde. Yo sentía que toda la sección era un volcán y que teníamos unas ganas de estallar. El coronel se había puesto a hablar de nuevo y le decía cosas al serrano para bajarle la moral, hay que ser perverso, hacer sufrir a un muchacho al que han fregado ya a su gusto. Le daba consejos que todos oíamos, le decía que aprovechara la lección, le contaba la vida de Leoncio Prado, que a los chilenos que lo fusilaron les dijo «quiero comandar yo mismo el pelotón de ejecución», qué tal baboso. Después tocaron la corneta y el Piraña, las mandíbulas machuca y machuca, fue hasta el serrano Cava, y yo pensaba «voy a llorar de pura rabia» y la maldita Malpapeada dale y dale a morder el zapato y la basta del pantalón, me la vas a pagar malagradecida, te vas a arrepentir de lo que haces. Aguanta serrano, ahora viene lo peor, después te irás tranquilo a la calle y no más militares, no más consignas, no más imaginarias. El serrano estaba inmóvil pero se seguía poniendo más pálido, su cara, que es tan oscura, se había blanqueado, desde lejos se notaba que le temblaba la barbilla. Pero aguantó. No retrocedió ni lloró cuando el Piraña le arrancó la insignia de la cristina y las solapas y después el emblema del bolsillo y lo dejó todo harapos, el uniforme roto y otra vez tocaron la corneta y los dos soldados se le pusieron a los lados y comenzaron a marcar el paso. El serrano casi no levantaba los pies. Después, se fueron hasta la pista de desfile. Tenía que torcer los ojos para verlo alejarse. El pobre no podía seguir el paso, se tropezaba y, a ratos, bajaba la cabeza, seguro para ver cómo le había quedado el uniforme de jodido. Los soldados, en cambio, levantaban bien las piernas para que los viera el coronel. Después los tapó el muro y yo pensé, espérate Malpapeada, sigue comiéndote el pantalón, ahora te toca tu turno, ya la vas a pagar, y todavía no nos hicieron romper filas porque el coronel volvió a hablar sobre los próceres. Ya debes estar en la calle, serrano, esperando el ómnibus, mirando la Prevención por última vez, no te olvides de nosotros, y aunque te olvides, aquí quedan tus amigos del Círculo para ocuparse de la revancha. Ya no eres un cadete, sino un civil cualquiera, puedes acercarte a un teniente o a un capitán y no tienes que saludarlo, ni cederle el asiento ni la vereda. Malpapeada, por qué mejor no das un salto y me muerdes la corbata o la nariz, haz lo que quieras, estás en tu casa. Hacía un calor terrible y el coronel seguía hablando.

Cuando Alberto salió de su casa comenzaba a oscurecer y, sin embargo, sólo eran las seis. Había demorado lo menos media hora en arreglarse, lustrar los zapatos, dominar el impetuoso remolino del cráneo, armar la onda. Incluso, se había afeitado con la navaja de su padre el vello ralo que asomaba sobre el labio superior y bajo las patillas. Fue hasta la esquina de Ocharán y Juan Fanning y silbó. Segundos después, Emilio aparecía en la ventana; también estaba acicalado.

—Son las seis —dijo Alberto—. Vuela.

—Dos minutos.

Alberto miró su reloj, compuso el pliegue del pantalón, extrajo unos milímetros el pañuelo del bolsillo de su chaqueta, se contempló con disimulo en el cristal de una ventana: la gomina cumplía bien su cometido, el peinado se conservaba intacto. Emilio salió por la puerta de servicio.

—Hay gente en la sala —le dijo a Alberto—. Hubo un almuerzo. Uf, qué asco. Todos están hechos polvo y la casa huele a whisky de arriba abajo. Y, con la borrachera, mi padre me ha fregado. Se hace el gracioso y no quiere darme la propina.

—Yo tengo plata —dijo Alberto—. ¿Quieres que te preste?

—Si vamos a algún sitio, sí. Pero, si nos quedamos en el parque Salazar, no vale la pena. Oye, ¿cómo hiciste para que te dieran propina? ¿Tu padre no ha visto la libreta de notas?

—Todavía no. Sólo la ha visto mi madre. El viejo reventará de rabia. Es la primera vez que me jalan en tres cursos. Tendré que estudiar todo el verano. Apenas podré ir a la playa. Bah, ni pensar en eso. Además, a lo mejor ni se enoja. Hay grandes líos en mi casa.

—¿Por qué?

—Anoche mi padre no vino a dormir. Apareció esta mañana, lavado y afeitado. Es un fresco.

—Sí, es un bárbaro —asintió Emilio—. Tiene montones de mujeres. ¿Y qué le dijo tu madre?

—Le tiró un cenicero. Y después se echó a llorar a gritos. Toda la vecindad debe haber oído.

Caminaban hacia Larco, por la calle Juan Fanning. Al verlos pasar, el japonés de la tienducha de los jugos de fruta donde se refugiaban hacía años después de los partidos de fulbito, los saludó con la mano. Acababan de encenderse las luces de la calle, pero las veredas continuaban en la sombra, las hojas y las ramas de los árboles detenían la luz. Al cruzar la calle Colón echaron una mirada hacia la casa de Laura. Allí solían reunirse las muchachas del barrio, antes de ir al parque Salazar, pero todavía no habían llegado: las ventanas del salón estaban a oscuras.

—Creo que iban a ir donde Matilde —dijo Emilio—. El Bebe y Pluto se fueron allá después del almuerzo —se rió—. El Bebe anda medio loco. Irse a la quinta de los Pinos y día domingo. Si no lo han visto los padres de Matilde, los matones le habrán roto el alma. Y también a Pluto, que no tiene nada que ver en el asunto.

Alberto se rió.

—Está loco por esa chica —dijo—. Templado hasta el cien.

La quinta de los Pinos está lejos del barrio, al otro lado de la avenida Larco, más allá del parque Central, cerca de los rieles del tranvía a Chorrillos. Hace algunos años, esa quinta pertenecía a territorio enemigo, pero los tiempos han cambiado, los barrios ya no constituyen dominios infranqueables. Los forasteros ambulan por Colón, Ocharán y la calle Porta, visitan a las muchachas, asisten a sus fiestas, las enamoran, las invitan al cine. A su vez, los varones han tenido que emigrar. Al principio iban en grupos de ocho o diez a recorrer otros barrios miraflorinos, los más próximos, como el de 28 de Julio y la calle Francia, y, luego, los distantes, como el de Angamos y el de la avenida Grau, donde vive Susuki, la hija del contralmirante. Algunos encontraron enamoradas en esos barrios extranjeros y se incorporaron a ellos, aunque sin renunciar a la morada solar, Diego Ferré. En ciertos barrios hallaron resistencia: burlas y sarcasmos de los hombres, desaires de las mujeres. Pero en la quinta de los Pinos la hostilidad de los muchachos del lugar se traducía en violencia. Cuando el Bebe comenzaba a rondar a Matilde, una noche lo asaltaron y le echaron un balde de agua. Sin embargo, el Bebe sigue asediando la quinta y con él otros muchachos del barrio, porque allí no sólo vive Matilde, sino también Graciela y Molly, que no tienen enamorado.

—¿No son ésas? —dijo Emilio.

—No. ¿Estás ciego? Son las García.

Estaban en la avenida Larco, a veinte metros del parque Salazar. Una serpiente avanza, despacio, por la pista, se enrosca sobre sí misma frente a la explanada, se pierde en la mancha de vehículos estacionados al borde del parque y luego aparece al otro extremo, disminuida: gira y toma nuevamente la avenida Larco, en sentido contrario. Algunos automóviles llevan la radio prendida: Alberto y Emilio escuchan músicas de baile y un torrente de voces jóvenes, risas. A diferencia de cualquier otro día de la semana, hoy las veredas de Larco que colindan con el parque Salazar están cubiertas de gente. Pero nada de eso les llama la atención: el imán que, todas las tardes de domingo, atrae hacia el parque Salazar a los miraflorinos menores de veinte años, ejerce su poder sobre ellos desde hace tiempo. No son ajenos a esa multitud sino parte de ella: van bien vestidos, perfumados, el espíritu en paz; se sienten en familia. Miran a su alrededor y encuentran rostros que les sonríen, voces que les hablan en un lenguaje que es el suyo. Son los mismos rostros que han visto mil veces en la piscina del Terrazas, en la playa de Miraflores, en La Herradura, en el Club Regatas, en los cines Ricardo Palma, Leuro o Montecarlo, los mismos que los reciben en las fiestas de los sábados. Pero no sólo conocen las facciones, la piel, los gestos de esos jóvenes que avanzan como ellos hacia la cita dominical del parque Salazar; también están al tanto de su vida, de sus problemas y de sus ambiciones; saben que Tony no es feliz a pesar del coche sport que le regaló su padre en Navidad, pues Anita Mendizábal, la muchacha que ama, es esquiva y coqueta: todo Miraflores se ha mirado en sus ojos verdes que sombrean unas pestañas largas y sedosas; saben que Vicky y Manolo, que acaban de pasar junto a ellos tomados de la mano, no llevan mucho tiempo, apenas una semana y que Paquito sufre porque es el hazmerreír de Miraflores, con sus forúnculos y su joroba; saben que Sonia partirá mañana al extranjero, tal vez por mucho tiempo, pues su padre ha sido nombrado embajador, y que ella está triste ante la perspectiva de abandonar su colegio, sus amigas y las clases de equitación. Pero, además, Alberto y Emilio saben que están unidos a esa multitud por sentimientos recíprocos: a ellos también los conocen los otros. En su ausencia se evocan sus proezas o fracasos sentimentales, se analizan sus romances, se los considera al elaborar las listas de invitados para las fiestas. Vicky y Manolo, justamente, deben estar hablando de ellos en ese momento: «¿Viste a Alberto? Helena le hizo caso después de largarlo cinco veces. Lo aceptó la semana pasada y ahora lo va a largar de nuevo. Pobrecito».

El parque Salazar está lleno de gente. Apenas franquean el sardinel que contornea los pulidos cuadriláteros de hierba, que a su vez circundan una fuente con peces rojos y amarillos y un monumento ocre, Alberto y Emilio cambian de expresión: sus bocas se despliegan ligeramente, los pómulos se recogen, las pupilas chispean, se inquietan, en una media sonrisa idéntica a la que aparece en los rostros que cruzan. Grupos de muchachos se mantienen inmóviles, apoyados en el muro del Malecón, y contemplan la rueda humana que gira al borde de los cuadriláteros, dividida en hileras que circulan en direcciones opuestas. Las parejas se saludan unas a otras, con un saludo que no altera la media sonrisa fija, sino apenas la posición de las cejas y los párpados, un movimiento rápido y mecánico que arruga momentáneamente la frente, un reconocimiento más que un saludo, una especie de santo y seña. Alberto y Emilio dan dos vueltas al parque, reconocen a sus amigos, a los conocidos, a los intrusos que vienen desde Lima, Magdalena o Chorrillos, para contemplar a esas muchachas que deben recordarles a las artistas de cine. Desde sus puestos de observación, los intrusos lanzan frases hacia la rueda humana, anzuelos que quedan flotando entre los bancos de muchachas.

—No han venido —dijo Emilio—. ¿Qué hora tienes?

—Las siete. Pero a lo mejor están por ahí y no las vemos. Laura me dijo esta mañana que vendrían de todos modos. Iba a pasar a buscar a Helena.

—Te ha dejado plantado. No sería raro. Helena se pasa la vida haciéndote perradas.

—Ahora ya no —dijo Alberto—. Eso era antes. Pero ahora está conmigo. Es distinto.

Dieron otras vueltas, observando ansiosamente a todos lados, sin encontrarlas. En cambio, divisaron a algunas parejas del barrio: el Bebe y Matilde, Tico y Graciela, Pluto y Molly.

—Ha pasado algo —dijo Alberto—. Ya deberían estar acá.

—Si vienen, te acercas tú solo —repuso Emilio, malhumorado—. Yo no acepto estas cosas, soy muy orgulloso.

—A lo mejor no es culpa de ellas. De repente no las dejaron salir.

—Cuentos. Cuando una chica quiere salir, sale aunque se acabe el mundo.

Siguieron dando vueltas, sin hablar, fumando. Media hora después, Pluto les hizo una seña. «Ahí están», les dijo, señalando una esquina. «¿Qué esperan?» Alberto se lanzó en esa dirección, atropellando a las parejas. Emilio lo siguió; murmuraba entre dientes. Naturalmente, no estaban solas; las rodeaba un círculo de intrusos. «Permiso», dijo Alberto y los sitiadores se retiraron, sin protestar. Momentos después, Emilio y Laura, Alberto y Helena, giraban también, lentamente, tomados de la mano.

—Creí que ya no ibas a venir.

—No pude salir antes. Mi mamá estaba sola y tuve que esperar a mi hermana, que había ido al cine. Y no puedo quedarme mucho rato. Tengo que volver a las ocho.

—¿Nada más hasta las ocho? Pero si casi son las siete y media.

—Todavía no. Sólo son las siete y cuarto.

—Es lo mismo.

—¿Qué te pasa? ¿Estás de mal humor?

—No, pero trata de comprender mi situación, Helena. Es terrible.

—¿Qué cosa es terrible? No entiendo lo que quieres decir.

—Quiero decir la situación de nosotros. No nos vemos nunca.

—¿No ves? Te advertí que iba a pasar esto. Por eso no quería aceptarte.

—Pero eso no tiene nada que ver. Si estamos juntos, lo más natural es que nos veamos un poco. Cuando no eras mi enamorada te dejaban salir como a las otras chicas. Pero ahora te tienen encerrada, ni que fueras una criatura. Yo creo que la culpa es de Inés.

—No hables mal de mi hermana, no me gusta que se metan con mi familia.

—Yo no me meto con tu familia, pero tu hermana es una antipática. Me odia.

—¿A ti? Ni sabe cómo te apellidas.

—Eso crees. Siempre que la veo en el Terrazas, la saludo y no me contesta. Pero varias veces la he pescado mirándome a la disimulada.

—A lo mejor le gustas.

—¿Quieres dejar de burlarte de mí? ¿Qué te pasa?

—Nada.

Alberto aprieta levemente la mano de Helena y la mira a los ojos; ella está muy seria.

—Trata de comprenderme, Helena. ¿Por qué eres así?

—¿Cómo soy? —responde ella, con sequedad.

—No sé, a ratos parece que te molestara estar conmigo. Y yo estoy cada vez más enamorado de ti. Por eso me desespera no verte.

—Yo te lo advertí. No me eches la culpa.

—He estado tras de ti más de dos años. Y cada vez que me largabas, pensaba: «Pero algún día me hará caso y entonces me olvidaré de los malos ratos que estoy pasando». Pero ha resultado peor. Antes, al menos te veía seguido.

—¿Sabes una cosa? No me gusta que me hables así.

—¿Que te hable cómo?

—Que me digas eso. Hay que ser un poco orgulloso. No me ruegues.

—Si no te estoy rogando. Te digo la verdad. ¿Acaso no eres mi enamorada? ¿Para qué quieres que sea orgulloso?

—No lo digo por mí, sino por ti. No te conviene.

—Yo soy como soy.

—Bueno, allá tú.

Él vuelve a apretarle la mano y trata de encontrar sus ojos, pero esta vez ella rehúye la mirada. Está mucho más seria y grave.

—No peleemos —dice Alberto—. Estamos tan poco juntos.

—Tengo que hablar contigo —dice ella, bruscamente.

—Sí. ¿Qué cosa?

—He estado pensando.

—¿Pensando en qué, Helena?

—En que mejor sería que quedáramos como amigos.

—¿Como amigos? ¿Quieres pelear conmigo? ¿Por lo que te he dicho? No seas sonsa. No me hagas caso.

—No, no era por eso. Lo pensé desde antes. Creo que mejor estábamos como antes. Somos muy distintos.

—Pero a mí eso no me importa. Yo estoy enamorado de ti, seas como seas.

—Pero yo no. Lo he pensado mejor y no estoy enamorada de ti.

—Ah —dice Alberto—. Ah, bueno.

Siguen en la rueda, avanzando lentamente; han olvidado que están de la mano. Recorren todavía unos veinte metros, mudos y sin mirarse. A la altura de la pileta, ella abre apenas los dedos, sin ninguna violencia, como sugiriendo algo, y él comprende y la suelta. Pero no se detienen. Así, uno junto al otro y siempre callados, dan toda una vuelta al parque, mirando a las parejas que vienen en dirección opuesta, sonriendo a los conocidos. Cuando llegan a la avenida Larco, se detienen. Se miran.

—¿Lo has pensado bien? —dice Alberto.

—Sí —responde ella—. Creo que sí.

—Bueno. En ese caso no hay nada que decir.

Ella asiente y sonríe un segundo, pero luego adopta nuevamente un rostro de circunstancias. Él le estira la mano. Helena le alcanza la suya y dice, con voz muy amable y aliviada:

—¿Pero seguiremos como amigos, no?

—Claro —responde él—. Claro que sí.

Alberto se aleja por la avenida, entre el dédalo de coches estacionados con el parachoque tocando el sardinel del parque. Va hasta Diego Ferré y tuerce. La calle está vacía. Camina por el centro de la pista, a trancos largos. Antes de llegar a Colón escucha pasos precipitados y una voz que lo llama por su nombre. Se vuelve. Es el Bebe.

—Hola —dice Alberto—. ¿Qué haces aquí? ¿Y Matilde?

—Ya se fue. Tenía que volver temprano.

El Bebe se acerca y da una palmada a Alberto, en el hombro. Luce una cara amistosa, fraternal.

—Lo siento por lo de Helena —le dice—. Pero creo que es mejor. Esa chica no te conviene.

—¿Cómo sabes? Si acabamos de pelear.

—Yo sabía desde anoche. Todos sabíamos. Pero no te dijimos nada, para no amargarte.

—No te entiendo, Bebe. Háblame claro, por favor.

—¿No te vas a amargar?

—No hombre, dime de una vez qué pasa.

—Helena se muere por Richard.

—¿Richard?

—Sí, ése de San Isidro.

—¿Quién te ha dicho eso?

—Nadie. Pero todos se han dado cuenta. Anoche estuvieron juntos donde Nati.

—¿Quieres decir en la fiesta de Nati? Mentira, Helena no fue.

—Sí fue, eso es lo que no queríamos decirte.

—Me dijo que no iba a ir.

—Por eso te digo que esa chica no te convenía.

—¿Tú la viste?

—Sí. Estuvo bailando toda la noche con Richard. Y Ana se acercó a decirle: ¿ya peleaste con Alberto? Y ella le dijo, no, pero peleo mañana de todas maneras. No te vayas a amargar por lo que te he contado.

—Bah —dice Alberto—. Me importa un pito. Ya me estaba cansando de Helena, te juro.

—Buena, hombre —dice el Bebe y le da otra palmada—. Así me gusta. Lánzate sobre otra chica, ésa es la mejor venganza, la que más arde, la más dulce. ¿Por qué no le caes a la Nati? Está regia. Y ahora está solita.

—Sí —dice Alberto—. Tal vez. No es mala idea.

Recorren la segunda cuadra de Diego Ferré y en la puerta de la casa de Alberto se despiden. El Bebe lo palmea dos o tres veces, en señal de solidaridad. Alberto entró y tomó directamente la escalera hacia su cuarto. La luz estaba encendida. Abrió la puerta; su padre, de pie, tenía la libreta de notas en la mano; su madre, sentada en la cama, parecía pensativa.

—Buenas —dijo Alberto.

—Hola, joven —dijo el padre.

Vestía de oscuro, como de costumbre, y parecía recién afeitado. Sus cabellos brillaban. Tenía una expresión aparentemente dura, pero sus ojos perdían por instantes la gravedad y, ansiosos, se proyectaban sobre los zapatos relucientes, la corbata de motas grises, el albo pañuelo del bolsillo, las manos impecables, los puños de la camisa, los pliegues del pantalón. Se examinaba con una mirada ambigua, inquieta y complacida, y luego los ojos recuperaban la supuesta dureza.

—Vine más temprano —dijo Alberto—. Me dolía un poco la cabeza.

—Debe ser la gripe —dijo la madre—. Acuéstate, Albertito.

—Antes, vamos a hablar un poco, jovencito —dijo el padre, agitando la libreta de notas—. Acabo de leer esto.

—Algunos cursos están mal —dijo Alberto—. Pero lo importante es que salvé el año.

—Cállate —dijo el padre—. No digas estupideces. (La madre lo miró, contrariada.) Esto no ha ocurrido nunca en mi familia. Se me cae la cara de vergüenza. ¿Sabes cuánto tiempo hace que nosotros ocupamos los primeros puestos en el colegio, en la universidad, en todas partes? Hace dos siglos. Si tu abuelo hubiera visto esta libreta, se habría muerto de la impresión.

—También mi familia —protestó la madre—. ¿Qué te crees? Mi padre fue ministro dos veces.

—Pero esto se acabó —dijo el padre, sin prestar atención a la madre—. Es un escándalo. No voy a dejar que eches mi apellido por el suelo. Mañana comienzas tus clases con un profesor particular para prepararte al ingreso.

—¿Ingreso adónde? —preguntó Alberto.

—Al Leoncio Prado. El internado te hará bien.

—¿Interno? —Alberto lo miró asombrado.

—No me convence del todo ese colegio —dijo la madre—. Se puede enfermar. El clima de La Perla es muy húmedo.

—¿No te importa que vaya a un colegio de cholos? —dijo Alberto.

—No, si es la única manera de que te compongas —dijo el padre—. Con los curas puedes jugar, pero no con los militares. Además, en mi familia todos hemos sido siempre muy demócratas. Y, por último, el que es gente es gente en todas partes. Ahora acuéstate y desde mañana a estudiar. Buenas noches.

—¿Adónde vas? —exclamó la madre.

—Tengo un compromiso urgente. No te preocupes. Volveré temprano.

—Pobre de mí —suspiró la madre, inclinando la cabeza.

Pero cuando rompimos filas me hice el disimulado. Ven Malpapeada, perrita, qué graciosa eres, chusquita, ven. Y vino. Todo es culpa suya, por confiada, si en ese momento se escapa, después hubiera sido otra cosa. Me compadezco de ella. Pero al ir al comedor todavía estaba furioso, me importaba un pito que la Malpapeada estuviera en el pasto con su pata encogida. Se va a quedar coja, estoy casi seguro. Mejor le hubiera salido sangre, esas heridas se curan, la piel se cierra y queda sólo una cicatriz. Pero no le salió sangre, ni ladró. La verdad, yo le había tapado el hocico con una mano y con la otra le daba vueltas a la pata como al pescuezo de la gallina que se tiró el serrano Cava, pobre. Le estaba doliendo, sus ojos decían que le estaba doliendo, toma perra para que aprendas a fregar cuando estoy en la fila, para que te aproveches, soy tu pata pero no tu cholito, nunca muerdas cuando hay oficiales delante. La perra temblaba calladita pero sólo cuando la solté me di cuenta que la había fregado, no podía pararse, se caía y su pata se había arrugado, se levantaba y se caía, se levantaba y se caía, y comenzó a aullar suavecito y de nuevo me dieron ganas de zumbarle. Pero en la tarde me vino la compasión, cuando al volver de las aulas la encontré quietecita en la hierba, en el mismo sitio de la mañana. Le dije: «Venga acá perra malcriada, venga a pedirme perdón». Ella se levantó y se cayó, dos o tres veces se levantó y se cayó y al fin pudo moverse, pero sólo con tres patas y cómo aullaba, seguro le dolía muchísimo. La he fregado, se quedará coja para siempre. Me dio pena y la cargué y quise sobarle la pata y dio un chillido, así que dije tiene algo quebrado, mejor ni la toco. La Malpapeada no es rencorosa, todavía me lamía la mano y se quedaba con la cabeza colgando entre mis brazos, yo comencé a arañarle el pescuezo y la barriga. Pero apenas la ponía en el suelo para hacerla caminar se caía o sólo daba un brinquito y le resultaba difícil hacer equilibrio con tres patas y aullaba, se nota que cuando hace cualquier esfuerzo lo siente en la pata que le machuqué. El serrano Cava no quería a la Malpapeada, la detestaba. Varias veces lo pesqué tirándole piedras, pateándola al descuido cuando yo no lo veía. Los serranos son bien hipócritas y en eso Cava era bien serrano. Mi hermano siempre dice: si quieres saber si un tipo es serrano, míralo a los ojos, verás que no aguanta y tuerce la vista. Mi hermano los conoce bien, para algo ha sido camionero. De chico yo quería ser camionero como él. Iba a la sierra, a Ayacucho, dos veces por semana, para regresar al día siguiente y eso durante años, y no recuerdo una sola vez que no llegara hablando pestes de los serranos. Se tomaba unas copas y ahí mismo empezaba a buscar un serrano, para zumbarle. Dice que lo pescaron borracho y debe ser la pura verdad, me parece imposible que si lo agarran seco lo hubieran machucado en esa forma. Algún día iré a Huancayo y sabré quiénes fueron y les pesará en el alma lo que le hicieron. Oiga, dijo el policía, ¿aquí vive la familia Valdivieso? Sí, le contesté, si es que habla de la familia de Ricardo Valdivieso y me acuerdo que mi madre me jaló de las cerdas y me metió adentro y se adelantó toda asustada y mirando al cachaco con una desconfianza le dijo: «Hay muchos Ricardo Valdivieso en el mundo y, además, nosotros no tenemos que pagar las culpas de nadie. Somos pobres, pero honrados, señor policía, usted no tiene que hacer caso de lo que dice la criatura». Pero yo ya tenía más de diez años, no era ninguna criatura. El cachaco se rió y dijo: «No es que Ricardo Valdivieso haya hecho nada, sino que está en la Asistencia Pública más cortado que una lombriz. Lo han chaveteado por todas partes y dijo que avisaran a la familia». «Fíjate cuánta plata queda en esa botella», me dijo mi madre. «Habrá que llevarle unas naranjas.» Por gusto le compramos fruta, ni pudimos dársela, estaba todo vendado, sólo se le veían los ojos.

El policía ese estuvo conversando con nosotros y nos decía, qué tal bruto, ¿usted sabe señora dónde lo cortaron? En Huancayo. ¿Y sabe dónde lo recogieron? Cerca de Chosica, qué tal bruto. Se subió a su camión y se vino a Lima lo más fresco. Cuando lo encontraron ahí, salido de la carretera, se había quedado dormido sobre el timón, yo creo que más de borracho que de herido. Y si usted viera cómo está ese camión, todo pegajoso de la sangre que este bruto vino chorreando por el camino, señora, perdóneme que se lo diga, pero es un bruto como no hay dos. ¿Usted sabe lo que le dijo el doctor? Todavía estás borracho, hombre, tú no has venido desde Huancayo en ese estado, te hubieras más que muerto a medio camino, si te han metido más de treinta chavetazos. Y mi madre le decía: sí señor policía, su padre también era así, una vez me lo trajeron medio muerto, casi ni podía hablar y quería que le fuera a comprar más licor, y como no podía levantar los brazos de tanto que le dolían, yo misma tenía que meterle a la boca la botella de pisco, se da usted cuenta qué familia. El Ricardo ha salido a su padre, para mi desgracia. Un día, como su padre, se irá y no volveremos a saber dónde anda ni qué hace. En cambio, el padre de éste (y me dio un manazo) era tranquilo, un hombre de su casa, todo lo contrario del otro. De su trabajo a su hogar y al fin de la semana me entregaba su sobre con la plata y yo le daba para sus cigarrillos y sus pasajes y el resto lo guardaba. Un hombre muy distinto del otro, señor policía, y casi no probaba licor. Pero mi hijo mayor, quiero decir ese que está ahí vendado, le tenía tirria. Y le hacía pasar muy malos ratos. Cuando el Ricardo, que todavía era un muchacho, llegaba tarde, mi pobre compañero se ponía a temblar, ya sabía que este bruto vendría borracho y empezaría a preguntar ¿dónde está ese señor que dice que es mi padrastro para conversar un poquito con él? Y mi pobre compañero se escondía en la cocina, hasta que el

Ricardo lo encontraba y lo hacía correr por toda la casa. Y tanto lo cargó, que éste también se me fue. Pero con razón. Y el cachaco se reía como una chancha de contento y el Ricardo se movía en su cama, furioso de no poder abrir la boca para decirle a su madre que se callara y no lo hiciera quedar tan mal. Mi madre le regaló una naranja al cachaco y las otras las llevamos a la casa. Y cuando el Ricardo se curó me dijo: «Cuídate siempre de los serranos, que son lo más traicionero que hay en el mundo. Nunca se te paran de frente, siempre hacen las cosas a la mala, por detrás. Esperaron que yo estuviera bien borracho, con pisco que ellos mismos me convidaron, para echárseme encima. Y, ahora, como me han quitado el brevete, no podré volver a Huancayo a arreglarles cuentas». Será por eso que los serranos siempre me han caído atravesados. Pero en el colegio había pocos, dos o tres. Y estaban acriollados. En cambio, cómo me chocó cuando entré aquí la cantidad de serranos. Son más que los costeños. Parece que se hubiera bajado toda la puna, ayacuchanos, puneños, ancashinos, cusqueños, huancaínos, carajo y son serranos completitos, como el pobre Cava. En la sección hay varios pero a él se le notaba más que a nadie. ¡Qué pelos! No me explico cómo un hombre puede tener esos pelos tan tiesos. Me consta que se avergonzaba. Quería aplastárselos y se compraba no sé qué brillantina y se bañaba en eso la cabeza para que no se le pararan los pelos y le debía doler el brazo de tanto pasarse el peine y echarse porquerías. Ya parecía que se estaban asentando, cuando, juácate, se levantaba un pelo, y después otro, y después cincuenta pelos, y mil, sobre todo de las patillas, ahí es donde los pelos se les paran como agujas a los serranos y también atrás, encima del cogote. El serrano Cava ya estaba medio loco de tanto que lo batían por sus pelos y su brillantina, que echaba un olor salvaje a podredumbre. Siempre voy a acordarme de tanto que lo batían cuando aparecía con su cabeza brillando y todos lo rodeaban y comenzaban a contar, uno, dos, tres, cuatro, a grito pelado, y antes que llegáramos a diez ya habían saltado los pelos, y él aguantando verde y los pelos saltando uno tras otro y antes que contáramos cincuenta todos sus pelos estaban como un sombrero de espinas. Eso es lo que más los friega, la pelambre. Pero a Cava más que a los otros, qué manera de tener pelos, casi no se le ve la frente, le crecen sobre las cejas, no debe ser cómodo tener esa peluca, ser un hombre sin frente, y eso era otra cosa que le fregaba mucho. Una vez lo encontraron afeitándose la frente, el negro Vallano, creo. Entró a la cuadra y dijo: «Corran que el serrano Cava se está sacando los pelos de la frente, es algo que vale la pena». Fuimos corriendo al baño de las aulas, porque hasta ahí se había ido para que nadie lo pescara, y ahí estaba el serrano con la frente enjabonada como si fuera la barba, y se metía la navaja con mucho cuidadito para no cortarse y qué tal manera de batirlo. Se puso medio loco de cólera y ésa fue la vez que se trompeó con el negro Vallano, ahí mismo, en el baño. Qué manera de sonarse, pero el negro era más fuerte, le dio sin misericordia. Y el Jaguar dijo: «Oigan, tanto que quiere quitarse los pelos, por qué no lo ayudamos». No creo que hiciera bien, el serrano era del Círculo, pero él no pierde la oportunidad de fregar. Y el negro Vallano, que estaba enterito a pesar de la pelea, fue el primero que se lanzó sobre el serrano, y después yo, y cuando lo tuvimos bien cogido, el Jaguar le echó la misma espuma que quedaba en la brocha, le embadurnó toda la frente peluda y cerca de media cabeza y comenzó a afeitarlo. Quieto serrano, la navaja se te va a meter al cráneo si te mueves. El serrano Cava hinchaba los músculos bajo mis brazos, pero no podía moverse y miraba al Jaguar con una furia. Y el Jaguar, rapa y rapa, aféitale media mitra, qué manera de batir. Y después el serrano se quedó quieto y el Jaguar le limpió la espuma con

pelos y, de pronto, le aplastó la mano en la cara: «Come, serrano, no tengas asco, espumita rica, come». Y qué manera
de reírnos cuando se paró y corrió a mirarse en el espejo.
Creo que nunca me he reído tanto como esa vez, al ver a Cava caminando delante de nosotros por la pista de desfile, con
la mitad de la cabeza afeitada y la otra mitad con los pelos tiesos, y el poeta daba saltos y gritaba: «Aquí está el último mo-
hicano, den parte a la Prevención», y todo el mundo se acercaba y el serrano iba rodeado de cadetes que lo señalaban con
el dedo y en el patio lo vieron dos suboficiales y también comenzaron a reírse y entonces al serrano no le quedó más remedio que reírse. Y después en la fila el teniente Huarina dijo: «¿Qué les pasa, mierdas, que andan riéndose como locas?
A ver, brigadieres, vengan aquí». Y los brigadieres, nada mi
teniente, efectivo completo y los suboficiales dijeron: «Un
cadete de la primera anda con la cabeza medio pelada» y
Huarina dijo: «Aquí el cadete». No había quien se aguantara
la risa cuando el serrano Cava se cuadró frente a Huarina y
éste le dijo «quítese la cristina» y él se la quitó. «Silencio»,
dijo Huarina, «¿qué es eso de reírse en la formación?», pero
él también miraba la cabeza del serrano y se le torcía la boca.
«¿Qué ha pasado, oiga?», y el serrano: «Nada mi teniente»,
«cómo que nada, usted cree que el Colegio Militar es un circo», «no mi teniente», «por qué tiene la cabeza así», «me he
cortado el pelo por el calor mi teniente», y Huarina entonces
se rió y le dijo a Cava: «Es usted una putita perdida, pero éste no es un colegio de locas, vaya a la peluquería y que lo ra-
pen, así se le van a quitar los calores y no saldrá hasta que
tenga el pelo como dice el reglamento». Pobre serrano, no
era mala gente, después nos llevamos bien. Al principio me
caía mal, sólo por ser serrano, por las cosas que le hicieron al
Ricardo. Siempre andaba batiéndolo. Cuando se reunía el
Círculo y había que sortear a uno que zumbara a uno de

cuarto y salía el serrano, yo decía mejor elegimos a otro, éste se hará chapar y nos caerán encima. Y Cava se quedaba callado, asimilando. Y, después, cuando el Círculo se deshizo y el Jaguar nos propuso: «El Círculo se acabó, pero si quieren formamos otro, nosotros cuatro», yo dije: «Nada con serranos, son unos cobardes» y el Jaguar dijo: «Esto hay que arreglarlo de una vez, nada de estas bromas entre nosotros». Lo llamó a Cava y le dijo: «El Boa nos ha dicho que eres un cobarde y que no debes formar parte del Círculo, tienes que demostrarle que está equivocado». Y el serrano dijo: «Bueno». Esa noche nos fuimos los cuatro al estadio, y nos quitamos las hombreras para que al pasar por cuarto y quinto no vieran que éramos perros y nos llevaran a tender camas. Y logramos pasar y llegamos al estadio y el Jaguar dijo: «Peleen sin decir lisuras ni gritar, las cuadras de cuarto y quinto están llenas de hijos de perra a estas horas». Y el Rulos dijo: «Mejor sería que se quitaran las camisas, no vayan a romperlas y mañana hay revista de prendas». Así que nos quitamos las camisas y el Jaguar dijo: «Comiencen cuando quieran». Yo ya sabía que el serrano no podía, pero cómo iba a pensar que resistiera tanto. Eso también había sido cierto, los serranos son bien duros para el castigo, aunque no lo parezcan, siendo tan bajitos. Y Cava es bajo, pero eso sí, muy maceteado. No tiene cuerpo, es todo cuadrado, ya me había fijado. Y cuando le daba, parecía que no le hacía nada, aguantaba lo más fresco. Pero es muy bruto, muy serrano, se me prendía del pescuezo y la cintura y no había modo de zafarse, le molía la espalda y la cabeza para que se alejara, pero al ratito volvía como un toro, qué resistencia. Y daba pena ver lo poco ágil que era. Eso también lo sabía, los serranos no saben usar los pies. Sólo los chalacos manejan las patas como se debe, mejor que las manos, ellos deben haber inventado la chalaca, pero no es fácil, cualquiera no levanta las dos patas a la vez y las planta en la cara del enemigo. Los serranos pelean sólo con las dos manos. Ni siquiera saben usar la cabeza como los criollos, y eso que la tienen dura. Creo que los chalacos son los mejores peleadores del mundo. El Jaguar dice que es de Bellavista, pero yo creo que es chalaco, en todo caso está tan cerquita. No conozco a nadie que maneje como él la cabeza y los pies. Casi no usa las manos para pelear, chalaca y cabezazo todo el tiempo, no quisiera pelearme nunca con el Jaguar. «Mejor paramos, serrano», le dije. «Como tú quieras», me contestó, «pero nunca más digas que soy un cobarde». «Pónganse las camisas», dijo el Rulos, «y límpiense las caras, ahí viene alguien, creo que son suboficiales». Pero no eran suboficiales sino cadetes de quinto. Y eran cinco. «¿Por qué están sin cristinas?», dijo uno. «Ustedes son de cuarto o perros, no disimulen.» Y otro gritó: «Cuádrense y vayan sacando la plata y los cigarrillos». Yo estaba muy cansado, me quedé quieto mientras el tipo ese me rebuscaba los bolsillos. Pero el que estaba registrando al Rulos dijo: «Éste está lleno de plata y de Incas, qué tesoro». Y el Jaguar les dijo, con su risita: «Ustedes son muy valientes porque están en quinto, ¿no?». Y uno preguntó: «¿Qué ha dicho este perro?». No se les veían las caras porque estaba oscuro. Y otro tipo dijo: «¿Quiere repetir lo que ha dicho, perro?». Y el Jaguar le dijo: «Si usted no estuviera en quinto, mi cadete, seguro que no se atrevía a sacarnos la plata y los cigarrillos». Y los cadetes se rieron. Le preguntaron: «¿Usted es muy maldito, por lo que parece?». «Sí», les dijo el Jaguar. «Una barbaridad de maldito. Y también creo que no se atreverían a meterme las manos al bolsillo si estuviéramos en la calle.» «Qué me cuentan, qué me cuentan», dijo otro, «¿oyen lo que estoy oyendo?». Y otro dijo: «Si usted quiere, cadete, podría quitarme las insignias y tirarlas al suelo y se me ocurre que también sin insignias le meto la mano donde se me antoje». «No, mi cadete», dijo el

Jaguar, «no creo que se atrevería». «Vamos a probar», dijo el cadete. Y se quitó el sacón y las insignias y al ratito el Jaguar lo había tumbado y lo machucaba contra el suelo, así que el tipo se puso a gritar: «¡Qué esperan para ayudarme!». Y los otros se echaron sobre el Jaguar y el Rulos dijo: «Esto sí que no lo permito». Y yo me fui sobre el montón, qué pelea más rara, nadie veía nada, y a ratos me caían como pedradas y yo pensaba: «Se me hace que son las patas del Jaguar». Y ahí estuvimos en el cargamontón hasta que sonó el pito y todos salimos corriendo. Qué manera de estar molidos. En la cuadra, cuando nos quitamos las camisas, los cuatro estábamos hinchados de arriba abajo y nos moríamos de risa. Toda la sección se amontonó en el baño y decían: «Cuenten». Y el poeta nos echó pasta de dientes en la cara para bajar la hinchazón. Y en la noche el Jaguar dijo: «Ha sido como el bautizo del nuevo Círculo». Y después yo fui hasta la cama del pobre Cava y le dije: «Oye, quedamos como amigos». Y él me dijo: «Por supuesto».

Bebieron las colas sin hablar. Paulino los miraba descaradamente, con sus ojos malignos. El padre de Arana bebía del pico de la botella, a tragos cortos; a veces, se quedaba con la botella suspendida sobre la boca y los ojos ausentes. Reaccionaba haciendo una mueca y volvía a tomar otro trago. Alberto bebía sin ganas, el gas le hacía cosquillas en el estómago. Procuraba no hablar, temía que el hombre se lanzara a nuevas confidencias. Miraba a un lado y a otro. No se veía a la vicuña, probablemente estaba en el estadio. El animal huía al otro extremo del colegio cuando los cadetes estaban libres. Durante las clases, en cambio, venía a recorrer el campo de hierba a pasos lentos y gimnásticos. El padre de Arana pagó las bebidas y dio a Paulino una propina. El edificio de las aulas no se veía, aún estaban sin encender las luces de la pista de desfile y la neblina había descendido hasta el suelo.

—¿Sufría mucho? —preguntó el hombre—. El sábado, al traerlo aquí. ¿Sufría mucho?

—No, señor. Estaba desmayado. Lo subieron a un coche en la avenida Progreso. Y lo trajeron directamente a la enfermería.

—Sólo nos avisaron el sábado en la tarde —dijo el hombre, con voz fatigada—. A eso de las cinco. Hacía como un mes que no salía y su madre quería venir a verlo. Siempre lo castigaban por una cosa u otra. Yo pensaba que eso lo obligaba a estudiar más. Nos llamó por teléfono el capitán Garrido. Fue algo duro para nosotros, joven. Vinimos al instante, casi choco en la Costanera. Y ni siquiera nos dejaron estar con él. Eso no habría ocurrido en una clínica.

—Si ustedes quisieran, podrían llevarlo a otra clínica. No se atreverán a prohibirles eso.

—El médico dice que ahora no se lo puede mover. Está muy grave, ésa es la verdad, para qué engañarse. Su madre se va a volver loca. Está furiosa conmigo, sabe usted, eso es lo más injusto, por lo del viernes. Las mujeres son así, todo lo tergiversan. Si yo he sido severo con el muchacho, ha sido por su bien. Pero el viernes no pasó nada, una tontería. Y me lo saca en cara todo el tiempo.

—Arana no me contó nada —dijo Alberto—. Y eso que siempre me hablaba de sus cosas.

—Le digo que no pasó nada. Vino a la casa por unas horas, le habían dado un permiso no sé por qué. Hacía un mes que no salía. Y apenas llegó quiso ir a la calle. Era una desconsideración, no es cierto, qué es eso de llegar y salir disparado de su casa. Le dije que se quedara con su madre, que tanto se desespera cuando no sale. Nada más, fíjese si no es una tontería. Y ahora ella me dice que yo lo martiricé hasta el final, ¿no es injusto y estúpido?

—Su señora debe estar nerviosa —dijo Alberto—. Es natural. Una cosa así…

—Sí, sí —dijo el hombre—. No hay manera de convencerla que descanse. Se pasa todo el día en la enfermería, esperando al médico. Y para nada. Apenas nos habla, fíjese. Calma, un poco de paciencia señores, estamos haciendo todo lo posible, ya les avisaremos. El capitán puede ser muy amable, nos quiere tranquilizar, pero hay que ponerse en nuestro caso. Parece tan increíble, después de tres años, ¿cómo le puede ocurrir a un cadete un accidente así?

—Es decir —dijo Alberto—. No se sabe. Mejor dicho…

—El capitán nos explicó —dijo el hombre—. Lo sé todo. Ya sabe usted, los militares son partidarios de la franqueza. Al pan pan y al vino vino. No hablan con rodeos.

—¿Le contó todo con detalles?

—Sí —dijo el padre—. Se me ponían los pelos de punta. Parece que el fusil chocó cuando él apretaba el gatillo. ¿Se da usted cuenta? En parte es culpa del colegio. ¿Qué clase de instrucción les dan?

—¿Le dijo que se había disparado él mismo? —lo interrumpió Alberto.

—Fue un poco brusco en eso —dijo el hombre—. No debió decirlo delante de su madre. Las mujeres son débiles. Pero los militares no tienen pelos en la lengua. Yo quería que mi hijo fuera así, una roca. ¿Sabe lo que nos dijo? En el Ejército los errores se pagan caros, así, tal como se lo cuento. Y nos dio explicaciones, que los peritos revisaron el arma, que todo funciona perfectamente, que la culpa fue sólo del muchacho. Pero yo tengo mis dudas. Yo pienso que la bala se escapó por accidente. En fin, uno no puede saber. Los militares entienden de estas cosas más que uno. Además, ahora qué importa.

—¿Le dijo todo eso? —insistió Alberto.

El padre de Arana lo miró.

—Sí. ¿Por qué?

—Por nada —repuso Alberto—. Nosotros no vimos. Estábamos en el cerro.

—Me disculpan —dijo Paulino—. Pero tengo que cerrar.

—Será mejor que vuelva a la enfermería —dijo el hombre—. Tal vez ahora podamos verlo un rato.

Se levantaron y Paulino les hizo un saludo con la mano. Volvieron a avanzar sobre la hierba. El padre de Arana caminaba con las manos a la espalda; se había subido las solapas del saco. «El Esclavo nunca me habló de él», pensó Alberto. «Ni de su madre.»

—¿Puedo pedirle un favor? —dijo—. Quisiera ver a Arana un momento. No digo ahora. Mañana, o pasado, cuando esté mejor. Usted podría hacerme entrar a su cuarto diciendo que soy un pariente, o un amigo de la familia.

—Sí —dijo el hombre—. Ya veremos. Hablaré con el capitán Garrido. Parece muy correcto. Un poco estricto, como todos los militares. Después de todo, es su oficio.

—Sí —dijo Alberto—. Los militares son así.

—¿Sabe? —dijo el hombre—. El muchacho está muy resentido conmigo. Yo me doy cuenta. Le hablaré y, si no es bruto, comprenderá que todo ha sido por su bien. Verá que las responsables son su madre y la vieja loca de Adelina.

—¿Es una tía suya, creo? —dijo Alberto.

—Sí —afirmó el hombre, enfurecido—. La histérica esa. Lo crió como a una mujercita. Le regalaba muñecas y le hacía rizos. A mí no pueden engañarme. He visto fotos que le tomaron en Chiclayo. Lo vestían con faldas y le hacían rulos, a mi propio hijo, ¿comprende usted? Se aprovecharon de que yo estaba lejos. Pero no se iban a salir con la suya.

—¿Usted viaja mucho, señor?

—No —respondió brutalmente el hombre—. No he salido nunca de Lima. Ni me interesa. Pero cuando yo lo recobré estaba maleado, era un inservible, un inútil. ¿Quién me puede culpar por haber querido hacer de él un hombre? ¿Eso es algo de que tengo que avergonzarme?

—Estoy seguro que sanará pronto —dijo Alberto—. Seguro.

—Pero tal vez he sido un poco duro —prosiguió el hombre—. Por exceso de cariño. Un cariño bien entendido. Su madre y esa loca de Adelina no pueden comprender. ¿Quiere usted un consejo? Cuando tenga hijos, póngalos lejos de la madre. No hay nada peor que las mujeres para malograr a un muchacho.

—Bueno —dijo Alberto—. Ya llegamos.

—¿Qué pasa allá? —dijo el hombre—. ¿Por qué corren?

—Es el silbato —dijo Alberto—. Para formar. Tengo que irme.

—Hasta luego —dijo el hombre—. Gracias por acompañarme.

Alberto echó a correr. Pronto alcanzó a uno de los cadetes que habían pasado antes. Era Urioste.

—Todavía no son las siete —dijo Alberto.

—El Esclavo ha muerto —dijo Urioste, jadeando—. Estamos yendo a dar la noticia.

II

Esa vez mi cumpleaños cayó día de fiesta. Mi madre me dijo: «Anda temprano donde tu padrino, que a veces se va al campo». Y me dio un sol para el pasaje. Fui hasta la casa de mi padrino, que vivía lejísimos, Bajo el Puente, pero ya no estaba. Me abrió su mujer, que nunca nos había querido. Me puso mala cara y me dijo: «Mi marido no está. Y no creo que venga hasta la noche, así que ni lo esperes». Regresé a Bellavista, de mala gana, tenía la ilusión de que mi padrino me regalara cinco soles, como todos los años. Pensaba comprarle a Tere una caja de tizas, pero esta vez como un regalo de a deveras, y también un cuaderno cuadriculado de cien páginas, su cuaderno de álgebra se había terminado. O decirle que fuéramos al cine, claro que también con su tía. Hasta saqué cuentas y con cinco soles me alcanzaba para tres plateas del Bellavista y todavía sobraban unos reales. Cuando llegué a la casa, mi madre me dijo: «Tu padrino es un desgraciado, igual que su mujer. Seguro que se hizo negar el muy mezquino». Y yo pensé que tenía razón. Entonces mi madre me dijo: «Ah, dice Tere que vayas. Vino a buscarte». «¿Ah, sí?», le dije yo; «qué raro, ¿qué querrá?». Y de veras no sabía para qué me había buscado, era la primera vez que lo hacía y sospeché algo. Pero no lo que pasó. «Se ha enterado de mi cumpleaños y me va a felicitar», decía yo. Estuve en su casa de dos saltos. Toqué la puerta y me abrió la tía. La saludé y apenas me vio se dio media vuelta y regresó a la cocina. La tía siempre me trataba así, como si yo fuera una cosa. Me quedé un momento en la puerta abierta, sin atreverme a entrar, pero en eso apareció ella, y venía sonriendo de una manera. «Hola», me dijo. «Entra.» Yo sólo le dije: «Hola», y me puse a sonreír sin ganas. «Ven», me dijo. «Vamos a mi cuarto.» Yo la seguí, muy curioso y sin decirle nada. En su cuarto abrió un cajón y se volvió con un paquete en las manos y me dijo: «Toma por tu cumpleaños». Yo le dije: «¿Cómo supiste?». Y ella me contestó: «Lo sé desde el año pasado». Yo no sabía qué hacer con el paquete, que era bien grande. Al fin, me decidí a abrirlo. Sólo tuve que desenvolverlo, pues no estaba atado. Era un papel marrón, el mismo que usaba el panadero de la esquina, y pensé que a lo mejor ella se lo había pedido especialmente. Saqué una chompa sin mangas, casi del mismo color que el papel, y ahí mismo comprendí que ella había pensado en eso, como tenía tanto gusto hizo que la chompa y la envoltura estuvieran de acuerdo. Dejé el papel en el suelo y a la vez que miraba la chompa le decía: «Ah, pero es muy bonita. Ah, muchas gracias. Ah, qué bien está». Tere decía sí con la cabeza y parecía más contenta que yo mismo. «La tejí en el colegio», me dijo; «en las clases de labor. Hice creer que era para mi hermano». Y lanzó una carcajada. Quería decir que planeó lo del regalo hacía tiempo y que entonces ella también pensaba en mí cuando yo no estaba, y eso de hacerme un regalo mostraba que me tenía por algo más que un amigo. Yo le seguía diciendo «muchas gracias, muchas gracias» y ella se reía y me decía: «¿Te gusta?, ¿de veras?; pero pruébatela». Me la puse y me estaba un poco corta, pero la estiré rápido para que no se notara y ella no lo notó, estaba tan contenta que se alababa a sí misma: «Te queda muy bien, te queda muy bien y eso que no sabía tus medidas, las saqué al cálculo». Me quité la chompa y otra vez la envolví, pero no podía hacer el paquete

269

y ella vino a mi lado y me dijo: «Suelta, qué feo lo envuelves, déjame a mí». Y ella misma lo envolvió sin una arruga y me lo entregó y entonces me dijo: «Tengo que darte el abrazo por tu cumpleaños». Y me abrazó y yo también la abracé y durante unos segundos sentí su cuerpo, y sus cabellos me rozaron la cara y otra vez oí su risa tan alegre. «¿No estás contento? ¿Por qué pones esa cara?», me preguntó y yo hice esfuerzos por reírme.

El primero en entrar fue el teniente Gamboa. Se había quitado la cristina en el pasillo, de modo que se limitó a cuadrarse y a hacer sonar los talones. El coronel estaba sentado en su escritorio. Tras él, Gamboa adivinaba, en las tinieblas desplegadas más allá de la amplia ventana, la verja exterior del colegio, la carretera y el mar. Unos segundos después se oyeron pasos. Gamboa se retiró de la puerta y continuó en posición de firmes. Entraron el capitán Garrido y el teniente Huarina. También llevaban la cristina en la correa del pantalón, entre el primero y el segundo tirante. El coronel continuaba en el escritorio y no levantaba la vista. La habitación era elegante, muy limpia, los muebles parecían charolados. El capitán Garrido se volvió hacia Gamboa; sus mandíbulas latían armoniosamente.

—¿Y los otros tenientes?

—No sé, mi capitán. Los cité para esta hora.

Momentos después entraron Calzada y Pitaluga. El coronel se puso de pie. Era mucho más bajo que todos los presentes y exageradamente gordo; tenía los cabellos casi blancos y usaba anteojos; tras los cristales se veían unos ojos grises, hundidos y desconfiados. Los miró uno por uno; los oficiales seguían cuadrados.

—Descansen —dijo el coronel—. Siéntense.

Los tenientes esperaron que el capitán Garrido eligiera su asiento. Había varios sillones de cuero, dispuestos en círculo; el capitán ocupó el que estaba junto a una lámpara de pie. Los tenientes se sentaron a su alrededor. El coronel se acercó. Los oficiales lo miraban, un poco inclinados hacia él, atentos, serios, respetuosos.

—¿Todo en orden? —dijo el coronel.

—Sí, mi coronel —repuso el capitán—. Ya está en la capilla. Han venido algunos familiares. La primera sección hace la guardia de honor. A las doce la reemplazará la segunda. Después las otras. Ya trajeron las coronas.

—¿Todas? —dijo el coronel.

—Sí, mi coronel. Yo mismo puse su tarjeta en la más grande. También trajeron la de los oficiales y la de la Asociación de Padres de Familia. Y una corona por año. Los familiares también enviaron coronas y flores.

—¿Habló usted con el presidente de la asociación para lo del entierro?

—Sí, mi coronel. Dos veces. Dijo que toda la directiva asistiría.

—¿Le hizo preguntas? —el coronel arrugó la frente—. Ese Juanes siempre está metiendo las narices en todo. ¿Qué le dijo?

—No le di detalles. Le expliqué que había muerto un cadete, sin indicar las circunstancias. Y le indiqué que habíamos encargado una corona en nombre de la asociación y que debían pagarla con sus fondos.

—Ya vendrá a hacer preguntas —dijo el coronel, mostrando el puño—. Todo el mundo vendrá a hacer preguntas. En estos casos siempre aparecen intrigantes y curiosos. Estoy seguro que esto llegará hasta el ministro.

El capitán y los tenientes lo escuchaban sin pestañear. El coronel había ido levantando la voz; sus últimas palabras eran gritos.

—Todo esto puede ser terriblemente perjudicial —añadió—. El colegio tiene enemigos. Es su gran oportunidad. Pueden aprovechar una estupidez como ésta para lanzar mil calumnias contra el establecimiento y, por supuesto, contra mí. Es preciso tomar precauciones. Para eso los he reunido.

Los oficiales acentuaron la expresión de gravedad y asintieron con movimientos de cabeza.

—¿Quién entra de servicio mañana?

—Yo, mi coronel —dijo el teniente Pitaluga.

—Bien. En la primera formación leerá una orden del día. Tome nota. Los oficiales y el alumnado deploran profundamente el accidente que ha costado la vida al cadete. Especifique que se debió a un error de él mismo. Que no quede la menor duda. Que esto sirva de advertencia, para un cumplimiento más estricto del reglamento y de las instrucciones, etcétera. Redáctela esta noche y tráigame el borrador. Lo corregiré yo mismo. ¿Quién es el teniente de la compañía del cadete?

—Yo, mi coronel —dijo Gamboa—. Primera compañía.

—Reúna a las secciones antes del entierro. Deles una pequeña conferencia. Lamentamos sinceramente lo sucedido, pero en el Ejército no se pueden cometer errores. Todo sentimentalismo es criminal. Usted se quedará a hablar conmigo de este asunto. Vamos a aclarar primero los detalles del entierro. ¿Estuvo con la familia, Garrido?

—Sí, mi coronel. Están de acuerdo en que sea a las seis de la tarde. Hablé con el padre. La madre está muy afectada.

—Irá sólo el quinto año —lo interrumpió el coronel—. Recomienden a los cadetes discreción absoluta. Los trapos sucios se lavan en casa. Pasado mañana los reuniré en el salón de actos y les hablaré. Una tontería cualquiera puede desatar un escándalo. El ministro reaccionará mal cuando se entere, no faltará quien vaya a decírselo, ya saben que estoy rodeado de enemigos. Bien, vamos por partes. Teniente Huarina, encárguese de pedir camiones a la Escuela Militar. Usted vigilará el desplazamiento. Y la devolución de los camiones a la hora debida. ¿Entendido?

—Sí, mi coronel.

—Pitaluga, vaya a la capilla. Sea amable con los familiares. Yo iré a saludarlos dentro de un momento. Que los cadetes de la guardia de honor observen la máxima disciplina. No toleraré la menor infracción durante el velorio o el entierro. Lo hago responsable. Quiero que el quinto año dé la impresión de sentir mucho la muerte del cadete. Eso constituye siempre una nota positiva.

—Por eso no se preocupe, mi coronel —dijo Gamboa—. Los cadetes de la compañía están muy impresionados.

—¿Sí? —dijo el coronel, mirando a Gamboa con sorpresa—. ¿Por qué?

—Son muy jóvenes, mi coronel —dijo Gamboa—. Los mayores tienen dieciséis años, sólo unos cuantos diecisiete. Han vivido con él casi tres años. Es natural que estén impresionados.

—¿Por qué? —insistió el coronel—. ¿Qué han dicho? ¿Qué han hecho? ¿Cómo sabe usted que están impresionados?

—No pueden dormir, mi coronel. He recorrido todas las secciones. Los cadetes están despiertos en sus camas, y hablan de Arana.

—¡En las cuadras no se puede hablar después del toque de silencio! —gritó el coronel—. ¿Cómo es posible que no lo sepa, Gamboa?

—Los he hecho callar, mi coronel. No hacen bulla, hablan en voz baja. Sólo se oye un murmullo. He ordenado a los suboficiales que recorran las cuadras.

—No me extraña que ocurran accidentes como éste en el quinto año —dijo el coronel, mostrando el puño nuevamente;

pero su puño era blanco y pequeñito, no inspiraba respeto—; los propios oficiales fomentan la indisciplina.

Gamboa no respondió.

—Pueden retirarse —dijo el coronel, dirigiéndose a Calzada, Pitaluga y Huarina—. Una vez más les recomiendo discreción absoluta.

Los oficiales se pusieron de pie, chocaron los talones y salieron. Sus pasos se perdieron en el corredor. El coronel se sentó en el sillón que ocupaba Huarina, pero, al instante, se levantó y comenzó a pasear por la habitación.

—Bueno —dijo de pronto, deteniéndose—. Ahora quiero saber lo que ha pasado. ¿Cómo ha sido?

El capitán Garrido miró a Gamboa y con un movimiento de cabeza le indicó que hablara. El teniente se volvió hacia el coronel.

—En realidad, mi coronel, todo lo que sé figura en el parte. Yo dirigía la progresión desde el otro extremo, en el flanco derecho. No vi ni sentí nada, hasta que llegamos cerca de la cumbre. El capitán tenía cargado al cadete.

—¿Y los suboficiales? —preguntó el coronel—. ¿Qué hacían mientras usted dirigía la progresión? ¿Estaban ciegos y sordos?

—Iban a la retaguardia, mi coronel, según las instrucciones. Pero tampoco notaron nada —hizo una pausa y añadió, respetuosamente—: También lo indiqué en el parte.

—¡No puede ser! —gritó el coronel; sus manos se elevaron en el aire y cayeron contra su prominente barriga; allí quedaron, asidas al cinturón. Hizo un esfuerzo por calmarse—. Es estúpido que me diga que nadie vio que un hombre caía herido. Ha debido gritar. Tenía decenas de cadetes a su alrededor. Alguien tiene que saber…

—No, mi coronel —dijo Gamboa—. La distancia entre hombre y hombre era grande. Y los saltos se daban a toda carrera. Sin duda, el cadete cayó cuando se disparaba y los balazos apagaron sus gritos, si es que gritó. En ese terreno hay hierba alta y, al caer, quedó medio oculto. Los que venían detrás no lo vieron. He interrogado a toda la compañía.

El coronel se volvió hacia el capitán.

—¿Y usted también estaba en la luna?

—Yo controlaba la progresión desde atrás, mi coronel —dijo el capitán Garrido, pestañeando; sus mandíbulas trituraban las palabras como dos moledoras. Hacía grandes ademanes—. Los grupos avanzaban alternativamente. El cadete debe haber caído herido en el momento que su línea se arrojaba al suelo. Al siguiente silbato ya no pudo levantarse y permaneció medio enterrado en la hierba. Probablemente estaba algo atrasado en relación con su columna y por eso la retaguardia, en el salto siguiente, lo dejó atrás.

—Todo eso está muy bien —dijo el coronel—. Ahora díganme realmente lo que piensan.

El capitán y Gamboa se miraron. Hubo un silencio incómodo, que ninguno se atrevía a quebrar. Finalmente, habló el capitán, en voz baja:

—Ha podido dispararse su propio fusil —miró al coronel—. Es decir, al chocar contra el suelo, pudo engancharse el gatillo en el cuerpo.

—No —dijo el coronel—. Acabo de hablar con el médico. No hay ninguna duda, la bala vino de atrás. Ha recibido el balazo en la nuca. Usted ya está viejo, sabe de sobra que los fusiles no se disparan solos. Eso está bien para decírselo a los familiares y evitar complicaciones. Pero los verdaderos responsables son ustedes —el capitán y el teniente se enderezaron ligeramente en sus asientos—. ¿Cómo se efectuaba el fuego?

—Según las instrucciones, mi coronel —dijo Gamboa—. Fuego de apoyo, alternado. Los grupos de asalto se protegían uno a otro. El fuego estaba perfectamente sincronizado. Antes de ordenar el tiro, yo comprobaba que la vanguardia estuviera a cubierto, que todos los cadetes se hallaran tendidos. Por eso dirigía la progresión desde el flanco derecho, para tener una visibilidad mayor. Ni siquiera había obstáculos naturales. En todo momento pude dominar el terreno donde operaba la compañía. No creo haber cometido ningún error, mi coronel.

—Hemos hecho el mismo ejercicio más de cinco veces este año, mi coronel —dijo el capitán—. Y los de quinto lo han hecho más de quince veces desde que están en el colegio. Además, han realizado campañas más completas, con más riesgos. Yo señalo los ejercicios de acuerdo al programa elaborado por el mayor. Nunca he ordenado maniobras que no figuren en el programa.

—Eso a mí no me importa —dijo el coronel, lentamente—. Lo que interesa es saber qué error, qué equivocación ha causado la muerte del cadete. ¡Esto no es un cuartel, señores! —levantó su puño blancuzco—. Si le cae un balazo a un soldado, se le entierra y se acabó. Pero éstos son alumnos, niños de su casa, por una cosa así se puede armar un tremendo lío. ¿Y si el cadete hubiera sido hijo de un general?

—Tengo una hipótesis, mi coronel —dijo Gamboa. El capitán se volvió a mirarlo con envidia—. Esta tarde he revisado cuidadosamente los fusiles. La mayoría son viejos y poco seguros, mi coronel, usted ya sabe. Algunos tienen desviada el alza, el guión, otros están con el interior del cañón ligeramente dañado. Esto no basta, claro está. Pero es posible que un cadete modificara la posición del alza, sin darse cuenta, y apuntara mal. La bala ha podido seguir una trayectoria rampante. Y el cadete Arana, por una desgraciada coincidencia, pudo estar en mala posición, mal cubierto. En fin, sólo es una hipótesis, mi coronel.

—La bala no cayó del cielo —dijo el coronel, más tranquilo, como si algo se hubiera resuelto—. No me dice usted nada nuevo, la bala se le escapó a uno de la retaguardia. ¡Pero esos accidentes no pueden ocurrir aquí! Lleve mañana mismo todos los fusiles a la armería. Que cambien los inservibles. Capitán, encárguese de que en las otras compañías se haga también una revisión. Pero no ahora; dejemos pasar unos días. Y con mucha prudencia: no debe trascender una palabra de este asunto. Está en juego el prestigio del colegio, e incluso el del Ejército. Felizmente, los médicos han sido muy comprensivos. Harán un informe técnico, sin hipótesis. Lo más sensato es mantener la tesis de un error cometido por el propio cadete. Hay que cortar de raíz cualquier rumor, cualquier comentario. ¿Entendido?

—Mi coronel —dijo el capitán—. Permítame hacerle observar que esta tesis me parece mucho más verosímil que la de un tiro de la retaguardia.

—¿Por qué? —dijo el coronel—. ¿Por qué más verosímil?

—Más aún, mi coronel. Yo me atrevería a afirmar que la bala salió del fusil del propio cadete. Es imposible que, apuntando a blancos situados a varios metros de altura sobre el terreno, la trayectoria de una bala sea rampante. El cadete ha podido accionar el gatillo inconscientemente, al caer sobre el fusil. He visto con mis propios ojos que los cadetes se arrojaban de manera defectuosa, sin ninguna técnica. Y el cadete Arana jamás se distinguió en las campañas.

—Después de todo, es posible —dijo el coronel, muy calmado—. Todo es posible en este mundo. ¿Y usted de qué se ríe, Gamboa?

—No me río, mi coronel. Perdóneme, pero se ha confundido.

—Así espero —dijo el coronel, palmeándose el vientre y sonriendo, por primera vez—. Y que esto les sirva de lección.

El quinto año y, sobre todo, la primera compañía, nos ha dado malos ratos, señores. Hace unos días expulsamos a un cadete que robaba exámenes, rompiendo ventanas, como un gángster de película. Ahora esto. Pongan mucho cuidado en el futuro. No hago amenazas, señores, entiéndanlo bien. Pero tengo una misión que cumplir aquí. Y ustedes también. Debemos cumplirla como militares, como peruanos. Sin contemplaciones ni sentimentalismos. Venciendo todos los obstáculos. Pueden retirarse, señores.

El capitán Garrido y el teniente Gamboa salieron. El coronel se quedó mirándolos, con expresión solemne, hasta que la puerta se cerró tras ellos. Entonces, se rascó la barriga.

Una tarde que regresaba del colegio, el flaco Higueras me dijo: «¿No te importa que vayamos a otro sitio? Prefiero no entrar a esa cantina». Le dije que no me importaba y me llevó a un bar de la avenida Sáenz Peña, oscuro y sucio. Por una puerta muy pequeña, junto al mostrador, se pasaba a un salón grande. El flaco Higueras conversó un momento con el chino que atendía; parecían conocerse mucho. El flaco pidió dos cortos y, cuando terminamos de beber, me preguntó, mirándome muy serio, si yo era un hombre tan macho como mi hermano. «No sé», le dije, «creo que sí. ¿Por qué?». «Me debes cerca de veinte soles», me respondió. «¿No es cierto?» Sentí una culebra en la espalda, ya no me acordaba que ese dinero era prestado y pensé: «Ahora me va a pedir que le pague y qué hago». Pero el flaco me dijo: «No es para cobrarte. Sólo que ya eres un hombre y necesitas plata. Yo puedo prestarte cuanto te falte. Pero para eso es necesario que la consiga. ¿Quieres ayudarme a conseguir plata?». Le pregunté qué tenía que hacer y me contestó: «Es peligroso y si te da miedo, no hemos dicho nada. Hay una casa que yo conozco y está vacía. Es de gente rica, tienen para llenar no sé cuántos cuartos de billetes, así como Atahualpa, tú ya sabes eso». «¿Quieres decir robar?», le pregunté. «Sí», dijo el flaco. «Aunque no me gusta esa palabra. Esa gente está podrida en plata y ni tú ni yo tenemos dónde caernos muertos. ¿Tienes miedo? No creas que quiero obligarte. ¿De dónde crees que conseguía tanto dinero tu hermano? Lo que tienes que hacer es muy fácil.» «No», le dije, «perdóname, pero no quiero». No tenía miedo pero me había agarrado de sorpresa y sólo pensaba cómo nunca me había dado cuenta de que mi hermano y el flaco Higueras eran ladrones. El flaco no me habló más del asunto, pidió otras dos copas y me ofreció un cigarrillo. Como siempre, me contó chistes. Era muy gracioso, cada día sabía nuevos cuentos colorados y los contaba muy bien, haciendo muecas y cambiando de voz. Abría tanto la boca para reírse que se veían sus muelas y su garganta. Yo lo escuchaba y también me reía, pero seguro notó en mi cara que pensaba en otra cosa, porque me dijo: «¿Qué te pasa?; ¿te has puesto triste por lo que te propuse? Olvídate del asunto». Yo le dije: «¿Y si un día te pescan?». Él se puso serio. «Los soplones son muy brutos», me contestó. «Y, además, son más ladrones que nadie. Pero, en fin, si me pescan me friego. Así son las cosas de la vida.» Yo quería seguir hablando de lo mismo y le pregunté: «¿Y cuánto tiempo de cárcel te darían, si te pescan?». «No sé», dijo él, «eso depende de la plata que tenga en el momento». Y me contó que una vez pescaron a mi hermano, metiéndose a una casa de La Perla. Un cachaco que pasaba por ahí le sacó la pistola y le estuvo apuntando y le decía: «Caminando para la comisaría, cinco metros adelante, o lo quemo a balazos, so ladrón». Y que mi hermano se echó a reír con gran concha y le dijo: «¿Estás borracho? Me estoy entrando ahí porque la cocinera me espera en su cama. Si quieres ver, méteme la mano al bolsillo y verás». Y dice que el cachaco dudó un momento, pero después le dio curiosidad y se le acercó. Le puse la pistola en el ojo y, mientras le hurgaba el bolsillo, le decía: «Te mueves un milímetro y te hago polvo el ojo. Si no te mueres, te quedas tuerto, así que quieto». Y cuando sacó la mano tenía un fajo de billetes. Mi hermano se echó a reír y le dijo: «Tú eres un cholo y yo soy un cholo, somos hermanos. Quédate con esa plata y déjame ir. Otro día vendré a ver a la cocinera». Y el cachaco le contestó: «Me voy a mear, ahí detrás de esa pared. Si estás aquí cuando vuelva, te cargo a la comisaría por corromper a la autoridad». Y el flaco también me contó que una vez casi los agarran a los dos, por Jesús María. Los pescaron saliendo de una casa y un cachaco comenzó a tocar silbato y ellos corrían por los techos. Al fin se tiraron a un jardín y mi hermano se torció el pie y le gritó: «Córrete que a mí ya me fundieron». Pero el flaco no quiso escaparse solo y lo fue arrastrando hasta uno de los buzones de las esquinas. Se metieron ahí y estuvieron apretados, casi sin respirar, no sé cuántas horas y después tomaron un taxi y se vinieron al Callao.

Después de esto dejé de ver al flaco Higueras varios días y pensé: «Ya lo han cogido». Pero una semana más tarde volví a verlo, en la plaza de Bellavista y volvimos a ir donde el chino a tomar una copa, a fumar y a conversar. Ese día no tocó el tema, ni tampoco el siguiente, ni los otros. Yo iba a estudiar todas las tardes donde Tere, pero no había vuelto a esperarla a la salida de su colegio porque no tenía plata. No me atrevía a pedirle al flaco Higueras y pasaba muchas horas pensando en la manera de conseguir unos soles. Una vez en el colegio nos pidieron comprar un libro y se lo dije a mi madre. Se puso furiosa, gritó que hacía milagros para que pudiéramos comer y que al año siguiente no volvería al colegio, porque ya tendría trece años y debía ponerme a trabajar. Me acuerdo que un domingo fui donde mi padrino, sin decir nada a mi madre. Tardé más de tres horas en llegar, tuve que atravesar a pie todo Lima. Antes de tocar la puerta de su casa, aguaité por la ventana a ver si lo descubría; tenía miedo que saliera su mujer, como la vez pasada, y lo negara. No salió su mujer, sino su hija, una flaca sin dientes. Me dijo que su padre estaba en la sierra y que no volvería antes de diez días. Así que no pude comprarme el libro, pero mis compañeros me lo prestaban y así hacía las tareas. Lo grave era no poder ir a buscar a Tere a su colegio, eso me tenía deprimido. Una tarde que estábamos estudiando y como su tía se había ido un momento al otro cuarto, ella me dijo: «Ya nunca has vuelto a esperarme». Y yo me puse rojo y le dije: «Pensaba ir mañana. ¿Siempre sales a las doce, no?». Y esa noche salí a la plaza de Bellavista a buscar al flaco Higueras, pero no estaba. Se me ocurrió que andaría en el bar ese de la avenida Sáenz Peña y me fui hasta allá. La cantina estaba llena de gente y de humo y había borrachos que gritaban. Al verme entrar, el chino me gritó: «Largo de aquí, mocoso». Y yo le dije: «Tengo que ver al flaco Higueras, es urgente». El chino entonces me reconoció y me señaló la puerta del fondo. El salón grande estaba más lleno que el de la entrada, con el humo casi no se podía ver, y había mujeres sentadas en las mesas o en las rodillas de los tipos, que las manoseaban y las besaban. Una de ellas me agarró la cara y me dijo: «¿Qué haces aquí, renacuajo?». Y yo le dije: «Calla, puta». Y ella se rió pero el borracho que la tenía abrazada me dijo: «Te voy a dar un cuete por insultar a la señora». En eso apareció el flaco. Cogió al borracho de un brazo y lo calmó diciéndole: «Es mi primo y el que quiera hacerle algo se las ve conmigo». «Está bien, flaco», dijo el tipo, «pero que no ande diciendo putas a mis mujeres. Hay que ser educado y, sobre todo, de chico». El flaco Higueras me puso una mano en el hombro y me llevó hasta una mesa donde había tres hombres. No conocía a ninguno; dos eran criollos y el otro serrano. Me presentó como a su amigo, hizo que me trajeran una copa. Yo le dije que quería hablarle a solas. Fuimos al urinario, y allí le dije: «Necesito plata, flaco; por lo que más quieras, préstame dos soles». Él se rió y me los dio. Pero luego me dijo: «Oye, ¿te acuerdas de lo que hablamos el otro día? Bueno, yo también quiero que me hagas un favor. Te necesito. Somos amigos y tenemos que ayudarnos. Es sólo por una vez. ¿Bueno?». Yo le contesté: «Bueno. Sólo una vez y a cambio de todo lo que te debo». «De acuerdo», me dijo. «Y si nos va bien, no te arrepentirás.» Regresamos a la mesa y les dijo a los tres tipos: «Les presento a un nuevo colega». Los tres se rieron, me abrazaron y estuvieron haciendo bromas. En eso se acercaron dos mujeres y una de ellas comenzó a fregar al flaco. Quería besarlo y el serrano le dijo: «Déjalo en paz. ¿Por qué mejor no besuqueas a la criatura?». Y ella dijo: «Con mucho gusto». Y me besó en la boca mientras los otros se reían. El flaco Higueras la separó y me dijo: «Ahora, anda vete. No vuelvas por acá. Espérame mañana a las ocho de la noche en la plaza de Bellavista, junto al cine». Me fui y traté de pensar sólo en que al día siguiente iría a esperar a Tere, pero no podía, estaba muy excitado por lo del flaco Higueras. Se me ocurría lo peor, que los cachacos nos pescarían y que me mandarían a la Correccional de La Perla por ser menor y que Tere se enteraría de todo y no querría oír hablar más de mí.

Era peor que si la capilla hubiera estado a oscuras. La media luz intermitente provocaba sombras, registraba cada movimiento y lo repetía en las paredes o en las losetas, divulgándolo a los ojos de todos los presentes, y mantenía los rostros en una penumbra lúgubre que agravaba su seriedad y la hacía hostil, casi siniestra. Y, además, había ese murmullo quejumbroso, constante (una voz que balbucea una sola palabra, con un mismo acento, la última sílaba encadenada a la primera), que llegaba hasta ellos por detrás, se hundía en sus oídos como una hebra finísima y los exasperaba. Hubieran soportado mejor que la mujer gritara, profiriese grandes exclamaciones, invocara a Dios y a la Virgen, se mesara los cabellos o llorara, pero desde que entraron guiados por el suboficial Pezoa, que los distribuyó en dos columnas, pegados a los muros de la capilla, a ambos lados del ataúd, habían escuchado ese mismo murmullo de mujer que brotaba de atrás, del sector vecino a la puerta, donde estaban las bancas y el confesionario. Sólo mucho rato después de que Pezoa les ordenó presentar armas —obedecieron sin marcialidad y sin ruido, pero con precisión— habían distinguido, tras el murmullo, movimientos o voces instantáneas, la presencia de otra gente en la capilla, además de la mujer que se quejaba. No podían mirar sus relojes: estaban en posición de firmes, a medio metro de distancia uno de otro, sin hablar. Cuando más, volvían ligeramente la cabeza para observar el ataúd, pero sólo alcanzaban a ver la superficie negra y pulida y las coronas de flores blancas. Ninguna de las personas que estaban en la parte anterior de la capilla se había acercado al ataúd. Probablemente lo habían hecho antes que ellos llegaran y ahora se ocupaban de consolar a la mujer. El capellán del colegio, con un insólito rostro contrito, había pasado varias veces en dirección al altar; regresaba hasta la puerta, sin duda se mezclaba unos instantes al grupo de personas, y luego volvía a recorrer la nave, los ojos bajos, el rostro juvenil y deportivo contraído en una expresión adecuada a la atmósfera. Pero, a pesar de haber pasado tantas veces junto al ataúd, ni una sola vez se había detenido a mirar. Hacía rato que estaban allí; a algunos les dolía el brazo por el peso del fusil. Además, hacía calor: el recinto era estrecho, todos los cirios del altar estaban encendidos y ellos vestían los uniformes de paño. Muchos transpiraban. Pero se mantenían inmóviles, los talones unidos, la mano izquierda pegada al muslo, la derecha en la culata del fusil, el cuerpo erguido. Sin embargo, esta gravedad era reciente. Cuando, un segundo después de haber abierto la puerta de la cuadra con los puños, Urioste dio la noticia (un solo grito ahogado: «¡El Esclavo ha muerto!») y vieron su rostro congestionado por la carrera, una nariz y una boca que temblaban, unas mejillas y una frente empapadas de sudor y, tras él, sobre su hombro, alcanzaron a ver el rostro del poeta, lívido y con las pupilas dilatadas, hubo incluso algunas bromas. La voz inconfundible del Rulos clamó, casi inmediatamente después del portazo: «A lo mejor se ha ido al infierno, uy, mamita». Y unos cuantos lanzaron una carcajada. Pero no eran las risas salvajemente sarcásticas de costumbre —aullidos verticales que ascendían, se congelaban y, durante unos segundos, vivían por su cuenta, emancipados de los cuerpos que los expelían—, sino unas risas muy cortas e impersonales, sin matices, defensivas. Y cuando Alberto gritó: «Si alguien hace una broma más, le saco la puta que lo parió», sus palabras se escucharon nítidamente: un silencio macizo había reemplazado a las risas. Nadie le respondió. Los cadetes permanecían en sus literas o ante los roperos, miraban las paredes malogradas por la humedad, las losetas sangrientas, el cielo sin estrellas que descubrían las ventanas, los batientes del baño que oscilaban. No decían nada, apenas se miraban entre ellos. Luego, continuaron ordenando los roperos, tendiendo las camas, encendieron cigarrillos, hojearon las copias, zurcieron los uniformes de campaña. Lentamente, se reanudaron los diálogos, aunque tampoco eran los mismos: había desaparecido el humor, la ferocidad y hasta las alusiones escabrosas, las malas palabras. Curiosamente, hablaban en voz baja, como después del toque de silencio, con frases medidas y lacónicas, sobre todos los temas salvo la muerte del Esclavo: se pedían hilo negro, retazos de tela, cigarrillos, apuntes de clases, papel de carta, copias de exámenes. Después, dando rodeos, tomando toda clase de precauciones, evitando tocar lo esencial, cambiaron preguntas —«¿a qué hora fue?»— e hicieron consideraciones laterales —«el teniente Huarina dijo que lo iban a operar otra vez, a lo mejor fue durante la operación»; «¿nos llevarán al entierro?»—. Luego, se abrieron paso cautelosas manifestaciones emotivas: «Joderse a esa edad, qué mala suerte»; «mejor se hubiera quedado seco ahí mismo, en campaña; está fregado eso de estar muriéndose tres días»; «faltaban sólo dos meses para terminar, eso se llama ser salado». Eran homenajes indirectos, variaciones sobre el mismo tema y grandes intervalos de silencio. Algunos cadetes permanecían callados y se contentaban con asentir. Después, sonó el silbato y salieron de la cuadra sin precipitarse, ordenadamente. Cruzaron el patio hacia el emplazamiento y se instalaron calmadamente en la fila; no protestaban por la colocación, se cedían los sitios unos a otros, se alineaban con sumo cuidado y, por último, se pusieron en posición de firmes por su propia voluntad, sin esperar la voz del brigadier. Y así cenaron, casi sin hablar: sentían que en el anchísimo comedor los ojos de centenares de cadetes se volvían hacia ellos y escuchaban de vez en cuando voces que salían de las mesas de los perros —«ésos son los de la primera, su sección»— y había dedos que los señalaban. Masticaban los alimentos sin empeño, ni disgusto, ni placer. Y a la salida respondieron con monosílabos o cortantes groserías a las preguntas de los cadetes de las otras secciones o de los otros años, irritados por esa curiosidad invasora. Más tarde, en la cuadra, rodearon a Arróspide y el negro Vallano dijo lo que todos sentían: «Anda dile al teniente que queremos velarlo». Y se volvió a los otros y añadió: «Al menos, me parece a mí; como era de la sección, creo que deberíamos». Y nadie se burló, algunos asintieron con la cabeza, otros dijeron: «Claro, claro». Y el brigadier fue a hablar con el teniente y regresó a decirles que se pusieran los uniformes de salida, guantes incluidos, y que lustraran los zapatos y formaran una media hora después con fusiles y bayonetas, pero sin correaje blanco. Todos insistieron en que Arróspide volviera donde el teniente a decirle que ellos querían velarlo toda la noche, pero el teniente no aceptó. Y ahora estaban allí, desde hacía una hora, en la indecisa penumbra de la capilla, escuchando el quejido monótono de la mujer, viendo de reojo el ataúd, solitario en el centro de la nave, que parecía vacío.

Pero él estaba allí. Lo supieron definitivamente cuando el teniente Pitaluga ingresó a la capilla, precedido del crujido de sus zapatos, que se superpuso al lamento de la mujer y retuvo toda su atención, mientras lo sentían aproximarse a su espalda, y lo iban viendo aparecer, de dos en dos, a medida que avanzaba, se ponía a su altura, y los dejaba atrás. Los fascinó cuando comprobaron que iba de frente al ataúd. Los ojos clavados en su nuca, lo vieron detenerse casi encima de una de las coronas, inclinar un poco la cabeza para ver mejor y quedarse así un momento, algo arqueado sobre sí mismo y tuvieron como un fugaz estremecimiento al ver que movía una mano, la llevaba a la cabeza, se sacaba la cristina y luego se persignaba rápidamente, se enderezaba, le veían el rostro abotagado y los ojos inexpresivos, y volvía a recorrer el mismo camino, en dirección contraria. Lo vieron desaparecer, de dos en dos, escucharon sus pasos que se alejaban y luego surgió otra vez el murmullo quejumbroso de la mujer invisible.

Momentos después, el teniente Pitaluga volvió a aproximarse a los cadetes y les fue diciendo al oído que podían bajar el arma y ponerse en descanso. Así lo hicieron; pronto surgió un movimiento menor: los cadetes se frotaban el hombro y lenta, imperceptiblemente, acortaban la distancia que los separaba. Las hileras se iban estrechando con un rumor suave y respetuoso, que no destruía la severidad del ambiente, sino la acentuaba. Luego oyeron la voz del teniente Pitaluga. Comprendieron de inmediato que hablaba a la mujer. Sin duda, hacía esfuerzos por hablar en voz baja, tal vez sufría al no conseguirlo. Como era ronco y, además, lo traicionaba una antigua convicción que asociaba la virilidad a la violencia de la voz humana, sus palabras eran un chorro de bruscos altibajos, del que percibían fragmentos inteligibles, el nombre de Arana, por ejemplo, que oyeron varias veces y al principio apenas reconocieron, porque el muerto era para ellos el Esclavo. La mujer no parecía prestarle atención; seguía quejándose y eso debía desconcertar al teniente Pitaluga que, por momentos, se callaba y sólo después de una larga pausa reanudaba su concierto.

«¿Qué dice Pitaluga?», preguntó Arróspide, con los dientes apretados, sin mover los labios. Estaba a la cabeza de una de las columnas. Vallano, situado detrás del brigadier, repitió y lo mismo hizo el Boa, y así la pregunta llegó a la cola de la fila. El último cadete, el más próximo a las bancas donde el teniente Pitaluga hablaba a la mujer, dijo: «Cuenta cosas del Esclavo». Y continuó repitiendo las frases que escuchaba, sin agregar ni suprimir nada, transmitiendo aun los sonidos puros. Pero era fácil reconstruir el monólogo del teniente: «Un cadete brillante, estimado de oficiales y suboficiales, un compañero modelo, un alumno aplicado y distinguido por sus profesores; todos deploran su desaparición; el vacío y la pesadumbre que reina en las cuadras; llegaba entre los primeros a la fila; era disciplinado, marcial, tenía porte, hubiera sido un excelente oficial; leal y valiente; buscaba el peligro en las campañas, se le confiaban misiones difíciles que ejecutaba sin dudas ni murmuraciones; en la vida ocurren desgracias, hay que sobreponerse al dolor; oficiales, profesores y cadetes comparten el dolor de la familia; el coronel en persona vendrá a dar su sentido pésame a los padres; será enterrado con honores; sus compañeros de año irán con uniforme de parada y armas; los de la primera llevarán las cintas; es como si la Patria hubiera perdido a uno de sus hijos; paciencia y resignación; su recuerdo formará parte de la historia del colegio; vivirá en los corazones de las nuevas promociones; la familia no debe preocuparse de nada, la administración del colegio correrá con todos los gastos del entierro; apenas ocurrida la desgracia se encargaron las coronas, la del coronel director es la más grande». A través de la improvisada correa de transmisión, los cadetes siguieron las palabras del teniente Pitaluga, sin dejar de escuchar el inacabable murmullo de la mujer; de vez en cuando, voces masculinas interrumpían brevemente a Pitaluga.

Luego llegó el coronel. Reconocieron sus pasos de gaviota, rápidos y muy cortos; Pitaluga y los otros se callaron, el quejido de la mujer se hizo más dulce, más lejano. Sin que nadie lo ordenara, se pusieron en atención. No levantaron las armas, pero juntaron los talones, endurecieron los músculos, apoyaron las manos en el cuerpo, a lo largo de la franja negra del pantalón. Cuadrados, escucharon la vocecita aguda del coronel. Hablaba más bajo que Pitaluga y el teléfono humano se había interrumpido: sólo los que estaban a la cola comprendieron lo que decía. No lo veían, pero les era fácil imaginarlo, tal como era en las actuaciones, irguiéndose ante el micro con una mirada soberbia y complacida, y elevando las manos como para mostrar que no llevaba nada escrito. Ahora también hablaba sin duda de los sagrados valores del espíritu, de la vida militar que hace a los hombres sanos y eficientes y de la disciplina, que es la base del orden. No lo veían, pero adivinaban su rostro de ceremonia, sus pequeñas manos fofas evolucionando ante los ojos enrojecidos de la mujer y apoyándose por instantes en la hebilla del cinturón que rodeaba el magnífico vientre, sus piernas entreabiertas para soportar mejor el peso de su cuerpo. Y adivinaban también los ejemplos y las moralejas que exponía, el desfile de los próceres epónimos, de los mártires de la Independencia y la guerra con Chile, los héroes inmarcesibles que habían derramado su sangre generosa por la Patria en peligro. Cuando el coronel se calló, la mujer había dejado de quejarse. Fue un momento insólito: la capilla parecía transformada. Algunos cadetes se miraron, incómodos. Pero el silencio no duró mucho rato. Pronto, el coronel, seguido del teniente Pitaluga y de un civil vestido de oscuro, avanzó hacia el ataúd y los tres estuvieron contemplándolo un momento. El coronel tenía cruzadas las manos sobre el vientre; su labio inferior avanzado ocultaba el labio superior y sus párpados estaban entrecerrados: era la expresión reservada a los acontecimientos graves. El teniente y el civil permanecían a su lado, este último tenía un pañuelo blanco en la mano. El coronel se volvió hacia Pitaluga, le dijo algo al oído y ambos se aproximaron al civil, que asintió dos o tres veces. Luego regresaron a la parte posterior de la capilla. Entonces, la mujer reanudó el murmullo. Aun después de que el teniente les indicó que salieran al patio, donde esperaba la segunda sección para reemplazarlos en la guardia, continuaron escuchando el lamento de la mujer.

Salieron uno por uno. Giraban sobre el sitio y, en puntas de pie, avanzaban hacia la puerta. Echaban miradas furtivas hacia las bancas, con la esperanza de descubrir a la mujer, pero se lo impedía un grupo de hombres —había tres, además de Pitaluga y el coronel—, que permanecían de pie, muy serios. En la pista de desfile, frente a la capilla, se hallaban los cadetes de la segunda, también en uniforme y con fusiles. Los de la primera formaron unos metros más allá, al borde del descampado. El brigadier, la cabeza metida entre los dos primeros de la fila, observaba si el alineamiento era correcto. Luego, se desplazó hacia la izquierda para contar el efectivo. Ellos esperaban, sin moverse, hablando en voz baja de la mujer, el coronel, el entierro. Después de unos minutos comenzaron a preguntarse si el teniente Pitaluga los había olvidado. Arróspide seguía subiendo y bajando a lo largo de la formación.

Cuando el oficial salió de la capilla, el brigadier ordenó atención y fue a su encuentro. El teniente le indicó que llevara la sección a la cuadra y Arróspide volvía la cabeza para ordenar la marcha, cuando de la cola brotó una voz: «Falta uno». El teniente, el brigadier y varios cadetes volvieron la vista; otras voces repetían ya: «Sí, falta uno». El teniente se aproximó. Arróspide recorría ahora las columnas a toda velocidad y, para mayor seguridad, contaba los efectivos con los dedos. «Sí, mi teniente», dijo al fin; «éramos 29 y somos 28». Entonces, alguien gritó: «Es el poeta». «Falta el cadete Fernández, mi teniente», dijo Arróspide. «¿Entró a la capilla?», preguntó Pitaluga. «Sí, mi teniente. Estaba detrás de mí.» «Con tal que no se haya muerto también», murmuró Pitaluga haciendo un gesto al brigadier para que lo siguiera.

Lo vieron apenas llegaron a la puerta. Estaba en el centro de la nave —su cuerpo les ocultaba el ataúd, pero no las coronas—, el fusil algo ladeado, la cabeza baja. El teniente y el brigadier se detuvieron en el umbral. «¿Qué hace ahí ese pelotudo?», dijo el oficial: «Sáquelo en el acto». Arróspide avanzó y, al pasar junto al grupo de civiles, su mirada cruzó la del coronel. Hizo una venia, pero no supo si el coronel le contestó, porque volvió el rostro de inmediato. Alberto no se movió cuando Arróspide lo tomó del brazo. El brigadier olvidó un momento su misión para echar una mirada al ataúd: estaba cubierto también en la parte superior de una madera negra y lisa, que remataba en un cristal empañado, a través del cual se distinguía borrosamente un rostro y un quepí. La cara del Esclavo, envuelta en una venda blanca, parecía hinchada y de color granate. Arróspide sacudió a Alberto. «Todos están formados», le dijo, «y el teniente te espera en la puerta. ¿Quieres que te consignen?». Alberto no respondió; siguió a Arróspide como un sonámbulo. En la pista de desfile, se les acercó el teniente Pitaluga. «So cabrón», dijo a Alberto, «¿le gusta mucho eso de mirar la cara a los muertos?». Alberto tampoco respondió y siguió caminando hacia la formación, donde ocupó su puesto, dócilmente, bajo la mirada de sus compañeros. Varios le preguntaron qué había ocurrido. Pero él no les hizo caso ni pareció darse cuenta minutos más tarde, cuando Vallano, que marchaba a su lado, dijo en voz bastante alta para que oyera toda la sección: «El poeta está llorando».

III

Ya está sana pero se ha quedado para siempre con su pata chueca. Debe haberse torcido algo de muy adentro, un
huesecito, un cartílago, un músculo, he tratado de enderezar-
le la pata y no había manera, está dura como un gancho de
fierro y por más que jalaba no la movía ni un tantito así. Y la
Malpapeada comenzaba a llorar y a patalear así que la he dejado tranquila. Ya medio que se ha acostumbrado. Camina un
poco raro, cayéndose a la derecha y no puede correr como
antes, da unos brincos y se para. Es natural que se canse muy
pronto, sólo tres patas la sostienen, está lisiada. Para remate
fue la de adelante, donde apoyaba su cabezota, ya nunca será
la perra que fue. En la sección le han cambiado de nombre,
ahora le dicen la Malpateada. Creo que se le ocurrió al negro
Vallano, siempre anda poniendo apodos a la gente. Todo está
cambiando, como la Malpapeada, desde que estoy aquí es la
primera vez que pasan tantas cosas en tan pocos días. Lo chapan al serrano Cava tirándose el examen de química, le hacen
su Consejo de Oficiales y le arrancan las hombreras. Ya debe
estar en su tierra el pobre, entre huanacos. Nunca habían expulsado a uno de la sección, nos ha caído la mala suerte y
cuando cae no hay quien la pare, así dice mi madre y estoy
viendo que no le falta razón. Después, el Esclavo. Qué sal-
muera, no sólo por el balazo en la cabeza, encima lo operaron
no sé cuántas veces, y encima morirse, no creo que a nadie le

haya pasado cosa peor. Aunque disimulen, todos han cambiado por estas desgracias, a mí no se me escapan las cosas. Quizá todo vuelva a ser como era, pero estos días la sección anda distinta, hasta las caras de los muchachos son distintas. Por ejemplo, el poeta es otra persona y nadie se le prende ni le dice nada, como si fuera normal verle cara de ahuevado. Ya no habla. Hace más de cuatro días que enterraron a su compinche, podía haber reaccionado ya, pero está peor. El día que se quedó clavado junto al ataúd pensé: «A éste lo hizo polvo la desgracia». La verdad, era su pata. Creo que es el único pata que tuvo en el colegio el Esclavo, digo Arana. Pero sólo en los últimos tiempos, antes también el poeta lo batía, se le prendía como todos. ¿Qué pasó para que de pronto andaran como yuntas, para arriba y para abajo? Los batían mucho, el Rulos le decía al Esclavo: «Has encontrado un marido». Y eso parecía. Andaba pegado al poeta, siguiéndolo a todas partes, mirándolo, hablándole bajito para que nadie lo oyera. Se iban al descampado a conversar tranquilos. Y el poeta comenzó a defender al Esclavo cuando lo batían. No lo hacía de frente porque es muy malicioso. Alguien comenzaba a prendérsele al Esclavo y al ratito el poeta estaba batiendo al que batía a su pata y casi siempre ganaba, el poeta cuando bate es una fiera, al menos era. Ahora ya ni se junta con nadie, ni bromea, anda solo y como durmiendo. En él se nota mucho, antes sólo esperaba la ocasión de joder a todo el mundo. Daba gusto verlo defenderse cuando alguien lo batía. «Poeta, hazme una poesía a esto» le dijo el negro Vallano y se agarró la braguera. «Ahorita te la hago», dijo el poeta, «déjame que me inspire». Y al poco rato nos la recitaba: «El pipí, donde Vallano, tiene la mano, parece un maní». Era bien fregado, sabía hacer reír a la gente, a mí se me prendió muchas veces y me daban unas ganas de machucarlo. Hizo buenas poesías a la Malpapeada, todavía tengo una copiada en el cuaderno de literatura: «Perra: minetera eres, y loca; ¿por qué no te mueres, cuando el Boa te la emboca entera?». Y casi lo muelo esa anoche que levantó a la sección y entró al baño gritando: «Miren lo que hace el Boa con la Malpapeada cuando está de imaginaria». Y era hasta respondón. Sólo que no peleaba bien, la vez que se trompeó con Gallo lo apachurraron contra la pared. Un poco acriollado el muchacho, como buen costeño, es tan flaco que me compadezco de sus sesos cuando da un cabezazo. No hay muchos blanquiñosos en el colegio, el poeta es uno de los más pasables. A los otros los tienen acomplejados, zafa, zafa, blanquiñoso mierdoso, cuidado que los cholos te hagan miau. Sólo hay dos en la sección, y Arróspide tampoco es mala gente, un terrible chancón, tres años seguidos de brigadier, vaya cráneo. Una vez vi a Arróspide en la calle, en un carrazo rojo y tenía camisita amarilla, se me salió la lengua al verlo tan bien vestido, caracho, éste es un blanquiñoso de mucho vento, debe vivir en Miraflores. Raro que los dos blanquiñosos de la sección ni se hablen, nunca han sido patas el poeta y Arróspide, cada uno por su lado, ¿tendrán miedo que uno denuncie al otro de cosas de blanquiñosos? Si yo tuviera vento y un carrazo rojo no hubiera entrado al Colegio Militar ni de a cañones. ¿Qué les aprovecha tener plata si aquí andan tan fregados como cualquiera? Una vez el Rulos le dijo al poeta: «¿Y qué haces aquí? Deberías estar en un colegio de curas». El Rulos siempre se preocupa por el poeta, a lo mejor le tiene envidia y en el fondo le gustaría ser un poeta como él. Hoy me dijo: «¿Te has fijado que el poeta se ha vuelto medio idiota?». Es la pura verdad. No es que haga cosas de idiotas, lo raro es que no hace nada. Se está todo el día tirado en la cama, haciéndose el dormido o durmiendo de veras. El Rulos por probarlo se le acercó a pedirle una novelita y él le dijo: «Ya no hago novelitas, déjame tranquilo». Tampoco sé que haya escrito cartas, antes buscaba clientes como loco, puede que ahora le sobre la plata. En las mañanas, cuando nos levantamos, el poeta ya está en la fila. Martes, miércoles, jueves, hoy en la mañana, siempre el primero en el patio, con su cara larga y mirando sabe Dios qué cosa, soñando con los ojos abiertos. Y los de su mesa dicen que no come. «El poeta está malogrado de pena», le contó Vallano a Mendoza, «deja más de la mitad de su comida y no la vende, le importa un pito que la coja cualquiera, y se la pasa sin hablar». Lo ha demolido la muerte de su yunta. Los blanquiñosos son pura pinta, cara de hombre y alma de mujer, les falta temple; éste se ha quedado enfermo, es el que más ha sentido la muerte del, de Arana.

¿Vendría este sábado? El Colegio Militar estaba muy bien, el uniforme y todo, pero qué terrible eso de no saber nunca cuándo saldría. Teresa atravesaba el portal de la plaza San Martín; los cafés y los bares bullían de parroquianos, el aire estaba colmado de brindis, risas y cervezas, y, sobre las mesas de la calle, flotaban pequeñas nubes de humo. «Me ha dicho que no va a ser militar», pensó Teresa. «¿Y si cambia de idea y entra a la Escuela de Chorrillos?» A quién le puede hacer gracia casarse con un militar, se pasan la vida en el cuartel y si hay guerra son los primeros que mueren. Además, los trasladan todo el tiempo, qué espantoso vivir en provincias y de repente hasta en la selva, con tantos zancudos y salvajes. Al pasar por el Bar Zela escuchó galanterías alarmantes, un grupo de hombres maduros levantó hacia ella media docena de copas como un haz de espadas, un joven le hizo adiós y tuvo que esquivar a un borracho que pretendía atajarla. «Pero no», pensó Teresa. «No será militar, sino ingeniero. Sólo que tendré que esperarlo cinco años. Es un montón de tiempo. Y si después no quiere casarse conmigo ya seré vieja y nadie se enamora de las viejas.» Los otros días de la semana, los portales estaban semidesiertos. Cuando pasaba al mediodía junto a mesas solitarias y quioscos de revistas, sólo veía a los lustrabotas de las esquinas y a fugaces vendedores de diarios. Ella iba apresurada a tomar el tranvía para almorzar a toda carrera y regresar a tiempo a la oficina. Pero los sábados, en cambio, recorría el atestado y ruidoso Portal más despacio, mirando siempre al frente, secretamente complacida: era agradable que los hombres la elogiaran, era agradable no tener que volver al trabajo en la tarde. Sin embargo, años atrás, los sábados eran días temibles. Su madre se quejaba y maldecía más que los otros días, porque el padre no volvía hasta muy entrada la noche. Llegaba como un huracán, traspasado de alcohol y de ira. Los ojos en llamas, la voz tronante, las descomunales manos cerradas en puño, recorría la casa como una fiera su jaula de barrotes, tambaleándose, blasfemando contra la miseria, derribando sillas y golpeando puertas, hasta rodar por el suelo, aplacado y exhausto. Entonces, lo desnudaban entre las dos y le echaban encima una frazada: era demasiado fuerte para subirlo a la cama. Otras veces, venía acompañado. Su madre se precipitaba como una furia sobre la intrusa, sus flacas manos trataban de arañarle la cara. El padre sentaba a Teresa en sus rodillas y le decía con salvaje alegría: «Mira, esto es mejor que el catchascán». Hasta que, un día, una mujer le rompió la ceja a la madre de un botellazo y tuvieron que llevarla a la Asistencia Pública. Desde entonces, se volvió un ser resignado y pacífico. Cuando el padre llegaba con otra mujer, se encogía de hombros y, arrastrando a Teresa de una mano, salía de la casa. Iban a Bellavista, donde su tía, y volvían el lunes. La casa era un hediondo cementerio de botellas y el padre dormía a pierna suelta entre un charco de vómitos, hablando en sueños contra los ricos y las injusticias de la vida. «Era bueno», pensó Teresa.

«Trabajaba toda la semana como un animal. Tomaba para olvidarse que era pobre. Pero me quería y no me hubiera abandonado.» El tranvía Lima-Chorrillos cruzaba la fachada rojiza de la Penitenciaría, la gran mole blancuzca del Palacio de Justicia y, de pronto, surgía un paraje refrescante, altos árboles de penachos móviles, estanques de aguas quietas, senderos tortuosos con flores a las márgenes y, en medio de una redonda llanura de césped, una casa encantada de muros encalados, altorrelieves, celosías y muchas puertas con aldabas de bronce que eran cabezas humanas: el parque Los Garifos. «Pero mi madre tampoco era mala», pensó Teresa. «Sólo que había sufrido mucho.» Cuando su padre murió, después de una laboriosa agonía en un hospital de caridad, su madre la llevó una noche hasta la puerta de la casa de su tía, la abrazó y le dijo: «No toques hasta que yo me vaya. Estoy harta de esta vida de perros. Ahora voy a vivir para mí y que Dios me perdone. Tu tía te cuidará». El tranvía la dejaba más cerca de su casa que el Expreso. Pero, desde el paradero del tranvía, tenía que atravesar una serie de corralones inquietantes, hervideros de hombres desgreñados y en harapos que le decían frases insolentes y a veces querían agarrarla. Esta vez nadie la molestó. Sólo vio a dos mujeres y a un perro: los tres escarbaban con empeño en unos tachos de basura, entre enjambres de moscas. Los corralones parecían vacíos. «Limpiaré todo antes del almuerzo», pensó. Transitaba ya por Lince, entre casas chatas y gastadas. «Para tener la tarde libre.»

Desde la esquina de su casa vio a media cuadra la silueta en uniforme oscuro, el quepí blanco y, al borde de la acera, un maletín de cuero. De inmediato, la sorprendió su inmovilidad de maniquí, pensó en esos centinelas clavados junto a las rejas del Palacio de Gobierno. Pero éstos eran gallardos, hinchaban el pecho y alargaban el cuello, orgullosos de sus largas botas y sus cascos con melena; Alberto, en cambio, tenía sumidos los hombros, la cabeza baja y el cuerpo como escurrido. Teresa le hizo adiós pero él no la vio. «El uniforme le queda bien», pensó Teresa. «Y cómo brillan los botones. Parece un cadete de la Naval.» Alberto levantó la cabeza cuando ella estuvo apenas a unos metros. Teresa sonrió y él alzó la mano. «¿Qué le pasa?», pensó Teresa. Alberto estaba irreconocible, envejecido. Su rostro lucía un pliegue profundo entre las cejas, sus párpados eran dos lunas negras y los huesos de los pómulos parecían a punto de desgarrar la piel, muy pálida. Tenía la mirada extraviada y los labios exangües.

—¿Acabas de salir? —dijo Teresa, escudriñando la cara de Alberto—. Creí que sólo vendrías esta tarde.

Él no respondió. La miraba con ojos vacíos, derrotados.

—Te queda bien el uniforme —dijo Teresa, en voz baja, después de unos segundos.

—No me gusta el uniforme —dijo él, con una furtiva sonrisa—. Me lo quito apenas llego a mi casa. Pero hoy no he ido a Miraflores.

Hablaba sin mover los labios y su voz era blanca, hueca.

—¿Qué ha pasado? —preguntó Teresa—. ¿Por qué estás así? ¿Te sientes mal? Dime, Alberto.

—No —dijo Alberto, desviando la mirada—. No tengo nada. Pero no quiero ir a mi casa ahora. Tenía ganas de verte —se pasó la mano por la frente y el pliegue se borró, pero sólo por un instante—. Estoy en un problema.

Teresa aguardaba, algo inclinada hacia él, y lo miraba con ternura para animarlo a seguir hablando, pero Alberto había cerrado los labios y se frotaba las manos, suavemente. Ella se sintió, de pronto, angustiada. ¿Qué decir, qué hacer para que él se mostrara confiado, cómo alentarlo, qué pensaría después de ella? Su corazón se había puesto a latir muy rápido. Dudó un momento todavía. De improviso, dio un paso hacia Alberto y le tomó la mano.

—Ven a mi casa —dijo—. Quédate a almorzar con nosotros.

—¿A almorzar? —dijo Alberto, desconcertado; otra vez se pasó la mano por la frente—. No, no molestes a tu tía. Comeré algo por aquí y te vendré a buscar después.

—Ven, ven —insistió ella, recogiendo el maletín del suelo—. No seas sonso. Mi tía no se va a molestar. Ven conmigo.

Alberto la siguió. En la puerta, Teresa le soltó la mano; se mordió los labios y le dijo en un susurro: «No me gusta verte triste». La mirada de él pareció humanizarse, su rostro sonreía ahora agradecido y bajaba hacia ella. Se besaron en la boca, muy rápido. Teresa tocó la puerta. La tía no reconoció a Alberto; sus ojillos lo observaron con desconfianza, recorrieron intrigados su uniforme, se iluminaron al encontrar su rostro. Una sonrisa ensanchó su cara gorda. Se limpió la mano en la falda y se la extendió mientras su boca expulsaba un chorro de saludos:

—¿Cómo está, cómo está, señor Alberto? ¡Qué gusto!, pase, pase. ¡Qué gusto de verlo! No lo había reconocido con ese uniforme tan bonito que tiene. Yo decía, ¿quién es, quién es? y no me daba cuenta. Me estoy quedando ciega por el humo de la cocina, sabe usted, y también por la vejez. Pase, señor Alberto, qué gusto de verlo.

Apenas entraron, Teresa se dirigió a la tía:

—Alberto se quedará a almorzar con nosotras.

—¿Ah? —dijo la tía, como tocada por el rayo—. ¿Qué?

—Se va a quedar a almorzar con nosotras —repitió Teresa. Sus ojos imploraban a la mujer que no mostrara ese asombro desmedido, que hiciera un gesto de asentimiento. Pero la tía no salía de su pasmo: los ojos muy abiertos, el labio inferior caído, la frente constelada de arrugas, parecía en éxtasis. Al fin, reaccionó y, con una mueca agria, ordenó a Teresa:

—Ven aquí.

Dio media vuelta y, retorciendo el cuerpo al andar como un pesado camello, entró a la cocina. Teresa fue tras ella, cerró la cortina e inmediatamente se llevó un dedo a la boca, pero era inútil: la tía no decía nada, sólo la miraba iracunda y le mostraba las uñas. Teresa le habló al oído:

—El chino te puede fiar hasta el martes. No digas nada, que no te oiga, después te explico. Tiene que quedarse con nosotras. No te enojes, por favor, tía. Anda, estoy segura que te fiará.

—Idiota —bramó la tía, pero en el acto bajó la voz y se llevó un dedo a la boca. Murmuró—: Idiota. ¿Te has vuelto loca, quieres matarme a colerones? Hace años que el chino no me fía nada. Le debemos plata y no puedo asomarme por ahí. Idiota.

—Ruégale —dijo Teresa—. Haz cualquier cosa.

—Idiota —exclamó la tía y volvió a bajar la voz—. Sólo hay dos platos. ¿Le vas a dar una sopa apenas? No hay ni pan.

—Anda, tía —insistió Teresa—. Por lo que más quieras.

Y, sin esperar su respuesta, regresó a la sala. Alberto estaba sentado. Había puesto el maletín en el suelo y encima el quepí. Teresa se sentó junto a él. Vio que sus cabellos estaban sucios y alborotados como una cresta. Volvió a abrirse la cortina y apareció la tía. Su rostro, todavía enrojecido por la cólera, desplegaba una porfiada sonrisa.

—Ya vengo, señor Alberto. Vuelvo ahorita. Tengo que salir un momentito, sabe usted— miró a Teresa con ojos fulminantes—: Anda a fijarte en la cocina.

Salió dando un portazo.

—¿Qué te pasó el sábado? —preguntó Teresa—. ¿Por qué no saliste?

—Ha muerto Arana —dijo Alberto—. Lo enterraron el martes.

—¿Cómo? —dijo ella—. ¿Arana, el de la esquina? ¿Ha muerto? Pero, no puede ser. ¿Quieres decir Ricardo Arana?

—Lo velaron en el colegio —dijo Alberto; su voz no expresaba emoción alguna, sólo cierto cansancio; sus ojos parecían nuevamente ausentes—. No lo trajeron a su casa. Fue el sábado pasado. En la campaña. Hacíamos práctica de tiro. Le cayó un balazo en la cabeza.

—Pero —dijo Teresa cuando él calló; se la notaba confusa—. Yo lo conocía muy poco. Pero me da mucha pena. ¡Es horrible! —le puso una mano en el hombro—. ¿Estaba en tu misma sección, no? ¿Es por eso que estás triste?

—En parte, sí —dijo él, con lentitud—. Era mi amigo. Y, además…

—Sí, sí —dijo Teresa—. ¿Por qué estás tan cambiado? ¿Qué otra cosa ha ocurrido? —se acercó a él y lo besó en la mejilla; Alberto no se movió y ella se enderezó, encarnada.

—¿Te parece poco? —dijo Alberto—. ¿Te parece poco que se muriera así? Y yo ni siquiera pude hablar con él. Creía que era su amigo y yo… ¿Te parece poco?

—¿Por qué me hablas en ese tono? —dijo Teresa—. Dime la verdad, Alberto. ¿Por qué estás enojado conmigo? ¿Te han dicho algo de mí?

—¿No te importa que se haya muerto Arana? —dijo él—. ¿No ves que estoy hablando del Esclavo? ¿Por qué cambias de tema? Sólo piensas en ti y… —no siguió porque al oírlo gritar los ojos de Teresa se habían llenado de lágrimas; sus labios temblaban—. Lo siento… Estoy diciendo tonterías. No quería gritarte. Sólo que han pasado muchas cosas, estoy muy nervioso. No llores, por favor, Teresita.

La atrajo hacia él, Teresa apoyó la cabeza en su hombro y permanecieron así un momento. Luego Alberto la besó en las mejillas, en los ojos y, largamente, en la boca.

—Claro que me da mucha pena —dijo Teresa—. Pobrecito. Pero te veía tan preocupado que me dio miedo, creí que estabas molesto conmigo por algo. Y cuando me gritaste fue terrible, nunca te había visto furioso. Cómo tenías los ojos.

—Teresa —dijo él—. Yo quería contarte algo.

—Sí —dijo ella; tenía las mejillas incendiadas y sonreía con gran alegría—. Cuéntame, quiero saber todas tus cosas.

Él cerró la boca de golpe y la zozobra de su rostro se disolvió en una desalentada sonrisa.

—¿Qué cosa? —dijo ella—. Cuéntame, Alberto.

—Que te quiero mucho —dijo él.

Al abrirse la puerta, se separaron con precipitación: el maletín de cuero se volcó, el quepí rodó al suelo y Alberto se inclinó a recogerlo. La tía le sonreía beatíficamente. Llevaba un paquete en las manos. Mientras preparaba la comida, ayudada por Teresa, ésta enviaba a Alberto, a espaldas de su tía, besos volados. Luego hablaron del tiempo, del verano próximo y de las buenas películas. Sólo mientras comían, Teresa reveló a su tía la muerte de Arana. La mujer lamentó a grandes voces la tragedia, se persignó muchas veces, compadeció a los padres, a la pobre madre sobre todo, y afirmó que Dios mandaba siempre las peores desgracias a las familias más buenas, nadie sabía por qué. Pareció que también iba a llorar, pero se limitó a restregarse los ojos secos y a estornudar. Acabando el almuerzo, Alberto anunció que se marchaba. En la puerta de calle, Teresa volvió a preguntarle:

—¿De veras no estás enojado conmigo?

—No, te juro que no. ¿Por qué podría enojarme contigo? Pero quizá no nos veamos un tiempo. Escríbeme al colegio todas las semanas. Ya te explicaré todo después.

Más tarde, cuando Alberto ya había desaparecido de su vista, Teresa se sintió perpleja. ¿Qué significaba esa advertencia, por qué había partido así? Y entonces tuvo una revelación:

«Se ha enamorado de otra chica y no se atrevió a decírmelo porque lo invité a almorzar».

La primera vez fuimos a La Perla. El flaco Higueras me preguntó si no me importaba caminar o si quería tomar el ómnibus. Bajamos por la avenida Progreso, hablando de todo menos de lo que íbamos a hacer. El flaco no parecía nervioso, al contrario, estaba mucho más tranquilo que de costumbre y yo pensé que quería darme ánimos, me sentía enfermo de miedo. El flaco se quitó la chompa, dijo que hacía calor. Yo tenía mucho frío, me temblaba el cuerpo y tres veces me paré a orinar. Cuando llegamos al Hospital Carrión, salió de entre los árboles un hombre. Di un brinco y grité: «Flaco, los tombos». Era uno de los tipos que estaban con Higueras, la noche anterior, en la chingana de Sáenz Peña. Él sí estaba muy serio y parecía nervioso. Hablaba con el flaco en jerga, no le comprendía muy bien. Seguimos caminando y, después de un rato, el flaco dijo: «Cortemos por aquí». Nos salimos de la pista y seguimos por el descampado. Estaba oscuro y yo me tropezaba todo el tiempo. Antes de llegar a la avenida de las Palmeras, el flaco dijo: «Aquí podemos hacer una pascana para ponernos de acuerdo». Nos sentamos y el flaco me explicó lo que tenía que hacer. Me dijo que la casa estaba vacía y que ellos me ayudarían a subir al techo. Tenía que descolgarme a un jardín y pasar al interior por una ventana muy pequeña, sin vidrios. Luego, abrirles alguna de las ventanas que daban a la calle, salir y volver al sitio donde estábamos. Allí los esperaría. El flaco me repitió varias veces las instrucciones y me indicó con mucho cuidado en qué parte del jardín se encontraba la ventanilla sin vidrios. Parecía conocer perfectamente la casa, me describió con detalles cómo eran las habitaciones. Yo no le hacía preguntas sobre lo que tenía que

303

hacer, sino sobre lo que podía pasarme: «¿Estás seguro que no hay nadie? ¿Y si hay perros? ¿Qué hago si me agarran?». Con mucha paciencia, el flaco me tranquilizaba. Después, se volvió hacia el otro y le dijo: «Anda, Culepe». Culepe se fue hacia la avenida de las Palmeras y al poco rato lo perdimos de vista. Entonces el flaco me preguntó: «¿Tienes miedo?». «Sí», le dije. «Un poco.» «Yo también», me contestó. «No te preocupes. Todos tenemos miedo.» Un momento después, silbaron. El flaco se levantó y me dijo: «Vamos. Ese silbido quiere decir que no hay nadie cerca». Yo comencé a temblar y le dije: «Flaco, mejor me regreso a Bellavista». «No seas tonto», me dijo. «En media hora hemos acabado.» Fuimos hasta la avenida y ahí apareció otra vez Culepe. «Todo parece un cementerio», nos dijo. «No hay ni gatos.» Era una casa grande como un castillo, a oscuras. Dimos la vuelta a los muros y, en la parte de atrás, el flaco y Culepe me cargaron hasta que pude cogerme del techo y trepar. Cuando estuve arriba, se me fue el miedo. Quería hacer todo muy rápido. Atravesé el techo y vi que el árbol del jardín estaba muy cerca del muro, como me había dicho el flaco. Pude bajar sin hacer ruido ni arañarme. La ventanilla sin vidrios era muy chica y me asusté al ver que tenía alambre. «Me ha engañado», pensé. Pero el alambre estaba oxidado y apenas lo empujé se hizo trizas. Me costó mucho trabajo pasar, me raspé la espalda y las piernas y un momento creí que me iba a quedar atracado. Adentro de la casa no se veía nada. Me daba de bruces contra los muebles y las paredes. Cada vez que entraba a una habitación, creía que iba a ver las ventanas que daban a la calle y sólo había tinieblas. Con los nervios, hacía mucho ruido y no podía orientarme. Pasaban los minutos y no encontraba las ventanas. En una de ésas choqué contra una mesa y eché al suelo un florero o algo así que se hizo añicos. Casi lloré al ver en un rincón unas rayitas de luz, no había visto las ventanas porque las ocultaban unas cortinas muy gruesas. Espié y ahí estaba la avenida de las Palmeras, pero no vi ni al flaco ni a Culepe y me dio un susto horrible. Pensé: «Vino la policía y me dejaron solo». Estuve mirando un rato a ver si aparecían. En eso me entró una gran decepción y dije, qué me importa, después de todo soy menor y sólo me llevarán al reformatorio. Abrí la ventana y salté a la calle. Apenas había tocado el suelo, sentí pasos y oí la voz del flaco que me decía: «Bien, muchacho. Ahora anda a la hierbita y no te muevas». Eché a correr, crucé la pista y me tendí. Me puse a pensar en lo que haría si de pronto llegaban los cachacos. A ratos me olvidaba que estaba allí y me parecía que todo era un sueño y que estaba en mi cama y se me aparecía la cara de Tere y me venían unas ganas de verla y de hablarle. Estaba tan distraído pensando en eso, que no sentí al flaco y a Culepe cuando regresaron. Volvimos a Bellavista por el descampado, sin subir a la avenida Progreso. El flaco había sacado muchas cosas. En los árboles que están frente al Hospital Carrión nos detuvimos y el flaco y Culepe hicieron varios paquetes. Se despidieron antes de entrar a la ciudad. Culepe me dijo: «Pasaste la prueba de fuego, compañero». El flaco me dio algunos paquetes, que escondí entre la ropa, y nos sacudimos los pantalones y nos limpiamos los zapatos que estaban enterrados. Después, nos fuimos hasta la plaza, caminando tranquilamente. El flaco me contaba chistes y yo me reía a carcajadas. Me acompañó hasta la puerta de mi casa y ahí me dijo: «Te has portado como un buen compañero. Mañana nos veremos y te daré tu parte». Yo le dije que necesitaba dinero con urgencia, aunque fuera un poquito. Me dio un billete de diez soles. «Esto es sólo una parte», me dijo. «Mañana te daré más si es que esta misma noche vendo lo que sacamos.» Yo nunca había tenido tanta plata. Pensaba todo lo que podría hacer con diez soles y se me ocurrían muchas cosas pero no me decidía por ninguna;

sólo estaba seguro que al día siguiente gastaría cinco reales en ir a Lima. Pensé: «Le llevaré un regalo». Estuve horas tratando de encontrar lo que más convenía. Se me ocurrían las cosas más raras, desde cuadernos y tizas hasta caramelos y un canario. A la mañana siguiente, cuando salí del colegio, todavía no había elegido. Y entonces me acordé que ella se había prestado una vez, del panadero, un chiste para leer las historietas. Fui hasta un puesto de periódicos y compré tres chistes: dos de aventuras y el otro romántico. En el tranvía me sentía muy contento y se me venían a la cabeza muchas ideas. La esperé como siempre en la tienda de Alfonso Ugarte, y, cuando salió, me acerqué inmediatamente. Nos dimos la mano y empezamos a conversar de su colegio. Yo tenía las revistas bajo el brazo. Cuando cruzamos la plaza Bolognesi, ella, que las miraba de reojo hacía rato, me dijo: «¿Tienes chistes? Qué bien. ¿Me los prestas cuando los leas?». Yo le dije: «Los he comprado para regalártelos». Y ella me dijo: «¿De veras?». «Claro», le contesté. «Tómalos.» Me dijo: «Muchas gracias», y se puso a hojearlos mientras caminábamos. Me di cuenta que el primero que vio y en el que más se demoró fue el romántico. Pensé: «Debí comprarle tres románticos, a ella no le pueden interesar las aventuras». Y en la avenida Arica, me dijo: «Cuando los lea, te los presto». Le dije que bueno. No hablamos durante un rato. De pronto ella me dijo: «Eres muy bueno». Yo me reí y sólo contesté: «No creas».

«DEBÍA HABERLE dicho y a lo mejor me daba un consejo, ¿tú crees que lo que voy a hacer es peor y que el único fregado seré yo? ¿Estoy seguro, quién está seguro? A mí no puedes engañarme, hijo de perra, he visto la cara que tienes, te juro que las vas a pagar caro. Pero ¿debía?» Alberto mira y, con sorpresa, descubre ante él la vasta explanada cubierta de hierba donde se emplazan los cadetes del Leoncio Prado el 28 de julio, para el desfile. ¿Cómo ha llegado al Campo de Marte? La explanada desierta, el frío suave, la brisa, la luz del crepúsculo que cae sobre la ciudad como una lluvia parda, le recuerdan el colegio. Mira su reloj: camina sin rumbo hace tres horas. «Ir a mi casa, acostarme, llamar al médico, tomar una pastilla, dormir un mes, olvidarme de todo, de mi nombre, de Teresa, del colegio, ser toda la vida un enfermo, pero con tal de no acordarme.» Da media vuelta y desanda el camino que acaba de hacer. Se para junto al monumento a Jorge Chávez; en la penumbra, el compacto triángulo y sus estatuas volantes parecen de brea. Un río de automóviles anega la avenida y él espera en la esquina, con otros transeúntes. Pero cuando el río se detiene y las personas que lo rodean cruzan la pista ante una muralla de parachoques, él permanece en el sitio, mirando estúpidamente la luz roja del semáforo. «Si se pudiera retroceder y hacer las cosas de nuevo y, por ejemplo, esa noche, decirle dónde está el Jaguar, no está, chau, y a mí qué diablos que le robaran su sacón, cada uno se las arregla como puede, nada más que eso y yo estaría tranquilo, sin problemas, oyendo a mi mamá, Albertito, tu papá siempre lo mismo, con las malas mujeres día y noche, noche y día con las polillas, hijito, siempre lo mismo.» Ahora está en el paradero del Expreso, en la avenida 28 de Julio, y ha dejado atrás el bar. Al pasar lo miró sólo de reojo, pero todavía recuerda el ruido, la claridad hiriente y el humo que salían hasta la calle. Viene un Expreso, la gente sube, el conductor le pregunta: «¿Y usted?», y como él lo mira con indiferencia, se encoge de hombros y cierra la puerta. Alberto gira y, por tercera vez, recorre el mismo sector de la avenida. Llega a la puerta del bar y entra. El ruido lo amenaza de todas direcciones, la luz lo ciega y pestañea varias veces. Consigue llegar al mostrador entre cuerpos que huelen a alcohol y a tabaco. Pide una guía telefónica. «Se lo estarán comiendo a poquitos, si comenzaron por los ojos que son tan blandos, ya deben estar en el cuello, ya se tragaron la nariz, las orejas, se le han metido dentro de las uñas como piques y están devorando la carne, qué banquete se deben estar dando. Debí llamar antes que empezaran a comérselo, antes que lo enterraran, antes que se muriera, antes.» El bullicio lo martiriza, le impide concentrarse lo suficiente para localizar, entre las columnas de nombres, el apellido que busca. Finalmente, lo encuentra. Levanta de golpe el auricular, pero, cuando va a marcar el número, su mano queda suspendida a milímetros del tablero; en sus oídos resuena ahora un pito estridente. Sus ojos perciben a un metro, tras el mostrador, una casaca blanca, con las solapas arrugadas. Marca el número y escucha la llamada: un silencio, un espasmo sonoro, un silencio. Echa un vistazo alrededor. Alguien, en una esquina del bar, brinda por una mujer: otros contestan y repiten un nombre. La campanilla del teléfono sigue llamando, con intervalos idénticos. «¿Quién es?», dice una voz. Queda mudo; su garganta es un trozo de hielo. La sombra blanca que está al frente se mueve, se aproxima. «El teniente Gamboa, por favor», dice Alberto. «Whisky americano», dice la sombra, «whisky de mierda. Whisky inglés, buen whisky». «Un momento», dice la voz. «Voy a llamarlo.» Tras él, el hombre que brindaba, ha iniciado un discurso. «Se llama Leticia y no me da vergüenza decir que la quiero, muchachos. Casarse es algo serio. Pero yo la quiero y por eso me caso con la chola, muchachos.» «Whisky», insiste la sombra. «Scotch. Buen whisky. Escocés, inglés, da lo mismo. No americano, sino escocés o inglés.» «Aló», escucha. Siente un estremecimiento y separa ligeramente el auricular de su cara. «Sí», dice el teniente Gamboa. «¿Quién es?» «Se acabó la jarana para siempre, muchachos. En adelante, hombre serio a más no poder. Y a trabajar duro para hacer dinero y tener contenta a la chola.» «¿Teniente Gamboa?», pregunta Alberto. «Pisco Montesierpe», afirma la sombra, «mal pisco. Pisco Motocachy, buen pisco». «Yo soy. ¿Quién habla?» «Un cadete», responde Alberto. «Un cadete de quinto año.» «Viva mi chola y vivan mis amigos.» «¿Qué quiere?» «El mejor pisco del mundo, a mi entender», asegura la sombra. Pero rectifica: «O uno de los mejores, señor. Pisco Motocachy». «Su nombre», dice Gamboa. «Tendré diez hijos. Todos hombres. Para ponerles el nombre de cada uno de mis amigos, muchachos. El mío a ninguno, sólo los nombres de ustedes.» «A Arana lo mataron», dice Alberto. «Yo sé quién fue. ¿Puedo ir a su casa?» «Su nombre», dice Gamboa. «¿Quiere usted matar a una ballena? Dele pisco Motocachy, señor.» «Cadete Alberto Fernández, mi teniente. Primera sección. ¿Puedo ir?» «Venga inmediatamente», dice Gamboa. «Calle Bolognesi 327. Barranco.» Alberto cuelga.

Todos están distintos, a lo mejor yo también, sólo que no me doy cuenta. El Jaguar ha cambiado mucho, es para asustarse. Anda furioso, no se le puede hablar, uno se le acerca a hacerle una pregunta, a pedirle un cigarrillo, y ahí mismo se pone como si le hubieran bajado el pantalón y empieza a decir brutalidades. No aguanta nada, por cualquier cosa, bum, la risita de las peleas y hay que estar calmándolo, Jaguar, qué te pasa, si yo no me meto contigo, no te sulfures, matoneas sin motivo. Y a pesar de las disculpas se le va la mano por cualquier cosa, en estos días he visto a varios machucados. No sólo anda así con los de la sección, también con el Rulos y conmigo, parece mentira que se porte así con nosotros que somos del Círculo. Pero el Jaguar ha cambiado por lo del serrano, yo pesco todas las cosas. Por más que se riera y quisiera demostrar que le importaba un pito, la expulsión del serrano Cava lo ha transformado. Nunca le había visto esos ataques de rabia, qué manera de temblarle la cara, qué palabrotas, lo quemo todo, los mato a todos, una noche incendiaremos el edificio de los oficiales, quisiera despanzurrar al coronel y ponerme sus tripas de corbata. Me parece que hace un mundo de tiempo que no nos reunimos los tres que quedamos del Círculo, desde que lo metieron adentro al serrano y tratábamos de descubrir al soplón. No es justo lo que pasa aquí, el serrano con las alpacas, fregado hasta el alma y el soplón debe estar rascándose la panza de contento, me figuro que va a ser bien difícil descubrirlo. A lo mejor los oficiales le dieron plata para que hablara. El Jaguar decía: «Dos horas nomás para saber quién es, menos, una basta; abres las narices y descubres a los soplones ahí mismito». Puro cuento, sólo a los serranos los descubres con los ojos o la nariz, en cambio los hijos de puta disimulan muy bien. Eso debe ser lo que lo ha desmoralizado. Pero al menos debía juntarse con nosotros, siempre fuimos sus patas. No comprendo por qué para solo. Basta que uno se le acerque para que ponga cara de odio, parece que va a saltar y morder, qué buen apodo le pusieron, es el que más le convenía. No pienso volver a acercarme a él, va a creer que lo estoy sobando y yo trataba de hablarle por amistad. Fue un milagro que no nos mecháramos ayer, no sé por qué me contuve, debí pararlo y ponerlo en su sitio, yo no le tengo miedo. Cuando el capitán nos llevó al salón de actos y comenzó a hablar del Esclavo, que los errores se pagan caros en el Ejército, métanse en la mollera que están en las Fuerzas Armadas y no en un zoológico si no quieren que les pase lo mismo, si hubiéramos estado en guerra ese cadete sería un traidor a la Patria por irresponsable, carajo, a cualquiera le hierve la sangre que se ensañen con un muerto, Piraña, porquería, que un balazo te perfore la cabeza a ti.

Pero no sólo yo estaba furioso, todos estaban igual, bastaba verles las caras. Y yo le dije: «Jaguar, no está bien eso de agarrárselas con un muerto, ¿por qué no le hacemos un zumbido?». Y él me dijo: «Mejor te callas, eres muy bruto y sólo sabes decir estupideces. Cuidado con dirigirme la palabra si no te pregunto algo». Debe estar enfermo, ésas no son maneras de persona sana, enfermo de la cabeza, loco perdido. No creas que necesito juntarme contigo, Jaguar, he andado detrás tuyo para pasar el tiempo pero no me hace falta ya, dentro de poco se termina este merengue y no nos veremos más las caras. Cuando salga del colegio no volveré a ver a nadie de aquí, salvo a la Malpapeada, a lo mejor me la robo y la adopto.

Alberto camina por las serenas calles de Barranco, entre casonas descoloridas de principios de siglo, separadas de la calle por jardines profundos. Los árboles, altos y frondosos, proyectan en el pavimento sombras que parecen arañas. De vez en cuando pasa un tranvía atestado; la gente mira por las ventanillas con aire aburrido. «Debí contarle todo, fíjate bien lo que ha pasado, estaba enamorado de ti, mi papá mañana y tarde con las polillas, mi mamá con su cruz a cuestas y rezando rosarios, confesándose con el jesuita, Pluto y el Bebe conversando en casa de, oyendo discos en el salón de, bailando en, tu tía comiéndose los pelos en la cocina, y a él se lo están comiendo los gusanos porque quería salir a verte y su padre no lo dejó, fíjate bien, ¿te parece poco?» Había bajado del tranvía en el paradero de la Laguna. Sobre el pasto, al pie de los árboles, parejas o familias enteras toman el fresco de la noche y los zancudos zumban a las orillas del estanque, junto a los botes inmóviles. Alberto atraviesa el parque, el campo de deportes: la luz de la avenida revela los columpios y la barra; las paralelas, el tobogán, los trapecios y la escalera giratoria yacen en las sombras. Camina hasta la plaza iluminada y la elude: tuerce hacia el Malecón que intuye al fondo, no muy lejos, detrás de una mansión de muros cremas, más alta que las otras y bañada por la luz oblicua de un farol. En el Malecón se aproxima al parapeto y mira: el mar de Barranco no es el de La Perla, que siempre da señales de vida y en las noches murmura con cólera; es un mar silencioso, sin olas, un lago. «Tú también tienes la culpa y cuando te dije se ha muerto no lloraste, ni te dio pena. También tienes la culpa y si te decía lo mató el Jaguar, hubieras dicho pobre, ¿un jaguar de a deveras?, tampoco hubieras llorado y él estaba loco por ti. Tenías la culpa y no te importaba nada más que mi cara seria. La culpa y mi cara, la Pies Dorados que es una polilla tiene más alma que tú.»

Es una casa vieja, de dos pisos, con balcones que dan sobre un jardín sin flores. Un caminito recto une la verja herrumbrosa a la puerta de entrada, una puerta antigua, labrada con dibujos borrosos que parecen jeroglíficos. Alberto toca con los nudillos. Espera unos segundos, ve el timbre, apoya el dedo en el botón y lo separa de inmediato. Siente pasos. Se cuadra.

—Pase —dice Gamboa y se retira del umbral.

Alberto entra, oye el ruido de la puerta al cerrarse. El teniente pasa a su lado y avanza por un corredor largo, que está en la penumbra. Alberto lo sigue en puntas de pie. La espalda de Gamboa casi toca su cara; si el oficial se detuviera de improviso, chocarían. Pero el teniente no se detiene; al final del pasillo estira una mano, abre una puerta y entra a una habitación. Alberto espera en el pasillo. Gamboa ha encendido la luz. Están en una sala. Los muros son verdes y hay cuadros con marcos dorados. Desde una mesa, un hombre mira a Alberto con obstinación: es una vieja foto, el cartón está amarillo y el hombre luce patillas, una barba patriarcal y aguzados bigotes.

—Siéntese —dice Gamboa, señalándole un sillón.

Alberto se sienta y su cuerpo se hunde como en un sueño. En ese momento recuerda que lleva puesto el quepí. Se lo saca y pide disculpas, entre dientes. Pero el teniente no lo oye, está de espaldas, cerrando la puerta. Da media vuelta, se sienta frente a él en una silla de patas finas y lo mira.

—Alberto Fernández —dice Gamboa—. ¿De la primera sección, me dijo?

—Sí, mi teniente —Alberto se adelanta un poco y los resortes del sillón chirrían, brevemente.

—Bueno —dice Gamboa—. Hable usted.

Alberto mira al suelo: la alfombra tiene dibujos azules y cremas, una circunferencia envuelve a otra más pequeña que, a su vez, encierra a otra. Las cuenta: doce circunferencias y un punto final, de color gris. Levanta la vista; detrás del teniente hay una cómoda, la superficie es de mármol y las empuñaduras de los cajones de metal.

—Estoy esperando, cadete —dice Gamboa.

Alberto vuelve a mirar la alfombra.

—La muerte del cadete Arana no fue casual —dice—. Lo mataron. Ha sido una venganza, mi teniente.

Levantó los ojos. Gamboa no se ha movido; su rostro está impasible, no revela sorpresa ni curiosidad. No le hace ninguna pregunta. Tiene las manos apoyadas en las rodillas, los pies separados. Alberto descubre que la silla que ocupa el teniente tiene extremidades de animal: plantas chatas y garras carniceras.

—Lo han asesinado —añade—. Ha sido el Círculo. Lo odiaban. Toda la sección lo odiaba, no tenían ningún motivo, él no se metía con nadie. Pero lo odiaban porque no le gustaban las bromas ni las peleas. Lo volvían loco, lo batían todo el tiempo y ahora lo han matado.

—Cálmese —dice Gamboa—. Vaya por partes. Hable con toda confianza.

—Sí, mi teniente —dice Alberto—. Los oficiales no saben nada de lo que pasa en las cuadras. Todos se ponían siempre en contra de Arana, lo hacían consignar, no lo dejaban en paz ni un instante. Ahora ya están tranquilos. Ha sido el Círculo, mi teniente.

—Un momento —dice Gamboa y Alberto lo mira. Esta vez, el teniente se ha movido hasta el borde de la silla y apoya el mentón en la palma de la mano—. ¿Quiere usted decir que un cadete de la sección disparó deliberadamente contra el cadete Arana? ¿Quiere decir eso?

—Sí, mi teniente.

—Antes de que me diga el nombre de esa persona —añade Gamboa, suavemente—, tengo que advertirle algo. Una acusación de ese género es muy grave. Supongo que se da cuenta de todas las consecuencias que puede tener este asunto. Y supongo también que no tiene usted la menor duda de lo que va a hacer. Una denuncia así no es un juego. ¿Me comprende?

—Sí, mi teniente —dice Alberto—. He pensado en eso. No le hablé antes porque me daba miedo. Pero ya no —abre la boca para continuar, pero no lo hace. El rostro de Gamboa, que Alberto observa sin bajar la vista, es de líneas marcadas y revela aplomo. En unos segundos, los rasgos precisos de ese rostro se disuelven, la piel morena del teniente se blanquea. Alberto cierra los ojos, ve un segundo la cara pálida y amarillenta del Esclavo, su mirada huidiza, sus labios tímidos. Sólo ve su rostro y, luego, cuando vuelve a abrir los ojos y reconoce nuevamente al teniente Gamboa, cruzan su memoria el campo de hierba, la vicuña, la capilla, la litera vacía de la cuadra.

—Sí, mi teniente —dice—. Me hago responsable. Lo mató el Jaguar para vengar a Cava.

—¿Cómo? —dice Gamboa. Ha dejado caer la mano y sus ojos se muestran ahora intrigados.

—Todo fue por la consigna, mi teniente. Por lo del vidrio. Para él fue horrible, peor que para cualquiera. Hacía un mes que no salía. Primero le robaron su piyama. Y a la semana siguiente lo consignó usted por soplarme en el examen de química. Estaba desesperado, tenía que salir, ¿comprende usted, mi teniente?

—No —dijo Gamboa—. Ni una palabra.

—Quiero decir que estaba enamorado, mi teniente. Le gustaba una muchacha. El Esclavo no tenía amigos, hay que pensar en eso, no se juntaba con nadie. Se pasó los tres años del colegio solo, sin hablar con nadie. Todos lo fregaban. Y él quería salir para ver a esa chica. Usted no puede saber cómo lo batían todo el tiempo. Le robaban sus cosas, le quitaban los cigarrillos.

—¿Los cigarrillos? —dijo Gamboa.

—Todos fuman en el colegio —dice Alberto, agresivo—. Una cajetilla diaria cada uno. O más. Los oficiales no saben nada de lo que pasa. Todos lo fregaban al Esclavo, yo también. Pero después me hice su amigo, el único. Me contaba sus cosas. Se le prendían porque tenía miedo a los golpes. No eran bromas, mi teniente. Lo orinaban cuando dormía, le cortaban el uniforme para que lo consignaran, escupían en su comida, lo obligaban a ponerse entre los últimos aunque hubiera llegado primero a la fila.

—¿Quiénes? —preguntó Gamboa.

—Todos, mi teniente.

—Tranquilícese, cadete. Dígame todo con orden.

—Él no era malo —lo interrumpe Alberto—. Lo único que odiaba era la consigna. Cuando lo dejaban encerrado se ponía como loco. Ya estaba un mes sin salir. Y la muchacha no le escribía. Yo también me porté muy mal con él, mi teniente. Muy mal.

—Hable más despacio —dice Gamboa—. Controle sus nervios, cadete.

—Sí, mi teniente. ¿Se acuerda cuando usted lo consignó por soplarme en el examen? Tenía que ir con la muchacha al cine. Me dio un encargo. Yo lo traicioné. La chica es ahora mi enamorada.

—Ah —dijo Gamboa—. Ahora entiendo algo.

—Él no sabía nada —dice Alberto—. Pero estaba loco por ir a verla. Quería saber por qué no le escribía la muchacha. La consigna por lo del vidrio podía durar meses. Nunca iban a descubrir a Cava, los oficiales no descubren nunca lo que pasa en las cuadras si nosotros no queremos, mi teniente. Y él no era como los demás, no se atrevía a tirar contra.

—¿Contra?

—Todos tiran contra, hasta los perros. Cada noche se larga alguien a la calle. Menos él, mi teniente. Nunca tiró contra. Por eso fue donde Huarina, digo el teniente Huarina, y denunció a Cava. No porque fuera un soplón. Sólo para salir a la calle. Y el Círculo se enteró, estoy seguro que lo descubrió.

—¿Qué es eso del Círculo? —dijo Gamboa.

—Son cuatro cadetes de la sección, mi teniente. Mejor dicho tres, porque Cava ya salió. Roban exámenes, uniformes y los venden. Hacen negocios. Y todo lo venden más caro, los cigarrillos, el licor.

—¿Está usted delirando?

—Pisco y cerveza, mi teniente. ¿No le digo que los oficiales no saben nada? En el colegio se toma más que en la calle. En las noches. Y, a veces, hasta en los recreos. Cuando supieron que habían descubierto a Cava, se pusieron furiosos. Pero Arana no era un soplón, nunca hubo soplones en la cuadra. Por eso lo mataron, para vengarse.

—¿Quién lo mató?

—El Jaguar, mi teniente. Los otros dos, el Boa y el Rulos son un par de brutos, pero ellos no hubieran disparado. Fue el Jaguar.

—¿Quién es el Jaguar? —dijo Gamboa—. Yo no conozco los apodos de los cadetes. Dígame sus nombres.

Alberto se los dijo y luego siguió hablando, interrumpido a veces por Gamboa, que le pedía aclaraciones, nombres, fechas. Mucho rato después, Alberto calló y quedó cabizbajo. El teniente le indicó dónde estaba el baño. Fue y volvió con la cara y los cabellos húmedos. Gamboa seguía sentado en la silla de patas de fiera y tenía una expresión meditabunda. Alberto quedó de pie.

—Vaya a su casa, ahora —dijo Gamboa—. Mañana estaré yo en la Prevención. No entre a su cuadra, venga a verme directamente. Y deme su palabra de que no hablará a nadie de este asunto por ahora. A nadie, ni a sus padres.

—Sí, mi teniente —dijo Alberto—. Le doy mi palabra.

IV

Dijo que iba a venir pero no vino, me dieron ganas de matarlo. Después de la comida, subí a la glorieta como quedamos y me cansé de esperarlo. Estuve fumando y pensando no sé cuánto rato, a veces me levantaba a aguaitar por el vidrio y el patio siempre vacío. Tampoco fue la Malpapeada, está detrás de mí todo el tiempo, pero no justo cuando me hubiera gustado tenerla a mi lado en la glorieta, para espantar el miedo: ladra perra, zape a los malos espíritus. Entonces se me ocurrió: el Rulos me ha traicionado. Pero no era eso, después me di cuenta. Ya se había oscurecido y yo seguía en un rincón de la glorieta, con todos los muñecos en el cuerpo, así que bajé y volví a las cuadras, casi corriendo. Llegué al patio cuando tocaban el pito, si me quedaba un rato más esperándolo me clavaban seis puntos y él ni pensó en eso, qué ganas de chancarlo. Lo vi a la cabeza de la fila y torció los ojos para no mirarme. Tenía la boca abierta, parecía uno de esos idiotas que andan por la calle hablando con las moscas. Ahí mismo me di cuenta que el Rulos no fue a la glorieta porque le dio miedo. «Esta vez nos fregamos de verdad», pensé, «mejor voy haciendo mi maleta, iré a ganarme la vida como pueda, antes que me arranquen las insignias me escaparé por el estadio, y me robaré a la Malpapeada, ni cuenta se darán». El brigadier estaba leyendo los nombres y todos decían presente. Cuando llamó al Jaguar, todavía siento frío en el espinazo, todavía me tiemblan las piernas, miré al Rulos y él se volvió y me miró con los ojazos y todos se volvieron y yo tuve que sacar fuerzas de no sé dónde para contenerme. Y el brigadier tosió y siguió con la lista. Después, fue el huaico; apenas entramos a la cuadra, la sección enterita corrió hacia el Rulos y hacia mí gritando: «¿Qué ha pasado? Cuenten, cuenten». Y nadie quería creer que no sabíamos nada y el Rulos hacía pucheros: «No tenemos nada que ver, crean y no sean tan preguntones, maldita sea». Ven para acá, no te me corras ahora, no seas tan respingada. Mira que estoy con pesadumbre y necesito compañía. Después, cuando se fueron a acostar, me acerqué al Rulos y le dije: «Traidor, ¿por qué no fuiste a la glorieta? Te esperé horas». Tenía más miedo, daba pena verlo y lo peor que era un miedo contagioso. Que no nos vean juntos, Boa, espera que se duerman, Boa, dentro de una hora te despierto y te cuento todo, Boa, métete a tu cama y zafa de aquí, Boa. Lo insulté y le dije: «Si me estás engañando, te mato». Pero me fui a acostar y al poco rato apagaron la luz y lo vi al negro Vallano que bajaba de su cama y venía a mi lado. Estaba muy meloso, el gran sabido, muy cariñoso. Yo soy amigo de ustedes, Boa, a mí cuéntame qué ha pasado, todo zalamero con sus dientes de ratón. En medio de mi tristeza me dio risa verlo: salió zumbando con sólo mostrarle el puño, con sólo ponerle mala cara. Ven perrita, sé buena conmigo, estoy pasando un mal momento, no te me escapes. Yo decía: si no viene, voy y lo aplasto. Pero vino, cuando todos roncaban. Se me acercó despacito y me dijo: «Vamos al baño para hablar mejor». La perra me siguió, pasándome su lengua por los pies, tiene una lengua que siempre está caliente. El Rulos estaba meando y no terminaba nunca y yo creí que lo hacía a propósito así que lo agarré del pescuezo y lo sacudí y le dije: «Dime de una vez lo que ha pasado».

No me extraña nada del Jaguar, ya sabía que no tiene sentimientos, a quién le va a asombrar que quiera meternos a todos en la sopa. Dice que le dijo: «Todo el mundo está fregado si me friegan», no me extraña. Pero tampoco el Rulos sabe gran cosa, no te muevas tanto que me rasguñas la panza, yo esperaba que me dijera muchas cosas y eso podía incluso adivinarlo. Dice que estaban haciendo puntería con la cristina de un perro y que el Jaguar acertaba todas las pedradas a veinte metros y el perro decía: «Me están haciendo polvo la cristina, mis cadetes». Yo me acuerdo que los vi en el descampado, y creí que se iban a fumar, si no me hubiera acercado, me gusta mucho hacer puntería y tengo más vista que el Rulos y el Jaguar. Dice que el perro protestaba demasiado y el Jaguar le dijo: «Si sigues hablando voy a hacer puntería en tu bragueta, mejor te callas». Y dice que entonces se volvió hacia el Rulos y, sin que viniera al caso, le dijo: «Se me ocurre que el poeta no ha venido al colegio porque se ha muerto. Éste es año de muertes y me he soñado que va a haber otros cadáveres en la sección antes de que termine el año». Dice el Rulos que le dio nervios oír hablar así y que se estaba persignando cuando vio a Gamboa. No se le pasó por la cabeza siquiera que venía en busca del Jaguar, a mí tampoco se me habría ocurrido, vaya novedad. Pero el Rulos abría los ojazos y decía: «Ni pensé que se iba a acercar, Boa, ni por asomo. Sólo pensaba en lo que había dicho el Jaguar sobre los cadáveres y el poeta, cuando vi que se nos venía derechito y mirándonos, Boa». Perra, ¿por qué tienes la lengua siempre tan caliente? Tu lengua me recuerda las ventosas que me ponía mi madre para sacarme las pestilencias cuando estaba enfermo. Dice que cuando estuvo a unos diez metros, el perro se levantó y también el Jaguar y que él se cuadró. «Me di cuenta ahí mismito, Boa, no era porque el perro estaba sin cristina, cualquiera se habría dado cuenta, sólo a nosotros nos miraba, no nos quitaba los ojos, Boa.» Y dice que les dijo: «Buenos días, cadetes», pero que ya no miraba al Rulos, sólo al Jaguar, y que éste soltó la piedra que tenía en la mano. «Vaya a la Prevención», le dijo; «preséntese al oficial de guardia. Y lleve su piyama, su escobilla de dientes, una toalla y jabón». Dice el Rulos que él se puso pálido y que el Jaguar estaba muy tranquilo y que todavía le preguntó a Gamboa con cachita: «¿Yo, mi teniente?, ¿por qué, mi teniente?», y que el perro se reía, ojalá encuentre a ese perro. Y que Gamboa no le contestó, sólo le dijo: «Vaya inmediatamente». Lástima que el Rulos no se acuerde de la cara de ese perro, aprovechando que estaba el teniente cogió su cristina y se escapó corriendo. No me extraña que el Jaguar le dijera al Rulos: «Maldita sea, si es por lo de los exámenes te juro que muchos van a lamentar haber nacido», es muy capaz. Y el Rulos dice que le dijo: «¿No creerás que yo soy un soplón o que el Boa es un soplón?». Y el Jaguar le contestó: «Espero por su bien que no sean chivatos. No se olviden que están tan embarrados como yo. Adviérteselo al Boa. Y también a todos los que han comprado exámenes. A todo el mundo». Yo ya sé lo demás, lo vi salir de la cuadra, tenía el piyama de una manga y lo arrastraba por el suelo y llevaba la escobilla entre los dientes como si fuera una cachimba. Me sorprendió, porque creí que iba a bañarse y el Jaguar no es como Vallano, que se ducha todas las semanas, en tercero le decían «el acuático». Tienes una lengua caliente, Malpapeada, una lengua larga y quemante.

Cuando mi madre me dijo «se acabó el colegio, vamos donde tu padrino para que te consiga un trabajo», yo le respondí: «Ya sé cómo ganar plata sin dejar el colegio, no te preocupes». «¿Qué dices?», me dijo. Se me trabó la lengua y me quedé con la boca abierta. Después le pregunté si conocía al flaco Higueras. Me miró muy raro y me preguntó: «¿Y tú de dónde lo conoces?». «Somos amigos», le dije. «Y a veces le hago unos trabajos.» Ella encogió los hombros. «Ya estás grande», me dijo. «Allá tú con lo que haces, no quiero saber nada. Pero si no traes plata, a trabajar.» Me di cuenta que mi madre sabía lo que hacían el flaco Higueras y mi hermano. Yo ya había ido con el flaco a otras casas, siempre de noche, y cada vez gané unos veinte soles. El flaco me decía: «Te harás rico conmigo». Tenía guardada toda la plata en mis cuadernos y le pregunté a mi madre: «¿Necesitas dinero ahora?». «Siempre necesito», me contestó. «Dame lo que tengas.» Le di toda la plata, menos dos soles. Yo sólo gastaba en ir a esperar a Tere todos los días a la salida del colegio y también en cigarrillos, pues esos días comencé a fumar de mi bolsillo. Una cajetilla de Inca me duraba tres o cuatro días. Una vez prendí un cigarrillo en la plaza de Bellavista y Tere me vio desde la puerta de su casa. Se acercó y conversamos, sentados en una banca. Me dijo: «Enséñame a fumar». Encendí un cigarrillo y le di varias pitadas. No podía golpear y se atoraba. Al día siguiente me dijo que había estado con náuseas toda la noche y que no volvería a fumar. Me acuerdo bien de esos días, fueron los mejores del año. Estábamos casi al final del curso, habían comenzado los exámenes, estudiábamos más que antes y éramos inseparables. Cuando su tía no estaba o se quedaba dormida, nos hacíamos bromas, jugábamos a despeinarnos y yo me ponía muy nervioso cada vez que ella me tocaba. La veía dos veces al día, me sentía contento. Como andaba con plata, siempre le llevaba una sorpresa. En las noches, iba a la plaza de Bellavista a encontrarme con el flaco y él me decía: «Prepárate para tal día. Tenemos un asunto que es canela fina».

Las primeras veces fuimos los tres: el flaco, yo y el serrano Culepe. Otra vez, que dimos un golpe en Orrantia, en una casa de ricos, se juntaron a nosotros dos desconocidos. Pero por lo general lo hacíamos solos. «Mientras menos, mejor», decía el flaco. «Por el reparto y los chivatos. Pero a veces no se puede, cuando el almuerzo es suculento se necesitan muchas bocas.» Casi siempre entrábamos a casas vacías. El flaco ya las conocía, no sé cómo, y me explicaba la manera de entrar, por el techo, la chimenea o una ventana. Al principio tuve miedo, después trabajaba muy tranquilo. Una vez entramos a una casa de Chorrillos. Yo me metí por un vidrio del garaje, que el flaco rompió con un diamante. Crucé media casa para abrirles la puerta de calle, salí y esperé en la esquina. Al poco rato vi que se encendía la luz del segundo piso y que el flaco salía disparado. Al pasar me cogió la mano y me dijo: «Vuela que nos cocinan». Corrimos como tres cuadras, no sé si nos perseguían, pero yo tenía mucho miedo y cuando el flaco me dijo: «Lárgate por allá y al doblar la esquina échate a caminar tranquilo», creí que estaba frito. Hice lo que me dijo y tuve suerte. Regresé a mi casa a pie, desde tan lejos. Llegué muerto de frío y de cansancio, temblando, seguro de que al flaco lo habían agarrado. Pero al día siguiente estaba esperándome en la plaza, muerto de risa. «¡Qué tal chasco!», me decía. «Yo estaba abriendo una cómoda y en eso se hizo de día, quedé mareado con tantas luces. Carambolas, nos libramos porque Dios es grande.»

—Qué más —dijo Alberto.

—Nada más —repuso el cabo—. Sólo que comenzó a sangrar y yo le dije: «No te hagas». Y el bruto ese me contestó: «No me hago, mi cabo, pero me está doliendo». Y entonces, como todos son compinches, los soldados comenzaron a murmurar: «Le está doliendo, le está doliendo». Yo no le creía pero tal vez era verdad. ¿Sabe por qué, cadete? Por sus pelos, que estaban colorados. Lo mandé a lavarse, para que no manchara el piso de la cuadra. Pero el muy porfiado no quiso, es un maricón, para hablar claro. Se quedó sentado en su cama y lo empujé, sólo para que se levantara, cadete, y los otros comenzaron a gritar: «No lo maltrate, cabo, ¿no ve que le está doliendo?».

—¿Y después? —preguntó Alberto.

—Nada más, mi cadete, nada más. Entró el sargento y preguntó: «¿Qué le pasa a éste?». «Se ha caído, mi sargento», le dije. «¿No es verdad que te has caído?» Y el maricón dijo: «No, usted me ha roto la cabeza de un palazo, mi cabo». Y los otros forajidos gritaron: «Sí, sí, el cabo le ha roto la cabeza». ¡Maricones! El sargento me trajo a la Prevención y mandó al bruto ese a la enfermería. Aquí me tienen hace cuatro días. A pan y agua. Tengo mucha hambre, cadete.

—¿Y por qué le rompiste la cabeza? —preguntó Alberto.

—Bah —dijo el cabo, con una mueca desdeñosa—. Yo sólo quería que sacara rápido la basura. ¿Quiere que le diga una cosa? Se cometen muchas injusticias. Si el teniente ve basuras en la cuadra me manda tres días de rigor o me muele a patadas. Pero si yo le doy un cocacho a un soldado me meten al calabozo. ¿Quiere saber la verdad, cadete? No hay nada peor que ser cabo. A los soldados los patean los oficiales, pero entre ellos son compinches, siempre paran ayudándose. A los clases, en cambio, nos llueve de todas partes. Los oficiales nos patean y los soldados nos odian y nos hacen imposible la vida. Yo estaba mejor cuando era soldado, cadete.

Los dos calabozos están detrás de la Prevención. Son cuartos oscuros y altos, que se comunican por una rejilla, a través de la cual Alberto y el cabo pueden conversar cómodamente. En cada calabozo hay una ventanilla cerca del techo, que deja pasar prismas de luz, un raquítico catre de campaña, un colchón de paja y una frazada caqui.

—¿Cuánto tiempo va a estar aquí, cadete? —dice el cabo.

—No sé —responde Alberto. Gamboa no le había dado explicación alguna la noche anterior, se limitó a decirle secamente: «Dormirá allá; prefiero que no vaya a la cuadra». Eran apenas las diez, la Costanera y los patios estaban desiertos, barridos por un viento silencioso; los consignados se hallaban en las cuadras y los cadetes sólo volvían a las once. Amontonados en la banca del fondo de la Prevención, los soldados conversaban entre dientes, ni siquiera echaron una mirada a Alberto cuando entró al calabozo. Estuvo unos segundos a ciegas, después distinguió, en una esquina, la sombra compacta del catre de campaña. Dejó su maletín en el suelo, se quitó la guerrera, los zapatos, el quepí y se cubrió con la frazada. Hasta él llegaban unos ronquidos de animal. Se durmió casi inmediatamente, pero despertó varias veces y los ronquidos proseguían, inalterables, poderosos. Sólo con las primeras luces del amanecer descubrió al cabo en el calabozo contiguo: un hombre largo, de rostro seco y filudo como un cuchillo, que dormía con polainas y cristina. Poco después, un soldado le trajo café caliente. El cabo se despertó y, desde su catre, le hizo un saludo amistoso. Estaban conversando cuando sonó la diana.

Alberto se aparta de la rejilla y se aproxima a la puerta del calabozo, que comunica con la sala de guardia: el teniente Gamboa está inclinado sobre el teniente Ferrero y le habla en voz baja. Los soldados se restriegan los ojos, se desperezan, toman sus fusiles, se aprestan a abandonar la Prevención. Por la puerta, se ve el comienzo del patio exterior y el sardinel de piedras blancas que circunda el monumento al héroe. Por allí deben estar los soldados que van a entrar de servicio junto con el teniente Ferrero. Gamboa sale de la Prevención sin mirar el calabozo. Alberto escucha silbatos sucesivos y comprende que, en los patios de cada año, se organizan las formaciones. El cabo continúa en la cama y ha vuelto a cerrar los ojos, pero ya no ronca. Cuando se oye el desfile de los batallones hacia el comedor, el cabo silba despacito, al compás de la marcha. Alberto mira su reloj. «Ya debe estar con el Piraña, Teresita, ya le habló, ya están hablando con el mayor, han entrado donde el comandante, están yendo donde el coronel, Teresita, los cinco están hablando de mí, llamarán a los periodistas y me tomarán fotos y el primer día de salida me lincharán y mi mamá se volverá loca, y no podré caminar más por Miraflores sin que me señalen con el dedo, y tendré que irme al extranjero y cambiarme de nombre, Teresita.» Después de unos minutos, vuelven a oírse los silbatos. Las pisadas de los cadetes que abandonan el comedor y atraviesan el descampado para formar en la pista de desfile llegan hasta la Prevención como un susurro lejano. La marcha hacia las aulas, en cambio, es un gran ruido marcial, equilibrado y exacto que va disminuyendo lentamente hasta desaparecer. «Ya se habrán dado cuenta, Teresita, el poeta no ha venido, Arróspide ha escrito mi nombre en el parte de ausentes, cuando sepan se sortearán a ver quién me pega, se pasarán papeles y mi padre dirá mi apellido en el fango, en la página policial de los periódicos, tu abuelo y tu bisabuelo morirían de impresión, nosotros fuimos siempre y en todo los mejores y tú te pudres en la mugre, Teresita, nos escaparemos a Nueva York y nunca volveremos al Perú, ahora ya comenzaron las clases y deben estar mirando mi carpeta.» Alberto da un paso atrás cuando ve al teniente Ferrero acercarse al calabozo. La puerta metálica se abre silenciosamente.

—Cadete Fernández —era un teniente muy joven, que tenía a su mando una compañía de tercero.

—Sí, mi teniente.

—Vaya a la secretaría de su año y preséntese al capitán Garrido.

Alberto se puso la guerrera y el quepí. Era una mañana clara, el viento arrastraba un sabor a pescado y a sal. No había sentido llover en la noche y, sin embargo, el patio estaba mojado. La estatua del héroe parecía una planta lúgubre, impregnada de rocío. No vio a nadie en la pista ni en el patio del año. La puerta de la secretaría estaba abierta. Se acomodó el cinturón de la guerrera y se pasó la mano por los ojos. El teniente Gamboa, de pie, y el capitán Garrido, sentado en la punta del escritorio, lo miraban. El capitán le indicó con un gesto que entrara. Alberto dio unos pasos y se cuadró. El capitán lo examinó de arriba abajo, detenidamente. Agazapadas como dos abscesos bajo las orejas, las sobresalientes mandíbulas estaban en reposo. Tenía la boca cerrada, pero su dentadura de piraña asomaba entre los labios, blanquísima. El capitán movió ligeramente la cabeza.

—Bueno —dijo—. Vamos a ver, cadete. ¿Qué significa esta historia?

Alberto abrió la boca y su cuerpo se ablandó por adentro como si el aire, al invadirlo, hubiera disuelto sus órganos. ¿Qué iba a decir? El capitán Garrido tenía las manos sobre el escritorio y sus dedos, muy nerviosos, arañaban unos papeles. Lo miraba a los ojos. El teniente Gamboa estaba a su lado y Alberto no podía verlo. Le ardían las mejillas, debía haber enrojecido.

—¿Qué espera? —dijo el capitán—. ¿Le han cortado la lengua?

Alberto bajó la cabeza. Sentía una fatiga muy intensa y una súbita desconfianza; engañosas y frágiles, las palabras avanzaban hasta la orilla de los labios y allí retrocedían, o morían como objetos de humo. La voz de Gamboa interrumpió su tartamudeo.

—Vamos, cadete —escuchó—. Haga un esfuerzo y serénese. El capitán está esperando. Repita usted lo que me dijo el sábado. Hable sin temor.

—Sí, mi capitán —dijo Alberto. Tomó aire y habló—: Al cadete Arana lo mataron porque denunció al Círculo.

—¿Usted lo vio con sus ojos? —exclamó con ira el capitán Garrido. Alberto levantó la vista: las mandíbulas habían entrado en actividad, se movían sincrónicamente, bajo la piel verdosa.

—No, mi capitán —dijo—. Pero...

—¿Pero qué? —gritó el capitán—. ¿Cómo se atreve a hacer una afirmación semejante sin pruebas concretas? ¿Sabe usted lo que significa acusar a alguien de asesinato? ¿Por qué ha inventado esta historia estúpida?

La frente del capitán Garrido estaba húmeda y en cada uno de sus ojos había una llamita amarilla. Sus manos se aplastaban, coléricas, contra el tablero del escritorio; sus sienes latían. Alberto recuperó de golpe el aplomo: tuvo la impresión de que su cuerpo se rellenaba. Sostuvo sin pestañear la mirada del capitán y, al cabo de unos segundos, vio que el oficial desviaba la vista.

—No he inventado nada, mi capitán —dijo y su voz sonó convincente a sus propios oídos. Repitió—: Nada, mi capitán. Los del Círculo estaban buscando al que hizo expulsar a Cava. El Jaguar quería vengarse a toda costa, lo que más odia son los soplones. Y todos odiaban al cadete Arana, lo trataban como a un esclavo. Estoy seguro que el Jaguar lo mató, mi capitán. Si no estuviera seguro, no habría dicho nada.

—Un momento, Fernández —dijo Gamboa—. Explique todo con orden. Acérquese. Siéntese, si quiere.

—No —dijo el capitán, cortante, y Gamboa se volvió a mirarlo. Pero el capitán Garrido tenía los ojos fijos en Alberto—. Quédese donde está. Y siga.

Alberto tosió y se limpió la frente con el pañuelo. Comenzó a hablar con una voz contenida y jadeante, silenciada por largas pausas, pero, a medida que refería las proezas del

Círculo y la historia del Esclavo, e insensiblemente deslizaba en su relato a los otros cadetes y describía la estrategia utilizada para pasar los cigarrillos y el licor, los robos y la venta de exámenes, las veladas donde Paulino, las contras por el estadio y La Perlita, las partidas de póquer en los baños, los concursos, las venganzas, las apuestas, y la vida secreta de su sección iba surgiendo como un personaje de pesadilla ante el capitán, que palidecía sin cesar, la voz de Alberto cobraba soltura, firmeza y hasta era, por instantes, agresiva.

—¿Y eso qué tiene que ver? —lo interrumpió, una sola vez, el capitán.

—Es para que usted me crea, mi capitán —dijo Alberto—. Los oficiales no pueden saber lo que pasa en las cuadras. Es como si fuera otro mundo. Es para que me crea lo que le digo del Esclavo.

Más tarde, cuando Alberto calló, el capitán Garrido permaneció unos segundos en silencio, examinando con excesiva atención todos los objetos del escritorio, uno tras otro. Sus manos, ahora, jugueteaban con los botones de su camisa.

—Bien —dijo de pronto—. Quiere decir que la sección entera debe ser expulsada. Unos por ladrones, otros por borrachos, otros por timberos. Todos son culpables de algo, muy bien. ¿Y usted qué era?

—Todos éramos todo —dijo Alberto—. Sólo Arana era diferente. Por eso nadie se juntaba con él —su voz se quebró—: Tiene que creerme, mi capitán. El Círculo lo estaba buscando. Querían encontrar como fuera al que denunció a Cava. Querían vengarse, mi capitán.

—Alto ahí —dijo el capitán, desconcertado—. Toda esta historia cae por su base. ¿Qué tonterías dice usted? Nadie denunció al cadete Cava.

—No son tonterías, mi capitán —dijo Alberto—. Pregunte usted al teniente Huarina si no fue el Esclavo quien denunció a Cava. Él fue el único que lo vio salir de la cuadra para robarse el examen; estaba de imaginaria. Pregúnteselo al teniente Huarina.

—Lo que usted dice no tiene pies ni cabeza —dijo el capitán. Pero Alberto notó que ya no parecía tan seguro de sí mismo; una de sus manos estaba inútilmente suspendida en el aire y su dentadura parecía más grande—. Ni pies ni cabeza.

—Para el Jaguar era lo mismo que si lo hubieran acusado a él, mi capitán —dijo Alberto—. Estaba loco de furia por la expulsión de Cava. El Círculo se reunía todo el tiempo. Ha sido una venganza. Yo conozco al Jaguar, es capaz…

—Basta —dijo el capitán—. Lo que usted dice es infantil. Está acusando a un compañero de asesino, sin pruebas. No me sorprendería que el que quiera vengarse sea usted, ahora. En el Ejército no se admiten esta clase de juegos, cadete. Puede costarle caro.

—Mi capitán —dijo Alberto—. El Jaguar estaba detrás de Arana en el asalto del cerro.

Pero se calló. Lo había dicho sin pensar y ahora dudaba. Febrilmente, trataba de reconstituir en imágenes el descampado de La Perla, la colina rodeada de sembríos, la mañana de aquel sábado, la formación.

—¿Está seguro? —dijo Gamboa.

—Sí, mi teniente. Estaba detrás de Arana. Estoy seguro.

El capitán Garrido los miraba, sus ojos saltaban de uno a otro, desconfiados, iracundos. Sus manos se habían unido; una estaba cerrada y la otra la envolvía, le daba calor.

—Eso no quiere decir nada —dijo—. Absolutamente nada.

Quedaron en silencio, los tres. De pronto, el capitán se puso de pie y comenzó a pasear por la habitación con las manos cruzadas a la espalda. Gamboa se había sentado en el lugar que ocupaba antes el capitán y miraba la pared. Parecía reflexionar.

—Cadete Fernández —dijo el capitán. Se había detenido en medio de la habitación y su voz era más suave—. Voy a hablarle como a un hombre. Usted es joven e impulsivo. Eso no está mal, incluso puede ser una virtud. La décima parte de lo que acaba de decirme puede costarle la expulsión del colegio. Sería su ruina y un golpe terrible para sus padres. ¿No es así?

—Sí, mi capitán —dijo Alberto. El teniente Gamboa movía uno de sus pies en el aire y miraba el suelo.

—La muerte de ese cadete lo ha afectado —prosiguió el capitán—. Lo comprendo, era su amigo. Pero aun cuando lo que usted me ha dicho fuera en parte cierto, jamás podría probarse. Jamás, porque todo se funda en hipótesis. A lo más, llegaríamos a comprobar ciertas violaciones del reglamento. Habría unas cuantas expulsiones. Usted sería uno de los primeros, como es natural. Estoy dispuesto a olvidar todo, si me promete no volver a hablar una palabra más de esto —se llevó rápidamente una mano al rostro y la volvió a bajar, sin tocarse—. Sí, es lo mejor. Echar tierra a todas estas fantasías.

El teniente Gamboa seguía con los ojos bajos y balanceaba el pie al mismo ritmo, pero ahora la puntera de su zapato rozaba el suelo.

—¿Entendido? —dijo el capitán y su rostro insinuó una sonrisa.

—No, mi capitán —dijo Alberto.

—¿No me ha comprendido, cadete?

—No puedo prometerle eso —dijo Alberto—. A Arana lo mataron.

—Entonces —dijo el capitán, con rudeza—, le ordeno que se calle y no vuelva a hablar estupideces. Y, si no me obedece, ya verá quién soy yo.

—Perdón, mi capitán —dijo Gamboa.

—Estoy hablando, no me interrumpa, Gamboa.

—Lo siento, mi capitán —dijo el teniente, poniéndose de pie. Era más alto que el capitán y éste debió levantar un poco la cabeza para mirarlo a los ojos.

—El cadete Fernández tiene derecho a presentar esta denuncia, mi capitán. No digo que sea cierta. Pero tiene derecho a pedir una investigación. El reglamento es claro.

—¿Va usted a enseñarme el reglamento, Gamboa?

—No, claro que no, mi capitán. Pero si usted no quiere intervenir, yo mismo pasaré el parte al mayor. Es un asunto grave y creo que debe haber una investigación.

Poco después del último examen, vi a Teresa con dos muchachas, por la avenida Sáenz Peña. Llevaban toallas y yo le pregunté, de lejos, adónde iba. Me contestó: «A la playa». Ese día estuve de mal humor y cuando mi madre me pidió dinero le contesté una grosería. Ella sacó la correa que tenía guardada debajo de su cama. Hacía mucho tiempo que no me pegaba y yo la amenacé: «Si me tocas, no vuelvo a darte un centavo». Era sólo una advertencia y nunca creí que hiciera efecto. Me quedé frío al verla bajar la correa que ya tenía levantada, tirarla al suelo y decir una lisura entre dientes. Se metió a la cocina sin decirme nada. Al día siguiente, Teresa volvió a la playa con las dos muchachas y lo mismo los otros días. Una mañana, las seguí. Iban a Chucuito. Llevaban puesta la ropa de baño y se desvistieron en la playa. Había tres o cuatro muchachos que las estaban esperando. Yo sólo miraba al que conversaba con Teresa. Los estuve vigilando toda la mañana, desde la baranda. Después, ellas se pusieron el vestido sobre el traje de baño y volvieron a Bellavista. Yo esperé a los chicos. Dos se fueron al poco rato, pero el que había estado con Teresa y el otro se quedaron hasta cerca de las tres. Iban hacia La Punta, caminaban por media pista, tirándose las toallas y las ropas de baño. Cuando llegaron a una calle vacía, comencé a arrojarles piedras. Les di a los dos, al amigo de Teresa lo toqué en plena cara. Se agachó, dijo «ay» y en eso le cayó otra piedra en la espalda. Me miraban asombrados y yo corrí hacia ellos, sin darles tiempo a reaccionar. Uno escapó gritando: «¡Un loco!». El otro se quedó parado y me le fui encima. Ya me había trompeado en el colegio y peleaba muy bien, de chico mi hermano me enseñó a usar los pies y la cabeza. «El que se aloca está muerto», me decía. «Pelear a la bruta sólo sirve si eres muy fuerte y puedes arrinconar al enemigo para quebrarle la guardia de una andanada. Si no, perjudica. Los brazos y las piernas se cansan de tanto golpear al aire y uno se aburre, desaparece la cólera y al poco rato estás con ganas de terminar. Entonces, si el otro es cuco y te ha estado midiendo, aprovecha y te carga.» Mi hermano me enseñó a deprimir a los que pelean a la bruta, a agotarlos y a tenerlos a raya con los pies, hasta que se descuidan y le dan chance a uno de cogerles la camisa y clavarles un cabezazo. Mi hermano me enseñó también a manejar la cabeza a la chalaca, no con la frente ni con el cráneo, sino con el hueso que hay donde comienzan los pelos, que es durísimo, y a bajar las manos en el momento de dar el cabezazo para evitar que el otro levante la rodilla y me hunda el estómago. «No hay como el cabezazo», decía mi hermano; «basta uno bien puesto para aturdir al enemigo». Pero esa vez yo me lancé a la bruta contra los dos y los gané. El que había estado con Teresa ni se defendió, cayó al suelo llorando. Su amigo se había parado a unos diez metros y me gritaba: «No le pegues, maricón, no le pegues», pero yo le seguí dando en el suelo. Después, corrí hacia el otro, que salió disparado, pero lo alcancé y le puse cabe y se vino abajo. No quería pelear: apenas lo soltaba, corría. Regresé donde el primero, que estaba limpiándose la cara. Pensaba hablarle, pero apenas lo tuve al frente me enfurecí y le di un puñetazo. Se puso a chillar como un perico. Lo agarré de la camisa y le dije: «Si te vuelves a acercar a Teresa te pegaré más fuerte». Le menté la madre y le di una patada, y creo que hubiera seguido machucándolo, pero en eso sentí que me agarraban la oreja. Era una mujer, que comenzó a darme coscorrones y a gritar: «¡Salvaje, abusivo!» y el otro aprovechó para escaparse. Al fin la mujer me soltó y regresé a Bellavista. Estaba como antes de la pelea, no parecía que me hubiera vengado. Nunca me había sentido así. Otras veces, cuando no veía a Teresa me daba pena o ganas de estar solo, pero ahora tenía cólera y a la vez tristeza. Estaba defraudado, seguro de que, cuando supiera, Teresa me odiaría. Fui hasta la plaza de Bellavista pero no entré a mi casa. Di media vuelta y caminé hasta el bar de Sáenz Peña y allí encontré al flaco Higueras, sentado en el mostrador, conversando con el chino. «¿Qué te pasa?», me dijo. Yo nunca había hablado con nadie de Tere, pero esa vez tenía necesidad de confiarme a alguien. Le conté al flaco todo, desde que conocí a Teresa, cuatro años atrás, cuando vino a vivir al lado de mi casa. El flaco me escuchó muy serio, no se rió ni una vez. Sólo me decía, a ratos: «Vaya, hombre», «caramba», «qué tal». Después me dijo: «Estás enamorado hasta el alma. Cuando yo me enamoré por primera vez, era de tu edad más o menos, pero me dio más suave. El amor es lo peor que hay. Uno anda hecho un idiota y ya no se preocupa de sí mismo. Las cosas cambian de significado y uno es capaz de hacer las peores locuras y de fregarse para siempre en un minuto. Quiero decir los hombres. Las mujeres, no, porque son muy mañosas, sólo se enamoran cuando les conviene. Si un hombre no les hace caso, se desenamoran y buscan a otro. Y se quedan como si nada. Pero no te preocupes. Como que hay Dios que te curo hoy mismo. Yo tengo un buen remedio para esos resfríos». Me tuvo tomando pisco y cerveza hasta que anocheció y después me hizo vomitar: me apretaba el estómago para ayudarme. Después, me llevó a una chingana del puerto, me hizo ducharme en un patio y me dio de comer picantes en un salón lleno de gente. Tomamos un taxi y le dio una dirección. Me preguntó: «¿Ya has estado en un bulín?». Le dije que no. «Esto te sanará», me dijo. «Ya vas a ver. Sólo que a lo mejor te paran en la puerta.» Efectivamente, cuando llegamos nos abrió una vieja que conocía al flaco y que al verme se puso furiosa. «¿Estás loco que te voy a dejar entrar con esa guagua? Cada cinco minutos caen por aquí los soplones a gorrearme cervezas.» Se pusieron a discutir a gritos. Al fin, la vieja aceptó que entrara. «Eso sí», nos dijo, «se van de frente al cuarto y no me salen hasta mañana». El flaco me hizo pasar tan rápido por el salón del primer piso que no vi la cara de la gente. Subimos una escalera y la vieja nos abrió un cuarto. Entramos y antes que el flaco prendiera la luz, la vieja dijo: «Te voy a mandar una docena de cervezas. Te acepto con la criatura pero tienes que consumir bastante. Y ya subirán las chicas. Te mandaré a la Sandra, que le gustan los mocosos». El cuarto era grande y sucio. Había una cama en el centro con una colcha roja, una bacinica y dos espejos, uno en el techo, sobre la cama, y el otro al costado. Por todas partes había dibujos de mujeres y hombres calatos, hechos con lápiz y navaja. Después, entraron dos mujeres trayendo muchas botellas de cerveza. Eran amigas del flaco y lo besaron; lo pellizcaban, se le sentaban en las rodillas y decían palabrotas: culo, puta, pinga y cojudo. Una era flaca, una gran mulata con un diente de oro, y la otra medio blanca y más gorda. La mulata era la mejor. Las dos se burlaban de mí y le decían al flaco: «Corruptor de menores». Empezaron a tomar cerveza y después abrieron un poco la puerta para oír la música del primer piso y bailaron. Al principio yo estaba callado, pero, después de tomar, me alegré. Cuando bailamos, la blanca me aplastaba la cabeza contra sus senos, que se salían del vestido. El flaco se emborrachó y le ordenó a la mulata que nos hiciera show: bailó un mambo en calzones y, de repente, el flaco se le fue encima y la tiró en la cama. La blanca me cogió de la mano y me llevó a otro cuarto. «¿Es la primera vez?», me preguntó. Yo le dije que no, pero se dio cuenta que le mentía. Se puso muy contenta y, mientras se me acercaba calatita, me decía: «Ojalá que me traigas suerte».

El teniente Gamboa salió de su cuarto y recorrió la pista de desfile a grandes trancos. Llegó a las aulas cuando Pitaluga, el oficial de servicio, tocaba el silbato: acababa de terminar la primera clase de la mañana. Los cadetes estaban en las aulas: un rugido sísmico denunciaba su presencia a través de los muros grises, un monstruo sonoro y circular que flotaba sobre el patio. Gamboa permaneció un momento junto a la escalera y luego fue hacia la Dirección de Estudios. El suboficial Pezoa estaba allí, husmeando un cuaderno con su gran hocico y sus ojillos desconfiados.

—Venga, Pezoa.

El suboficial lo siguió, alisándose el ralo bigote con un dedo. Caminaba con las piernas muy abiertas, como si fuera de caballería. Gamboa lo apreciaba: era despierto, servicial y muy eficaz en las campañas.

—Después de las clases, reúna a la primera sección. Que los cadetes saquen sus fusiles. Llévelos al estadio.

—¿Revista de armas, mi teniente?

—No. Los quiero formados en grupos de combate. Dígame, Pezoa, en la última campaña no se alteró la formación, ¿no es así? Quiero decir, la progresión se llevó a cabo en el orden normal; grupo uno adelante, luego el dos y al final el tres.

—No, mi teniente —dijo el suboficial—. Al revés. En las instrucciones, el capitán ordenó poner en la vanguardia a los más pequeños.

—Es verdad —dijo Gamboa—. Bien. Lo espero en el estadio.

El suboficial saludó y se fue. Gamboa regresó a las cuadras. La mañana seguía muy clara y había poca humedad. La brisa agitaba apenas la hierba del descampado; la vicuña ejecutaba veloces carreras en círculo. Pronto llegaría el verano; el colegio quedaría desierto, la vida se volvería muelle y agobiante; los servicios serían más cortos, menos rígidos, podría ir a la playa tres veces por semana. Su mujer ya estaría bien; llevarían al niño de paseo en un coche. Además, dispondría de tiempo para estudiar. Ocho meses, no era un plazo muy grande para preparar el examen. Decían que sólo habría veinte plazas para capitán. Y eran doscientos postulantes.

Llegó a la secretaría. El capitán estaba sentado en su escritorio y no levantó la cabeza cuando él entró. Un momento después, mientras revisaba los partes de campaña, Gamboa escuchó:

—Dígame, teniente.

—Sí, mi capitán.

—¿Qué cree usted? —el capitán Garrido lo miraba con el ceño fruncido. Gamboa dudó antes de responder.

—No sé, mi capitán —dijo—. Es muy difícil saber. He comenzado la investigación. Quizá saque algo en claro.

—No hablo de eso —dijo el capitán—. Quiero decir, las consecuencias. ¿Ha pensado usted?

—Sí —dijo Gamboa—. Puede ser grave.

—¿Grave? —el capitán sonrió—. ¿Se ha olvidado que este batallón se halla a mi cargo, que la primera compañía está a sus órdenes? Pase lo que pase, los fregados seremos usted y yo.

—He pensado también en eso, mi capitán —dijo Gamboa—. Tiene usted razón. Y no crea que me hace gracia la idea.

—¿Cuándo le toca ascender?

—El próximo año.

—A mí también —dijo el capitán—. Los exámenes serán fuertes, cada vez hay menos vacantes. Hablemos claro, Gamboa. Usted y yo tenemos excelentes fojas de servicio. Ni una sola sombra. Y nos harán responsables de todo. Ese cadete se siente apoyado por usted. Háblele. Convénzalo. Lo mejor es olvidarnos de este asunto.

Gamboa miró a los ojos al capitán Garrido.

—¿Puedo hablarle con franqueza, mi capitán?

—Es lo que estoy haciendo yo, Gamboa. Le hablo como a un amigo, no como a un subordinado.

Gamboa dejó los partes de campaña en una repisa y dio unos pasos hacia el escritorio.

—A mí me interesa el ascenso tanto como a usted, mi capitán. Haré todo lo posible por conseguir ese galón. Yo no quería ser destacado aquí, ¿sabe usted? Entre esos muchachos no me siento del todo en el Ejército. Pero si hay algo que he aprendido en la Escuela Militar, es la importancia de la disciplina. Sin ella, todo se corrompe, se malogra. Nuestro país está como está porque no hay disciplina, ni orden. Lo único que se mantiene fuerte y sano es el Ejército, gracias a su estructura, a su organización. Si es verdad que a ese muchacho lo mataron, si es verdad lo de los licores, la venta de exámenes y todo lo demás, yo me siento responsable, mi capitán. Creo que es mi obligación descubrir lo que hay de cierto en toda esa historia.

—Usted exagera, Gamboa —dijo el capitán, algo sorprendido. Había comenzado a pasear por la habitación, como durante la entrevista con Alberto—. Yo no digo echar tierra a todo. Lo de los exámenes y lo del licor hay que castigarlo, naturalmente. Pero no olvide tampoco que lo primero que se aprende en el Ejército es a ser hombres. Los hombres fuman, se emborrachan, tiran contra, culean. Los cadetes saben que, si son descubiertos, se les expulsa. Ya han salido varios. Los que no se dejan pescar son los vivos. Para hacerse hombres, hay que correr riesgos, hay que ser audaz. Eso es el Ejército, Gamboa, no sólo la disciplina. También es osadía, ingenio. Pero, en fin, podemos discutir sobre eso después. Lo que me preocupa ahora es lo otro. Es un asunto completamente imbécil. Pero aun así, si llega hasta el coronel, puede traernos serios perjuicios.

—Perdón, mi capitán —dijo Gamboa—. Mientras yo no me dé cuenta, los cadetes de mi compañía pueden hacer todo lo que quieran, estoy de acuerdo con usted. Pero ya no puedo hacerme el desentendido, me sentiría cómplice. Ahora sé que hay algo que no marcha. El cadete Fernández ha venido a decirme nada menos que las tres secciones se han estado riendo en mi cara todo el tiempo, que me han tomado el pelo a su gusto.

—Se han hecho hombres, Gamboa —dijo el capitán—. Entraron aquí adolescentes, afeminados. Y ahora, mírelos.

—Yo voy a hacerlos más hombres —dijo Gamboa—. Cuando termine la investigación, llevaré ante el Consejo de Oficiales a todos los cadetes de mi compañía si es necesario.

El capitán se detuvo.

—Parece usted uno de esos curas fanáticos —le dijo, levantando la voz—. ¿Quiere arruinar su carrera?

—Un militar no arruina su carrera cumpliendo con su deber, mi capitán.

—Bueno —dijo el capitán, reanudando su paseo—. Haga lo que quiera. Pero le aseguro que saldrá mal parado. Y, naturalmente, no cuente con mi apoyo para nada.

—Naturalmente, mi capitán. Permiso.

Gamboa saludó y salió. Fue a su cuarto. Sobre el velador había una foto de mujer. Era de antes que se casaran. Él la había conocido en una fiesta, cuando todavía estaba en la Escuela. La foto había sido tomada en el campo, Gamboa no sabía en qué lugar. Ella era más delgada en ese tiempo y llevaba los cabellos sueltos. Sonreía bajo un árbol y al fondo se divisaba un río. Gamboa la estuvo contemplando unos segundos y luego continuó el examen de los partes y papeletas de castigo. Después, revisó cuidadosamente las libretas de notas. Poco antes del mediodía, regresó al patio. Dos soldados barrían la cuadra de la primera sección. Al verlo entrar, se cuadraron.

—Descanso —dijo Gamboa—. ¿Ustedes barren esta cuadra todos los días?

—Yo, mi teniente —dijo uno de los soldados. Señaló al otro—: Él barre la segunda.

—Venga conmigo.

En el patio, el teniente se volvió hacia el soldado y, mirándolo a los ojos, le dijo:

—Te has jodido, animal.

El soldado se cuadró automáticamente. Había abierto un poco los ojos. Tenía una cara tosca y lampiña. No preguntó nada, parecía aceptar la posibilidad de una falta.

—¿Por qué no has pasado parte?

—Sí he pasado, mi teniente —dijo—. Treinta y dos camas. Treinta y dos roperos. Sólo que entregué el parte al sargento.

—No hablo de eso. Y no te hagas el imbécil. ¿Por qué no has pasado parte de las botellas de licor, los cigarrillos, los dados, los naipes?

El soldado abrió más los ojos, pero guardó silencio.

—¿En qué roperos? —dijo Gamboa.

340

—¿Qué cosa, mi teniente?

—¿En qué roperos hay licor y naipes?

—No sé, mi teniente. Seguro que es en otra sección.

—Si mientes, tienes quince días de rigor —dijo Gamboa—. ¿En qué roperos hay cigarrillos?

—No sé, mi teniente —pero añadió, bajando los ojos—: Creo que en todos.

—¿Y licor?

—Creo que sólo en algunos.

—¿Y dados?

—También en algunos, creo.

—¿Por qué no has pasado parte?

—No he visto nada, mi teniente. Yo no puedo abrir los roperos. Están cerrados y los cadetes se llevan las llaves. Sólo creo que hay, pero no he visto.

—¿Y en las otras secciones es lo mismo?

—Creo que sí, mi teniente. Sólo que no tanto como en la primera.

—Bueno —dijo Gamboa—. Esta tarde yo entro de servicio. Tú y los otros soldados de la limpieza se presentarán a la Prevención, a las tres.

—Sí, mi teniente —dijo el soldado.

V

Estaba visto que nadie se salvaba, ha sido cosa de bruje-
ría. Nos tuvieron parados y después nos llevaron a la cuadra y
entonces dije, una lengua amarilla se ha puesto a cantar, no lo
quiero creer pero está claro como el agua, nos ha denunciado
el Jaguar. Nos hicieron abrir los roperos, los huevos se me
subieron a la boca, «agárrate compadre», dijo Vallano, «esto
va a ser el fin del mundo» y tenía razón. «¿Revista de prendas, mi suboficial?», dijo Arróspide, el pobre tenía cara de
moribundo. «No se haga el pelópidas», dijo Pezoa, «estese
quieto y, por favor, métase la lengua al culo». Qué calambres
me vinieron, qué nervios que sentía y los muchachos estaban
como sonámbulos. Y era todo tan raro, Gamboa parado en
un ropero y lo mismo la Rata, y el teniente gritaba: «Cuidado, abrir los roperos, nada más, nadie ha dicho meter la mano». Y quién se iba a atrever, ya nos jodieron, al menos da
gusto saber que a él lo jodieron antes. ¿Quién sino él para decir lo de las botellas y los naipes? Pero todo está muy miste-
rioso, no capto todavía lo del estadio y los fusiles. ¿Gamboa
estaba de mal humor y quiso desfogarse sacándonos las tripas
en el barro? Y algunos incluso se reían, lastima el corazón ver
gente así, tipos sin alma que no saben lo que son las desgracias. La verdad, era para romperse de risa, la Rata comenzó
a zambullirse en los roperos, se metía todito y, como es tan
enano, la ropa se lo tragaba. Se ponía en cuatro patas, el

grandísimo adulón, para que Gamboa viera que buscaba bien y hurgaba los bolsillos y todo lo abría y lo olía y con qué ganas iba cantando: «Aquí hay Incas, caracho, éste es de los finos, fuma Chesterfield, miéchica, ¿se iban a una fiesta?, ¡qué tal botellón!» y nosotros lívidos, menos mal que en todos los roperos encontraron algo, menos mal. Está visto, los más fregados seremos los que teníamos botellas, la mía estaba casi vacía, y yo le dije que lo anotara y el desconsiderado dijo, «calle bruto». El que gozaba como un cochino era Gamboa, se veía en la manera de preguntar: «¿Cuántas ha dicho?». «Dos cajetillas de Inca, dos cajas de fósforos, mi teniente» y Gamboa escribía en su libreta, despacio para que le durara más el gusto. «¿Una botella a medio llenar de qué?» «De pisco, mi teniente. Marca Soldeica.» Cada vez que me miraba, el Rulos se apretaba las amígdalas, sí compañero, estamos hasta el cogote de fregados. Y daba compasión verles las caras a los otros, de dónde maldita sea se les ocurrió revisar los roperos. Y después que se fueron Gamboa y la Rata, el Rulos dijo: «Tiene que haber sido el Jaguar. Juró que si lo fregaban reventaría a todo el mundo. Es un maricón y un traidor». No debía decirlo, así, sin pruebas, y con esas palabras, aunque debe ser verdad.

Sólo que no sé por qué nos llevaron al estadio, se me ocurre que el Jaguar tiene también la culpa, seguro le contó a Gamboa «nos tiramos a las gallinas de vez en cuando» y el teniente dijo «les sacaré los bofes por ser tan vivos». La Rata entró a la clase, «formen rápido que les tengo una sorpresa». Y nosotros gritamos: «Rata». Y él nos dijo: «Es orden del teniente. Formen y a las cuadras a paso ligero. ¿O quieren que lo llame?». Formamos y nos llevó a la cuadra y en la puerta dijo: «Saquen los fusiles, tienen un minuto, brigadier, parte de los tres últimos», nos cansamos de mentarle la madre y a ninguno se le ocurría qué pasaba. En el patio, los cadetes de las otras secciones nos sacaban cachita. Dónde se ha visto, a mediodía con fusiles y a hacer campaña en el estadio, ¿no será que a Gamboa se le ha zafado una tuerca? Estaba esperándonos en la cancha de fútbol y nos miraba con unas ganas. «¡Alto!», dijo la Rata, «formen los grupos de campaña.» Todos protestaban, parecía pesadilla eso de una campaña con uniforme de diario y antes de almuerzo. Su madre se va a tirar al pasto con lo mojado que está y el cansancio que tiene el cuerpo después de tres horas de clases. Y en eso intervino Gamboa con su vozarrón y nos gritó: «Formen en línea de tres en fondo. El grupo tres adelante y el uno al final». La Rata, tan sobón, nos apuraba: «Rápido desganados, vivo, vivo». Y entonces Gamboa dijo: «Sepárense de diez en diez metros como para un asalto». A lo mejor hay peligro de guerra y el ministro ha decidido que nos den instrucción militar acelerada. Nosotros iremos de clases o de oficiales, me gustaría entrar a Arica a sangre y fuego, clavar banderas peruanas en todas partes, en los techos, en las ventanas, en las calles, en los coches, dicen que las chilenas son las mujeres más guapas que hay, ¿será verdad? No creo que haya peligro de guerra, los hubieran entrenado a todos, no sólo a la primera sección. «¿Qué les pasa?», nos gritó Gamboa. «Los fusileros de los grupos uno y dos, ¿son sordos o brutos? Dije diez y no veinte metros. ¿Cómo se llama el negro?» «Vallano, mi teniente», era para doblarse al ver la cara de Vallano cuando Gamboa le dijo negro. «Bueno», dijo el teniente. «¿Por qué se pone a veinte metros si ordené diez?» «Yo no soy fusilero, mi teniente, lo que pasa es que falta uno.» Pezoa es un bruto porfiado, a quién se le ocurre decir eso. «Ajá», dijo Gamboa, «métale seis puntos al ausente». «No se va a poder, mi teniente, el ausente ya está muerto. Es el cadete Arana», hay que ser bruto a rabiar. Nada salía bien, Gamboa estaba furioso. «Bueno», dijo. «Pase a ocupar ese puesto el fusilero de la segunda línea.» Y, después de un momento, gritó: «¿Por qué mierda no se cumple la orden?». Y nos volvimos a mirar y entonces Arróspide se cuadró y dijo: «Es que tampoco está ese cadete. Es el Jaguar». «Póngase usted y no proteste», dijo Gamboa. «Las órdenes se cumplen sin dudas ni murmuraciones.» Y luego nos hizo hacer progresiones de un arco a otro, arréense cuando oigan el silbato, rampen, corran, tiéndanse, uno pierde la noción del tiempo y de su cuerpo con ese ejercicio y cuando estábamos entrando en calor, Gamboa nos hizo formar en columna de a tres y nos trajo a la cuadra y se trepó a un ropero y la Rata a otro, como es tan chiquito sudó tinta para llegar arriba, y nos ordenaron: «Cuádrense en sus puestos» y en ese momento adiviné, el Jaguar nos ha vendido para salvar el pellejo, no hay tipos derechos en el mundo, quién hubiera dicho que él podía hacer una cosa así. «Abran los roperos y den un paso al frente. El primero que meta la mano está frito», como si uno fuera mago para esconder una botella en las narices del teniente. Después que se llevaron en un crudo todo lo que encontraron, nos quedamos callados y yo me eché en mi cama. La Malpapeada no estaba, era la hora de la comida y seguro se había ido a la cocina a buscar sobras. Es triste que la perra no esté aquí para rascarle la cabeza, eso descansa y da una gran tranquilidad, uno piensa que es una muchachita. Algo así debe ser cuando uno se casa. Estoy abatido y entonces viene la hembrita y se echa a mi lado y se queda callada y quietecita, yo no le digo nada, la toco, la rasco, le hago cosquillas y se ríe, la pellizco y chilla, la engrío, juego con su carita, hago rulitos con sus pelos, le tapo la nariz, cuando está ahogándose la suelto, le agarro el cuello y las tetitas, la espalda, los hombros, el culito, las piernas, el ombligo, la beso de repente y le digo piropos: «Cholita, arañita, mujercita, putita». Y entonces alguien gritó: «Ustedes tienen la culpa». Y yo le grité: «¿Qué quiere decir ustedes?». «El Jaguar y ustedes», dijo Arróspide. Y yo me fui donde estaba pero me pararon en el camino. «Ustedes he dicho y lo repito», me gritó el muchacho, cómo estaba de furioso, le chorreaba la saliva de tanta rabia y ni cuenta se daba. Y les decía «suéltenlo, no le tengo miedo, me lo cargo de dos patadas, lo pulverizo en un dos por tres», y a mí me amarraron para tenerme quieto. «Mejor es no pelear ahora que las cosas se han puesto así», dijo Vallano. «Hay que estar unidos para hacer frente a lo que venga.» «Arróspide», le dije, «eres lo más maricón que he visto nunca; cuando las cosas se ponen feas calumnias a los compañeros». «Mentira», dijo Arróspide. «Yo estoy con ustedes contra los tenientes y si hay que ayudarse los ayudo. Pero la culpa de lo que pasa la tiene el Jaguar, el Rulos y tú, porque no son limpios. Aquí hay algo que está oscuro. Qué casualidad que apenas lo metieron al Jaguar al calabozo, Gamboa supo lo que había en los roperos.» Y yo no sabía qué decir, y el Rulos estaba con ellos. Todos decían «sí, el Jaguar ha sido el soplón» y «la venganza es lo más dulce que hay». Después tocaron el pito para almorzar y creo que es la primera vez desde que estoy en el colegio que no comí casi nada, la comida se me atragantaba en el cogote.

Cuando el soldado vio acercarse a Gamboa se puso de pie y sacó la llave; giró sobre sí mismo para abrir la puerta, pero el teniente lo contuvo con un gesto, le quitó la llave de las manos y le dijo: «Vaya a la Prevención y déjeme solo con el cadete». El calabozo de los soldados se alza detrás del corral de las gallinas, entre el estadio y el muro del colegio. Es una construcción de adobes, angosta y baja. Siempre hay un soldado de guardia en la puerta, aun cuando el calabozo esté vacío. Gamboa esperó que el soldado se alejara por la cancha de fútbol hacia las cuadras. Abrió la puerta. El cuarto estaba casi a oscuras: comenzaba a anochecer y la única ventana parecía una rendija. El primer momento no vio a nadie y tuvo una idea súbita: el cadete ha escapado. Luego lo descubrió tendido en la tarima. Se acercó; sus ojos estaban cerrados; dormía. Examinó sus facciones inmóviles, trató de recordar; inútil, el rostro se confundía con otros, aunque le era vagamente familiar, no por sus rasgos, sino por la expresión anticipadamente madura: tenía las mandíbulas apretadas, el ceño grave, el mentón hendido. Los soldados y cadetes, cuando se hallaban frente a un superior, endurecían el rostro; pero este cadete no sabía que él estaba allí. Además, su rostro escapaba a la gencralidad: la mayoría de los cadetes tenían la piel oscura y las facciones angulosas. Gamboa veía una cara blanca, los cabellos y las pestañas parecían rubios. Estiró la mano y la puso en el hombro del Jaguar. Se sorprendió a sí mismo: su gesto carecía de energía; lo había tocado suavemente, como se despierta a un compañero. Sintió que el cuerpo del Jaguar se contraía bajo su mano, su brazo retrocedió por la violencia con que el cadete se incorporaba, pero luego escuchó el golpe de los tacones: había sido reconocido y todo volvía a ser normal.

—Siéntese —dijo Gamboa—. Tenemos mucho que hablar.

El Jaguar se sentó. Ahora, el teniente veía en la penumbra sus ojos, no muy grandes, pero sí brillantes e incisivos. El cadete no se movía ni hablaba, pero en su rigidez y en su silencio había algo indócil que disgustó a Gamboa.

—¿Por qué entró usted al Colegio Militar?

No obtuvo respuesta. Las manos del Jaguar asían el travesaño de la cama; su rostro no había variado, se mostraba severo y tranquilo.

—¿Lo metieron aquí a la fuerza, no es verdad? —dijo Gamboa.

—¿Por qué, mi teniente?

Su voz correspondía exactamente a sus ojos. Las palabras eran respetuosas y las pronunciaba despacio, articulándolas con cierta sensualidad, pero el tono dejaba entrever una secreta arrogancia.

—Quiero saberlo —dijo Gamboa—. ¿Por qué entró al Colegio Militar?

—Quería ser militar.

—¿Quería? —dijo Gamboa—. ¿Ha cambiado de idea?

Esta vez lo sintió dudar. Cuando un oficial los interrogaba sobre sus proyectos, todos los cadetes afirmaban que querían ser militares. Gamboa sabía, sin embargo, que sólo unos cuantos se presentarían a los exámenes de ingreso de Chorrillos.

—Todavía no sé, mi teniente —repuso el Jaguar, después de unos segundos. Hubo una nueva vacilación—. Quizá me presente a la Escuela de Aviación.

Pasaron unos instantes. Se miraban a los ojos y parecían esperar algo, uno del otro. De pronto, Gamboa preguntó bruscamente:

—¿Usted sabe por qué está en el calabozo, no es cierto?

—No, mi teniente.

—¿De veras? ¿Cree que no hay motivos?

—No he hecho nada —afirmó el Jaguar.

—Bastaría sólo lo del ropero —dijo Gamboa, lentamente—. Cigarrillos, dos botellas de pisco, una colección de ganzúas. ¿Le parece poco?

El teniente lo observó detenidamente, pero en vano; el Jaguar permanecía quieto y mudo. No parecía sorprendido ni atemorizado.

—Los cigarrillos, pase —añadió Gamboa—. Es sólo una consigna. El licor, en cambio, no. Los cadetes pueden emborracharse en la calle, en sus casas. Pero aquí no se bebe una gota de alcohol —hizo una pausa—. ¿Y los dados? La primera

348

sección es un garito. ¿Y las ganzúas? ¿Qué significa eso? Robos. ¿Cuántos roperos ha abierto, hace cuánto tiempo que roba a sus compañeros?

—¿Yo? —Gamboa se desconcertó un momento: el Jaguar lo miraba con ironía. Repitió, sin bajar la vista—: ¿Yo?

—Sí —dijo Gamboa; sentía que la cólera lo dominaba—. ¿Quién mierda sino usted?

—Todos —dijo el Jaguar—. Todo el colegio.

—Miente —dijo Gamboa—. Es usted un cobarde.

—No soy un cobarde —dijo el Jaguar—. Se equivoca, mi teniente.

—Un ladrón —añadió Gamboa—. Un borracho, un timbero, y encima un cobarde. ¿Sabe usted que me gustaría que fuéramos civiles?

—¿Quiere pegarme? —preguntó el Jaguar.

—No —dijo Gamboa—. Te agarraría de una oreja y te llevaría al reformatorio. Ahí es donde te deberían haber metido tus padres. Ahora es tarde, te has fregado tú solo. ¿Te acuerdas hace tres años? Ordené que desapareciera el Círculo, que dejaran de jugar a los bandidos. ¿Te acuerdas lo que les dije esa noche?

—No —dijo el Jaguar—. No me acuerdo.

—Sí te acuerdas —dijo Gamboa—. Pero no importa. ¿Creías que eras muy vivo, no? En el Ejército, los vivos como tú se revientan tarde o temprano. Te has librado mucho tiempo. Pero ya te llegó tu hora.

—¿Por qué? —dijo el Jaguar—. No he hecho nada.

—El Círculo —dijo Gamboa—. Robo de exámenes, robo de prendas, emboscadas contra los superiores, abuso de autoridad con los cadetes de tercero. ¿Sabes lo que eres? Un delincuente.

—No es cierto —dijo el Jaguar—. No he hecho nada. He hecho lo que hacen todos.

—¿Quién? —dijo Gamboa—. ¿Quién más ha robado exámenes?

—Todos —dijo el Jaguar—. Los que no roban es porque tienen plata para comprarlos. Pero todos están metidos en eso.

—Nombres —dijo Gamboa—. Dame algunos nombres. ¿Quiénes de la primera sección?

—¿Me van a expulsar?

—Sí. Y quizá te pase algo peor.

—Bueno —dijo el Jaguar, sin que se alterara su voz—. Toda la primera sección ha comprado exámenes.

—¿Sí? —dijo Gamboa—. ¿También el cadete Arana?

—¿Cómo, mi teniente?

—Arana —repitió Gamboa—. El cadete Ricardo Arana.

—No —dijo el Jaguar—. Creo que él no compró nunca. Era un chancón. Pero todos los otros, sí.

—¿Por qué mataste a Arana? —dijo Gamboa—. Responde. Todo el mundo está enterado. ¿Por qué?

—¿Qué le pasa a usted? —dijo el Jaguar. Había pestañeado una sola vez.

—Responde a mi pregunta.

—¿Es usted muy hombre? —dijo el Jaguar. Se había incorporado. Su voz temblaba—. Si es usted tan hombre, quítese los galones. Yo no lo tengo miedo.

Gamboa, instantáneo como un relámpago, estiró el brazo y lo cogió del cuello de la camisa a la vez que con la otra mano lo arrinconaba contra la pared. Antes que el Jaguar comenzara a toser, Gamboa sintió un aguijón en el hombro; al intentar golpearlo, el Jaguar había rozado su codo y el puño se detuvo a medio camino. Lo soltó y retrocedió un paso.

—Podría matarte —dijo—. Estoy en mi derecho. Soy tu superior y has querido golpearme. Pero el Consejo de Oficiales se va a encargar de ti.

—Quítese los galones —dijo el Jaguar—. Usted puede ser más fuerte, pero no le tengo miedo.

—¿Por qué mataste a Arana? —dijo Gamboa—. Deja de hacerte el loco y contesta.

—Yo no he matado a nadie. ¿Por qué dice usted eso? ¿Cree que soy un asesino? ¿Por qué iba a matar al Esclavo?

—Alguien te ha denunciado —dijo Gamboa—. Estás fregado.

—¿Quién? —se había puesto de pie, de un salto; sus ojos relucían como dos candelas.

—¿Ves? —dijo Gamboa—. Te estás delatando.

—¿Quién ha dicho eso? —repitió el Jaguar—. A ése sí voy a matarlo.

—Por la espalda —dijo Gamboa—. Estaba delante de ti, a veinte metros. Lo mataste a traición. ¿Sabes cómo se castiga eso?

—Yo no he matado a nadie. Juro que no, mi teniente.

—Lo veremos —dijo Gamboa—. Es mejor que confieses todo.

—No tengo nada que confesar —gritó el Jaguar—. Lo de los exámenes, lo de los robos, es cierto. Pero yo no soy el único. Todos hacen lo mismo. Sólo que los rosquetes pagan para que otros roben por ellos. Pero no he matado a nadie. Quiero saber quién le ha dicho eso.

—Ya lo sabrás —dijo Gamboa—. Te lo dirá en tu cara.

Al día siguiente llegué a la casa a las nueve de la mañana. Mi madre estaba sentada en la puerta. Me vio venir sin moverse. Yo le dije: «Me quedé donde mi amigo de Chucuito». No me contestó. Me miraba raro, con un poco de miedo, como si yo fuera a hacerle algo. Sus ojos me espulgaban todo el cuerpo y me daban malestar. Me dolía la cabeza y mi garganta estaba seca, pero no me atrevía a echarme a dormir delante de ella. No sabía qué hacer, abría los cuadernos y los libros del colegio, por gusto, ya no servían para nada, metía la mano en el cajón de los cachivaches y ella todo el tiempo detrás de mí, observándome. Me volví y le dije: «¿Qué te pasa, por qué me miras tanto?». Y entonces me dijo: «Estás perdido. Ojalá te murieras». Y se salió a la puerta de calle. Estuvo sentada mucho rato en la grada, los codos en las rodillas, la cabeza entre las manos. Yo la espiaba desde mi cuarto y veía su camisa llena de agujeros y remiendos, su cuello que hervía de arrugas, su cabeza greñuda. Me acerqué despacito y le dije: «Si estás molesta conmigo, perdóname». Me miró de nuevo: su cara también estaba llena de arrugas, de uno de los agujeros de su nariz salían unos pelos blancos, por su boca abierta se veía que le faltaban muchos dientes. «Mejor pídele perdón a Dios», me dijo. «Aunque no sé si vale la pena. Ya estás condenado.» «¿Quieres que te prometa algo?», le pregunté. Y ella me contestó: «¿Para qué? Tienes la perdición en la cara. Mejor acuéstate a dormir la borrachera».

No me acosté, se me había ido el sueño. Al poco rato salí y fui hasta la playa de Chucuito. Desde el muelle vi a los muchachos del día anterior, fumando tirados sobre las piedras. Habían hecho dos montones con su ropa para apoyar la cabeza. Había muchos chicos en la playa; algunos, parados en la orilla, tiraban al agua piedras chatas que rebotaban como platillos. Un rato después llegaron Teresa y sus amigas. Se acercaron a los muchachos y les dieron la mano. Se desvistieron, se sentaron en rueda y él, como si yo no le hubiera hecho nada, estuvo todo el tiempo junto a Tere. Al fin, se metieron al agua. Teresa gritaba: «Me hielo, me muero de frío» y el muchacho cogió agua con las dos manos y comenzó a mojarla. Ella chillaba más fuerte pero no se enojaba. Después entraron más allá de las olas. Teresa nadaba mejor que él, muy suave, como un pececito, él hacía mucha alharaca y se hundía. Salieron y se sentaron en las piedras. Teresa se echó, él le hizo una almohada con su ropa y se puso a su lado, medio torcido, así podía mirarla enterita. Yo sólo veía los brazos de Tere, levantados contra el sol. A él en cambio le veía la espalda flaca, las costillas salidas y las piernas chuecas. A eso de las doce volvieron al agua. El muchacho se hacía el marica y ella le echaba agua y él gritaba. Después nadaron. Adentro, hicieron tabla y jugaron a ahogarse: él se hundía y Teresa movía las manos y gritaba socorro, pero se notaba que era en broma. Él aparecía de repente como un corcho, los pelos tapándole la cara, y lanzaba el alarido de Tarzán. Yo podía oír sus risas, que eran muy fuertes. Cuando salieron, los estaba esperando junto a los montones de ropa. No sé dónde se habían ido las amigas de Teresa y el otro muchacho, ni me fijé en ellos. Era como si toda la gente hubiera desaparecido. Se acercaron y Tere me vio primero; él venía detrás, dando saltos, se hacía el loco. Ella no cambió de cara, no se puso ni más contenta ni más triste de lo que estaba. No me dio la mano, sólo dijo: «Hola. ¿Tú también estabas en la playa?». En eso el muchacho me miró y me reconoció, porque se plantó en seco, retrocedió, se agachó, cogió una piedra y me apuntó. «¿Lo conoces?», le preguntó Teresa, riendo. «Es mi vecino.» «Se las da de matón», dijo el muchacho. «Le voy a partir el alma para que no se las dé más de matón.» Yo medí mal, mejor dicho me olvidé de las piedras. Salté y los pies se me hundieron en la playa y no avancé ni la mitad, caí a un metro de él y entonces el muchacho se adelantó y me descargó la pedrada en plena cara. Fue como si el sol me entrara a la cabeza, vi todo blanco y parecía que flotaba. No me duró mucho, creo. Cuando abrí los ojos, Teresa parecía aterrada y el muchacho estaba boquiabierto. Fue un tonto, si aprovecha me hubiera revolcado a su gusto, pero como me sacó sangre la pedrada, se quedó quieto, mirando a ver qué me pasaba, y yo me le fui encima, saltando sobre Teresa. Cuerpo a cuerpo iba perdido, lo vi apenas caímos al suelo, parecía de trapo y no me encajaba un puñete. Ni siquiera nos revolcamos, ahí mismo estuve montado sobre él, dándole en la cara que se tapaba con las dos manos. Yo había cogido piedrecitas y con ellas le frotaba la cabeza y la frente y, cuando levantaba las manos, se las metía a la boca y a los ojos. No nos separaron hasta que vino el cachaco. Me cogió de la camisa y me jaló y yo sentí que algo se rasgaba. Me dio una cachetada y entonces le aventé una piedra al pecho. Dijo: «Carajo, te destrozo», me levantó como a una pluma y me dio media docena de sopapos. Después me dijo: «Mira lo que has hecho, desgraciado». El chico estaba tirado en el suelo y se quejaba. Unas mujeres y unos tipos lo estaban consolando. Todos, muy furiosos, le decían al cachaco: «Le ha roto la cabeza, es un salvaje, a la correccional». A mí no me importaba nada lo que decían las mujeres, pero en eso vi a Teresa. Tenía la cara roja y me miraba con odio. «Qué malo y qué bruto eres», me dijo. Y yo le dije: «Tú tienes la culpa por ser tan puta». El cachaco me dio un puñete en la boca y gritó: «No digas lisuras a la niña, maleante». Ella me miraba muy asustada y yo me di vuelta y el cachaco me dijo: «Quieto, ¿adónde vas?». Y yo comencé a patearlo y a darle manazos a la loca hasta que a jalones me sacó de la playa. En la comisaría, un teniente le ordenó al cachaco: «Fájemelo bien y lárguelo. Pronto lo tendremos de nuevo por algo grande. Tiene toda la cara para ir al Sepa». El cachaco me llevó a un patio, se sacó la correa y comenzó a darme latigazos. Yo corría y los otros cachacos se morían de risa viendo cómo sudaba la gota gorda y no podía alcanzarme. Después tiró la correa y me arrinconó. Se acercaron otros guardias y le dijeron: «Suéltalo. No puedes irte de puñetazos con una criatura». Salí de ahí y ya no volví a mi casa. Me fui a vivir con el flaco Higueras.

—No entiendo una palabra —dijo el mayor—. Ni una.

Era un hombre obeso y colorado, con un bigotillo rojizo que no llegaba a las comisuras de los labios. Había leído el parte cuidadosamente, de principio a fin, pestañeando sin cesar. Antes de levantar la vista hacia el capitán Garrido, que estaba de pie, frente al escritorio, de espaldas a la ventana que descubría el mar gris y los llanos pardos de La Perla, volvió a leer algunos párrafos de las diez hojas a máquina.

—No entiendo —repitió—. Explíqueme usted, capitán. Alguien se ha vuelto loco aquí y creo que no soy yo. ¿Qué le ocurre al teniente Gamboa?

—No sé, mi mayor. Estoy tan sorprendido como usted. He hablado con él varias veces sobre este asunto. He tratado de demostrarle que un parte como éste era descabellado...

—¿Descabellado? —dijo el mayor—. Usted no debió permitir que se metiera a esos muchachos al calabozo ni que el parte fuera redactado en semejantes términos. Hay que poner fin a este lío de inmediato. Sin perder un minuto.

—Nadie se ha enterado de nada, mi mayor. Los dos cadetes están aislados.

—Llame a Gamboa —dijo el mayor—. Que venga en el acto.

El capitán salió, precipitadamente. El mayor volvió a coger el parte. Mientras lo releía, trataba de morderse los pelos rojizos del bigote, pero sus dientes eran muy pequeñitos y sólo alcanzaban a arañar los labios e irritarlos. Uno de sus pies taconeaba, nervioso. Minutos después, el capitán volvió seguido del teniente.

—Buenos días —dijo el mayor, con una voz que la irritación llenaba de altibajos—. Estoy muy sorprendido, Gamboa. Vamos a ver, usted es un oficial destacado, sus superiores lo estiman. ¿Cómo se le ha ocurrido pasar este parte? Ha perdido el juicio, hombre, esto es una bomba. Una verdadera bomba.

—Es verdad, mi mayor —dijo Gamboa. El capitán lo miraba, masticando furiosamente—. Pero el asunto escapa ya a mis atribuciones. He averiguado todo lo que he podido. Sólo el Consejo de Oficiales…

—¿Qué? —lo interrumpió el mayor—. ¿Cree que el Consejo va a reunirse para examinar esto? No diga tonterías, hombre. El Leoncio Prado es un colegio, no vamos a permitir un escándalo así. En realidad, algo anda mal en su cabeza, Gamboa. ¿Piensa de veras que voy a dejar que este parte llegue al Ministerio?

—Es lo que yo he dicho al teniente, mi mayor —insinuó el capitán—. Pero él se ha empeñado.

—Veamos —dijo el mayor—. No hay que perder los controles, la serenidad es capital en todo momento. Veamos. ¿Quién es el muchacho que hizo la denuncia?

—Fernández, mi mayor. Un cadete de la primera sección.

—¿Por qué metió al otro al calabozo sin esperar órdenes?

—Tenía que comenzar la investigación, mi mayor. Para interrogarlo, era imprescindible que lo separara de los cadetes. De otro modo, la noticia se habría difundido por todo el año. Por prudencia no he querido hacer un careo entre los dos.

—La acusación es imbécil, absurda —estalló el mayor—. Y usted no debió prestarle la menor importancia. Son cosas de niños y nada más. ¿Cómo ha podido dar crédito a esa historia fantástica? Jamás pensé que fuera tan ingenuo, Gamboa.

—Es posible que usted tenga razón, mi mayor. Pero permítame hacerle una observación. Yo tampoco creía que se robaban los exámenes, que había bandas de ladrones, que metían al colegio naipes, licor. Y todo eso lo he comprobado personalmente, mi mayor.

—Eso es otra cosa —dijo el mayor—. Es evidente que en el quinto año se burla la disciplina. No cabe ninguna duda. Pero en este caso los responsables son ustedes. Capitán Garrido, el teniente Gamboa y usted se van a ver en apuros. Los muchachos se los han comido vivos. Veremos la cara del coronel cuando sepa lo que pasa en las cuadras. No puedo hacer nada, tengo que pasar el parte y poner en orden las cosas. Pero —el mayor intentó nuevamente morderse el bigote—, lo otro es inadmisible y absurdo. Ese muchacho se pegó un tiro por error. El asunto está liquidado.

—Perdón, mi mayor —dijo Gamboa—. No se comprobó que él mismo se matara.

—¿No? —el mayor fulminó a Gamboa con los ojos—. ¿Quiere que le muestre el parte sobre el accidente?

—El coronel nos explicó la razón de ese parte, mi mayor. Era para evitar complicaciones.

—¡Ah! —dijo el mayor, con un gesto triunfal—. Justamente. ¿Y para evitar complicaciones hace usted ahora un informe lleno de horrores?

—Es distinto, mi mayor —dijo Gamboa, imperturbable—. Todo ha cambiado. Antes, la hipótesis del accidente era la más verosímil, mejor dicho la única. Los médicos dijeron que el balazo vino de atrás. Pero yo y los demás oficiales pensábamos que se trataba de una bala perdida, de un accidente. En esas condiciones, no importaba atribuir el error a la propia víctima, para no hacer daño a la institución. En realidad, mi mayor, yo creí que el cadete Arana era culpable, al menos en parte, por estar mal emplazado, por haber demorado en el salto. Incluso, hasta podía pensarse que la bala salió de su propio fusil. Pero todo cambia desde que una persona afirma que se trata de un crimen. La acusación no es del todo absurda, mi mayor. La disposición de los cadetes…

—Tonterías —dijo el mayor con cólera—. Usted debe leer novelas, Gamboa. Vamos a arreglar este enredo de una vez y basta de discusiones inútiles. Vaya a la Prevención y mande a esos cadetes a su cuadra. Dígales que si hablan de este asunto serán expulsados y que no se les dará ningún certificado. Y haga un nuevo informe, omitiendo todo lo relativo a la muerte del cadete Arana.

—No puedo hacer eso, mi mayor —dijo Gamboa—. El cadete Fernández mantiene sus acusaciones. Hasta donde he podido comprobar por mí mismo, lo que dice es cierto. El acusado se hallaba detrás de la víctima durante la campaña. No afirmo nada, mi mayor. Quiero decir sólo que, técnicamente, la denuncia es aceptable. Sólo el Consejo puede pronunciarse al respecto.

—Su opinión no me interesa —dijo el mayor, con desprecio—. Le estoy dando una orden. Guárdese esas fábulas para usted y obedezca. ¿O quiere que lo lleve ante el Consejo? Las órdenes no se discuten, teniente.

—Usted es libre de llevarme al Consejo, mi mayor —dijo Gamboa, suavemente—. Pero no voy a rehacer el parte. Lo siento. Y debo recordarle que usted está obligado a llevarlo donde el comandante.

El mayor palideció de golpe. Olvidando las formas, trataba ahora de alcanzar los bigotes con los dientes a toda costa y hacía muecas sorprendentes. Se había puesto de pie. Sus ojos eran violáceos.

—Bien —dijo—. Usted no me conoce, Gamboa. Soy manso sólo cuando se portan bien conmigo. Pero soy un enemigo peligroso, ya lo va a comprobar. Esto le va a costar caro. Le juro que se va a acordar de mí. Por lo pronto, no saldrá del colegio hasta que todo se aclare. Voy a transmitir el parte, pero también pasaré un informe sobre su manera de comportarse con los superiores. Váyase.

—Permiso, mi mayor —dijo Gamboa y salió, caminando sin prisa.

—Está loco —dijo el mayor—. Se ha vuelto loco. Pero yo lo voy a curar.

—¿Va usted a pasar el parte, mi mayor? —preguntó el capitán.

—No puedo hacer otra cosa —el mayor miró al capitán y pareció sorprenderse de encontrarlo allí—. Y usted también se ha fregado, Garrido. Su foja de servicios va a quedar negra.

—Mi mayor —balbuceó el capitán—. No es mi culpa. Todo ha ocurrido en la primera compañía, la de Gamboa. Las otras marchan perfectamente, como sobre ruedas, mi mayor. Siempre he cumplido las instrucciones al pie de la letra.

—El teniente Gamboa es su subordinado —repuso el mayor, secamente—. Si un cadete viene a revelarle lo que pasa en su batallón, quiere decir que usted ha estado en la luna todo el tiempo. ¿Qué clase de oficiales son ustedes? No pueden imponer la disciplina a niños de colegio. Le aconsejo que trate de poner un poco de orden en el quinto año. Puede retirarse.

El capitán dio media vuelta y sólo cuando estuvo en la puerta recordó que no había saludado. Giró e hizo chocar los tacones: el mayor revisaba el parte, movía los labios y su frente se plegaba y desplegaba. El capitán Garrido fue a un paso muy ligero, casi al trote, hasta la secretaría del año. En el patio, tocó su silbato, con mucha fuerza. Momentos después, el suboficial Morte entraba a su despacho.

—Llame a todos los oficiales y suboficiales del año —le dijo el capitán. Se pasó la mano por las frenéticas mandíbulas—. Todos ustedes son los responsables verdaderos y me las van a pagar caro, carajo. Es su culpa y de nadie más. ¿Qué hace ahí con la boca abierta? Vaya y haga lo que le he dicho.

VI

Gamboa vaciló, sin decidirse a abrir la puerta. Estaba preocupado. «¿Es por todos estos líos», pensó, «o por la carta?». La había recibido hacía algunas horas: «Estoy extrañándote mucho. No debí hacer este viaje. ¿No te dije que sería mucho mejor que me quedara en Lima? En el avión no podía contener las náuseas y todo el mundo me miraba y yo me sentía peor. En el aeropuerto me esperaban Cristina y su marido, que es muy simpático y bueno, ya te contaré. Me llevaron de inmediato a la casa y llamaron al médico. Dijo que el viaje me había hecho mal, pero que todo lo demás estaba bien. Sin embargo, como me seguía el dolor de cabeza y el malestar volvieron a llamarlo y entonces dijo que mejor me internaba en el hospital. Me tienen en observación. Me han puesto muchas inyecciones y estoy inmóvil, sin almohada, y eso me molesta mucho, tú sabes que me gusta dormir casi sentada. Mi mamá y Cristina están todo el día a mi lado y mi cuñado viene a verme apenas sale de su trabajo. Todos son muy buenos, pero yo quisiera que tú estuvieras aquí, sólo así me sentiría tranquila del todo. Ahora estoy un poco mejor, pero tengo mucho miedo de perder al bebe. El médico dice que la primera vez es complicado, pero que todo irá bien. Estoy muy nerviosa y pienso todo el tiempo en ti. Cuídate mucho, tú. ¿Me estás extrañando, no es verdad? Pero no tanto como yo a ti». Al leerla, había comenzado a sentirse abatido.

Y a media lectura, el capitán se presentó en su cuarto con el rostro avinagrado, para decirle: «El coronel ya sabe todo. Salió usted con su gusto. Dice el comandante que saque del calabozo a Fernández y lo lleve a la oficina del coronel. Ahora mismo». Gamboa no estaba alarmado, pero sentía una falta total de entusiasmo, como si de pronto todo ese asunto hubiera dejado de concernirle. No era frecuente en él dejarse vencer por el desgano. Estaba malhumorado. Dobló la carta en cuarto, la guardó en su cartera y abrió la puerta. Alberto lo había visto venir por la rejilla, sin duda, pues lo esperaba en posición de firmes. El calabozo era más claro que el que ocupaba el Jaguar y Gamboa observó que el pantalón caqui de Alberto era ridículamente corto: se ajustaba a sus piernas como un buzo de bailarín y sólo la mitad de los botones de la bragueta estaban abrochados. La camisa, en cambio, era demasiado ancha: las hombreras colgaban y a la espalda se formaba una gran joroba.

—Oiga —dijo Gamboa—. ¿Dónde se ha cambiado el uniforme de salida?

—Aquí mismo, mi teniente. Tenía el uniforme de diario en mi maletín. Lo llevo los sábados a mi casa para que lo laven.

Gamboa vio sobre la tarima una esfera blanca, el quepí, y unos puntos luminosos, los botones de la guerrera.

—¿No conoce el reglamento? —dijo, con brusquedad—. Los uniformes de diario se lavan en el colegio, no se pueden sacar a la calle. ¿Y qué pasa con ese uniforme? Parece usted un payaso.

El rostro de Alberto se llenó de ansiedad. Con una mano trató de abotonar la parte superior del pantalón pero, aunque sumía el estómago visiblemente, no lo consiguió.

—El pantalón se ha encogido y la camisa ha crecido —dijo Gamboa, con sorna—. ¿Cuál de las dos prendas es robada?

—Las dos, mi teniente.

Gamboa recibió un pequeño impacto; en efecto, el capitán tenía razón, ese cadete lo consideraba un aliado.

—Mierda —dijo, como hablando consigo mismo—. ¿Sabe que a usted tampoco lo salva ni Cristo? Está más embarrado que cualquiera. Voy a decirle una cosa. Me ha hecho un flaco servicio viniendo a contarme sus problemas. ¿Por qué no se le ocurrió llamar a Huarina o a Pitaluga?

—No sé, mi teniente —dijo Alberto. Pero añadió, de prisa—: Sólo tengo confianza en usted.

—Yo no soy su amigo —dijo Gamboa—, ni su compinche, ni su protector. He hecho lo que era mi obligación. Ahora todo está en manos del coronel y del Consejo de Oficiales. Ya sabrán ellos lo que hacen con usted. Venga conmigo, el coronel quiere verlo.

Alberto palideció, sus pupilas se dilataron.

—¿Tiene miedo? —dijo Gamboa.

Alberto no respondió. Se había cuadrado y pestañeaba.

—Venga —dijo Gamboa.

Atravesaron la pista de cemento y Alberto se sorprendió al ver que Gamboa no contestaba el saludo de los soldados de la guardia. Era la primera vez que entraba a ese edificio. Sólo por el exterior —altos muros grises y mohosos— se parecía a los otros locales del colegio. Adentro, todo era distinto. El vestíbulo, con una gruesa alfombra que silenciaba las pisadas, estaba iluminado por una luz artificial muy fuerte y Alberto cerró los ojos varias veces, cegado. En las paredes había cuadros; le parecía reconocer, al pasar, a los personajes que ilustraban el libro de historia, sorprendidos en el instante supremo: Bolognesi disparando el último cartucho, San Martín enarbolando una bandera, Alfonso Ugarte precipitándose al abismo, el presidente de la República recibiendo una medalla. Después del vestíbulo, había una sala desierta, grande, muy iluminada: en las paredes abundaban los trofeos deportivos y los diplomas. Gamboa fue hacia una esquina. Tomaron el ascensor. El teniente marcó el cuarto piso, sin duda el último. Alberto pensó que era absurdo no haberse dado cuenta en tres años del número de pisos que tenía ese edificio. Vedado para los cadetes, monstruo grisáceo y algo satánico porque allí se elaboraban las listas de consignados y en él tenían sus madrigueras las autoridades del colegio, el edificio de la administración estaba tan lejos de las cuadras, en el espíritu de los cadetes, como el palacio arzobispal o la playa de Ancón.

—Pase —dijo Gamboa.

Era un corredor estrecho; las paredes relucían. Gamboa empujó una puerta. Alberto vio un escritorio y, tras él, junto a un retrato del coronel, a un hombre vestido de civil.

—El coronel lo espera —dijo éste a Gamboa—. Puede usted pasar, teniente.

—Siéntese ahí —dijo Gamboa a Alberto—. Ya lo llamarán.

Alberto tomó asiento frente al civil. El hombre revisaba unos papeles; tenía un lápiz en las manos y lo movía en el aire como siguiendo unos compases secretos. Era bajito, de rostro anónimo y bien vestido; el cuello duro parecía incomodarle, a cada instante movía la cabeza y la nuez se desplazaba bajo la piel de su garganta como un animalito aturdido. Alberto intentó escuchar lo que ocurría al otro lado, pero no oyó nada. Se abstrajo: Teresa le sonreía desde el paradero del Colegio Raimondi. La imagen lo asediaba desde que se llevaron al cabo de la celda vecina. Sólo el rostro de la muchacha aparecía, suspendido ante los muros pálidos del colegio italiano, al borde de la avenida Arequipa; no divisaba su cuerpo. Había pasado horas tratando de recordarla de cuerpo entero. Imaginaba para ella vestidos elegantes, joyas, peinados exóticos. Un momento se ruborizó: «Estoy jugando a vestir a la muñeca, como las mujeres». Revisó su maletín y sus bolsillos en vano: no tenía papel, no podía escribirle. Entonces, redactó cartas imaginarias, composiciones repletas de imágenes grandilocuentes, en las que le hablaba del Colegio Militar, el amor, la muerte del Esclavo, el sentimiento de culpa y el porvenir. De pronto, oyó un timbre. El civil hablaba por teléfono; asentía, como si su interlocutor pudiera verlo. Colgó el fono delicadamente y se volvió hacia él.

—¿Usted es el cadete Fernández? Pase a la oficina del coronel, por favor.

Avanzó hasta la puerta. Golpeó tres veces con los nudillos. No obtuvo respuesta. Empujó: la habitación era enorme, estaba alumbrada con tubos fluorescentes, sus ojos se irritaron al entrar en contacto con esa inesperada atmósfera azul. A diez metros de distancia, vio a tres oficiales sentados en unos sillones de cuero. Lanzó una mirada circular: un escritorio de madera, diplomas, banderines, cuadros, una lámpara de pie. El piso no tenía alfombra: el encerado relucía y sus botines se deslizaban como sobre hielo. Caminó muy despacio, temía resbalar. Miraba el suelo, sólo levantó la cabeza al ver que bajo sus ojos surgía una pierna enfundada en un pantalón caqui y un brazo de sillón. Se cuadró.

—¿Fernández? —dijo la voz que retumbaba bajo el cielo nublado cuando los cadetes evolucionaban en el estadio, ensayando los ejercicios para las actuaciones, la vocecita silbante que los mantenía inmóviles en el salón de actos, hablándoles de patriotismo y espíritu de sacrificio—. ¿Fernández qué?

—Fernández Temple, mi coronel. Cadete Alberto Fernández Temple.

El coronel lo observaba; era bruñido y regordete, sus cabellos grises estaban cuidadosamente aplastados contra el cráneo.

—¿Qué es usted del general Temple? —dijo el coronel. Alberto trataba de adivinar lo que vendría por la voz. Era fría pero no amenazadora.

—Nada, mi coronel. Creo que el general Temple es de los Temple de Piura. Yo soy de los de Moquegua.

—Sí —dijo el coronel—. Es un provinciano —se volvió y Alberto, siguiendo su mirada, descubrió en el otro sillón al comandante Altuna—. Como yo. Como la mayoría de los jefes del Ejército. Es un hecho, de las provincias salen los mejores oficiales. A propósito, Altuna, ¿usted de dónde es?

—Yo soy limeño, mi coronel. Pero me siento provinciano. Toda mi familia es de Ancash.

Alberto trató de localizar a Gamboa, pero no pudo. El teniente ocupaba el sillón cuyo espaldar tenía al frente: Alberto sólo veía un brazo, la pierna inmóvil y un pie que taconeaba levemente.

—Bueno, cadete Fernández —dijo el coronel; su voz había cobrado cierta gravedad—. Ahora vamos a hablar de cosas más serias, más actuales —el coronel, hasta entonces recostado en el sillón, había avanzado hasta el borde del asiento: su vientre aparecía, bajo su cabeza, como un ser aparte—. ¿Es usted un verdadero cadete, una persona sensata, inteligente, culta? Vamos a suponer que sí. Quiero decir que no habrá conmovido a toda la oficialidad del colegio por algo insignificante. Y, en efecto, el parte que ha elevado el teniente Gamboa muestra que el asunto justifica la intervención, no sólo de los oficiales, sino incluso del Ministerio, de la Justicia. Según veo, usted acusa a un compañero de asesinato.

Tosió brevemente, con alguna elegancia, y calló un momento.

—Yo he pensado de inmediato: un cadete de quinto año no es un niño. En tres años de Colegio Militar, ha tenido tiempo de sobra para hacerse hombre. Y un hombre, un ser racional, para acusar a alguien de asesino, debe tener pruebas terminantes, irrefutables. Salvo que haya perdido el juicio. O que sea un ignorante en materias jurídicas. Un ignorante que no sabe lo que es un falso testimonio, que no sabe que las calumnias son figuras delictivas descritas por los códigos y penadas por la ley. He leído el parte atentamente, como lo exigía este asunto. Y, por desdicha, cadete, las pruebas no aparecen por ningún lado. Entonces he pensado: el cadete es una persona prudente, ha tomado sus precauciones, sólo quiere mostrar las pruebas en última instancia, a mí en persona, para que yo las exhiba ante el Consejo. Muy bien, cadete, por eso lo he mandado llamar. Deme usted esas pruebas.

Bajo los ojos de Alberto, el pie golpeaba el suelo, se levantaba y volvía a caer, implacable.

—Mi coronel —dijo—. Yo, solamente...

—Sí, sí —dijo el coronel—. Usted es un hombre, un cadete del quinto año del Colegio Militar Leoncio Prado. Sabe lo que hace. Vengan esas pruebas.

—Yo ya dije todo lo que sabía, mi coronel. El Jaguar quería vengarse de Arana, porque éste acusó...

—Después hablaremos de eso —lo interrumpió el coronel—. Las anécdotas son muy interesantes. Las hipótesis nos demuestran que usted tiene un espíritu creador, una imaginación cautivante —se calló y repitió, complacido—: Cautivante. Ahora vamos a revisar los documentos. Deme todo el material jurídico necesario.

—No tengo pruebas, mi coronel —reconoció Alberto. Su voz era dócil y temblaba; se mordió el labio para darse ánimos—. Yo sólo dije lo que sabía. Pero estoy seguro...

—¿Cómo? —dijo el coronel, con un gesto de asombro—. ¿Quiere usted hacerme creer que no tiene pruebas concretas y fehacientes? Un poco más de seriedad, cadete, éste no es un momento oportuno para hacer bromas. ¿De veras no tiene un solo documento válido, tangible? Vamos, vamos.

—Mi coronel, yo pensé que mi deber...

—¡Ah! —prosiguió el coronel—. ¿Así que se trata de una broma? Me parece muy bien. Usted tiene derecho a divertirse, por lo demás el humor revela juventud, es muy saludable. Pero todo tiene un límite. Está en el Ejército, cadete. No puede reírse de las Fuerzas Armadas, así nomás. Y no sólo en el Ejército. Figúrese que en la vida civil también se pagan caras estas bromas. Si usted quiere acusar a alguien de asesino, tiene que apoyarse en algo, ¿cómo diré?, suficiente. Eso es, pruebas suficientes. Y usted no tiene ninguna clase de pruebas, ni suficientes ni insuficientes, y viene aquí a lanzar una acusación fantástica, gratuita, a echar lodo a un compañero, al colegio que lo ha formado. No nos haga creer que es usted un topo, cadete. ¿Qué cosa cree que somos nosotros, ah? ¿Imbéciles, débiles mentales, o qué? ¿Sabe usted que cuatro médicos y una comisión de peritos en balística comprobaron que el disparo que costó la vida a ese infortunado cadete salió de su propio fusil? ¿No se le ocurrió pensar que sus superiores, que tienen más experiencia y más responsabilidad que usted, habían hecho una minuciosa investigación sobre esa muerte? Alto, no diga nada, déjeme terminar. ¿Se le ocurre que íbamos a quedarnos muy tranquilos después de ese accidente, que no íbamos a indagar, a averiguar, a descubrir los errores, las faltas que lo originaron? ¿Usted cree que los galones le caen a uno del cielo? ¿Cree usted que los tenientes, los capitanes, el mayor, el comandante, yo mismo, somos una recua de idiotas, para cruzarnos de brazos cuando muere un cadete en esas circunstancias? Esto es verdaderamente bochornoso, cadete Fernández. Bochornoso por no decir otra cosa. Piense un instante y respóndame. ¿No es algo bochornoso?

—Sí, mi coronel —dijo Alberto y al instante se sintió aliviado.

—Lástima que no haya reflexionado antes —dijo el coronel—. Lástima que haya sido precisa mi intervención para que usted comprendiera los alcances de un capricho adolescente. Ahora vamos a hablar de otra cosa, cadete. Porque, sin saberlo, usted ha puesto en movimiento una máquina infernal. Y la primera víctima será usted mismo. Tiene mucha imaginación, ¿no es cierto? Acaba de darnos una prueba magistral. Lo malo es que la historia del asesinato no es la única. Acá yo tengo otros testimonios de su fantasía, de su inspiración. ¿Quiere pasarnos esos papeles, comandante?

Alberto vio que el comandante Altuna se ponía de pie. Era un hombre alto y corpulento, muy distinto al coronel. Los cadetes les decían el gordo y el flaco. Altuna era un personaje silencioso y huidizo, rara vez se lo veía por las cuadras o las aulas. Fue hasta el escritorio y volvió con un puñado de papeles en la mano. Sus zapatos crujían como los botines de los cadetes. El coronel recibió los papeles y los llevó a sus ojos.

—¿Sabe usted qué es esto, cadete?

—No, mi coronel.

—Claro que sabe, cadete. Mírelos.

Alberto los recibió y sólo cuando hubo leído varias líneas, comprendió.

—¿Reconoce esos papeles, ahora?

Alberto vio que la pierna se encogía. Junto al espaldar apareció una cabeza: el teniente Gamboa lo miraba. Enrojeció violentamente.

—Claro que los reconoce —añadió el coronel, con alegría—. Son documentos, pruebas fehacientes. Vamos a ver, léanos algo de lo que dice ahí.

Alberto pensó súbitamente en el bautizo de los perros. Por primera vez, después de tres años, sentía esa sensación de impotencia y humillación radical que había descubierto al ingresar al colegio. Sin embargo, ahora era todavía peor: al menos, el bautizo se compartía.

—He dicho que lea —repitió el coronel.

Alberto leyó, haciendo un gran esfuerzo. Su voz era débil y se cortaba por momentos: «Tenía unas piernas muy grandes y muy peludas y unas nalgas tan enormes que más parecía un animal que una mujer, pero era la puta más solicitada de la cuarta cuadra, porque todos los viciosos iban donde ella». Se calló. Tenso, esperaba que la voz del coronel le ordenara continuar. Pero el coronel permanecía callado. Alberto sentía una fatiga profunda. Como los concursos en la cueva de Paulino, la humillación lo agotaba físicamente, ablandaba sus músculos, oscurecía su cerebro.

—Devuélvame esos papeles —dijo el coronel. Alberto se los entregó. El coronel se puso a hojearlos, lentamente. A medida que pasaban frente a sus ojos, movía los labios y dejaba escapar un murmullo. Alberto oía fragmentos de títulos que apenas recordaba, algunos habían sido escritos un año atrás: *Lula, la chuchumeca incorregible*, *La mujer loca y el burro*, *La jijuna y el jijuno*.

—¿Sabe usted lo que debo hacer con estos papeles? —dijo el coronel. Tenía los ojos entrecerrados, parecía abrumado por una obligación penosa e ineludible. Su voz revelaba fastidio y cierta amargura—: Ni siquiera reunir al Consejo de Oficiales, cadete. Echarlo a la calle de inmediato, por degenerado. Y llamar a su padre, para que lo lleve a una clínica; tal vez los psiquiatras (¿me entiende usted, los psiquiatras?) puedan curarlo. Esto sí que es un escándalo, cadete. Hay que tener un espíritu extraviado, pervertido, para dedicarse a escribir semejantes cosas. Hay que ser una escoria. Estos papeles deshonran al colegio, nos deshonran a todos. ¿Tiene algo que decir? Hable, hable.

—No, mi coronel.

—Naturalmente —dijo el coronel—. ¿Qué puede decir ante documentos flagrantes? Ni una palabra. Respóndame con franqueza, de hombre a hombre. ¿Merece usted que lo expulsen, que lo denunciemos a su familia como pervertido y corruptor? ¿Sí o no?

—Sí, mi coronel.

—Estos papeles son su ruina, cadete. ¿Cree usted que algún colegio lo recibiría después de ser expulsado por vicioso, por taras espirituales? Su ruina definitiva. ¿Sí o no?

—Sí, mi coronel.

—¿Qué haría usted en mi caso, cadete?

—No sé, mi coronel.

—Yo sí, cadete. Tengo un deber que cumplir —hizo una pausa. Su rostro dejó de ser beligerante, se suavizó. Todo su cuerpo se contrajo y, al retroceder en el asiento, el vientre disminuyó de volumen, se humanizó. El coronel se rascaba el mentón, su mirada erraba por la habitación, parecía sumido en ideas contradictorias. El comandante y el teniente no se movían. Mientras el coronel reflexionaba, Alberto concentraba su atención en el pie que apoyaba el tacón en el piso encerado y permanecía en ángulo: aguardaba con angustia que la puntera descendiera y comenzara a golpear acompasadamente el suelo.

—Cadete Fernández Temple —dijo el coronel con voz grave. Alberto levantó la cabeza—. ¿Está usted arrepentido?

—Sí, mi coronel —repuso Alberto, sin vacilar.

—Yo soy un hombre con sensibilidad —dijo el coronel—. Y estos papeles me avergüenzan. Son una afrenta sin nombre para el colegio. Míreme, cadete. Usted tiene una formación militar, no es un cualquiera. Pórtese como un hombre. ¿Comprende lo que le digo?

—Sí, mi coronel.

—¿Hará todo lo necesario para enmendarse? ¿Tratará de ser un cadete modelo?

—Sí, mi coronel.

—Ver para creer —dijo el coronel—. Estoy cometiendo una falta, mi deber me obliga a echarlo a la calle en el acto. Pero, no por usted, sino por la institución que es sagrada, por esta gran familia que formamos los leonciopradinos, voy a darle una última oportunidad. Guardaré estos papeles y lo tendré en observación. Si sus superiores me dicen, a fin de año, que usted ha respondido a mi confianza, si hasta entonces su foja está limpia, quemaré estos papeles y olvidaré esta escandalosa historia. En caso contrario, si comete una infracción (una sola bastaría, ¿me comprende?), le aplicaré el reglamento, sin piedad. ¿Entendido?

—Sí, mi coronel —Alberto bajó los ojos y añadió—: Gracias, mi coronel.

—¿Se da usted cuenta de lo que hago por usted?

—Sí, mi coronel.

—Ni una palabra más. Regrese a su cuadra y pórtese como es debido. Sea un verdadero cadete leonciopradino, disciplinado y responsable. Puede retirarse.

Alberto se cuadró y dio media vuelta. Había dado tres pasos hacia la puerta cuando lo detuvo la voz del coronel:

—Un momento, cadete. Por supuesto, usted guardará la más absoluta reserva sobre lo que se ha hablado aquí. La historia de los papeles, la ridícula invención del asesinato, todo. Y no vuelva a buscarle tres pies al gato sabiendo que tiene cuatro. La próxima vez, antes de jugar al detective, piense que está en el Ejército, una institución donde los superiores vigilan para que todo sea debidamente investigado y sancionado. Puede irse.

Alberto volvió a hacer sonar los tacones y salió. El civil ni siquiera lo miró. En vez de tomar el ascensor bajó por la escalera: como todo el edificio, las gradas parecían espejos.

Ya afuera, ante el monumento al héroe, recordó que en el calabozo había dejado su maletín y el uniforme de salida. Fue hacia la Prevención, a pasos lentos. El teniente de guardia le hizo una venia.

—Vengo a sacar mis prendas, mi teniente.

—¿Por qué? —repuso el oficial—. Usted está en el calabozo por orden de Gamboa.

—Me han ordenado que vuelva a la cuadra.

—Nones —dijo el teniente—. ¿No conoce el reglamento? Usted no sale de aquí hasta que el teniente Gamboa me lo indique por escrito. Vaya adentro.

—Sí, mi teniente.

—Sargento —dijo el oficial—. Póngalo con el cadete que trajeron del calabozo del estadio. Necesito espacio para los soldados castigados por el capitán Bezada —se rascó la cabeza—. Esto se está convirtiendo en una cárcel. Ni más ni menos.

El sargento, un hombre macizo y achinado, asintió. Abrió la puerta del calabozo y la empujó con el pie.

—Adentro, cadete —dijo. Y añadió, en voz baja—: Estese tranquilo. Cuando cambie la guardia, le pasaré un fumatélico.

Alberto entró. El Jaguar estaba sentado en la tarima y lo miraba.

Esa vez el flaco Higueras no quería ir, fue contra su voluntad, como sospechando que la cosa iba a salir mal. Unos meses antes, cuando el Rajas le mandó decir «o trabajas conmigo o no vuelves a pisar el Callao si quieres conservar la cara sana», el flaco me dijo: «Ya está, me lo esperaba». Él había estado con el Rajas de muchacho; mi hermano y el flaco fueron sus discípulos. Luego al Rajas lo encanaron y ellos siguieron solos. A los cinco años, el Rajas salió y formó otra banda, y el flaco lo estuvo esquivando hasta que un día lo encontraron dos matones en El Tesoro del Puerto y lo llevaron a la fuerza donde el Rajas. Me contó que no le hicieron nada y que el Rajas lo abrazó y le dijo: «Te quiero como a un hijo». Después, se emborracharon y se despidieron muy amigos. Pero a la semana le mandó esa advertencia. El flaco no quería trabajar en equipo, decía que era mal negocio, pero tampoco quería convertirse en enemigo del Rajas. Así que me dijo: «Voy a aceptar; después de todo, el Rajas es derecho. Pero tú no tienes por qué hacerlo. Si quieres un consejo, vuelve donde tu madre y estudia para doctor. Ya debes tener ahorrada buena platita». Yo no tenía ni un solo centavo y se lo dije. «¿Sabes lo que eres?», me contestó; «un putañero, lo que se llama un putañero. ¿Te has gastado toda la plata en los bulines?». Yo le dije que sí. «Todavía tienes mucho que aprender», me dijo; «no vale la pena jugarse el pellejo por las polillas. Has debido guardar un poco. Bueno, ¿qué decides?». Le dije que me quedaba con él. Esa misma noche fuimos donde el Rajas, a una chingana inmunda, donde atendía una tuerta. El Rajas era un zambo viejo y apenas se entendía lo que hablaba; todo el tiempo pedía mulitas de pisco. Los otros, unos cinco o seis, zambos, chinos y serranos, miraban al flaco con malos ojos. En cambio el Rajas siempre se dirigía al flaco cuando hablaba y se reía a carcajadas con sus bromas. A mí casi no me miraba. Comenzamos a trabajar con ellos y al principio todo iba bien. Limpiamos casas de Magdalena y La Punta, de San Isidro y Orrantia, de Salaverry y Barranco, pero no del Callao. A mí me ponían de campana y nunca me lanzaban adentro para que les abriera la puerta. Cuando repartían, el Rajas me daba una miseria, pero después el flaco me regalaba de su parte. Nosotros dos formábamos una yunta y los otros tipos de la banda nos celaban. Una vez, en un bulín, el flaco y el zambo Pancracio pelearon por una polilla y Pancracio sacó la chaveta y le rasgó el brazo a mi amigo. Me dio cólera y me le fui encima. Saltó otro zambo y nos mechamos. El Rajas nos hizo abrir cancha. Las polillas gritaban. Estuvimos midiéndonos un rato. Al principio, el zambo me provocaba y se reía, «eres el ratón y yo el gato», me decía, pero le coloqué un par de cabezazos y entonces peleamos de a deveras. El Rajas me convidó un trago y dijo: «Me quito el sombrero. ¿Quién le enseñó a pelear a esta paloma?».

Desde ahí, me agarraba con los zambos, los chinos y los serranos del Rajas por cualquier cosa. A veces me soñaban de una patada y otras los aguantaba enterito y los machucaba un poco. Vez que estábamos borrachos nos íbamos a los golpes. Tanto peleamos que al final nos hicimos amigos. Me invitaban a beber y me llevaban con ellos al bulín y al cine, a ver películas de acción. Justamente, ese día habíamos ido al cine, Pancracio, el flaco y yo. A la salida nos esperaba el Rajas, alegre como un cuete. Fuimos a una chingana y ahí nos dijo: «Es el golpe del siglo». Cuando contó que el Carapulca lo había llamado para proponerle un trabajo, el flaco Higueras lo cortó: «Nada con ésos, Rajas. Nos comen vivos. Son de alto vuelo». El Rajas no le hizo caso y siguió explicando el plan. Estaba muy orgulloso de que el Carapulca lo hubiera llamado, porque era una gran banda y todos les tenían envidia. Vivían como la gente decente, en buenas casas y tenían automóviles. El flaco quiso discutir pero los otros lo callaron. Era para el día siguiente. Todo parecía muy fácil. Como dijo el Rajas, nos encontramos en la quebrada de Armendáriz a las diez de la noche y ahí estaban dos tipos del Carapulca. Bien vestidos y con bigotes, fumaban cigarrillos rubios y parecía que iban a una fiesta. Estuvimos haciendo tiempo hasta medianoche y después nos fuimos caminando en parejas hasta la línea del tranvía. Ahí encontramos a otro de la banda del

Carapulca. «Todo está listo», dijo. «No hay nadie. Acaban de salir. Comencemos ya mismo.» El Rajas me puso de campana a una cuadra de la casa, detrás de una pared. Al flaco le pregunté: «¿Quiénes entran?». Me dijo: «El Rajas, yo y los carapulcas. Y todos los demás son campanas. Es el estilo de ellos. Eso se llama trabajar seguro». Donde yo estaba plantado no había nadie, no se veía ni una luz en las casas y pensé que todo iba a terminar muy pronto. Pero, mientras veníamos, el flaco había estado callado y con la cara amarga. Al pasar, Pancracio me había mostrado la casa. Era enorme y el Rajas dijo: «Aquí debe de haber plata para hacer rico a un ejército». Pasó mucho rato. Cuando oí los pitazos, los balazos y los carajos salí corriendo hacia ellos, pero me di cuenta que estaban ensartados: en la esquina había tres patrulleros. Di media vuelta y escapé. En la plaza del Marsano subí al tranvía y en Lima tomé un taxi. Cuando llegué a la chingana sólo encontré a Pancracio. «Era una trampa», me dijo. «El Carapulca trajo a los soplones. Creo que los han cogido a todos. Yo vi que al Rajas y al flaco los apaleaban en el suelo. Los cuatro carapulcas se reían, algún día la pagarán. Pero ahora mejor desaparecemos.» Le dije que no tenía un centavo. Me dio cinco soles y me dijo: «Cambia de barrio y no vuelvas por aquí. Yo me voy a veranear fuera de Lima por un tiempo».

Esa noche me fui al despoblado de Bellavista y dormí en una zanja. Mejor dicho, estuve tirado de espaldas, viendo la oscuridad, muerto de frío. En la mañana, muy temprano, fui a la plaza de Bellavista. No iba por ahí desde hacía dos años. Todo estaba igual, menos la puerta de mi casa, que la habían pintado. Toqué y no salió nadie. Toqué más fuerte. De adentro, alguien gritó: «No se desesperen, maldita sea». Salió un hombre y yo le pregunté por la señora Domitila. «Ni sé quién es», me dijo; «aquí vive Pedro Caifás, que soy yo». Una mujer apareció a su lado y dijo: «¿La señora Domitila?

¿Una vieja que vivía sola?». «Sí», le dije; «creo que sí». «Ya se murió», dijo la mujer; «vivía aquí antes que nosotros, pero hace tiempo». Yo les dije: «Gracias» y me fui a sentar a la plaza y estuve toda la mañana mirando la puerta de la casa de Teresa, a ver si salía. A eso de las doce salió un muchacho. Me le acerqué y le dije: «¿Sabes dónde viven ahora esa señora y esa muchacha que vivían antes en tu casa?». «No sé nada», me dijo. Fui otra vez a mi antigua casa y toqué. Salió la mujer. Le pregunté: «¿Sabe dónde está enterrada la señora Domitila?». «No sé», me dijo. «Ni la conocí. ¿Era algo suyo?» Yo le iba a decir que era mi madre, pero pensé que a lo mejor me andaban buscando los soplones y le dije: «No, sólo quería saber».

—Hola —dijo el Jaguar.

No parecía sorprendido al verlo allí. El sargento había cerrado la puerta, el calabozo estaba en la penumbra.

—Hola —dijo Alberto.

—¿Tienes cigarrillos? —preguntó el Jaguar. Estaba sentado en la cama, apoyaba la espalda en la pared y Alberto podía distinguir claramente la mitad de su rostro, que caía dentro de la superficie de luz que bajaba de la ventana; la otra mitad era sólo una mancha.

—No —dijo Alberto—. El sargento me traerá uno más tarde.

—¿Por qué te han metido aquí? —dijo el Jaguar.

—No sé. ¿Y a ti?

—Un hijo de puta ha ido a decirle cosas a Gamboa.

—¿Quién? ¿Qué cosas?

—Oye —dijo el Jaguar, bajando la voz—. Seguro tú vas a salir de aquí primero que yo. Hazme un favor. Ven, acércate, que no nos oigan.

Alberto se aproximó. Ahora estaba de pie, a unos centímetros del Jaguar, sus rodillas se tocaban.

—Diles al Boa y al Rulos que en la cuadra hay un soplón. Quiero que averigüen quién ha sido. ¿Sabes lo que le dijo a Gamboa?

—No.

—¿Por qué creen que estoy aquí los de la sección?

—Creen que por el robo de exámenes.

—Sí —dijo el Jaguar—. También por eso. Le ha dicho lo de los exámenes, lo del Círculo, los robos de prendas, que jugamos dinero, que metemos licor. Todo. Hay que saber quién ha sido. Diles que ellos también están fregados si no lo descubren. Y tú también, y toda la cuadra. Es uno de la sección, nadie más puede saber.

—Te van a expulsar —dijo Alberto—. Y quizá te manden a la cárcel.

—Eso me dijo Gamboa. Seguramente van a fregar también al Rulos y al Boa, por lo del Círculo. Diles que averigüen y que me tiren un papel por la ventana con su nombre. Si me expulsan, ya no los veré.

—¿Qué vas a ganar con eso?

—Nada —dijo el Jaguar—. A mí ya me han jodido. Pero tengo que vengarme.

—Eres una mierda, Jaguar —dijo Alberto—. Me gustaría que te metieran en la cárcel.

El Jaguar había hecho un pequeño movimiento: seguía sentado en la cama, pero erguido, sin tocar la pared y su cabeza giró unos centímetros para que sus ojos pudieran observar a Alberto. Todo su rostro era visible ahora.

—¿Has oído lo que he dicho?

—No grites —dijo el Jaguar—. ¿Quieres que venga el teniente? ¿Qué te pasa?

—Una mierda —susurró Alberto—. Un asesino. Tú mataste al Esclavo.

Alberto había dado un paso atrás y estaba agazapado, pero el Jaguar no lo atacó, ni siquiera se había movido. Alberto veía en la penumbra los dos ojos azules, brillando.

—Mentira —dijo el Jaguar, también en voz muy baja—. Es una calumnia. Le han dicho eso a Gamboa para fregarme. El soplón es alguien que me quiere hacer daño, algún rosquete, ¿no te das cuenta? Dime, ¿todos en la cuadra creen que he matado a Arana?

Alberto no respondió.

—No puede ser —dijo el Jaguar—. Nadie puede creer eso. Arana era un pobre diablo, cualquiera podía echarlo al suelo de un manazo. ¿Por qué iba a matarlo?

—Era mucho mejor que tú —dijo Alberto. Los dos hablaban en secreto. El esfuerzo que hacían para no alzar la voz congelaba sus palabras, las volvía forzadas, teatrales—. Tú eres un matón, tú sí que eres un pobre diablo. El Esclavo era un buen muchacho, tú no sabes lo que es eso. Él era buena gente, no se metía con nadie. Lo fregabas todo el tiempo, día y noche. Cuando entró era un tipo normal y, de tanto batirlo, tú y los otros lo volvieron un cojudo. Sólo porque no sabía pelear. Eres un desgraciado, Jaguar. Ahora te van a expulsar. ¿Sabes cuál va a ser tu vida? La de un delincuente, te meterán a la cárcel tarde o temprano.

—Mi madre también me decía eso —Alberto se sorprendió, no esperaba una confidencia. Pero comprendió que el Jaguar hablaba solo; su voz era opaca, árida—. Y también Gamboa. No sé qué les puede importar mi vida. Pero yo no era el único que fregaba al Esclavo. Todos se metían con él, tú también, poeta. En el colegio todos friegan a todos, el que se deja se arruina. No es mi culpa. Si a mí no me joden es porque soy más hombre. No es mi culpa.

—Tú no eres más hombre que nadie —dijo Alberto—. Eres un asesino y no te tengo miedo. Cuando salgamos de aquí vas a ver.

—¿Quieres pelear conmigo? —dijo el Jaguar.

—Sí.

—No puedes —dijo el Jaguar—. Dime, ¿todos están furiosos conmigo en la cuadra?

—No —dijo Alberto—. Sólo yo. Y no te tengo miedo.

—Chist, no grites. Si quieres, pelearemos en la calle. Pero no puedes conmigo, te lo advierto. Estás furioso por gusto. Yo no le hice nada al Esclavo. Sólo lo batía, como todo el mundo. Pero no con mala intención, para divertirme.

—¿Y eso qué importa? Lo fregabas y todos lo fregaban por imitarte. Le hacías la vida imposible. Y lo mataste.

—No grites, imbécil, van a oírte. No lo maté. Cuando salga, buscaré al soplón y delante de todos le haré confesar que es una calumnia. Vas a ver que es mentira.

—No es mentira —dijo Alberto—. Yo sé.

—No grites, maldita sea.

—Eres un asesino.

—Chist.

—Yo te denuncié, Jaguar. Yo sé que tú lo mataste.

Esta vez Alberto no se movió. El Jaguar se había encogido en la tarima.

—¿Tú le has dicho eso a Gamboa? —dijo el Jaguar, muy despacio.

—Sí. Le dije todo lo que has hecho, todo lo que pasa en la cuadra.

—¿Por qué has hecho eso?

—Porque me dio la gana.

—Vamos a ver si eres hombre —dijo el Jaguar incorporándose.

VII

El teniente Gamboa salió de la oficina del coronel, hizo una venia al civil, aguardó unos instantes el ascensor y, como tardaba, se dirigió hacia la escalera: bajó las gradas de dos en dos. En el patio, comprobó que la mañana había aclarado: el cielo lucía limpio, en el horizonte se divisaban unas nubes blancas, inmóviles sobre la superficie del mar que destellaba. Fue a paso rápido hasta las cuadras del quinto año y entró a la secretaría. El capitán Garrido estaba en su escritorio, crispado como un puerco espín. Gamboa lo saludó desde la puerta.

—¿Y? —dijo el capitán, incorporándose de un salto.

—El coronel me encarga decirle que borre del registro el parte que pasé, mi capitán.

El rostro del capitán se relajó y sus ojos, hasta entonces desabridos, sonrieron con alivio.

—Claro —dijo, dando un golpe en la mesa—. Ni siquiera lo inscribí en el registro. Ya sabía. ¿Qué pasó, Gamboa?

—El cadete retira la denuncia, mi capitán. El coronel ha roto el parte. El asunto debe ser olvidado; quiero decir lo del presunto asesinato, mi capitán. Respecto a lo otro, el coronel ordena que se ajuste la disciplina.

—¿Más? —dijo el capitán, riendo abiertamente—. Venga, Gamboa. Mire.

Le extendió un alto de papeles repleto de cifras y de nombres.

—¿Ve usted? En tres días, más papeletas que en todo el mes pasado. Sesenta consignados, casi la tercera parte del año, fíjese bien. El coronel puede estar tranquilo, vamos a poner en vereda a todo el mundo. En cuanto a los exámenes, ya se tomaron las precauciones debidas. Los guardaré yo mismo en mi cuarto, hasta el momento de la prueba; que vengan a buscarlos si se atreven. He doblado los imaginarias y las rondas. Los suboficiales pedirán parte cada hora. Habrá revista de prendas dos veces por semana y lo mismo de armamento. ¿Cree que van a seguir haciendo gracias?

—Espero que no, mi capitán.

—¿Quién tenía razón? —preguntó el capitán, a boca de jarro, con una expresión de triunfo—. ¿Usted o yo?

—Era mi obligación —dijo Gamboa.

—Usted tiene un empacho de reglamentos —dijo el capitán—. No lo critico, Gamboa, pero en la vida hay que ser práctico. A veces, es preferible olvidarse del reglamento y valerse sólo del sentido común.

—Yo creo en los reglamentos —dijo Gamboa—. Le voy a confesar una cosa. Me los sé de memoria. Y sepa que no me arrepiento de nada.

—¿Quiere fumar? —dijo el capitán. Gamboa aceptó un cigarrillo. El capitán fumaba tabaco negro importado que, al arder, despedía un humo denso y fétido. El teniente acarició un momento el cigarrillo ovalado antes de llevárselo a la boca.

—Todos creemos en el reglamento —dijo el capitán—. Pero hay que saber interpretarlo. Los militares debemos ser, ante todo, realistas, tenemos que actuar de acuerdo con las circunstancias. No hay que forzar las cosas para que coincidan con las leyes, Gamboa, sino al revés, adaptar las leyes a las cosas —la mano del capitán Garrido revoloteó en el aire, inspirada—: Si no, la vida sería imposible. La terquedad es un mal aliado. ¿Qué va a ganar habiendo sacado la cara por ese cadete? Nada, absolutamente nada, salvo perjudicarse. Si me hubiera hecho caso, el resultado sería el mismo y se habría ahorrado muchos problemas. No crea que me alegro. Usted sabe que yo lo estimo. Pero el mayor está furioso y tratará de fregarlo. El coronel también debe estar muy disgustado.

—Bah —dijo Gamboa, con desgano—. ¿Qué pueden hacerme? Además, me importa muy poco. Tengo la conciencia limpia.

—Con la conciencia limpia se gana el cielo —dijo el capitán, amablemente—, pero no siempre los galones. En todo caso, yo haré todo lo que esté en mis manos para que esto no lo afecte. Bueno, ¿y qué es de los dos pájaros?

—El coronel ordenó que volvieran a la cuadra.

—Vaya a buscarlos. Deles unos cuantos consejos; que se callen si quieren vivir en paz. No creo que haya problema. Ellos están más interesados que cualquiera en olvidar esta historia. Sin embargo, cuidado con su protegido, que es insolente.

—¿Mi protegido? —dijo Gamboa—. Hace una semana, ni me había dado cuenta que existía.

El teniente salió, sin pedir permiso al capitán. El patio de las cuadras estaba vacío, pero pronto sería mediodía y los cadetes volverían de las aulas como un río que crece, ruge y se desborda y el patio se convertiría en un bullicioso hormiguero. Gamboa sacó la carta que tenía en su cartera, la tuvo unos segundos en la mano y la volvió a guardar, sin abrirla. «Si es hombre», pensó, «no será militar».

En la Prevención, el teniente de guardia leía un periódico y los soldados, sentados en la banca, se miraban unos a otros, con ojos vacíos. Al entrar Gamboa, se pusieron de pie, como autómatas.

—Buenos días.

—Buenos días, teniente.

Gamboa tuteaba al teniente joven, pero éste, que había servido a sus órdenes, lo trataba con cierto respeto.

—Vengo por los dos cadetes de quinto.

—Sí —dijo el teniente. Sonreía, jovial, pero su rostro revelaba el cansancio de la guardia nocturna—. Justamente, uno de ellos quería irse, pero le faltaba la orden. ¿Los traigo? Están en el calabozo de la derecha.

—¿Juntos? —preguntó Gamboa.

—Sí. Necesitaba el calabozo del estadio. Hay varios soldados castigados. ¿Debían estar separados?

—Dame la llave. Voy a hablar con ellos.

Gamboa abrió despacio la puerta de la celda, pero entró de un salto, como un domador a la jaula de las fieras. Vio dos pares de piernas, balanceándose en el cono luminoso que atravesaba la ventana, y escuchó los resuellos desmedidos de los dos cadetes; sus ojos no se acostumbraban a la penumbra, apenas podía distinguir sus siluetas y el contorno de sus rostros. Dio un paso hacia ellos y gritó:

—¡Atención!

Los dos se pusieron de pie, sin prisa.

—Cuando entra un superior —dijo Gamboa—, los subordinados se cuadran. ¿Lo han olvidado? Tienen seis puntos cada uno. ¡Saque la mano de su cara y cuádrese, cadete!

—No puede, mi teniente —dijo el Jaguar.

Alberto retiró su mano, pero inmediatamente volvió a apoyar la palma en la mejilla. Gamboa lo empujó con suavidad hacia la luz. El pómulo estaba muy hinchado y en la nariz y en la boca había sangre coagulada.

—Saque la mano —dijo Gamboa—. Déjeme ver.

Alberto bajó la mano y su boca se contrajo. Una gran redondela violácea encerraba el ojo, y el párpado, caído, era una superficie rugosa y como chamuscada. Gamboa vio también que la camisa comando tenía manchas de sangre. Los cabellos de Alberto estaban apelmazados por el sudor y el polvo.

—Acérquese.

El Jaguar obedeció. La pelea había dejado pocas huellas en su rostro, pero las aletas de su nariz temblaban y un bozal de saliva seca rodeaba sus labios.

—Vayan a la enfermería —dijo Gamboa—. Y, después, los espero en mi cuarto. Tengo que hablar con los dos.

Alberto y el Jaguar salieron. Al oír sus pasos, el teniente de guardia se volvió. La sonrisa que vagaba por su rostro se transformó en una expresión de asombro.

—¡Alto ahí! —gritó, desconcertado—. ¿Qué pasa? No se muevan.

Los soldados se habían adelantado hacia los cadetes y los miraban con insistencia.

—Déjalos —dijo Gamboa. Y, volviéndose hacia los cadetes, les ordenó—: Vayan.

Alberto y el Jaguar abandonaron la Prevención. Los tenientes y los soldados los vieron alejarse en la limpia mañana, caminando hombro a hombro, sus cabezas inmóviles: no se hablaban ni miraban.

—Le ha destrozado la cara —dijo el teniente joven—. No comprendo.

—¿No sentiste nada? —preguntó Gamboa.

—No —repuso el teniente, confuso—. Y no me he movido de aquí —se dirigió a los soldados—. ¿Oyeron algo, ustedes?

Las cuatro cabezas oscuras negaron.

—Pelearon sin hacer ruido —dijo el teniente; consideraba lo ocurrido sin sorpresa ya, con cierto entusiasmo deportivo—. Yo los habría puesto en su sitio. Qué manera de darse, qué tal par de gallitos. Va a pasar un buen tiempo antes de que se le componga esa cara. ¿Por qué pelearon?

—Tonterías —dijo Gamboa—. Nada grave.

—¿Cómo se aguantó ése, sin gritar? —dijo el teniente—. Lo han desfigurado. Habría que meter al rubio en el equipo de box del colegio. ¿O ya está?

—No —dijo Gamboa—. Creo que no. Pero tienes razón. Habría que meterlo.

Ese día estuve caminando por las chacras y, en una de ellas, una mujer me dio pan y un poco de leche. Al anochecer, dormí de nuevo en una zanja, cerca de la avenida Progreso. Esta vez me quedé dormido de veras y sólo abrí los ojos cuando el sol estaba alto. No había nadie cerca, pero oía pasar los autos de la avenida. Tenía mucha hambre, dolor de cabeza y escalofríos, como antes de la gripe. Fui hasta Lima, caminando, y a eso de las doce llegué a Alfonso Ugarte. Teresa no salió entre las chicas del colegio. Estuve dando vueltas por el centro, en lugares donde había mucha gente, la plaza San Martín, el jirón de la Unión, la avenida Grau. En la tarde llegué al parque de la Reserva, cansado y muerto de fatiga. El agua de los caños del parque me hizo vomitar. Me eché en el pasto y, al poco rato, vi acercarse a un cachaco que me hizo una señal desde lejos. Escapé a toda carrera y él no me persiguió. Ya era de noche cuando llegué a la casa de mi padrino, en la avenida Francisco Pizarro. Tenía la cabeza que iba a reventar y me temblaba todo el cuerpo. No era invierno y dije: «Ya estoy enfermo». Antes de tocar, pensé: «Va a salir la mujer y lo negará. Entonces iré a la comisaría. Al menos me darán de comer». Pero no salió ella sino mi padrino. Me abrió la puerta y se quedó mirándome sin reconocerme. Y sólo hacía dos años que no me veía. Le dije mi nombre. Él tapaba la puerta con su cuerpo; adentro había luz y yo veía su cabeza, redonda y pelada. «¿Tú?», me dijo. «No puede ser, ahijado, creí que también te habías muerto.» Me hizo pasar y adentro me preguntó: «¿Qué tienes, muchacho, qué te pasa?». Yo le dije: «Sabe, padrino, perdóneme, pero hace dos días que no como». Me cogió del brazo y llamó a su mujer. Me dieron sopa, un bistec con frejoles y un dulce. Después, los dos me hicieron muchas preguntas. Les conté una historia: «Me escapé de mi casa para ir a trabajar a la selva con un tipo y estuve allí dos años, en una plantación de café, y después el dueño me echó porque le iba mal y he llegado a Lima sin un centavo». Después les pregunté por mi madre y él me contó que se había muerto hacía seis meses, de un ataque al corazón. «Yo pagué el entierro», me dijo. «No te preocupes. Estuvo bastante bien.» Y añadió: «Por lo pronto, esta noche dormirás en el patio del fondo. Mañana ya veremos qué se puede hacer contigo». La mujer me dio una frazada y un cojín. Al día siguiente, mi padrino me llevó a su bodega y me puso a despachar en el mostrador. Sólo éramos él y yo. No me pagaba nada, pero tenía casa y comida, y me trataban bien, aunque me hacían trabajar duro y parejo. Me levantaba antes de las seis y tenía que barrer toda la casa, preparar el desayuno y llevárselo a la cama. Iba a hacer las compras al mercado con una lista que me daba la mujer y después a la bodega; ahí me quedaba todo el día, despachando. Al principio, mi padrino estaba también en la bodega todo el tiempo, pero después me dejaba solo y en las noches me pedía cuentas. Al regresar a casa les hacía la comida —ella me enseñó a cocinar— y después me iba a dormir. No pensaba en irme, a pesar de que estaba harto de la falta de plata. Tenía que robar a los clientes en las cuentas, subiéndoles el precio o dándoles menos vuelto, para comprar cajetillas de Nacional que fumaba a escondidas. Además, me hubiera gustado salir alguna vez, a donde fuera, pero el miedo a la policía me frenaba. Después, mejoraron las cosas. Mi padrino tuvo que irse de viaje a la sierra, y se llevó a su hija. Yo, cuando supe que iba a viajar, tuve miedo, me acordé que su mujer me detestaba. Sin embargo, desde que vivía con ellos no se metía conmigo, sólo me dirigía la palabra para mandarme hacer algo. Desde el mismo día que mi padrino se fue, ella cambió. Era amable conmigo, me contaba cosas, se reía, y, en las noches, cuando iba a la bodega y yo comenzaba a hacerle las cuentas, me decía: «Deja, ya sé que no eres ningún ladrón». Una noche se presentó en la bodega antes de las nueve. Parecía muy nerviosa. Apenas la vi entrar me di cuenta de sus intenciones. Traía todos los gestos, las risitas y las miradas de las putas de los burdeles del Callao, cuando estaban borrachas y con ganas. Me dio gusto. Me acordé de las veces que me había largado cuando iba a buscar a mi padrino y pensé: «Ha llegado la hora de la venganza». Ella era fea, gorda y más alta que yo. Me dijo: «Oye, cierra la bodega y vámonos al cine. Te invito». Fuimos a un cine del centro, porque ella decía que daban una película muy buena, pero yo sabía que tenía miedo de que la vieran conmigo en el barrio, pues mi padrino tenía fama de celoso. En el cine, como era una película de terror, se hacía la asustada, me cogía las manos y se me pegaba, me tocaba con su rodilla. A veces, como al descuido, ponía su mano sobre mi pierna y la dejaba ahí. Yo tenía ganas de reírme. Me hacía el tonto y no respondía a sus avances. Debía estar furiosa. Después del cine regresamos a pie y ella empezó a hablarme de mujeres, me contó historias cochinas, aunque sin decir malas palabras, y, después, me preguntó si yo había tenido amores. Le dije que no y ella me repuso: «Mentiroso. Todos los hombres son iguales». Se esforzaba para que yo viera que me trataba como a un hombre. Me daban ganas de decirle: «Se parece usted a una puta del Happy Land que se llama Emma». En la casa yo le pregunté si quería que le preparara la comida y ella me dijo: «No. Más bien, vamos a alegrarnos. En esta casa uno nunca se alegra. Abre una botella de cerveza». Y empezó a hablarme mal de mi padrino. Lo odiaba: era un avaro, un viejo imbécil, no sé cuántas cosas más. Hizo que me tomara solo toda la botella. Quería emborracharme a ver si así le hacía caso. Después prendió la radio y me dijo: «Te voy a enseñar a bailar». Me apretaba con todas sus fuerzas y yo la dejaba, pero seguía haciéndome el tonto. Al fin me dijo: «¿Nunca te ha besado una mujer?». Le dije que no. «¿Quieres ver cómo es?» Me agarró y comenzó a besarme en la boca. Estaba desatada, me metía su lengua hedionda hasta las amígdalas y me pellizcaba. Después, me jaló de la mano hasta su cuarto y se desvistió. Desnuda, ya no parecía tan fea, todavía tenía el cuerpo duro. Estaba avergonzada porque yo la miraba sin acercarme y apagó la luz. Me hizo dormir con ella todos los días que estuvo ausente mi padrino. «Te quiero», me decía, «me haces muy feliz». Y se pasaba el día hablándome mal de su marido. Me regalaba plata, me compró ropa e hizo que me llevaran con ellos al cine todas las semanas. En la oscuridad me agarraba la mano sin que lo notara mi padrino. Cuando yo le dije que quería entrar al Colegio Militar Leoncio Prado y que convenciera a su marido para que me pagara la matrícula, casi se vuelve loca. Se jalaba los pelos y me decía ingrato y malagradecido. La amenacé con escaparme y entonces aceptó. Una mañana mi padrino me dijo: «¿Sabes muchacho? Hemos decidido hacer de ti un hombre de provecho. Te voy a inscribir como candidato al Colegio Militar».

—No se mueva aunque le arda —dijo el enfermero—. Porque si le entra al ojo, va a ver a Judas calato.

Alberto vio venir hacia su rostro la gasa empapada en una sustancia ocre y apretó los dientes. Un dolor animal lo recorrió como un estremecimiento: abrió la boca y chilló.

Después, el dolor quedó localizado en su rostro. Con el ojo sano, veía por encima del hombro del enfermero al Jaguar: lo miraba indiferente, desde una silla, al otro extremo de la habitación. Su nariz absorbía un olor a alcohol y yodo que lo mareaba. Sintió ganas de arrojar. La enfermería era blanca y el piso de losetas devolvía hacia el techo la luz azul de los tubos de neón. El enfermero había retirado la gasa y empapaba otra, silbando entre dientes. ¿Sería tan doloroso también esta vez? Cuando recibía los golpes del Jaguar en el suelo del calabozo, donde se revolcaba en silencio, no había sentido dolor alguno, sólo humillación. Porque a los pocos minutos de comenzar, se sintió vencido: sus puños y sus pies apenas tocaban al Jaguar, forcejeaba con él y al momento debía soltar el cuerpo duro y asombrosamente huidizo que atacaba y retrocedía, siempre presente e inasible, próximo y ausente. Lo peor eran los cabezazos, él levantaba los codos, golpeaba con las rodillas, se encogía; inútil: la cabeza del Jaguar caía como un bólido contra sus brazos, los separaba, se abría camino hasta su rostro y él, confusamente, pensaba en un martillo, en un yunque. Y así se había desplomado la primera vez, para darse un respiro. Pero el Jaguar no esperó que se levantara, ni se detuvo a comprobar si ya había ganado: se dejó caer sobre él y continuó golpeándolo con sus puños infatigables hasta que Alberto consiguió incorporarse y huir a otro rincón del calabozo. Segundos más tarde había caído al suelo otra vez, el Jaguar cabalgaba nuevamente encima de él y sus puños se abatían sobre su cuerpo hasta que Alberto perdía la memoria. Cuando abrió los ojos estaba sentado en la cama, al lado del Jaguar y escuchaba su monótono resuello. La realidad volvía a ordenarse a partir del momento en que la voz de Gamboa retumbó en la celda.

—Ya está —dijo el enfermero—. Ahora hay que esperar que seque. Después lo vendo. Estese quieto, no se toque con sus manos inmundas.

Siempre silbando entre dientes, el enfermero salió del cuarto. El Jaguar y Alberto se miraron. Se sentía curiosamente sosegado; el ardor había desaparecido y también la cólera. Sin embargo, trató de hablar con tono injurioso:

—¿Qué me miras?

—Eres un soplón —dijo el Jaguar. Sus ojos claros observaban a Alberto sin ningún sentimiento—. Lo más asqueroso que puede ser un hombre. No hay nada más bajo y repugnante. ¡Un soplón! Me das vómitos.

—Algún día me vengaré —dijo Alberto—. ¿Te sientes muy fuerte, no? Te juro que vendrás a arrastrarte a mis pies. ¿Sabes qué cosa eres tú? Un maleante. Tu lugar es la cárcel.

—Los soplones como tú —prosiguió el Jaguar, sin prestar atención a lo que decía Alberto— deberían no haber nacido. Puede ser que me frieguen por tu culpa. Pero yo diré quién eres a toda la sección, a todo el colegio. Deberías estar muerto de vergüenza después de lo que has hecho.

—No tengo vergüenza —dijo Alberto—. Y cuando salga del colegio, iré a decirle a la policía que eres un asesino.

—Estás loco —dijo el Jaguar, sin exaltarse—. Sabes muy bien que no he matado a nadie. Todos saben que el Esclavo se mató por accidente. Sabes muy bien todo eso, soplón.

—Estás muy tranquilo, ¿no? Porque el coronel, y el capitán y todos aquí son tus iguales, tus cómplices, una banda de desgraciados. No quieren que se hable del asunto. Pero yo diré a todo el mundo que tú mataste al Esclavo.

La puerta del cuarto se abrió. El enfermero traía en las manos una venda nueva y un rollo de esparadrapo. Vendó a Alberto todo el rostro; sólo quedó al descubierto un ojo y la boca. El Jaguar se rió.

—¿Qué le pasa? —dijo el enfermero—. ¿De qué se ríe?

—De nada —dijo el Jaguar.

—¿De nada? Sólo los enfermos mentales se ríen solos, ¿sabía?

—¿De veras? —dijo el Jaguar—. No sabía.

—Ya está —dijo el enfermero a Alberto—. Ahora venga usted.

El Jaguar se instaló en la silla que había ocupado Alberto. El enfermero, silbando con más entusiasmo, empapó un algodón con yodo. El Jaguar tenía apenas unos rasguños en la frente y una ligera hinchazón en el cuello. El enfermero comenzó a limpiarle el rostro con sumo cuidado. Silbaba ahora furiosamente.

—¡Mierda! —gritó el Jaguar, empujando al enfermero con las dos manos—. ¡Indio bruto! ¡Animal!

Alberto y el enfermero se rieron.

—Lo has hecho a propósito —dijo el Jaguar, tapándose un ojo—. Maricón.

—Para qué se mueve —dijo el enfermero, aproximándose—. Ya le dije que si entra al ojo, arde horrores —lo obligó a alzar el rostro—. Saque su mano. Para que entre el aire; así ya no arde.

El Jaguar retiró la mano. Tenía el ojo enrojecido y lleno de lágrimas. El enfermero lo curó suavemente. Había dejado de silbar pero la punta de su lengua asomaba entre los labios, como una culebrita rosada. Después de echarle mercurio cromo, le puso unas tiras de venda. Se limpió las manos y dijo:

—Ya está. Ahora firmen ese papel.

Alberto y el Jaguar firmaron el libro de partes y salieron. La mañana estaba aún más clara y, a no ser por la brisa que corría sobre el descampado, se hubiera dicho que el verano había llegado definitivamente. El cielo, despejado, parecía muy hondo. Caminaban por la pista de desfile. Todo estaba desierto, pero, al pasar frente al comedor, sintieron las voces de los cadetes y música de vals criollo. En el edificio de los oficiales encontraron al teniente Huarina.

—Alto —dijo el oficial—. ¿Qué es esto?

—Nos caímos, mi teniente —dijo Alberto.

—Con esas caras tienen un mes adentro, cuando menos.

Continuaron avanzando hacia las cuadras, sin hablar. La puerta del cuarto de Gamboa estaba abierta, pero no entraron. Permanecieron ante el umbral, mirándose.

—¿Qué esperas para tocar? —dijo el Jaguar, finalmente—. Gamboa es tu compinche.

Alberto tocó, una vez.

—Pasen —dijo Gamboa.

El teniente estaba sentado y tenía en sus manos una carta que guardó con precipitación al verlos. Se puso de pie, fue hasta la puerta y la cerró. Con un ademán brusco, les señaló la cama:

—Siéntense.

Alberto y el Jaguar se sentaron al borde. Gamboa arrastró su silla y la colocó frente a ellos; estaba sentado a la inversa, apoyaba los brazos en el espaldar. Tenía el rostro húmedo, como si acabara de lavarse; sus ojos parecían fatigados, sus zapatos estaban sucios y tenía la camisa desabotonada. Con una de sus manos apoyada en la mejilla y la otra tamborileando en su rodilla, los miró detenidamente.

—Bueno —dijo, después de un momento, con un gesto de impaciencia—. Ya saben de qué se trata. Supongo que no necesito decirles lo que tienen que hacer.

Parecía cansado y harto: su mirada era opaca y su voz resignada.

—No sé nada, mi teniente —dijo el Jaguar—. No sé nada más que lo que usted me dijo ayer.

El teniente interrogó con los ojos a Alberto.

—No le he dicho nada, mi teniente.

Gamboa se puso de pie. Era evidente que se sentía incómodo, que la entrevista lo disgustaba.

—El cadete Fernández presentó una denuncia contra usted, ya sabe sobre qué. Las autoridades estiman que la acusación carece de fundamento —hablaba con lentitud, buscando fórmulas impersonales y economizando palabras; por momentos su boca se contraía en un rictus que prolongaba sus labios en dos pequeños surcos—. No debe hablarse más de este asunto, ni aquí ni, por supuesto, afuera. Se trata de algo perjudicial y enojoso para el colegio. Puesto que el asunto ha terminado, ustedes se incorporan desde ahora a su sección y guardarán la discreción más absoluta. La menor imprudencia será castigada severamente. El coronel en persona me encarga advertirles que las consecuencias de cualquier indiscreción caerán sobre ustedes.

El Jaguar había escuchado a Gamboa con la cabeza baja. Pero, cuando el oficial se calló, levantó los ojos hacia él.

—¿Ve usted, mi teniente? Yo se lo dije. Era una calumnia de este soplón —y señaló a Alberto con desprecio.

—No era una calumnia —dijo Alberto—. Eres un asesino.

—Silencio —dijo Gamboa—. ¡Silencio, mierdas!

Automáticamente, Alberto y el Jaguar se incorporaron.

—Cadete Fernández —dijo Gamboa—. Hace dos horas, delante de mí, retiró usted todas las acusaciones contra su compañero. No puede volver a hablar de ese asunto, bajo pena de un gravísimo castigo. Que yo mismo me encargaré de aplicar. Me parece que le he hablado claro.

—Mi teniente —balbuceó Alberto—. Delante del coronel, yo no sabía, mejor dicho no podía hacer otra cosa. No me daba chance para nada. Además…

—Además —lo interrumpió Gamboa—, usted no puede acusar a nadie, no puede ser juez de nadie. Si yo fuera director del colegio, ya estaría en la calle. Y espero que en el futuro suprima ese negocio de los papeluchos pornográficos si quiere terminar el año en paz.

—Sí, mi teniente. Pero eso no tiene nada que ver. Yo...

—Usted se ha retractado ante el coronel. No vuelva a abrir la boca —Gamboa se volvió hacia el Jaguar—. En cuanto a usted, es posible que no tenga nada que ver con la muerte del cadete Arana. Pero sus faltas son muy graves. Le aseguro que no volverá a reírse de los oficiales. Yo lo tomaré a mi cargo. Ahora retírense y no olviden lo que les he dicho.

Alberto y el Jaguar salieron. Gamboa cerró la puerta tras ellos. Desde el pasillo, escuchaban a lo lejos las voces y la música del comedor; una marinera había sucedido al vals. Bajaron hasta la pista de desfile. Ya no había viento; la hierba del descampado estaba inmóvil y erecta. Avanzaron hacia la cuadra, despacio.

—Los oficiales son unas mierdas —dijo Alberto, sin mirar al Jaguar—. Todos, hasta Gamboa. Yo creí que él era distinto.

—¿Descubrieron lo de las novelitas? —dijo el Jaguar.

—Sí.

—Te has fregado.

—No —dijo Alberto—. Me hicieron un chantaje. Yo retiro la acusación contra ti y se olvidan de las novelitas. Eso es lo que me dio a entender el coronel. Parece mentira que sean tan bajos.

El Jaguar se rió.

—¿Estás loco? —dijo—. ¿Desde cuándo me defienden los oficiales?

—A ti no. Se defienden ellos. No quieren tener problemas. Son unos rosquetes. Les importa un comino que se muriera el Esclavo.

—Eso es verdad —asintió el Jaguar—. Dicen que no dejaron que lo viera su familia cuando estaba en la enfermería.

¿Te das cuenta? Estar muriéndose y sólo ver a tenientes y a médicos. Son unos desgraciados.

—A ti tampoco te importa su muerte —dijo Alberto—. Sólo querías vengarte de él porque delató a Cava.

—¿Qué? —dijo el Jaguar, deteniéndose y mirando a Alberto a los ojos—. ¿Qué cosa?

—¿Qué cosa qué?

—¿El Esclavo denunció al serrano Cava? —bajo las vendas, las pupilas del Jaguar centelleaban.

—No seas mierda —dijo Alberto—. No disimules.

—No disimulo, maldita sea. No sabía que denunció a Cava. Bien hecho que esté muerto. Todos los soplones deberían morirse.

Alberto, a través de su único ojo, lo veía mal y no podía medir la distancia. Estiró la mano para cogerlo del pecho pero pero sólo encontró el vacío.

—Jura que no sabías que el Esclavo denunció a Cava. Jura por tu madre. Di que se muera mi madre si lo sabía. Jura.

—Mi madre ya se murió —dijo el Jaguar—. Pero no sabía.

—Jura si eres hombre.

—Juro que no sabía.

—Creí que sabías y que por eso lo habías matado —dijo Alberto—. Si de veras no sabías, me equivoqué. Discúlpame Jaguar.

—Tarde para lamentarse —dijo el Jaguar—. Pero procura no ser soplón nunca más. Es lo más bajo que hay.

VIII

Entraron después del almuerzo como una inundación. Alberto los sintió aproximarse: invadían el descampado con un rumor de hierbas pisoteadas, repiqueteaban como frenéticos tambores en la pista de desfile, bruscamente en el patio del año estallaba un incendio de ruidos, centenares de botines despavoridos martillaban contra el pavimento. De pronto, cuando el sonido había llegado al paroxismo, las dos hojas de la puerta se abrieron de par en par y en el umbral de la cuadra surgieron cuerpos y rostros conocidos. Escuchó que varias voces nombraban instantáneamente a él y al Jaguar. La marea de cadetes penetraba en la cuadra y se escindía en dos olas apresuradas que corrían, una hacia él y la otra hacia el fondo, donde estaba el Jaguar. Vallano iba a la cabeza del grupo de cadetes que se le acercaba, todos hacían gestos y la curiosidad relampagueaba en sus ojos: él se sentía electrizado ante tantas miradas y preguntas simultáneas. Por un segundo, tuvo la impresión que iban a lincharlo. Trató de sonreír pero era en vano: no podían notarlo, la venda le cubría casi toda la cara. Le decían: «Drácula», «monstruo», «Frankenstein», «Rita Hayworth». Después, fue una andanada de preguntas. Él simuló una voz ronca y dificultosa, como si la venda lo sofocara. «He tenido un accidente», murmuró. «Sólo esta mañana he salido de la clínica.» «Fijo que vas a quedar más feo de lo que eras», le decía Vallano, amistosamente;

otros profetizaban: «Perderás un ojo, en vez de poeta te diremos tuerto». No le pedían explicaciones, nadie reclamaba pormenores del accidente, se había entablado un tácito torneo, todos rivalizaban en buscar apodos, burlas plásticas y feroces. «Me atropelló un automóvil», dijo Alberto. «Me lanzó de bruces al suelo en la avenida Dos de Mayo.» Pero ya el grupo que lo rodeaba se movía, algunos se iban a sus camas, otros se acercaban y reían a carcajadas de su vendaje. Súbitamente, alguien gritó: «Apuesto que todo eso es mentira. El Jaguar y el poeta se han trompeado». Una risa estentórea estremeció la cuadra. Alberto pensó con gratitud en el enfermero: la venda que ocultaba su rostro era un aliado, nadie podía leer la verdad en sus facciones. Estaba sentado en su cama. Su único ojo dominaba a Vallano, parado frente a él, a Arróspide y a Montes. Los veía a través de una niebla. Pero adivinaba a los otros, oía las voces que bromeaban sobre él y el Jaguar, sin convicción pero con mucho humor. «¿Qué le has hecho al poeta, Jaguar?», decía uno. Otro, le preguntaba: «Poeta, ¿así que peleas con las uñas, como las mujeres?». Alberto trataba ahora de distinguir, en el ruido, la voz del Jaguar, pero no lo lograba. Tampoco podía verlo: los roperos, las varillas de las literas, los cuerpos de sus compañeros bloqueaban el camino. Las bromas seguían; destacaba la voz de Vallano, un veneno silbante y pérfido; el negro estaba inspirado, despedía chorros de mordacidad y humor.

De pronto, la voz del Jaguar dominó la cuadra: «¡Basta! No frieguen». De inmediato, el vocerío decayó, sólo se oían risitas burlonas y disimuladas, tímidas. A través de su único ojo —el párpado se abría y cerraba vertiginosamente—, Alberto descubrió un cuerpo que se desplazaba junto a la litera de Vallano, apoyaba los brazos en la litera superior y hacía flexión: fácilmente el busto, las caderas, las piernas se elevaban, el cuerpo se encaramaba ahora sobre el ropero y desaparecía de su vista; sólo podía ver los pies largos y las medias azules caídas en desorden sobre los botines color chocolate, como la madera del ropero. Los otros no habían notado nada aún, las risitas continuaban, huidizas, emboscadas. Al escuchar las palabras atronadoras de Arróspide, no pensó que ocurría algo excepcional, pero su cuerpo había comprendido: estaba tenso, el hombro se aplastaba contra la pared hasta hacerse daño. Arróspide repitió, en un alarido: «¡Alto, Jaguar! Nada de gritos. Jaguar. Un momento». Había un silencio completo, ahora, toda la sección había vuelto la vista hacia el brigadier, pero Alberto no podía mirarlo a los ojos: las vendas le impedían levantar la cabeza, su ojo de cíclope veía los dos botines inmóviles, la oscuridad interior de sus párpados, de nuevo los botines. Y Arróspide repitió aún, varias veces, exasperado: «¡Alto ahí, Jaguar! Un momento, Jaguar». Alberto escuchó un roce de cuerpos: los cadetes que estaban tendidos en sus camas se incorporaban, alargaban el cuello hacia el ropero de Vallano.

—¿Qué pasa? —dijo, finalmente, el Jaguar—. ¿Qué hay, Arróspide, qué tienes?

Inmóvil en su sitio, Alberto miraba a los cadetes más próximos: sus ojos eran dos péndulos, se movían de arriba abajo, de un extremo a otro de la cuadra, de Arróspide al Jaguar.

—Vamos a hablar —gritó Arróspide—. Tenemos muchas cosas que decirte. Y, en primer lugar, nada de gritos. ¿Entendido, Jaguar? En la cuadra han pasado muchas cosas desde que Gamboa te mandó al calabozo.

—No me gusta que me hablen en ese tono —repuso el Jaguar con seguridad, pero a media voz; si los demás cadetes no hubieran permanecido en silencio, sus palabras apenas se hubiesen oído—. Si quieres hablar conmigo, mejor te bajas de ese ropero y vienes aquí. Como la gente educada.

—No soy gente educada —chilló Arróspide.

«Está furioso», pensó Alberto. «Está muerto de furia. No quiere pelear con el Jaguar, sino avergonzarlo delante de todos.»

—Sí eres educado —dijo el Jaguar—. Claro que sí. Todos los miraflorinos como tú son educados.

—Ahora estoy hablando como brigadier, Jaguar. No trates de provocar una pelea, no seas cobarde, Jaguar. Después, todo lo que quieras. Pero ahora vamos a hablar. Aquí han pasado cosas muy raras, ¿me oyes? Apenas te metieron al calabozo, ¿sabes lo que pasó? Cualquiera te lo puede decir. Los tenientes y los suboficiales se volvieron locos de repente. Vinieron a la cuadra, abrieron los roperos, sacaron los naipes, las botellas, las ganzúas. Nos han llovido papeletas y consignas. Casi toda la sección tiene que esperar un buen tiempo antes de salir a la calle, Jaguar.

—¿Y? —dijo el Jaguar—. ¿Qué tengo que ver yo con eso?

—¿Todavía preguntas?

—Sí —dijo el Jaguar, tranquilo—. Todavía pregunto.

—Tú les dijiste al Boa y al Rulos que si te fregaban, jodías a toda la sección. Y lo has hecho, Jaguar. ¿Sabes lo que eres? Un soplón. Has fregado a todo el mundo. Eres un traidor, un amarillo. En nombre de todos te digo que ni siquiera te mereces que te rompamos la cara. Eres un asco, Jaguar. Ya nadie te tiene miedo. ¿Me has oído?

Alberto se ladeó ligeramente y echó la cabeza hacia atrás; de este modo pudo verlo: sobre el ropero, Arróspide parecía más alto; tenía el cabello alborotado; los brazos y las piernas, muy largos, acentuaban su flacura. Estaba con los pies separados, los ojos muy abiertos e histéricos y los puños cerrados. ¿Qué esperaba el Jaguar? De nuevo, Alberto percibía a través de una bruma intermitente: el ojo parpadeaba sin tregua.

—Quieres decir que yo soy un soplón —dijo el Jaguar—. ¿No es eso? Di, Arróspide. ¿Eso es lo que quieres decir, que soy un soplón?

—Ya lo he dicho —gritó Arróspide—. Y no sólo yo. Todos, toda la cuadra, Jaguar. Eres un soplón.

De inmediato se oyeron pasos atolondrados, alguien corría por el centro de la cuadra, entre los roperos y los cadetes inmóviles y se detenía precisamente en el ángulo que su ojo dominaba. Era el Boa.

—Baja, baja maricón —gritó el Boa—. Baja.

Estaba junto al ropero, su cabeza enmarañada vacilaba como un penacho a pocos centímetros de los botines semiocultos por las medias azules. «Ya sé», pensó Alberto. «Lo va a coger de los pies y lo va a tirar al suelo.» Pero el Boa no levantaba las manos, se limitaba a desafiarlo:

—Baja, baja.

—Fuera de aquí, Boa —dijo Arróspide, sin mirarlo—. No estoy hablando contigo. Lárgate. No te olvides que tú también dudaste del Jaguar.

—Jaguar —dijo el Boa, mirando a Arróspide con sus ojillos inflamados—. No le creas. Yo dudé un momento pero ya no. Dile que todo eso es mentira y que lo vas a matar. Baja de ahí si eres hombre, Arróspide.

«Es su amigo», pensó Alberto. «Yo nunca me atreví a defender así al Esclavo.»

—Eres un soplón, Jaguar —afirmó Arróspide—. Te lo vuelvo a decir. Un soplón de porquería.

—Son cosas de él, Jaguar —clamó el Boa—. No le creas, Jaguar. Nadie piensa que tú eres un soplón, ni uno solo se atrevería. Dile que es mentira y rómpele la cara.

Alberto se había sentado en la cama, su cabeza tocaba la varilla. El ojo era un ascua, debía tenerlo cerrado casi todo el tiempo; cuando lo abría, los pies de Arróspide y la erizada cabeza del Boa parecían muy próximos.

—Déjalo, Boa —dijo el Jaguar; su voz era siempre tranquila, lenta—. No necesito que nadie me defienda.

—Muchachos —gritó Arróspide—. Ustedes lo están viendo. Ha sido él. Ni se atreve a negarlo. Es un soplón y un cobarde. ¿Me oyes, no, Jaguar? He dicho un soplón y un cobarde.

«¿Qué espera?», pensaba Alberto. Hacía unos momentos, bajo la venda, había brotado un dolor que abarcaba ahora todo su rostro. Pero él lo sentía apenas; estaba subyugado y aguardaba, impaciente, que la boca del Jaguar se abriera y lanzara su nombre a la cuadra, como un desperdicio que se echa a los perros, y que todos se volvieran hacia él, asombrados y coléricos. Pero el Jaguar decía ahora, irónico:

—¿Quién más está con ese miraflorino? No sean cobardes, maldita sea, quiero saber quién más está contra mí.

—Nadie, Jaguar —gritó el Boa—. No le hagas caso. ¿No ves que es un maldito rosquete?

—Todos —dijo Arróspide—. Mírales las caras y te darás cuenta, Jaguar. Todos te desprecian.

—Sólo veo caras de cobardes —dijo el Jaguar—. Nada más que eso. Caras de maricones, de miedosos.

«No se atreve», pensó Alberto. «Tiene miedo de acusarme.»

—¡Soplón! —gritó Arróspide—. ¡Soplón! ¡Soplón!

—A ver —dijo el Jaguar—. Me enferma lo cobardes que son. ¿Por qué no grita nadie más? No tengan tanto miedo.

—Griten, muchachos —dijo Arróspide—. Díganle en su cara lo que es. Díganselo.

«No gritarán», pensó Alberto. «Nadie se atreverá.» Arróspide coreaba «soplón, soplón», frenéticamente, y de distintos puntos de la cuadra, aliados anónimos se plegaban a él, repitiendo la palabra a media voz y casi sin abrir la boca. El murmullo se extendía como en las clases de francés y Alberto comenzaba a identificar algunos acentos, la voz aflautada de Vallano, la voz cantante del chiclayano Quiñones y

401

otras voces que sobresalían en el coro, ya poderoso y general. Se incorporó y echó una mirada en torno: las bocas se abrían y cerraban idénticamente. Estaba fascinado por ese espectáculo y, súbitamente, desapareció el temor de que su nombre estallara en el aire de la cuadra y todo el odio que los cadetes vertían en esos instantes hacia el Jaguar se volviera hacia él. Su propia boca, detrás de los vendajes cómplices, comenzó a murmurar, bajito: «Soplón, soplón». Después cerró el ojo, convertido en un absceso ígneo, y ya no vio lo que ocurrió, hasta que el tumulto fue muy grande: los choques, los empujones, estremecían los roperos, las camas rechinaban, las palabrotas alteraban el ritmo y la uniformidad del coro. Y, sin embargo, no había sido el Jaguar quien comenzó. Más tarde supo que fue el Boa: cogió a Arróspide de los pies y lo echó al suelo. Sólo entonces había intervenido el Jaguar, echando a correr de improviso desde el otro extremo de la cuadra, y nadie lo contuvo, pero todos repetían el estribillo y lo hacían con más fuerza cuando él los miraba a los ojos. Lo dejaron llegar hasta donde estaban Arróspide y el Boa, revolcándose en el suelo, medio cuerpo sumergido bajo la litera de Montes e, incluso, permanecieron inmóviles cuando el Jaguar, sin inclinarse, comenzó a patear al brigadier, salvajemente, como a un costal de arena. Luego, Alberto recordaba muchas voces, una súbita carrera: los cadetes acudían de todos los rincones hacia el centro de la cuadra. Él se había dejado caer en el lecho, para evitar los golpes, los brazos levantados como un escudo. Desde allí, emboscado en su litera, vio por ráfagas que uno tras otro los cadetes de la sección arremetían contra el Jaguar, un racimo de manos lo arrancaba del sitio, lo separaba de Arróspide y del Boa, lo arrojaba al suelo en el pasadizo y, a la vez que el vocerío crecía verticalmente, Alberto distinguía, en el amontonamiento de cuerpos, los rostros de Vallano y de Mesa, de Valdivia y Romero, y los oía alentarse mutuamente —«¡denle duro!», «¡soplón de porquería!», «¡hay que sacarle la mugre!», «se creía muy valiente, el gran rosquete»— y él pensaba: «Lo van a matar. Y lo mismo al Boa». Pero no duró mucho rato. Poco después, el silbato resonaba en la cuadra, se oía al suboficial pedir tres últimos por sección y el bullicio y la batalla cesaban como por encanto. Alberto salió corriendo y llegó entre los primeros a la formación. Luego, se dio vuelta y trató de localizar a Arróspide, al Jaguar y al Boa, pero no estaban. Alguien dijo: «Se han ido al baño. Mejor que no les vean las caras hasta que se laven. Y basta de líos».

El teniente Gamboa salió de su cuarto y se detuvo un instante en el pasillo para limpiarse la frente con el pañuelo. Estaba transpirando. Acababa de terminar una carta a su mujer y ahora iba a la Prevención a entregársela al teniente de servicio para que la despachara con el correo del día. Llegó a la pista de desfile. Casi sin proponérselo, avanzó hacia La Perlita. Desde el descampado, vio a Paulino abriendo con sus dedos sucios los panes que vendería rellenos de salchicha, en el recreo. ¿Por qué no se había tomado medida alguna contra Paulino, a pesar de haber indicado él en el parte el contrabando de cigarrillos y de licor a que el injerto se dedicaba? ¿Era Paulino el verdadero concesionario de La Perlita o un simple biombo? Fastidiado, desechó esos pensamientos. Miró su reloj: dentro de dos horas habría terminado su servicio y quedaría libre por veinticuatro horas. ¿Adónde ir? No le entusiasmaba la idea de encerrarse en la solitaria casa de Barranco; estaría preocupado, aburrido. Podía visitar a alguno de sus parientes, siempre lo recibían con alegría y le reprochaban que no los buscara con frecuencia. En la noche, tal vez fuera a un cine, siempre había films de guerra o de gángsters en los cinemas de Barranco. Cuando era cadete, todos los domingos él y Rosa iban al cine en matiné y en vermouth, y, a veces, repetían la película. Él se burlaba de la muchacha, que sufría en los melodramas mexicanos y buscaba su mano en la oscuridad, como pidiéndole protección, pero ese contacto súbito lo conmovía y lo exaltaba secretamente. Habían pasado cerca de ocho años. Hasta algunas semanas atrás, nunca había recordado el pasado, ocupaba su tiempo libre en hacer planes para el futuro. Sus objetivos se habían realizado hasta ahora, nadie le había arrebatado el puesto que obtuvo al salir de la Escuela Militar. ¿Por qué, desde que surgieron estos problemas recientes, pensaba constantemente en su juventud, con cierta amargura?

—¿Qué le sirvo, mi teniente? —dijo Paulino, haciéndole una reverencia.

—Una cola.

El sabor dulce y gaseoso de la bebida le dio náuseas. ¿Valía la pena haber dedicado tantas horas a aprender de memoria esas páginas áridas, haber puesto el mismo empeño en el estudio de los códigos y reglamentos que en los cursos de estrategia, logística y geografía militar? «El orden y la disciplina constituyen la justicia», recitó Gamboa, con una sonrisa ácida en los labios, «y son los instrumentos indispensables de una vida colectiva racional. El orden y la disciplina se obtienen adecuando la realidad a las leyes». El capitán Montero les obligó a meterse en la cabeza hasta los prólogos del reglamento. Le decían «el leguleyo» porque era un fanático de las citas jurídicas. «Un excelente profesor», pensó Gamboa. «Y un gran oficial. ¿Seguirá pudriéndose en la guarnición de Borja?» Al regresar de Chorrillos, Gamboa imitaba los ademanes del capitán Montero. Había sido destacado a Ayacucho y pronto ganó fama de severo. Los oficiales le decían «el fiscal» y la tropa «el malote». Se burlaban de su estrictez, pero él sabía que en el fondo lo respetaban con cierta admiración. Su compañía era la más entrenada, la de mejor disciplina. Ni siquiera necesitaba castigar a los soldados; después de un adiestramiento rígido y de unas cuantas advertencias, todo comenzaba a andar sobre ruedas. Imponer la disciplina había sido hasta ahora para Gamboa tan fácil como obedecerla. Él había creído que en el Colegio Militar sería lo mismo. Ahora dudaba. ¿Cómo confiar ciegamente en la superioridad después de lo ocurrido? Lo sensato sería tal vez hacer como los demás. Sin duda, el capitán Garrido tenía razón: los reglamentos deben ser interpretados con cabeza, por encima de todo hay que cuidar su propia seguridad, su porvenir. Recordó que, al poco tiempo de ser destinado al Leoncio Prado, tuvo un incidente con un cabo. Era un serrano insolente, que se reía en su cara mientras él lo reprendía. Gamboa le dio una bofetada y el cabo le dijo entre dientes: «Si fuera cadete no me hubiera pegado, mi teniente». No era tan torpe ese cabo, después de todo.

Pagó la cola y regresó a la pista de desfile. Esa mañana había elevado cuatro nuevos partes sobre los robos de exámenes, el hallazgo de las botellas de licor, las timbas en las cuadras y las contras. Teóricamente, más de la mitad de los cadetes de la primera deberían ser llevados ante el Consejo de Oficiales. Todos podían ser severamente sancionados, algunos con la expulsión. Sus partes se referían sólo a la primera sección. Una revista en las otras cuadras sería inútil: los cadetes habían tenido tiempo de sobra para destruir o esconder los naipes y las botellas. En los partes, Gamboa no aludía siquiera a las otras compañías; que se ocuparan de ellas sus oficiales. El capitán Garrido leyó los partes en su delante, con aire distraído. Luego le preguntó:

—¿Para qué estos partes, Gamboa?

—¿Para qué, mi capitán? No entiendo.

—El asunto está liquidado. Ya se han tomado todas las disposiciones del caso.

—Está liquidado lo del cadete Fernández, mi capitán. Pero no lo demás.

El capitán hizo un gesto de hastío. Volvió a tomar los partes y los revisó; sus mandíbulas proseguían, incansables, su masticación gratuita y espectacular.

—Lo que digo, Gamboa, es para qué los papeles. Ya me ha presentado un parte oral. ¿Para qué escribir todo esto? Ya está consignada casi toda la primera sección. ¿Adónde quiere usted llegar?

—Si se reúne el Consejo de Oficiales, se exigirán partes escritos, mi capitán.

—Ah —dijo el capitán—. No se le quita de la cabeza la idea del Consejo, ya veo. ¿Quiere que sometamos a disciplina a todo el año?

—Yo sólo doy parte de mi compañía, mi capitán. Las otras no me incumben.

—Bueno —dijo el capitán—. Ya me dio los partes. Ahora, olvídese del asunto y déjelo a mi cargo. Yo me ocupo de todo.

Gamboa se retiró. Desde ese momento, el abatimiento que lo perseguía se agravó. Esta vez, estaba resuelto a no ocuparse más de esa historia, a no tomar iniciativa alguna. «Lo que me haría bien esta noche», pensó, «es una buena borrachera». Fue hasta la Prevención y entregó la carta al oficial de guardia. Le pidió que la despachara certificada. Salió de la Prevención y vio, en la puerta del edificio de la administración, al comandante Altuna. Éste le hizo una seña para que se acercara.

—Hola, Gamboa —le dijo—. Venga, lo acompaño.

El comandante había sido siempre muy cordial con Gamboa, aunque sus relaciones eran estrictamente las del servicio. Avanzaron hacia el comedor de oficiales.

—Tengo que darle una mala noticia, Gamboa —el comandante caminaba con las manos cogidas a la espalda—. Ésta es una información privada, entre amigos. ¿Comprende lo que quiero decir, no es verdad?

—Sí, mi comandante.

—El mayor está muy resentido con usted, Gamboa. Y el coronel, también. Hombre, no es para menos. Pero ése es otro asunto. Le aconsejo que se mueva rápido en el Ministerio. Han pedido su traslado inmediato. Me temo que la cosa esté avanzada, no tiene mucho tiempo. Su foja de servicios lo protege. Pero en estos casos las influencias son muy útiles, usted ya sabe.

«No le hará ninguna gracia salir de Lima, ahora», pensó Gamboa. «En todo caso tendré que dejarla un tiempo aquí, con su familia. Hasta encontrar una casa, una sirvienta.»

—Le agradezco mucho, mi comandante —dijo—. ¿No sabe usted adónde pueden trasladarme?

—No me extrañaría que fuera a alguna guarnición de la selva. O a la puna. A estas alturas del año no se hacen cambios, sólo hay puestos por cubrir en las guarniciones difíciles. Así que no pierda tiempo. Tal vez pueda conseguir una ciudad importante, digamos Arequipa o Trujillo. Ah, y no olvide que esto que le digo es algo confidencial, de amigo a amigo. No quisiera tener inconvenientes.

—No se preocupe, mi comandante —lo interrumpió Gamboa—. Y, nuevamente, muchas gracias.

Alberto lo vio salir de la cuadra: el Jaguar atravesó el pasillo, indiferente a las miradas rencorosas o burlonas de los cadetes que, en sus literas, fumaban colillas echando la ceniza en trozos de papel o cajas de fósforos vacías; caminando despacio, sin mirar a nadie pero con los ojos altos, llegó hasta la puerta, la abrió con una mano y luego la cerró con violencia, tras él. Una vez más, Alberto se había preguntado, al divisar entre dos roperos el rostro del Jaguar, cómo era posible que esa cara estuviera intacta después de lo ocurrido. Sin embargo, todavía renqueaba ligeramente. El día del incidente, Urioste afirmó en el comedor: «Yo soy el que lo ha dejado cojo». Pero, a la mañana siguiente, Vallano reivindicaba ese privilegio, y también Núñez, Revilla y hasta el enclenque de García. Discutían a gritos de ese asunto, en la cara del Jaguar, como si hablaran de un ausente. El Boa, en cambio, tenía la boca hinchada y un rasguño profundo y sangriento que se le enroscaba por el cuello. Alberto lo buscó con los ojos: estaba echado en su litera, y la Malpapeada, tendida sobre su cuerpo, le lamía el rasguño con su gran lengua rojiza.

«Lo raro», pensó Alberto, «es que tampoco le habla al Boa. Me explico que ya no se junte con el Rulos, que ese día se corrió, pero el Boa sacó la cara, se hizo machucar por él. Es un malagradecido». Además, la sección también parecía haber olvidado la intervención del Boa. Hablaban con él, le hacían bromas como antes, le pasaban las colillas cuando fumaban en grupo. «Lo raro», pensó Alberto, «es que nadie se puso de acuerdo para hacerle hielo. Y ha sido mejor que si se hubieran puesto de acuerdo». Ese día, Alberto lo había observado desde lejos, durante el recreo. El Jaguar abandonó el patio de las aulas y estuvo caminando por el descampado, con las manos en los bolsillos, pateando piedrecitas. El Boa se le acercó y se puso a caminar a su lado. Sin duda, discutieron: el Boa movía la cabeza y agitaba los puños. Luego, se alejó. En el segundo recreo, el Jaguar hizo lo mismo. Esta vez se le acercó el Rulos, pero apenas estuvo a su alcance, el Jaguar le dio un empujón y el Rulos volvió a las aulas, ruborizado. En las clases, los cadetes hablaban, se insultaban, se escupían, se bombardeaban con proyectiles de papel, interrumpían a los profesores imitando relinchos, bufidos, gruñidos, maullidos, ladridos: la vida era otra vez normal. Pero todos sabían que entre ellos había un exiliado. Los brazos cruzados sobre la carpeta, los ojos azules clavados en el pizarrón, el Jaguar pasaba las horas de clase sin abrir la boca, ni tomar un apunte, ni volver la cabeza hacia un compañero. «Parece que fuera él quien nos hace hielo», pensaba Alberto, «él quien estuviera castigando a la sección». Desde ese día, Alberto esperaba que el Jaguar viniera a pedirle explicaciones, lo obligara a revelar a los demás lo ocurrido. Incluso, había pensado en todo lo que diría a la sección para justificar su denuncia. Pero el Jaguar lo ignoraba, igual que a los otros. Entonces, Alberto supuso que el Jaguar preparaba una venganza ejemplar.

Se levantó y salió de la cuadra. El patio estaba lleno de cadetes. Era la hora ambigua, indecisa, en que la tarde y la noche se equilibran y como neutralizan. Una media sombra destrozaba la perspectiva de las cuadras, respetaba los perfiles de los cadetes envueltos en sus gruesos sacones, pero borraba sus facciones, igualaba en un color ceniza el patio que era gris claro, los muros, la pista de desfile casi blanca y el descampado desierto. La claridad hipócrita falsificaba también el movimiento y el ruido: todos parecían andar más de prisa o más despacio en la luz moribunda y hablar entre dientes, murmurar o chillar, y cuando dos cuerpos se juntaban, parecían acariciarse, pelear. Alberto avanzó hacia el descampado, subiéndose el cuello del sacón. No percibía el ruido de las olas, el mar debía estar en calma. Cuando encontraba un cuerpo extendido en la hierba, preguntaba: «¿Jaguar?». No le contestaban o lo insultaban: «No soy el Jaguar pero si buscas un garrote, aquí tengo uno. Camán». Fue hasta el baño de las aulas. En el umbral del recinto sumido en tinieblas —sobre los excusados brillaban algunos puntos rojos— gritó: «¡Jaguar!». Nadie respondió, pero comprendió que todos lo miraban: las candelas se habían inmovilizado. Regresó al descampado y se dirigió hacia los excusados vecinos a La Perlita: nadie los utilizaba de noche porque pululaban las ratas. Desde la puerta vio un punto luminoso y una silueta.

—¿Jaguar?

—¿Qué hay?

Alberto entró y encendió un fósforo. El Jaguar estaba de pie, se arreglaba la correa; no había nadie más. Arrojó el fósforo carbonizado.

—Quiero hablar contigo.

—No tenemos nada que hablar —dijo el Jaguar—. Lárgate.

—¿Por qué no les has dicho que fui yo el que los acusó a Gamboa?

El Jaguar rió con su risa despectiva y sin alegría que Alberto no había vuelto a oír desde antes de todo lo ocurrido. En la oscuridad, oyó una carrera de vertiginosos pies minúsculos. «Su risa asusta a las ratas», pensó.

—¿Crees que todos son como tú? —dijo el Jaguar—. Te equivocas. Yo no soy un soplón ni converso con soplones. Sal de aquí.

—¿Vas a dejar que sigan creyendo que fuiste tú? —Alberto se descubrió hablando con respeto, casi cordialmente—. ¿Por qué?

—Yo les enseñé a ser hombres a todos ésos —dijo el Jaguar—. ¿Crees que me importan? Por mí, pueden irse a la mierda todos. No me interesa lo que piensen. Y tú tampoco. Lárgate.

—Jaguar —dijo Alberto—. Te vine a buscar para decirte que siento lo que ha pasado. Lo siento mucho.

—¿Vas a ponerte a llorar? —dijo el Jaguar—. Mejor no vuelvas a dirigirme la palabra. Ya te he dicho que no quiero saber nada contigo.

—No te pongas en ese plan —dijo Alberto—. Quiero ser tu amigo. Yo les diré que no fuiste tú, sino yo. Seamos amigos.

—No quiero ser tu amigo —dijo el Jaguar—. Eres un pobre soplón y me das vómitos. Fuera de aquí.

Esta vez, Alberto obedeció. No volvió a la cuadra. Estuvo tendido en la hierba del descampado, hasta que tocaron el silbato para ir al comedor.

EPÍLOGO

*… en cada linaje
el deterioro ejerce su dominio.*

CARLOS GERMÁN BELLI

Cuando el teniente Gamboa llegó a la puerta de la secretaría del año, el capitán Garrido colocaba un cuaderno en un armario; estaba de espaldas, la presión de la corbata cubría su cuello de arrugas. Gamboa dijo «buenos días» y el capitán se volvió.

—Hola, Gamboa —dijo, sonriendo—. ¿Listo para partir?

—Sí, mi capitán —el teniente entró en la habitación. Vestía el uniforme de salida; se quitó el quepí: un fino surco ceñía su frente, sus sienes y su nuca como un perfecto círculo—. Acabo de despedirme del coronel, del comandante y del mayor. Sólo me falta usted.

—¿Cuándo es el viaje?

—Mañana temprano. Pero todavía tengo muchas cosas que hacer.

—Ya hace calor —dijo el capitán—. El verano va a ser fuerte este año, vamos a cocinarnos —se rió—. Después de todo, a usted qué le importa. En la puna, verano o invierno es lo mismo.

—Si no le gusta el calor —bromeó Gamboa—, podemos hacer un cambio. Yo me quedo en su lugar y usted se va a Juliaca.

—Ni por todo el oro del mundo —dijo el capitán, tomándolo del brazo—. Venga, le invito un trago.

Salieron. En la puerta de una de las cuadras, un cadete con las insignias color púrpura de cuartelero, contaba un alto de prendas.

—¿Por qué no está en clase ese cadete? —preguntó Gamboa.

—No puede con su genio —dijo el capitán, alegremente—. ¿Qué le importa ya lo que hagan los cadetes?

—Tiene usted razón. Es casi un vicio.

Entraron a la cantina de oficiales y el capitán pidió una cerveza. Llenó él mismo los vasos. Brindaron.

—No he estado nunca en Puno —dijo el capitán—. Pero creo que no está mal. Desde Juliaca se puede ir en tren o en auto. También puede darse sus escapadas a Arequipa, de vez en cuando.

—Sí —dijo Gamboa—. Ya me acostumbraré.

—Lo siento mucho por usted —dijo el capitán—. Aunque no lo crea, yo lo estimo, Gamboa. Recuerde que se lo advertí. ¿Conoce ese refrán? «Quien con mocosos se acuesta…» Y, además, no olvide en el futuro que en el Ejército se dan lecciones de reglamento a los subordinados, no a los superiores.

—No me gusta que me compadezcan, mi capitán. Yo no me hice militar para tener vida fácil. La guarnición de Juliaca o el Colegio Militar me da lo mismo.

—Tanto mejor. Bueno, no discutamos. Salud.

Bebieron lo que quedaba de cerveza en los vasos y el capitán volvió a llenarlos. Por la ventana se veía el descampado; la hierba parecía más alta y clara. La vicuña pasó varias veces: corría muy agitada mirando a todos lados con sus ojos inteligentes.

—Es el calor —dijo el capitán, señalando al animal con el dedo—. No se acostumbra. El verano pasado estuvo medio loca.

—Voy a ver muchas vicuñas —dijo Gamboa—. Y, a lo mejor, aprenderé quechua.

—¿Hay compañeros suyos en Juliaca?

—Muñoz. El único.

—¿El burro Muñoz? Es buena gente. ¡Un borracho perdido!

—Quiero pedirle un favor, mi capitán.

—Claro, hombre, diga nomás.

—Se trata de un cadete. Necesito hablar con él a solas, en la calle. ¿Puede darle permiso?

—¿Cuánto tiempo?

—Media hora a lo más.

—Ah —dijo el capitán, con una sonrisa maliciosa—. Ajá.

—Es un asunto personal.

—Ya veo. ¿Va usted a pegarle?

—No sé —dijo Gamboa, sonriendo—. A lo mejor.

—¿A Fernández? —dijo el capitán, a media voz—. No vale la pena. Hay una manera mejor de fregarlo. Yo me encargo de él.

—No es él —dijo Gamboa—. El otro. De todos modos, ya no puede hacerle nada.

—¿Nada? —dijo el capitán, muy serio—. ¿Y si pierde el año? ¿Le parece poco?

—Tarde —dijo Gamboa—. Ayer terminaron los exámenes.

—Bah —dijo el capitán—, eso es lo de menos. Todavía no están hechas las libretas.

—¿Está hablando en serio?

El capitán recobró de golpe su buen humor:

—Estoy bromeando, Gamboa —dijo riendo—, no se asuste. No cometeré ninguna injusticia. Llévese al cadete ese y haga con él lo que se le antoje. Pero, eso sí, no le toque la cara; no quiero tener más líos.

—Gracias, mi capitán —Gamboa se puso el quepí—. Ahora tengo que irme. Hasta pronto, espero.

Se dieron la mano. Gamboa fue hasta las aulas, habló con un suboficial y regresó hacia la Prevención, donde había dejado su maleta. El teniente de servicio le salió al encuentro.

—Ha llegado un telegrama para ti, Gamboa.

Lo abrió y lo leyó rápidamente. Luego lo guardó en su bolsillo. Se sentó en la banca —los soldados se pusieron de pie y lo dejaron solo— y quedó inmóvil, con la mirada perdida.

—¿Malas noticias? —le preguntó el oficial de servicio.

—No, no —dijo Gamboa—. Cosas de familia.

El teniente indicó a uno de los soldados que preparara café y preguntó a Gamboa si quería una taza; éste asintió. Un momento después, el Jaguar apareció en la puerta de la Prevención. Gamboa bebió el café de un solo trago y se incorporó.

—El cadete va a salir conmigo un momento —dijo al oficial de guardia—. Tiene permiso del capitán.

Cogió su maleta y salió a la avenida Costanera. Caminó por la tierra aplanada, al borde del abismo. El Jaguar lo seguía a unos pasos de distancia. Avanzaron hasta la avenida de las Palmeras. Cuando perdieron de vista el colegio, Gamboa dejó su maleta en el suelo. Sacó un papel del bolsillo.

—¿Qué significa este papel? —dijo.

—Ahí está bien claro todo, mi teniente —repuso el Jaguar—. No tengo nada más que decir.

—Yo ya no soy oficial del colegio —dijo Gamboa—. ¿Por qué se ha dirigido a mí? ¿Por qué no se presentó al capitán de año?

—No quiero saber nada con el capitán —dijo el Jaguar. Estaba un poco pálido y sus ojos claros rehuían la mirada de Gamboa. No había nadie por los alrededores. El ruido del mar se oía muy próximo. Gamboa se limpió la frente y echó atrás el quepí: el fino surco apareció bajo la visera, más rojizo y profundo que los otros pliegues de la frente.

—¿Por qué ha escrito esto? —repitió—. ¿Por qué lo ha hecho?

—Eso no le importa —dijo el Jaguar, con voz suave y dócil—. Usted lo único que tiene que hacer es llevarme donde el coronel. Y nada más.

—¿Cree que las cosas se van a arreglar tan fácilmente como la primera vez? —dijo Gamboa—. ¿Eso cree? ¿O quiere divertirse a mi costa?

—No soy ningún bruto —dijo el Jaguar, e hizo un ademán desdeñoso—. Pero yo no le tengo miedo a nadie, mi teniente, sépalo usted, ni al coronel ni a nadie. Yo los defendí de los de cuarto cuando entraron. Se morían de miedo de que los bautizaran, temblaban como mujeres y yo les enseñé a ser hombres. Y a la primera, se me voltearon. Son, ¿sabe usted qué?, unos infelices, una sarta de traidores, eso son. Todos. Estoy harto del colegio, mi teniente.

—Basta de cuentos —dijo Gamboa—. Sea franco. ¿Por qué ha escrito este papel?

—Creen que soy un soplón —dijo el Jaguar—. ¿Ve usted lo que le digo? Ni siquiera trataron de averiguar la verdad, nada, apenas les abrieron los roperos, los malagradecidos me dieron la espalda. ¿Ha visto las paredes de los baños? «Jaguar soplón», «Jaguar, amarillo», por todas partes. Y yo lo hice por ellos, eso es lo peor. ¿Qué podía ganar yo? A ver, dígame, mi teniente. Nada, ¿no es cierto? Todo lo hice por la sección. No quiero estar ni un minuto más con ellos. Eran como mi familia, por eso será que ahora me dan más asco todavía.

—No es verdad —dijo Gamboa—; está mintiendo. Si la opinión de sus compañeros le importa tanto, ¿prefiere que sepan que es un asesino?

—No es que me importe su opinión —dijo el Jaguar sordamente—. Es la ingratitud lo que me enferma, nada más.

—¿Nada más? —dijo Gamboa, con una sonrisa burlona—. Por última vez, le pido que sea franco. ¿Por qué no les dijo que fue el cadete Fernández el que los denunció?

Todo el cuerpo del Jaguar pareció replegarse, como sorprendido por una instantánea punzada en las entrañas.

—Pero el caso de él es distinto —dijo, ronco, articulando con esfuerzo—. No es lo mismo, mi teniente. Los otros me traicionaron de pura cobardía. Él quería vengar al Esclavo. Es un soplón y eso siempre da pena en un hombre, pero era por vengar a un amigo, ¿no ve la diferencia, mi teniente?

—Lárguese —dijo Gamboa—. No estoy dispuesto a perder más tiempo con usted. No me interesan sus ideas sobre la lealtad y la venganza.

—No puedo dormir —balbuceó el Jaguar—. Ésa es la verdad, mi teniente, le juro por lo más santo. Yo no sabía lo que era vivir aplastado. No se enfurezca y trate de comprenderme, no le estoy pidiendo gran cosa. Todos dicen: «Gamboa es el más fregado de los oficiales, pero el único que es justo». ¿Por qué no me escucha lo que le estoy diciendo?

—Sí —dijo Gamboa—. Ahora sí lo escucho. ¿Por qué mató a ese muchacho? ¿Por qué me ha escrito ese papel?

—Porque estaba equivocado sobre los otros, mi teniente; yo quería librarlos de un tipo así. Piense en lo que pasó y verá que cualquiera se engaña. Hizo expulsar a Cava sólo para poder salir a la calle unas horas, no le importó arruinar a un compañero por conseguir un permiso. Eso lo enfermaría a cualquiera.

—¿Por qué ha cambiado de opinión ahora? —dijo el teniente—. ¿Por qué no me contó la verdad cuando lo interrogué?

—No he cambiado de opinión —dijo el Jaguar—. Sólo que —vaciló un momento e hizo, como para sí, un signo de asentimiento—, ahora comprendo mejor al Esclavo. Para él no éramos sus compañeros, sino sus enemigos. ¿No le digo que no sabía lo que era vivir aplastado? Todos lo batíamos, es la pura verdad, hasta cansarnos, yo más que los otros. No puedo olvidarme de su cara, mi teniente. Le juro que en el fondo no sé cómo lo hice. Yo había pensado pegarle, darle un susto. Pero esa mañana lo vi, ahí al frente, con la cabeza levantada y le apunté. Yo quería vengar a la sección, ¿cómo podía saber que los otros eran peores que él, mi teniente? Creo que lo mejor es que me metan a la cárcel. Todos decían que iba a terminar así, mi madre, usted también. Ya puede darse gusto, mi teniente.

—No puedo acordarme de él —dijo Gamboa y el Jaguar lo miró desconcertado—. Quiero decir, de su vida de cadete. A otros los tengo bien presentes, recuerdo su comportamiento en campaña, su manera de llevar el uniforme. Pero a Arana no. Y ha estado tres años en mi compañía.

—No me dé consejos —dijo el Jaguar, confuso—. No me diga nada, le suplico. No me gusta que…

—No estaba hablando con usted —dijo Gamboa—. No se preocupe, no pienso darle ningún consejo. Váyase. Vuelva al colegio. Sólo tiene permiso por media hora.

—Mi teniente —dijo el Jaguar; quedó un segundo con la boca abierta y repitió—: Mi teniente.

—El caso Arana está liquidado —dijo Gamboa—. El Ejército no quiere saber una palabra más del asunto. Nada puede hacerlo cambiar de opinión. Más fácil sería resucitar al cadete Arana que convencer al Ejército de que ha cometido un error.

—¿No me va a llevar donde el coronel? —preguntó el Jaguar—. Ya no lo mandarán a Juliaca, mi teniente. No ponga esa cara, ¿cree que no me doy cuenta que usted se ha fregado por este asunto? Lléveme donde el coronel.

—¿Sabe usted lo que son los objetivos inútiles? —dijo Gamboa y el Jaguar murmuró: «¿Cómo dice?»—. Fíjese, cuando un enemigo está sin armas y se ha rendido, un combatiente responsable no puede disparar sobre él. No sólo por razones morales, sino también militares; por economía. Ni en la guerra debe haber muertos inútiles. Usted me entiende, vaya al colegio y trate en el futuro de que la muerte del cadete Arana sirva para algo.

Rasgó el papel que tenía en la mano y lo arrojó al suelo.

—Váyase —añadió—. Ya va a ser la hora del almuerzo.

—¿Usted no vuelve, mi teniente?

—No —dijo Gamboa—. Quizá nos veamos algún día. Adiós.

Cogió su maleta y se alejó por la avenida de las Palmeras, en dirección a Bellavista. El Jaguar se quedó mirándolo un momento. Luego, recogió los papeles que estaban a sus pies. Gamboa los había rasgado por la mitad. Uniéndolos, se podían leer fácilmente. Se sorprendió al ver que había dos pedazos, además de la hoja de cuaderno en la que había escrito: «Teniente Gamboa: yo maté al Esclavo. Puede pasar un parte y llevarme donde el coronel». Las otras dos mitades eran un telegrama: «Hace dos horas nació niña. Rosa está muy bien. Felicidades. Va carta. Andrés». Rompió los papeles en pedazos minúsculos y los fue dispersando a medida que avanzaba hacia el acantilado. Al pasar por una casa, se detuvo: era una gran mansión, con un vasto jardín exterior. Allí había robado la primera vez. Continuó andando hasta llegar a la Costanera. Miró al mar, a sus pies; estaba menos gris que de costumbre; las olas reventaban en la orilla y morían casi instantáneamente.

Había una luz blanca y penetrante que parecía brotar de los techos de las casas y elevarse verticalmente hacia el cielo sin nubes. Alberto tenía la sensación de que sus ojos estallarían al encontrar los reflejos, si miraba fijamente una de esas fachadas de ventanales amplios, que absorbían y despedían el sol como esponjas multicolores. Bajo la ligera camisa de seda su cuerpo transpiraba. A cada momento, tenía que limpiarse el rostro con la toalla. La avenida estaba desierta y era extraño: por lo general, a esa hora comenzaba el desfile de automóviles hacia las playas. Miró su reloj: no vio la hora, sus ojos quedaron embelesados por el brillo fascinante de las agujas, la esfera, la corona, la cadena dorada. Era un reloj muy hermoso, de oro puro. La noche anterior, Pluto le había dicho en el parque Salazar: «Parece un reloj cronómetro». Él repuso: «¡Es un reloj cronómetro! ¿Para qué crees que tiene cuatro agujas y dos coronas? Y además es sumergible y a prueba de golpes». No querían creerle y él se sacó el reloj y le dijo a Marcela: «Tíralo al suelo para que vean». Ella no se animaba, emitía unos chillidos breves y destemplados. Pluto, Helena, Emilio, el Bebe, Paco, la urgían. «¿De veras, de veras lo tiro?» «Sí», le decía Alberto; «anda, tíralo de una vez». Cuando lo soltó, todos callaron, siete pares de ojos ávidos anhelaban que el reloj se quebrara en mil pedazos. Pero sólo dio un pequeño rebote y, luego, Alberto se lo alcanzó: estaba intacto, sin una sola raspadura y andando. Después, él mismo lo sumergió en la fuente enana del parque para demostrarles que era impermeable. Alberto sonrió. Pensó: «Hoy me bañaré con él en La Herradura». Su padre, al regalárselo la noche de Navidad, le había dicho: «Por las buenas notas del examen. Al fin comienzas a estar a la altura de tu apellido. Dudo que alguno de tus amigos tenga un reloj así. Podrás darte ínfulas». En efecto, la noche anterior el reloj había sido el tema principal de conversación en el parque. «Mi padre conoce la vida», pensó Alberto.

Dobló por la avenida Primavera. Se sentía contento, animoso, caminando entre esas mansiones de frondosos jardines, bañado por el resplandor de las aceras; el espectáculo de las enredaderas de sombras y de luces que escalaban los troncos de los árboles o se cimbreaban en las ramas, lo divertía.

«El verano es formidable», pensó. «Mañana es lunes y para mí será como hoy. Me levantaré a las nueve, vendré a buscar a Marcela e iremos a la playa. En la tarde al cine y en la noche al parque. Lo mismo el martes, el miércoles, el jueves, todos los días hasta que se termine el verano. Y, después, ya no tendré que volver al colegio, sino hacer mis maletas. Estoy seguro que Estados Unidos me encantará.» Una vez más, miró el reloj: las nueve y media. Si a esa hora el sol brillaba así, ¿cómo sería a las doce? «Un gran día para la playa», pensó. En la mano derecha, llevaba el traje de baño, enrollado en una toalla verde, de filetes blancos. Pluto había quedado en recogerlo a las diez; estaba adelantado. Antes de entrar al Colegio Militar, siempre llegaba tarde a las reuniones del barrio. Ahora era al contrario, como si quisiera recuperar el tiempo perdido. ¡Y pensar que había pasado dos veranos encerrado en su casa, sin ver a nadie! Sin embargo, el barrio estaba tan cerca, hubiera podido salir cualquier mañana, llegar a la esquina de Colón y Diego Ferré, recobrar a sus amigos con unas cuantas palabras. «Hola. Este año no pude verlos por el internado. Tengo tres meses de vacaciones que quiero pasar con ustedes, sin pensar en las consignas, en los militares, en las cuadras.» Pero, qué importaba el pasado, la mañana desplegaba ahora a su alrededor una realidad luminosa y protectora, los malos recuerdos eran de nieve, el amarillento calor los derretía.

Mentira, el recuerdo del colegio despertaba aún esa inevitable sensación sombría y huraña bajo la cual su espíritu se contraía como una mimosa al contacto de la piel humana. Sólo que el malestar era cada vez más efímero, un pasajero granito de arena en el ojo, ya estaba bien de nuevo. Dos meses atrás, si el Leoncio Prado surgía en su memoria, el mal humor duraba, la confusión y el disgusto lo asediaban todo el día. Ahora podía recordar muchas cosas como si se tratara de episodios de película. Pasaba días enteros sin evocar el rostro del Esclavo.

Después de cruzar la avenida Petit Thouars se detuvo en la segunda casa y silbó. El jardín de la entrada desbordaba de flores, el pasto húmedo relucía. «¡Ya bajo!», gritó una voz de muchacha. Miró a todos lados: no había nadie, Marcela debía estar en la escalera. ¿Lo haría pasar? Alberto tenía la intención de proponerle un paseo hasta las diez. Irían hacia la línea del tranvía, bajo los árboles de la avenida. Podría besarla. Marcela apareció al fondo del jardín: llevaba pantalones y una blusa suelta a rayas negras y granates. Venía hacia él sonriendo y Alberto pensó: «Qué bonita es». Sus ojos y sus cabellos oscuros contrastaban con su piel, muy blanca.

—Hola —dijo Marcela—. Has venido más temprano.

—Si quieres, me voy —dijo él. Se sentía dueño de sí mismo. Al principio, sobre todo los días que siguieron a la fiesta donde se declaró a Marcela, se sentía un poco intimidado en el mundo de su infancia, después del oscuro paréntesis de tres años que lo había arrebatado a las cosas hermosas. Ahora estaba siempre seguro y podía bromear sin descanso, mirar a los otros de igual a igual y, a veces, con cierta superioridad.

—Tonto —dijo ella.

—¿Vamos a dar una vuelta? Pluto no vendrá antes de media hora.

—Sí —dijo Marcela—. Vamos —se llevó un dedo a la sien. ¿Qué sugería?—. Mis papás están durmiendo. Anoche fueron a una fiesta, en Ancón. Llegaron tardísimo. Y yo que regresé del parque antes de las nueve.

Cuando se hubieron alejado unos metros de la casa, Alberto le cogió la mano.

—¿Has visto qué sol? —dijo—. Está formidable para la playa.

—Tengo que decirte una cosa —dijo Marcela. Alberto la miró: tenía un sonrisa encantadoramente maliciosa y una nariz pequeñita e impertinente. Pensó: «Es lindísima».

—¿Qué cosa?

—Anoche conocí a tu enamorada.

¿Se trataba de una broma? Todavía no estaba plenamente adaptado, a veces alguien hacía una alusión que todos los del barrio comprendían y él se sentía perdido, a ciegas. No podía desquitarse: ¿cómo hacerles a ellos las bromas de las cuadras? Una imagen bochornosa lo asaltó: el Jaguar y Boa escupían sobre el Esclavo, atado a un catre.

—¿A quién? —dijo, cautelosamente.

—A Teresa —dijo Marcela—. Esa que vive en Lince.

El calor, que había olvidado, se hizo presente de improviso, como algo ofensivo y poderosísimo, aplastante. Se sintió sofocado.

—¿A Teresa dices?

Marcela se rió:

—¿Para qué crees que te pregunté dónde vivía? —hablaba con un dejo triunfal, estaba orgullosa de su hazaña—. Pluto me llevó en su auto, después del parque.

—¿A su casa? —tartamudeó Alberto.

—Sí —dijo Marcela; sus ojos negros ardían—. ¿Sabes lo que hice? Toqué la puerta y salió ella misma. Le pregunté si vivía ahí la señora Grellot, ¿sabes quién es, no?, mi vecina —calló un instante—. Tuve tiempo de mirarla.

Él ensayó una sonrisa. Dijo, a media voz, «eres una loca», pero el malestar lo había invadido de nuevo. Se sentía humillado.

—Dime —dijo Marcela, con una voz muy dulce y perversa—. ¿Estabas muy enamorado de esa chica?

—No —dijo Alberto—. Claro que no. Era una cosa de colegio.

—Es una fea —exclamó Marcela, bruscamente irritada—. Una huachafa fea.

A pesar de su confesión, Alberto se sintió complacido. «Está loca por mí», pensó. «Se muere de celos.» Dijo:

—Tú sabes que sólo estoy enamorado de ti. No he estado enamorado de nadie como de ti.

Marcela le apretó la mano y él se detuvo. Estiró un brazo para tomarla del hombro y atraerla, pero ella resistía: su rostro giraba, los ojos recelosos espiaban el contorno. No había nadie. Alberto sólo rozó sus labios. Siguieron caminando.

—¿Qué te dijo? —preguntó Alberto.

—¿Ella? —Marcela se rió con una risa aseada, líquida—. Nada. Me dijo que ahí vivía la señora no sé qué. Un nombre rarísimo, ni me acuerdo. Pluto se divertía a morir. Comenzó a decir cosas desde el auto y ella cerró la puerta. Nada más. ¿No la has vuelto a ver, no?

—No —dijo Alberto—. Claro que no.

—Dime. ¿Te paseabas con ella por el parque Salazar?

—Ni siquiera tuve tiempo. Sólo la vi unas cuantas veces, en su casa o en Lima. Nunca en Miraflores.

—¿Y por qué peleaste con ella? —preguntó Marcela.

Era inesperado: Alberto abrió la boca pero no dijo nada. ¿Cómo explicar a Marcela algo que él mismo no comprendía del todo? Teresa formaba parte de esos tres años de Colegio Militar, era uno de esos cadáveres que no convenía resucitar.

—Bah —dijo—. Cuando salí del colegio me di cuenta que no me gustaba. No volví a verla.

Habían llegado a la línea del tranvía. Bajaron por la avenida Reducto. Él le pasó el brazo por el hombro: bajo su mano latía una piel suave, tibia, que debía ser tocada con prudencia, como si fuera a deshacerse. ¿Por qué había contado a Marcela la historia de Teresa? Todos los del barrio hablaban de sus enamoradas, la misma Marcela había estado con un muchacho de San Isidro; no quería pasar por un principiante. El hecho de regresar del Colegio Leoncio Prado le daba cierto prestigio en el barrio, lo miraban como al hijo pródigo, alguien que retorna al hogar después de vivir una gran aventura. ¿Qué hubiera ocurrido si esa noche no encuentra allí, en la esquina de Diego Ferré, a los muchachos del barrio?

—Un fantasma —dijo Pluto—. ¡Un fantasma, sí señor!

El Bebe lo tenía abrazado, Helena le sonreía, Tico le presentaba a los desconocidos, Molly decía: «Hace tres años que no lo veíamos, nos había olvidado», Emilio lo llamaba «ingrato» y le daba golpecitos afectuosos en la espalda.

—Un fantasma —repitió Pluto—. ¿No les da miedo?

Él estaba con su traje de civil, el uniforme reposaba sobre una silla, el quepí había rodado al suelo, su madre había salido, la casa desierta lo exasperaba, tenía ganas de fumar, sólo hacía dos horas que estaba libre y lo desconcertaban las infinitas posibilidades para ocupar su tiempo que se abrían ante él. «Iré a comprar cigarrillos», pensó; «y después, donde Teresa». Pero, una vez que salió y compró cigarrillos, no subió al Expreso, sino que estuvo largo rato ambulando por las calles de Miraflores, como lo hubiera hecho un turista o un vagabundo: la avenida Larco, los malecones, la Diagonal, el parque Salazar y, de pronto, allí estaban el Bebe, Pluto, Helena, una gran rueda de rostros sonrientes que le daban la bienvenida.

—Llegas justo —dijo Molly—. Necesitábamos un hombre para el paseo a Chosica. Ahora estamos completos, ocho parejas.

Se quedaron conversando hasta el anochecer, se pusieron de acuerdo para ir en grupo a la playa al día siguiente. Cuando se despidió de ellos, Alberto regresó a su casa, andando lentamente, absorbido por preocupaciones recién adquiridas. Marcela (¿Marcela qué?, no la había visto nunca, vivía en la avenida Primavera, era nueva en Miraflores) le había dicho: «¿Pero vienes de todas maneras, no?». Su ropa de baño estaba vieja, tenía que convencer a su madre que le comprase otra, mañana mismo, a primera hora, para estrenarla en La Herradura.

—¿No es formidable? —dijo Pluto—. ¡Un fantasma de carne y hueso!

—Sí —dijo el teniente Huarina—. Pero vaya rápido donde el capitán.

«Ahora no me puede hacer nada», pensó Alberto. «Ya nos dieron las libretas. Le diré en su cara lo que es.» Pero no se lo dijo, se cuadró y lo saludó respetuosamente. El capitán le sonreía, sus ojos examinaban el uniforme de parada. «Es la última vez que me lo pongo», pensaba Alberto. Mas no se sentía exaltado ante la perspectiva de dejar el colegio para siempre.

—Está bien —dijo el capitán—. Límpiese el polvo de los zapatos. Y preséntese al despacho del coronel sobre la marcha.

Subió las escaleras con un presentimiento de catástrofe. El civil le preguntó su nombre y se apresuró a abrirle la puerta. El coronel estaba en su escritorio. Esta vez también lo impresionó el brillo del suelo, las paredes y los objetos; hasta la piel y los cabellos del coronel parecían encerados.

—Pase, pase, cadete —dijo el coronel.

Alberto seguía intranquilo. ¿Qué escondían ese tono afectuoso, esa mirada amable? El coronel lo felicitó por sus exámenes. «¿Ve usted?», le dijo; «con un poco de esfuerzo se obtienen muchas recompensas. Sus calificativos son excelentes». Alberto no decía nada, recibía los elogios inmóvil y al acecho. «En el Ejército», afirmaba el coronel, «la justicia se impone tarde o temprano. Es algo inherente al sistema, usted se debe haber dado cuenta por experiencia propia. Veamos, cadete Fernández: estuvo a punto de arruinar su vida, de manchar un apellido honorable, una tradición familiar ilustre. Pero el Ejército le dio una última oportunidad. No me arrepiento de haber confiado en usted. Deme la mano, cadete». Alberto tocó un puñado de carne blanda, esponjosa. «Se ha enmendado usted», añadió el coronel. «Enmendado, sí. Por eso lo he hecho venir. Dígame, ¿cuáles son sus planes para el futuro?» Alberto le dijo que iba a ser ingeniero. «Bien», dijo el coronel. «Muy bien. La Patria necesita técnicos. Hace usted bien, es una profesión útil. Le deseo mucha suerte.» Alberto, entonces, sonrió con timidez y dijo: «No sé cómo agradecerle, mi coronel. Muchas gracias, muchas». «Puede retirarse ahora», le dijo el coronel. «Ah, y no olvide inscribirse en la Asociación de Ex alumnos. Es preciso que los cadetes mantengan vínculos con el colegio. Todos formamos una gran familia.» El director se puso de pie, lo acompañó hasta la puerta y sólo allí recordó algo. «Es cierto», dijo, haciendo un trazo aéreo con la mano. «Olvidaba un detalle.» Alberto se cuadró.

—¿Recuerda usted unas hojas de papel? Ya sabe de qué hablo, un asunto feo.

Alberto bajó la cabeza y murmuró:

—Sí, mi coronel.

—He cumplido mi palabra —dijo el coronel—. Soy un hombre de honor. Nada empañará su futuro. He destruido esos documentos.

Alberto le agradeció efusivamente y se alejó haciendo venias: el coronel le sonreía desde el umbral de su despacho.

—Un fantasma —insistió Pluto—. ¡Vivito y coleando!

—Ya basta —dijo el Bebe—. Todos estamos muy contentos con la venida de Alberto. Pero déjanos hablar.

—Tenemos que ponernos de acuerdo para el paseo —dijo Molly.

—Claro —dijo Emilio—. Ahora mismo.

—De paseo con un fantasma —dijo Pluto—. ¡Qué formidable!

Alberto caminaba de vuelta a su casa, ensimismado, aturdido. El invierno moribundo se despedía de Miraflores con una súbita neblina que se había instalado a media altura, entre la tierra y la cresta de los árboles de la avenida Larco: al atravesarla, las luces de los faroles se debilitaban, la neblina estaba en todas partes ahora, envolviendo y disolviendo objetos, personas, recuerdos: los rostros de Arana y el Jaguar, las cuadras, las consignas, perdían actualidad y, en cambio, un olvidado grupo de muchachos y muchachas volvía a su memoria, él conversaba con esas imágenes de sueño en el pequeño cuadrilátero de hierba de la esquina de Diego Ferré y nada parecía haber cambiado, el lenguaje y los gestos le eran familiares, la vida parecía tan armoniosa y tolerable, el tiempo avanzaba sin sobresaltos, dulce y excitante como los ojos oscuros de esa muchacha desconocida que bromeaba con él cordialmente, una muchacha pequeña y suave, de voz clara y cabellos negros. Nadie se sorprendía al verlo allí de nuevo, convertido en un adulto; todos habían crecido, hombres y mujeres parecían más instalados en el mundo, pero el clima no había variado y Alberto reconocía las preocupaciones de antaño, los deportes y las fiestas, el cinema, las playas, el amor, el humor bien criado, la malicia fina. Su habitación estaba a oscuras; de espaldas en el lecho, Alberto soñaba sin cerrar los ojos. Habían bastado apenas unos segundos para que el mundo que abandonó le abriera sus puertas y lo recibiera otra vez en su seno sin tomarle cuentas, como si el lugar que ocupaba entre ellos le hubiera sido celosamente guardado durante esos tres años. Había recuperado su porvenir.

—¿No te daba vergüenza? —dijo Marcela.

—¿Qué?

—Pasearte con ella en la calle.

Sintió que la sangre afluía a su rostro. ¿Cómo explicarle que no sólo no le daba vergüenza, sino que se sentía orgulloso de mostrarse ante todo el mundo con Teresa? ¿Cómo explicarle que, precisamente, lo único que lo avergonzaba en ese tiempo era no ser como Teresa, alguien de Lince o de Bajo el Puente, que su condición de miraflorino en el Leoncio Prado era más bien humillante?

—No —dijo—. No me daba vergüenza.

—Entonces estabas enamorado de ella —dijo Marcela—. Te odio.

Él le apretó la mano; la cadera de la muchacha tocaba la suya y Alberto, a través de ese breve contacto, sintió una ráfaga de deseo. Se detuvo.

—No —dijo ella—. Aquí no, Alberto.

Pero no resistió y él pudo besarla largamente en la boca. Cuando se separaron, Marcela tenía el rostro arrebatado y los ojos ardientes.

—¿Y tus papás? —dijo ella.

—¿Mis papás?

—¿Qué pensaban de ella?

—Nada. No sabían.

Estaban en la alameda Ricardo Palma. Caminaban por el centro, bajo los altos árboles que sombreaban a trozos el paseo. Había algunos transeúntes y una vendedora de flores, bajo un toldo. Alberto soltó el hombro de Marcela y la tomó de la mano. A lo lejos, una línea constante de automóviles ingresaba a la avenida Larco. «Van a la playa», pensó Alberto.

—¿Y de mí, saben? —dijo Marcela.

—Sí —repuso él—. Y están encantados. Mi papá dice que eres muy linda.

—¿Y tu mamá?

—También.

—¿De veras?

434

—Sí, claro que sí. ¿Sabes lo que dijo mi papá el otro día? Que antes de mi viaje te invite para que vayamos de paseo, un domingo, a las playas del sur. Mis papás, tú y yo.

—Ya está —dijo ella—. Ya hablaste de eso.

—Oh, pero si vendré todos los años. Estaré aquí las vacaciones íntegras, tres meses cada año. Además, es una carrera muy corta. En Estados Unidos no es como aquí, todo es más rápido, más perfeccionado.

—Prometiste no hablar de eso, Alberto —protestó ella—. Te odio.

—Perdóname —dijo él—. Fue sin darme cuenta. ¿Sabes que mis papás se llevan ahora muy bien?

—Sí. Ya me contaste. ¿Y ya no sale nunca tu papá? Él tiene la culpa de todo. No comprendo cómo lo soporta tu mamá.

—Ahora está más tranquilo —dijo Alberto—. Están buscando otra casa, más cómoda. Pero a veces mi papá se escapa y sólo aparece al día siguiente. No tiene remedio.

—¿Tú no eres como él, no?

—No —dijo Alberto—. Yo soy muy serio.

Ella lo miró con ternura. Alberto pensó: «Estudiaré mucho y seré un buen ingeniero. Cuando regrese, trabajaré con mi papá, tendré un carro convertible, una gran casa con piscina. Me casaré con Marcela y seré un donjuán. Iré todos los sábados a bailar al Grill Bolívar y viajaré mucho. Dentro de algunos años ni me acordaré que estuve en el Leoncio Prado».

—¿Qué te pasa? —dijo Marcela—. ¿En qué piensas?

Estaban en la esquina de la avenida Larco. A su alrededor había gente; las mujeres llevaban blusas y faldas de colores claros, zapatos blancos, sombreros de paja, anteojos para el sol. En los automóviles convertibles se veía hombres y mujeres en ropa de baño, conversando y riendo.

—Nada —dijo Alberto—. No me gusta acordarme del Colegio Militar.

—¿Por qué?

—Me pasaba la vida castigado. No era muy agradable.

—El otro día —dijo ella—, mi papá me preguntó por qué te habían puesto en ese colegio.

—Para corregirme —dijo Alberto—. Mi papá decía que yo podía burlarme de los curas pero no de los militares.

—Tu papá es un hereje.

Subieron por la avenida Arequipa. A la altura de Dos de Mayo, de un coche rojo les gritaron: «Oho, oho, Alberto, Marcela»; ellos alcanzaron a ver a un muchacho que los saludaba con la mano. Le hicieron adiós.

—¿Sabías? —dijo Marcela—. Se ha peleado con Úrsula.

—¿Ah, sí? No sabía.

Marcela le contó los pormenores de la ruptura. Él no comprendía bien, involuntariamente se había puesto a pensar en el teniente Gamboa. «Debe seguir en la puna. Se portó bien conmigo y por eso lo sacaron de Lima. Y todo porque me corrí. Tal vez pierda su ascenso y se quede muchos años de teniente. Sólo por haber creído en mí.»

—¿Me estás oyendo, o no? —dijo Marcela.

—Claro que sí —dijo Alberto—. ¿Y después?

—La llamó por teléfono montones de veces, pero ella, apenas reconocía su voz, colgaba. Bien hecho, ¿no te parece?

—Por supuesto —dijo él—. Muy bien hecho.

—¿Tú harías algo como lo que hizo él?

—No —dijo Alberto—. Nunca.

—No te creo —dijo Marcela—. Todos los hombres son unos bandidos.

Estaban en la avenida Primavera. A lo lejos vieron el automóvil de Pluto. Éste, desde la calzada, les hizo ademanes amenazadores. Llevaba una reluciente blusa amarilla, un pantalón caqui arremangado hasta los tobillos, mocasines y medias cremas.

—¡Son ustedes unos frescos! —les gritó—. ¡Unos frescos!

—¿No es lindo? —dijo Marcela—. Lo adoro.

Corrió hacia Pluto y éste, teatralmente, simuló degollarla. Marcela se reía y su risa parecía una fuente, refrescaba la mañana soleada. Alberto sonrió a Pluto y éste le lanzó un puñete afectuoso al hombro.

—Creí que la habías raptado, hermano —dijo Pluto.

—Un segundo —dijo Marcela—. Voy a sacar mi ropa de baño.

—Apúrate o te dejamos —dijo Pluto.

—Sí —dijo Alberto—. Apúrate o te dejamos.

—¿Y ella qué te dijo? —preguntó el flaco Higueras.

Ella estaba inmóvil y atónita. Olvidando un instante su turbación, él pensó: «Todavía se acuerda». En la luz gris que bajaba suavemente, como una rala lluvia, hasta esa calle de Lince ancha y recta, todo parecía de ceniza: la tarde, las viejas casas, los transeúntes que se aproximaban o alejaban a pasos tranquilos, los postes idénticos, las veredas desiguales, el polvo suspendido en el aire.

—Nada. Se quedó mirándome con unos ojazos asustados, como si yo le diera miedo.

—No creo —dijo el flaco Higueras—. Eso no creo. Algo tuvo que decirte. Al menos hola o qué ha sido de tu vida, o cómo estás; en fin, algo.

No, no le había dicho nada hasta que él habló de nuevo. Sus primeras palabras, al abordarla, habían sido precipitadas, imperiosas: «Teresa, ¿te acuerdas de mí? ¿Cómo estás?». El Jaguar sonreía, para mostrar que nada había de sorprendente en ese encuentro, que se trataba de un episodio banal, chato y sin misterio. Pero esa sonrisa le costaba un esfuerzo muy grande y en su vientre había brotado, como esos hongos de silueta blanca y cresta amarillenta que nacen repentinamente en las maderas húmedas, un malestar insólito, que invadía ahora sus piernas, ansiosas de dar un paso atrás, adelante o a los lados, sus manos que querían zambullirse en los bolsillos o tocar su propia cara; y, extrañamente, su corazón albergaba un miedo animal, como si esos impulsos, al convertirse en actos, fueran a desencadenar una catástrofe.

—¿Y tú qué hiciste? —dijo el flaco Higueras.

—Le dije otra vez: «Hola, Teresa. ¿No te acuerdas de mí?». Y entonces ella dijo:

—Claro que sí. No te había reconocido.

Él respiró. Teresa le sonreía, le tendía la mano. El contacto fue muy breve, apenas sintió el roce de los dedos de la muchacha, pero todo su cuerpo se serenó y desaparecieron el malestar, la agitación de sus miembros, y el miedo.

—¡Qué suspenso! —dijo el flaco Higueras.

Estaba en una esquina, mirando distraídamente a su alrededor mientras el heladero le servía un barquillo doble de chocolate y vainilla; a unos pasos de distancia, el tranvía Lima-Chorrillos se inmovilizaba con un breve chirrido junto a la caseta de madera, la gente que esperaba en la plataforma de cemento se movía y congregaba ante la puerta metálica bloqueando la salida, los pasajeros que bajaban tenían que abrirse paso a empujones, Teresa apareció en lo alto de la escalerilla, la precedían dos mujeres cargadas de paquetes: en medio de esa aglomeración parecía una muchacha en peligro. El heladero le alcanzaba el barquillo, él alargó la mano, la cerró y algo se deshizo, bajo sus ojos la bola de helado se estrelló en sus zapatos. «Miéchica», dijo el heladero, «es su culpa, yo no le doy otro». Pateó al aire y la bola de helado salió despedida varios metros. Dio media vuelta, ingresó a una calle pero segundos después se detuvo y volvió la cabeza: en la esquina desaparecía el último vagón del tranvía. Regresó corriendo y vio, a lo lejos, a Teresa, caminando sola. La siguió, ocultándose detrás de los transeúntes. Pensaba: «Ahorita entrará a una casa y no la volveré a ver». Tomó una decisión: «Doy la vuelta a la manzana; si la encuentro al llegar a la esquina, me le acerco». Echó a correr, primero despacio, luego como un endemoniado, al doblar una calle tropezó con un hombre que le mentó la madre desde el suelo. Cuando se detuvo, estaba sofocado y transpiraba. Se limpió la frente con la mano, entre los dedos sus ojos comprobaron que Teresa venía hacia él.

—¿Qué más? —dijo el flaco Higueras.

—Conversamos —dijo el Jaguar—. Estuvimos conversando.

—¿Mucho rato? —dijo el flaco Higueras—. ¿Cuánto rato?

—No sé —dijo el Jaguar—. Creo que poco. La acompañé hasta su casa.

Ella iba por el interior de la calzada, él a la orilla de la pista. Teresa caminaba lentamente, a veces se volvía a mirarlo y él descubría que sus ojos eran más seguros que antes y por momentos hasta osados, su mirada más luminosa.

—¿Hace como cuatro años, no? —decía Teresa—. Quizá más.

—Cinco —dijo el Jaguar; bajó un poco la voz—: Y tres meses.

—La vida se pasa volando —dijo Teresa—. Pronto estaremos viejos.

Se rió y el Jaguar pensó: «Ya es una mujer».

—¿Y tu mamá? —dijo ella.

—¿No sabías? Se murió.

—Ése era un buen pretexto —dijo el flaco Higueras—. ¿Qué hizo ella?

—Se paró —repuso el Jaguar; tenía un cigarrillo entre los labios y miraba el cono de humo denso que expulsaba su boca; una de sus manos tamborileaba en la mesa mugrienta—. Dijo: «¡Qué pena! Pobrecita».

—Ahí debiste besarla y decirle algo —dijo el flaco Higueras—. Era el momento.

—Sí —dijo el Jaguar—. Pobrecita.

Quedaron callados. Continuaron caminando. Él tenía las manos en los bolsillos y la miraba de reojo. De pronto dijo:

—Quería hablarte. Quiero decir, hace tiempo. Pero no sabía dónde estabas.

—¡Ah! —dijo el flaco Higueras—. ¡Te atreviste!

—Sí —dijo el Jaguar; miraba el humo con ferocidad—. Sí.

—Sí —dijo Teresa—. Desde que nos mudamos no he vuelto a Bellavista. Hace cuánto tiempo.

—Quería pedirte perdón —dijo el Jaguar—. Quiero decir por lo de la playa, esa vez.

Ella no dijo nada, pero lo miró a los ojos, sorprendida. El Jaguar bajó la vista y susurró:

—Quiero decir, perdón por haberte insultado.

—Ya me había olvidado de eso —dijo Teresa—. Era una cosa de chicos, mejor ni acordarse. Además, después que el policía te llevó, tuve pena. Ah, sí, de veras —miraba al frente, pero el Jaguar comprendió que ya no veía sino el pasado, que iba abriéndose en su memoria como un abanico—, esa tarde fui a tu casa y le conté todo a tu mamá. Fue a buscarte a la comisaría y le dijeron que te habían soltado. Estuvo toda la noche en mi casa, llorando. ¿Qué pasó? ¿Por qué no volviste?

—Ése también era un buen momento —dijo el flaco Higueras. Acababa de beber su copa de pisco y aún la tenía suspendida junto a su boca, con dos dedos—. Un momento bien sentimental, a mi parecer.

—Le conté todo —dijo el Jaguar.

—¿Qué es todo? —dijo el flaco Higueras—. ¿Que viniste a buscarme con una cara de perro apaleado, le contaste que te volviste un ladrón y un putañero?

—Sí —dijo el Jaguar—. Le conté todos los robos, es decir, los que me acordaba. Todo, menos lo de los regalos, pero ella adivinó, ahí mismo.

—Eras tú —dijo Teresa—. Todos esos paquetes me los mandabas tú.

—Ah —dijo el flaco Higueras—. Te gastabas la mitad de las ganancias en el burdel y la otra mitad comprándole regalos. ¡Qué muchacho!

—No —dijo el Jaguar—. En el bulín no gastaba casi nada, las mujeres no me cobraban.

—¿Por qué hiciste eso? —preguntó Teresa.

El Jaguar no contestó: había sacado las manos de los bolsillos y jugaba con sus dedos.

—¿Estabas enamorado de mí? —dijo Teresa; él la miró y ella no había enrojecido; su expresión era tranquila y suavemente intrigada.

—Sí —dijo el Jaguar—. Por eso me peleé con el muchacho de la playa.

—¿Tenías celos? —dijo Teresa. En su voz había ahora algo que lo desconcertó: una indefinible presencia, un ser inesperado, huidizo y soberbio.

—Sí —dijo el Jaguar—. Por eso te insulté. ¿Me has perdonado?

—Sí —dijo Teresa—. Pero tú debiste volver. ¿Por qué no me buscaste?

—Tenía vergüenza —dijo el Jaguar—. Pero una vez volví, cuando agarraron al flaco.

—¡También le hablaste de mí! —dijo el flaco Higueras, orgulloso—. Entonces le contaste todo de verdad.

—Y ya no estabas —dijo el Jaguar—. Había otra gente en tu casa. Y también en la mía.

—Yo siempre pensaba en ti —dijo Teresa. Y añadió, llena de sabiduría—: ¿Sabes? A ese muchacho que le pegaste en la playa, no lo volví a ver.

—¿Nunca? —dijo el Jaguar.

—Nunca —dijo Teresa—. No volvió más a la playa —lanzó una carcajada; parecía haber olvidado la historia de los robos y los burdeles; sus ojos sonreían, despreocupados y divertidos—. Seguro se asustó. Pensaría que le ibas a pegar otra vez.

—Yo lo odiaba —dijo el Jaguar.

—¿Te acuerdas cuando ibas a esperarme a la salida del colegio? —dijo Teresa.

El Jaguar asintió. Caminaba muy cerca de ella y, a veces, su brazo la rozaba.

—Las chicas creían que eras mi enamorado —dijo Teresa—. Te decían «el viejo». Como siempre estabas tan serio…

—¿Y tú? —dijo el Jaguar.

—Sí —dijo el flaco Higueras—. Eso. ¿Y ella qué había hecho todo ese tiempo?

—No terminó el colegio —dijo el Jaguar—. Entró a una oficina como secretaria. Todavía trabaja ahí.

—¿Y qué más? —dijo el flaco Higueras—. ¿Cuántos moscardones en su vida, cuántos amores?

—Estuve con un muchacho —dijo Teresa—. A lo mejor vas y le pegas, también.

Los dos se rieron. Habían dado varias vueltas a la manzana. Se detuvieron un momento en la esquina y, sin que ninguno lo sugiriera, iniciaron una nueva vuelta.

—¡Vaya! —dijo el flaco—. Ahí la cosa comenzó a ponerse bien. ¿Te contó algo más?

—Ese tipo la plantó —dijo el Jaguar—. No volvió a buscarla. Y un día lo vio paseándose de la mano con una chica de plata, una chica decente, ¿me entiendes? Dice que esa noche no durmió y pensó hacerse monja.

El flaco Higueras se rió a carcajadas. Había terminado otra copa de pisco y le indicó por señas al hombre que servía que volviera a llenársela.

—Estaba enamorada de ti, no hay nada que hacer —dijo el flaco Higueras—. Si no, jamás te hubiera contado eso. Porque las mujeres son una barbaridad de vanidosas. ¿Y tú qué hiciste?

—Me alegro que ese tipo te plantara —dijo el Jaguar—. Bien hecho. Para que sepas cómo me sentía yo cuando ibas a la playa con ése al que le pegué.

—¿Y ella? ¿Y ella? —dijo el flaco.

—Eres un vengativo —dijo Teresa.

Además, simuló golpearlo. Pero no bajó la mano que había levantado burlonamente, la conservó en el aire mientras sus ojos, de improviso locuaces, lo desafiaban con dichosa insolencia. El Jaguar cogió la mano que lo amenazaba. Teresa se dejó ir contra él, apoyó el rostro en su pecho y, con la mano libre, lo abrazó.

—Era la primera vez que la besaba —dijo el Jaguar—. La besé varias veces; quiero decir en la boca. Ella también me besó.

—Se entiende, compañero —dijo el flaco—. Claro que se entiende. ¿Y al cuánto tiempo se casaron?

—Al poco tiempo —dijo el Jaguar—. A los quince días.

—Qué apuro —dijo el flaco. Nuevamente, tenía la copa de pisco en la mano y la movía con inteligencia: el líquido transparente llegaba hasta el mismo borde y regresaba.

—Ella fue a esperarme al día siguiente a la agencia. Nos paseamos un rato y después fuimos al cine. Y esa noche me dijo que le había contado todo a su tía y que estaba furiosa. No quería que me viera más.

—¡Qué atrevimiento! —dijo el flaco Higueras. Había exprimido medio limón en su boca y ahora acercaba a los labios la copa de pisco, con una mirada ferviente y codiciosa—. ¿Qué hiciste?

—Pedí un adelanto en el banco. El administrador es buena gente. Me dio una semana de permiso. Me dijo: «Me gusta ver cómo se suicida la gente. Cásese nomás, y el próximo lunes está usted aquí, a las ocho en punto».

—Háblame un poco de la bendita tía —dijo el flaco Higueras—. ¿Fuiste a verla?

—Después —dijo el Jaguar—. Esa misma noche, cuando Teresa me contó lo de su tía, le pregunté si quería casarse conmigo.

—Sí —dijo Teresa—. Yo sí quiero. Pero ¿y mi tía?

—Que se vaya a la mierda —dijo el Jaguar.

—Jura que le dijiste mierda con todas sus letras —dijo el flaco Higueras.

—Sí —dijo el Jaguar.

—No digas lisuras en mi delante —dijo Teresa.

—Es una chica simpática —dijo el flaco Higueras—. Por lo que me cuentas, veo que es simpática. No debiste decir eso de su tía.

—Ahora me llevo bien con ella —dijo el Jaguar—. Pero, cuando fuimos a verla, después de casarnos, me dio una cachetada.

—Debe ser una mujer de carácter —dijo el flaco Higueras—. ¿Dónde te casaste?

—En Huacho. El cura no quería casarnos porque faltaban las proclamas y no sé qué otras cosas. Pasé un mal rato.

—Me figuro, me figuro —dijo el flaco Higueras.

—¿No ve usted que me la he robado? —dijo el Jaguar—. ¿No ve que casi no me queda plata? ¿Cómo quiere que espere ocho días?

La puerta de la sacristía estaba abierta y el Jaguar divisaba, tras la cabeza calva del cura, un trozo de pared de la iglesia: los exvotos de plata resaltaban en el enlucido sucio y con cicatrices. El cura tenía los brazos cruzados sobre el pecho, sus manos se calentaban bajo las axilas como en un nido; sus ojos eran pícaros y bondadosos. Teresa estaba junto al Jaguar, la boca ansiosa, los ojos atemorizados. De pronto, sollozó.

—¡Me dio una cólera cuando la vi llorando! —dijo el Jaguar—. Lo agarré al cura del pescuezo.

—¡No! —dijo el flaco—. ¿Del pescuezo?

—Sí —dijo el Jaguar—. Se le salían los ojos del ahogo.

—¿Saben cuánto cuesta? —dijo el cura, frotándose el cuello.

—Gracias, padre —dijo Teresa—. Muchísimas gracias, padrecito.

—¿Cuánto? —dijo el Jaguar.

—¿Cuánto tienes? —preguntó el cura.

—Trescientos soles —dijo el Jaguar.

—La mitad —dijo el cura—. No para mí, para mis pobres.

—Y nos casó —dijo el Jaguar—. Se portó bien. Compró una botella de vino con su plata y nos la tomamos en la sacristía. Teresa se mareó un poco.

—¿Y la tía? —dijo el flaco—. Háblame de ella, por lo que más quieras.

—Regresamos a Lima al día siguiente y fuimos a verla. Le dije que nos habíamos casado y le mostré el papel que nos dio el cura. Entonces me lanzó la cachetada. Teresa se enfureció y le dijo eres una egoísta y una tal por cual. Al fin, terminaron llorando las dos. La vieja decía que la íbamos a abandonar y que se iba a morir como un perro. Le prometí que viviría con nosotros. Entonces, se calmó y llamó a los vecinos y dijo que había que celebrar la boda. No es mala gente, un poco renegona, pero no se mete conmigo.

—Yo no podría vivir con una vieja —dijo el flaco Higueras, súbitamente desinteresado de la historia del Jaguar—. Cuando era chico vivía con mi abuela, que estaba loca. Se pasaba el día hablando sola y persiguiendo unas gallinas que no existían. Me asustaba. Vez que veo a una vieja me acuerdo de mi abuela. No podría vivir con una vieja, todas son un poco locas.

—¿Qué vas a hacer ahora? —dijo el Jaguar.

—¿Yo? —dijo el flaco Higueras, sorprendido—. No sé. Por lo pronto, emborracharme. Después, ya se verá. Quiero pasearme un poco. Hace tiempo que no veo la calle.

—Si quieres —dijo el Jaguar—, ven a mi casa. Mientras tanto.

—Gracias —dijo el flaco Higueras, riendo—. Pero pensándolo bien, me parece que no. Ya te dije que no puedo vivir con viejas. Y, además, tu mujer me debe odiar. Mejor que ni sepa que he salido. Algún día te iré a buscar a la agencia donde trabajas para que nos tomemos unas copas. A mí me encanta conversar con los amigos. Pero no podremos vernos con frecuencia; tú te has vuelto un hombre serio y yo no me junto con hombres serios.

—¿Vas a seguir en lo mismo? —dijo el Jaguar.

—¿Quieres decir robando? —el flaco Higueras hizo una mueca—. Supongo que sí. ¿Sabes por qué? Porque la cabra tira al monte, como decía el Culepe. Por ahora me convendría salir de Lima.

—Yo soy tu amigo —dijo el Jaguar—. Avísame si puedo ayudarte en algo.

—Sí puedes —dijo el flaco—. Págame estas copas. No tengo ni un cobre.

Índice